古典文学大字本

元曲三百首

张燕瑾 黄克 选注

人民文学出版社

图书在版编目（CIP）数据

元曲三百首/张燕瑾，黄克选注. —北京：人民文学出版社，2021（2023.3重印）
（古典文学大字本）
ISBN 978-7-02-016398-4

Ⅰ. ①元… Ⅱ. ①张… ②黄… Ⅲ. ①元曲—选集 Ⅳ. ①I222.9

中国版本图书馆 CIP 数据核字（2021）第 052048 号

责任编辑　徐文凯
装帧设计　刘　远
责任印制　张　娜

出版发行　人民文学出版社
社　　址　北京市朝内大街 166 号
邮政编码　100705

印　　刷　三河市宏盛印务有限公司
经　　销　全国新华书店等

字　　数　314 千字
开　　本　710 毫米×1000 毫米　1/16
印　　张　35.75　插页 2
印　　数　5001—8000
版　　次　2003 年 1 月北京第 1 版
印　　次　2023 年 3 月第 2 次印刷

书　　号　978-7-02-016398-4
定　　价　52.00 元

如有印装质量问题，请与本社图书销售中心调换。电话：010-65233595

目　录

前　言 …………………………………………… 1

元好问
〔双调〕小圣乐 ………………………………… 1
　　　绿叶阴浓

商　衢
〔越调〕天净沙 ………………………………… 3
　　　野桥当日谁栽
〔双调〕新水令（套）…………………………… 4
　　　彩云声断紫鸾箫

杨　果
〔越调〕小桃红 ………………………………… 8
　　　采莲人和采莲歌
〔仙吕〕赏花时・春情（套）…………………… 9

花点苍苔绣不匀
　〔仙吕〕翠裙腰（套）……………………………… 11
　　　莺穿细柳翻金翅

杜仁杰

　〔般涉调〕耍孩儿·庄家不识构阑（套）……… 14
　　　风调雨顺民安乐

商　挺

　〔双调〕潘妃曲 ………………………………… 21
　　　带月披星担惊怕
　　　闷酒将来刚刚咽

刘秉忠

　〔南吕〕干荷叶·有感 ………………………… 23
　　　干荷叶，色苍苍
　　　干荷叶，色无多
　　　南高峰，北高峰

王和卿

　〔仙吕〕醉中天·咏大胡蝶 …………………… 25
　　　弹破庄周梦
　〔双调〕拨不断·大鱼 ………………………… 26
　　　胜神鳌

盍西村

　〔越调〕小桃红·杂咏 ………………………… 28
　　　海棠开过到蔷薇

〔越调〕小桃红·戍楼残霞 …………………… 29
　　戍楼残照断霞红

关汉卿

〔仙吕〕一半儿·题情 …………………… 32
　　云鬟雾鬓胜堆鸦
　　碧纱窗外静无人
　　多情多绪小冤家

〔南吕〕四块玉·闲适 …………………… 33
　　旧酒投

〔双调〕沉醉东风 …………………… 34
　　咫尺的天南地北

〔双调〕大德歌·春 …………………… 35
　　子规啼

〔双调〕大德歌·夏 …………………… 36
　　俏冤家

〔双调〕大德歌·秋 …………………… 37
　　风飘飘

〔双调〕大德歌·冬 …………………… 38
　　雪纷纷

〔南吕〕一枝花·赠朱帘秀（套） …………………… 39
　　轻裁虾万须

〔南吕〕一枝花·杭州景（套） …………………… 43

普天下锦绣乡

〔南吕〕一枝花·不伏老（套）……………… 46
　　　攀出墙朵朵花

白　朴

〔仙吕〕寄生草·饮……………………………… 53
　　　长醉后方何碍

〔仙吕〕醉中天·佳人脸上黑痣………………… 54
　　　疑是杨妃在

〔中吕〕阳春曲·知几…………………………… 55
　　　知荣知辱牢缄口

〔中吕〕阳春曲·题情…………………………… 56
　　　从来好事天生俭
　　　笑将红袖遮银烛

〔越调〕天净沙·春……………………………… 57
　　　春山暖日和风

〔双调〕沉醉东风·渔夫………………………… 57
　　　黄芦岸白蘋渡口

〔双调〕得胜乐…………………………………… 58
　　　独自走

〔双调〕乔木查·对景（套）…………………… 59
　　　海棠初雨歇

严忠济

〔越调〕天净沙 …………………………………… 63
　　宁可少活十年

胡祗遹

〔中吕〕阳春曲·春景 ……………………………… 64
　　几枝红雪墙头杏
　　残花酝酿蜂儿蜜
　　一帘红雨桃花谢

〔中吕〕快活三过朝天子·赏春 ………………… 66
　　梨花白雪飘

王 恽

〔正宫〕黑漆弩·游金山寺并序 ………………… 67
　　苍波万顷孤岑矗

伯 颜

〔中吕〕喜春来 …………………………………… 71
　　金鱼玉带罗襕扣

李伯瑜

〔越调〕小桃红·磕瓜 …………………………… 73
　　木胎毡衬要柔和

姚 燧

〔中吕〕满庭芳 …………………………………… 75
　　天风海涛

〔中吕〕阳春曲 …………………………………… 76

笔头风月时时过

〔越调〕凭阑人·寄征衣 …………………………… 77

　　欲寄君衣君不还

卢　挚

〔中吕〕喜春来·和则明韵 ………………………… 78

　　春云巧似山翁帽

〔双调〕沉醉东风·秋景 …………………………… 79

　　挂绝壁枯松倒倚

〔双调〕沉醉东风·闲居 …………………………… 80

　　恰离了绿水青山那答

〔双调〕蟾宫曲·劝世 ……………………………… 81

　　想人生七十犹稀

〔双调〕蟾宫曲·田家 ……………………………… 82

　　沙三伴哥来嗏

〔双调〕蟾宫曲·萧娥 ……………………………… 83

　　晋王宫深锁娇娥

〔双调〕蟾宫曲·京口怀古镇江 …………………… 84

　　道南宅岂识楼桑

〔双调〕蟾宫曲·扬州汪右丞席上即事 …………… 87

　　江城歌吹风流

〔双调〕蟾宫曲·醉赠乐府珠帘秀 ………………… 89

　　系行舟谁遣卿卿

〔双调〕湘妃怨·西湖 …………………………… 90
　　梅梢雪霁月芽儿

珠帘秀

〔双调〕寿阳曲·答卢疏斋 …………………… 92
　　山无数

刘敏中

〔正宫〕黑漆弩·村居遣兴 …………………… 94
　　吾庐却近江鸥住

陈　英

〔中吕〕山坡羊 ………………………………… 96
　　晨鸡初叫

〔中吕〕山坡羊 ………………………………… 97
　　江山如画

马致远

〔南吕〕四块玉·恬退 ………………………… 99
　　翠竹边

〔南吕〕四块玉·天台路 ……………………… 100
　　采药童

〔南吕〕四块玉·凤凰坡 ……………………… 101
　　百尺台

〔南吕〕四块玉·叹世 ………………………… 102
　　两鬓皤

〔南吉〕金字经 …………………………… 103
　　夜来西风里
〔越调〕天净沙·秋思 …………………… 104
　　枯藤老树昏鸦
〔双调〕蟾宫曲·叹世 …………………… 104
　　东篱半世蹉跎
〔双调〕蟾宫曲·叹世 …………………… 106
　　咸阳百二山河
〔双调〕清江引·野兴 …………………… 108
　　西村日长人事少
　　东篱本是风月主
〔双调〕寿阳曲·山市晴岚 ……………… 109
　　花村外
〔双调〕寿阳曲·潇湘夜雨 ……………… 110
　　渔灯暗
〔双调〕寿阳曲·烟寺晚钟 ……………… 110
　　寒烟细
〔双调〕寿阳曲·江天暮雪 ……………… 111
　　天将暮
〔双调〕寿阳曲 …………………………… 111
　　云笼月
〔双调〕寿阳曲 …………………………… 112

从别后

　〔双调〕拨不断 ………………………………… 112
　　　叹寒儒

　〔双调〕拨不断 ………………………………… 113
　　　布衣中

　〔般涉调〕耍孩儿·借马（套） ……………… 115
　　　近来时买得匹蒲梢骑

　〔双调〕夜行船（套） ………………………… 119
　　　百岁光阴如梦蝶

王实甫

　〔中吕〕十二月过尧民歌·别情 ……………… 124
　　　自别后遥山隐隐

赵孟頫

　〔仙吕〕后庭花 ………………………………… 126
　　　清溪一叶舟

庾天锡

　〔双调〕雁儿落过得胜令 ……………………… 127
　　　从他绿鬓斑

　〔商调〕定风波·思情（套） ………………… 128
　　　迤逦秋来到

冯子振

　〔正宫〕鹦鹉曲·农夫渴雨 …………………… 130
　　　年年牛背扶犁住

〔正官〕鹦鹉曲·赤壁怀古 …………………… 132
　　茅庐诸葛亲曾住

白贲

〔正宫〕鹦鹉曲 …………………………… 134
　　侬家鹦鹉洲边住

姚守中

〔中吕〕粉蝶儿·牛诉冤（套） …………… 136
　　性鲁心愚

王伯成

〔仙吕南〕春从天上来·闺怨 …………… 148
　　巡官算我

郑光祖

〔双调〕蟾宫曲·梦中作 ………………… 150
　　半窗幽梦微茫

〔双调〕驻马听近·秋闺（套） …………… 152
　　败叶将残

曾瑞

〔南吕〕骂玉郎过感皇恩采茶歌·闺中闻杜鹃 …… 155
　　无情杜宇闲淘气

〔般涉调〕哨遍·羊诉冤（套） …………… 157
　　十二宫分了巳未

〔商调〕集贤宾·宫词（套） ……………… 163

　　　　闷登楼倚阑干看暮景

施　惠

　　〔南吕〕一枝花·咏剑（套）…………………… 167
　　　　离匣牛斗寒

张养浩

　　〔双调〕沽美酒兼太平令 …………………… 173
　　　　在官时只说闲

　　〔双调〕雁儿落兼得胜令 …………………… 175
　　　　往常时为功名惹是非

　　〔双调〕雁儿落兼得胜令 …………………… 176
　　　　云来山更佳

　　〔双调〕雁儿落兼得胜令 …………………… 177
　　　　也不学严子陵七里滩

　　〔双调〕水仙子·咏江南 …………………… 179
　　　　一江烟水照晴岚

　　〔中吕〕喜春来 ………………………………… 180
　　　　路逢饿殍须亲问

　　〔双调〕沉醉东风 ……………………………… 180
　　　　蔬圃莲池药阑

　　〔中吕〕朱履曲·警世 ………………………… 181
　　　　那的是为官荣贵

　　〔双调〕折桂令·过金山寺 …………………… 182

　　　　长江浩浩西来

　〔越调〕寨儿令·闲适 …………………………… 183

　　　　水绕门（春）

　　　　爱绰然（夏）

　　　　水影寒（秋）

　　　　天欲明（冬）

　〔中吕〕山坡羊·骊山怀古 …………………… 187

　　　　骊山四顾

　〔中吕〕山坡羊·潼关怀古 …………………… 188

　　　　峰峦如聚

　〔中吕〕山坡羊·未央怀古 …………………… 189

　　　　三杰当日

　〔南吕〕一枝花·咏喜雨（套） ……………… 190

　　　　用尽我为民为国心

吴弘道

　〔南吕〕金字经·咏樵 ………………………… 193

　　　　这家村醪尽

　〔中吕〕醉高歌·叹世 ………………………… 194

　　　　风尘天外飞沙

　〔双调〕拨不断·闲乐 ………………………… 195

　　　　暮云遮

赵善庆

　〔中吕〕普天乐·秋江忆别 …………………… 196

　　　　晚天长

〔双调〕沉醉东风·秋日湘阴道中 …………… 197
　　　　山对面蓝堆翠岫

〔中吕〕山坡羊·长安怀古 …………………… 198
　　　　骊山横岫

薛昂夫

〔正官〕塞鸿秋 ………………………………… 200
　　　　功名万里忙如燕

〔中吕〕朝天曲 ………………………………… 201
　　　　沛公

〔中吕〕朝天曲 ………………………………… 202
　　　　伍员

〔中吕〕朝天曲 ………………………………… 204
　　　　卞和

〔中吕〕朝天曲 ………………………………… 205
　　　　伯牙

〔中吕〕山坡羊 ………………………………… 206
　　　　销金锅在

〔中吕〕山坡羊 ………………………………… 207
　　　　大江东去

〔中吕〕山坡羊·西湖杂咏·春 ……………… 208
　　　　山光如淀

〔双调〕蟾宫曲·雪 ……………………… 209
　　天仙碧玉琼瑶
〔双调〕殿前欢·夏 ……………………… 210
　　柳扶疏
〔双调〕殿前欢·秋 ……………………… 211
　　洞箫歌
〔双调〕楚天遥过清江引 ………………… 212
　　有意送春归

高安道

〔般涉调〕哨遍·皮匠说谎（套） ……… 213
　　十载寒窗诚意

亢文苑

〔南吕〕一枝花（套） …………………… 218
　　琴声动鬼神

真　氏

〔仙吕〕解三酲 …………………………… 222
　　奴本是明珠掌擎

虞　集

〔双调〕折桂令 …………………………… 224
　　鸾舆三顾茅庐

李　洞

〔双调〕夜行船·送友归吴（套） ……… 227

　　　　驿路西风冷绣鞍

睢景臣

　　〔般涉调〕哨遍·高祖还乡（套） ············· 230
　　　　社长排门告示

范居中

　　〔正宫〕金殿喜重重南·秋思（套） ············ 238
　　　　风雨秋堂

周德清

　　〔中吕〕满庭芳·看岳王传 ················ 244
　　　　披文握武

　　〔中吕〕阳春曲·秋思 ·················· 246
　　　　千山落叶岩岩瘦

　　〔双调〕蟾宫曲 ····················· 246
　　　　倚篷窗无语嗟呀

钟嗣成

　　〔正宫〕醉太平 ····················· 248
　　　　绕前街后街

　　〔双调〕凌波仙 ····················· 249
　　　　灯前抚剑听鸡声

　　〔南吕〕一枝花·自序丑斋（套） ············· 250
　　　　生居天地间

赵　岩

　　〔中吕〕喜春来过普天乐 ················· 258

琉璃殿暖香浮细

吕止庵

〔仙吕〕后庭花 ··· 260

西风黄叶疏

乔 吉

〔正宫〕绿幺遍·自述 ······································ 262

不占龙头选

〔中吕〕满庭芳·渔父词 ·································· 263

活鱼旋打

秋江暮景

〔中吕〕山坡羊·寓兴 ····································· 265

鹏抟九万

〔中吕〕山坡羊·冬日写怀 ······························ 266

朝三暮四

〔越调〕天净沙·即事 ····································· 267

一从鞍马西东

〔越调〕凭阑人·金陵道中 ······························ 268

瘦马驮诗天一涯

〔越调〕凭阑人·春思 ····································· 268

淡月梨花曲槛旁

〔双调〕折桂令 ·· 269

月明一片缃云

〔双调〕折桂令·自述…………………………… 270
　　华阳巾鹤氅蹁跹

〔双调〕折桂令·丙子游越怀古………………… 272
　　蓬莱老树苍云

〔双调〕折桂令·荆溪即事……………………… 273
　　问荆溪溪上人家

〔双调〕折桂令·自叙…………………………… 274
　　斗牛边缆住仙槎

〔双调〕水仙子·吴江垂虹桥…………………… 275
　　飞来千丈玉蜈蚣

〔双调〕水仙子·寻梅…………………………… 277
　　冬前冬后几村庄

〔双调〕水仙子·暮春即事……………………… 278
　　风吹丝雨噀窗纱

〔双调〕水仙子·怨风情………………………… 279
　　眼中花怎得接连枝

〔双调〕水仙子·重观瀑布……………………… 281
　　天机织罢月梭闲

〔双调〕水仙子·咏雪…………………………… 282
　　冷无香柳絮扑将来

〔南吕〕梁州第七·射雁（套）………………… 283
　　鱼尾红残霞隐隐

马谦斋

〔双调〕水仙子·咏竹 …………………………… 286
　　贞姿不受雪霜侵

〔越调〕柳营曲·叹世 …………………………… 287
　　手自搓

张可久

〔黄钟〕人月圆·山中书事 ……………………… 289
　　兴亡千古繁华梦

〔黄钟〕人月圆·客垂虹 ………………………… 291
　　三高祠下天如镜

〔黄钟〕人月圆·吴门怀古 ……………………… 292
　　山藏白虎云藏寺

〔双调〕水仙子·吴山秋夜 ……………………… 294
　　蝇头《老子》五千言

〔双调〕折桂令·村庵即事 ……………………… 295
　　掩柴门啸傲烟霞

〔双调〕折桂令·九日 …………………………… 296
　　对青山强整乌纱

〔双调〕折桂令·酸斋学士席上 ………………… 297
　　岸风吹裂江云

〔中吕〕满庭芳·山中杂兴 ……………………… 298
　　风波几场

〔中吕〕普天乐·西湖即事 …………………… 300
　　蕊珠宫

〔越调〕寨儿令·忆鉴湖 ……………………… 301
　　画鼓鸣

〔双调〕殿前欢·离思 ………………………… 302
　　月笼沙

〔中吕〕红绣鞋·天台瀑布寺 ………………… 303
　　绝顶峰攒雪剑

〔越调〕天净沙·江上 ………………………… 304
　　嗈嗈落雁平沙

〔双调〕庆东原·次马致远先辈韵九篇 ……… 304
　　门长闭
　　诗情放
　　山容瘦

〔正宫〕醉太平·怀古 ………………………… 306
　　翩翩野舟

〔越调〕凭阑人·湖上 ………………………… 307
　　远水晴天明落霞

〔双调〕落梅风·春情 ………………………… 308
　　秋千院

〔中吕〕喜春来·永康驿中 …………………… 309
　　荷盘敲雨珠千颗

〔中吕〕卖花声·怀古 …………………………… 309
　　美人自刎乌江岸

〔中吕〕卖花声·客况 …………………………… 311
　　绿波南浦人怀旧

〔中吕〕齐天乐过红衫儿·道情 ………………… 312
　　人生底事辛苦
　　浮生扰扰红尘

〔南吕〕骂玉郎过感皇恩采茶歌·杨驹儿墓园 …… 315
　　莓苔生满苍云径

〔正宫〕醉太平 …………………………………… 316
　　人皆嫌命窘

〔南吕〕金字经·采莲女 ………………………… 317
　　小玉移莲棹

〔中吕〕满庭芳·秋夜不寐 ……………………… 318
　　西窗酒醒

〔中吕〕朝天子·闺情 …………………………… 319
　　与谁

〔中吕〕山坡羊·闺思 …………………………… 320
　　云松螺髻

〔双调〕湘妃怨·怀古 …………………………… 321
　　秋风远塞皂雕旗

〔仙吕〕锦橙梅 …………………………………… 322

　　　　红馥馥的脸衬霞

〔越调〕凭阑人·江夜 …………………… 323
　　　　江水澄澄江月明

〔黄钟〕人月圆·春晚次韵 ………………… 323
　　　　萋萋芳草春云乱

〔南吕〕一枝花·湖上归（套）…………… 324
　　　　长天落彩霞

任　昱

〔双调〕清江引·题情 …………………… 328
　　　　南山豆苗荒数亩

〔南吕〕金字经·秋宵宴坐 ………………… 329
　　　　秋夜凉如水

〔双调〕清江引·钱塘怀古 ………………… 330
　　　　吴山越山山下水

钱　霖

〔般涉调〕哨遍（套）……………………… 331
　　　　试把贤愚穷究

曹　德

〔双调〕清江引 …………………………… 339
　　　　长门柳丝千万结
　　　　长门柳丝千万缕

〔双调〕折桂令·自述 …………………… 340

淡生涯却不多争

贯云石

〔正官〕塞鸿秋·代人作 …………………… 343
  战西风几点宾鸿至

〔正官〕小梁州 …………………………… 344
  朱颜绿鬓少年郎

〔正官〕小梁州 …………………………… 345
  相偎相抱正情浓

〔正官〕小梁州·秋 ………………………… 345
  芙蓉映水菊花黄

〔中吕〕红绣鞋 …………………………… 346
  东村醉西村依旧

〔中吕〕红绣鞋 …………………………… 347
  挨着靠着云窗同坐

〔双调〕蟾宫曲·送春 ……………………… 348
  问东君何处天涯

〔双调〕清江引 …………………………… 349
  弃微名去来心快哉

〔双调〕清江引·咏梅 ……………………… 349
  芳心对人娇欲说

〔双调〕清江引·惜别 ……………………… 350
  若还与他相见时

〔双调〕清江引·立春 ………………………… 351
　　　金钗影摇春燕斜

〔双调〕寿阳曲 ……………………………… 352
　　　鱼吹浪

〔双调〕水仙子·田家 ……………………… 353
　　　绿阴茅屋两三间

〔双调〕殿前欢 ……………………………… 353
　　　畅幽哉

〔双调〕殿前欢 ……………………………… 354
　　　楚怀王

徐再思

〔黄钟〕红锦袍 ……………………………… 356
　　　那老子爱清闲主意别

〔中吕〕朝天子·常山江行 ………………… 357
　　　远山

〔中吕〕普天乐·吴江八景·前村远帆 …… 358
　　　远村西

〔双调〕蟾宫曲·姑苏台 …………………… 359
　　　荒台谁唤姑苏

〔双调〕蟾宫曲·春情 ……………………… 360
　　　平生不会相思

〔双调〕沉醉东风·春情 …………………… 361

一自多才间阔
〔双调〕水仙子·春情……………………………… 361
　　　九分恩爱九分忧
〔双调〕蟾宫曲·江淹寺……………………………… 362
　　　紫霜毫是是非非
〔越调〕天净沙·探梅………………………………… 364
　　　昨朝深雪前村
〔双调〕水仙子·夜雨………………………………… 365
　　　一声梧叶一声秋
〔黄钟〕人月圆·甘露怀古…………………………… 366
　　　江皋楼观前朝寺
〔商调〕梧叶儿·春思………………………………… 367
　　　芳草思南浦
〔越调〕凭阑人·春愁………………………………… 368
　　　前日春从愁里得
〔双调〕清江引·相思………………………………… 368
　　　相思有如少债的

景元启

〔双调〕殿前欢·梅花………………………………… 370
　　　月如牙

查德卿

〔仙吕〕寄生草·间别………………………………… 372

　　　　姻缘簿剪做鞋样

　〔双调〕蟾宫曲·怀古 …………………………… 373
　　　　问从来谁是英雄

　〔双调〕蟾宫曲·层楼有感 ………………………… 375
　　　　倚西风百尺层楼

　〔仙吕〕寄生草·感叹 …………………………… 376
　　　　姜太公贱卖了磻溪岸

吴西逸

　〔双调〕蟾宫曲·山间书事 ………………………… 378
　　　　系门前柳影兰舟

　〔双调〕蟾宫曲·寄情 …………………………… 379
　　　　半缄书好寄平安

赵显宏

　〔黄钟〕昼夜乐·冬 ……………………………… 381
　　　　风送梅花过小桥

唐毅夫

　〔南吕〕一枝花·怨雪(套) ………………………… 383
　　　　不呈六出祥

朱庭玉

　〔大石调〕青杏子·送别(套) ……………………… 385
　　　　游宦又驱驰

李德载

〔中吕〕阳春曲·赠茶肆……………………388
　　茶烟一缕轻轻扬
　　蒙山顶上春光早
　　一瓯佳味侵诗梦
　　金芽嫩采枝头露

李致远

〔越调〕小桃红·新柳……………………391
　　柔条不奈晓风梳

张鸣善

〔中吕〕普天乐·嘲西席……………………393
　　讲诗书
〔双调〕水仙子·讥时……………………394
　　铺眉苫眼早三公

周文质

〔正宫〕叨叨令·自叹……………………396
　　筑墙的曾入高宗梦
〔越调〕寨儿令……………………397
　　挑短檠

鲜于必仁

〔越调〕寨儿令……………………399
　　汉子陵
〔双调〕折桂令·卢沟晓月……………………401
　　出都门鞭影摇红

〔双调〕折桂令·棋 …………………………………… 402
　　烂樵柯石室忘归

邓玉宾

〔正宫〕叨叨令·道情 …………………………………… 404
　　天堂地狱由人造

刘　致

〔仙吕〕醉中天 …………………………………………… 406
　　花木相思树

〔双调〕清江引 …………………………………………… 407
　　春光荏苒如梦蝶

刘时中

〔正宫〕端正好·上高监司（前套）……………………… 408
　　众生灵遭磨障

〔双调〕新水令·代马诉冤（套）………………………… 420
　　世无伯乐怨他谁

阿鲁威

〔双调〕蟾宫曲 …………………………………………… 425
　　问人间谁是英雄

〔双调〕寿阳曲 …………………………………………… 426
　　千年调

王举之

〔双调〕折桂令·赠胡存善 ……………………………… 428

　　　　问蛤蜊风致何如

苏彦文

〔越调〕斗鹌鹑·冬景(套)·····················430
　　地冷天寒

杨朝英

〔商调〕梧叶儿·客中闻雨·····················434
　　檐头溜

〔双调〕水仙子·自足························435
　　杏花村里旧生涯

王元鼎

〔越调〕凭阑人·闺怨························437
　　垂柳依依惹暮烟
　　啼得花残声更悲

〔商调〕河西后庭花(套)······················438
　　走将来涎涎瞪瞪冷眼儿睒

杨维桢

〔双调〕夜行船·吊古(套)·····················442
　　霸业艰危

刘庭信

〔中吕〕朝天子·赴约························449
　　夜深深静悄

〔双调〕水仙子·相思·······················450

　　　　恨重叠重叠恨恨绵绵恨满晚妆楼

　〔南吕〕一枝花·春日送别(套) ……………… 451
　　　　丝丝杨柳风

阿里西瑛

　〔双调〕殿前欢·懒云窝(三首) …………… 455
　　　　懒云窝,醒时诗酒醉时歌
　　　　懒云窝,醒时诗酒醉时歌
　　　　懒云窝,客至待如何

孙周卿

　〔双调〕蟾宫曲·自乐 …………………………… 457
　　　　想天公自有安排

夏庭芝

　〔双调〕水仙子·赠李奴婢 ……………………… 459
　　　　丽春园先使棘针屯

宋方壶

　〔中吕〕红绣鞋·阅世 …………………………… 461
　　　　短命的偏逢薄幸

　〔中吕〕山坡羊·道情 …………………………… 462
　　　　青山相待

兰楚芳

　〔南吕〕四块玉·风情 …………………………… 463
　　　　我事事村

意思儿真

倪瓒

〔黄钟〕人月圆 …………………………………… 465
　　惊回一枕当年梦

〔双调〕折桂令·拟张鸣善 ……………………… 466
　　草茫茫秦汉陵阙

〔双调〕水仙子 …………………………………… 467
　　东风花外小红楼

汪元亨

〔正宫〕醉太平·警世 …………………………… 468
　　憎苍蝇竞血

〔双调〕沉醉东风·归田 ………………………… 469
　　二十载江湖落魄

杨讷

〔中吕〕红绣鞋·咏虼蚤 ………………………… 470
　　小则小偏能走跳

汤式

〔双调〕天香引·西湖感旧 ……………………… 472
　　问西湖昔日如何

〔中吕〕谒金门·落花二令 ……………………… 473
　　落花
　　落红

〔中吕〕醉高歌带红绣鞋·客中题壁 …………… 474

落花天红雨纷纷

王大学士

〔仙吕〕点绛唇（套） ················· 476
　　　丰稔年华

无名氏

〔正官〕塞鸿秋 ····················· 484
　　　爱他时似爱初生月

〔正官〕塞鸿秋·丹客行 ··············· 485
　　　朝烧炼暮烧炼朝暮学烧炼

〔正官〕醉太平 ····················· 486
　　　堂堂大元

〔正官〕醉太平·讥贪小利者 ··········· 487
　　　夺泥燕口

〔正官〕醉太平·叹子弟 ··············· 488
　　　寻葫芦锯瓢

〔仙吕〕三番玉楼人·闺情 ············· 489
　　　风摆动檐间马

〔南吕〕骂玉郎过感皇恩采茶歌 ········· 490
　　　四时唯有春无价

〔中吕〕朝天子·嘲妓家匾食 ··········· 491
　　　白生生面皮

〔中吕〕朝天子·志感 ················· 492

不读书有权

　　　不读书最高

〔中吕〕满庭芳 ·············· 493

　　　枉乖柳青

〔中吕〕红绣鞋·离愁 ·············· 495

　　　窗外雨声声不住

〔中吕〕红绣鞋 ·············· 496

　　　一两句别人闲话

〔中吕〕快活三过朝天子四换头·忆别 ······ 496

　　　人去后敛翠颦

〔大石调〕初生月儿 ·············· 497

　　　初生月儿一半弯

〔小石调〕归来乐 ·············· 498

　　　你看那秦代长城替别人打

〔商调〕梧叶儿·嘲谎人 ·············· 499

　　　东村里鸡生凤

〔越调〕小桃红·情 ·············· 500

　　　断肠人寄断肠词

〔越调〕天净沙 ·············· 500

　　　上官有似花开

〔越调〕天净沙 ·············· 501

　　　平沙细草斑斑

〔双调〕水仙子 …………………………………… 501
　　退毛鸾凤不如鸡

〔双调〕水仙子 …………………………………… 502
　　转寻思转恨负心贼

〔双调〕水仙子·喻纸鸢 …………………………… 503
　　丝纶长线寄天涯

〔双调〕山丹花 …………………………………… 503
　　昨朝满树花正开

再版后记 ……………………………………………… 505

前　言

王国维提出"凡一代有一代之文学"说,而所谓"一代之文学",是指其成就"后世莫能继焉者也"[①]。这是极具见地的。一个时代各种文学样式百花争艳,但总有一种独放异彩,不仅为同时代其他文体所不如,而且也为后世所莫能继。这不仅与当时的政治经济文化风俗有关,也与文学的发展走向、文人的创作心态、时代的审美特质有关。所以,"一代之文学"不仅是一个时代文学的标志,也是文学发展史上的里程碑。而这"一代之文学"中就有元曲。这是历代人们的共识。元人虞集和他的同时代人罗宗信都发表过此种见解。虞集云:"尝论一代之兴,必有一代之绝艺足称于后世者,汉之文章,唐之律诗,宋之道学,国朝之今乐府,亦开气数音律之盛。其所谓杂剧者,虽曰本于梨园之戏,中间多以古史编成,包含讽谏,

---

[①]　《宋元戏曲史·序》。

无中生有,有深意焉。是亦不失为美刺之一端也。"①罗宗信则云:"世之共称唐诗、宋词、大元乐府,诚哉!"②王国维说得最为明确:"楚之骚,汉之赋,六代之骈语,唐之诗,宋之词,元之曲,皆所谓一代之文学。"③

所谓"元曲",包括两部分:一为杂剧,有剧曲,有科白,以代言体的形式敷衍故事,供粉墨登场,舞台演出之用,明人臧晋叔所选杂剧集即名《元曲选》;一为散曲,仅供清唱,没有科白。由于我国地域辽阔,山川阻隔,再加宋金、宋元政权对峙,阻碍了南北文化的交流;而不同地域语音有别,与语音相协谐的小曲,在音调节奏声情方面,都有着各自鲜明的特色,南北音乐各异其趣,形成了因乐曲不同而区分的北曲和南曲。北曲沉雄,南曲柔婉,具有不同的风格特色。元杂剧所唱之剧曲与元人散曲基本上属北曲,也有用南曲的,散曲如杜仁杰〔商调集贤宾·七夕〕、荆幹臣〔黄钟醉花阴·闺情〕即南北合套,王伯成〔仙吕春从天上来·闺怨〕即南曲。

一

散曲,是诗歌家族中的一个成员,是中国诗歌发展经过诗、词之后,到第三阶段出现的一个新品种。具体地

---

① 孔齐《至正直记》卷三。
② 《中原音韵·序》。
③ 《宋元戏曲史·序》。

说,它是产生于宋金而盛行于元代,配乐歌唱的歌词儿。诗、词、曲都可以配乐歌唱,但在歌词与音乐的关系上,又有所不同:诗(如《诗经》、汉乐府)是选词以配乐,即先有歌词儿,再为词儿谱曲,由词而定乐;词与曲则是由乐以定词,即先有乐曲的谱式,然后依曲子的格律填词。一首词的句数、字数都有严格规定,不得随意增减(加少量衬字的词,是个别现象,如李之仪〔卜算子〕末句"定不负相思意"之"定"字);而一首曲子不仅可以增加大量衬字,甚至还可以增加句子。从形式上看,有无衬字是曲与词最明显的区别;又,曲之韵脚平仄通押,用字不避重复,从这一点看,词律严于曲律。

历史上散曲曾有过许多称谓,如"乐府""乐章""词""词馀""时曲""清曲"等等。元人姚桐寿首次使用"散套"之称:"云石翩翩公子,无论所制乐府、散套,俊逸为当行之冠。"①这里的"散套"是与杂剧里演唱的套曲相对而言的,专指散曲中的套数,对散曲中的小令则仍称"乐府"。明初朱权作《太和正音谱》时,袭用了这一称谓。朱权之侄朱有燉首先使用"散曲"之名,他的《诚斋乐府》分为两卷,前卷题"散曲",专收小令;后卷题"套数",专收散曲中的套数。可见朱有燉的所谓"散曲",与今天我们使用的概念并不一致。到明代万历年间王骥德

---

① 《乐郊私语》。

撰《曲律》,才为这一概念界定了新的内涵:把"散曲"与"剧曲"相对而称,散曲中又包括了小令和长套两个品类。这就是我们今天所使用的"散曲"这个概念的含义。任讷(半塘)云:"'散曲'二字,自来对剧曲而言。……统属于散曲之下者,有散套与小令两种。'散套'二字,对剧曲中不散之套而言;'小令'两字,对套曲体制较大者而言。'散曲'为总名,'散套'、'小令'为分别之名。"①散套,又称套数、大套、大令等等,是指用同一宫调之两支以上的曲子相联而成的一个作品。小令也叫叶儿,是用一支曲子写成的作品,"带过曲"和带"幺"篇的作品也属小令。

　　关于散曲的起源与形成,明人王世贞说:"曲者,词之变。自金、元入主中国,所用胡乐,嘈杂凄紧,缓急之间,词不能按,乃更为新声以媚之。"②徐渭说:"今之北曲,盖辽、金北鄙杀伐之音,壮伟狠戾,武夫马上之歌。流入中原,遂为民间之日用。宋词既不可被弦管,南人亦遂尚此。上下风靡,浅俗可嗤。"③元人陶宗仪谓:"金季国初,乐府犹宋词之流。"④清李调元曾引友人的话说:"曲,词之馀。"⑤据此,学界或谓源于胡乐,或谓源自宋词。今

---

① 《散曲之研究》。
② 《曲藻·序》。
③ 《南词叙录》。
④ 《南村辍耕录》卷二七。
⑤ 《雨村曲话·自序》。

人杨栋曰:"我们确定北曲之源为北宋末年流行于以汴京为中心的北方城市的通俗歌曲。这种市井俗曲是在南北不同民族的文化大交流、大融合的特定历史条件下,以宋代特有的市井瓦舍勾栏为中介,经过与女真等北方少数民族的乐曲杂交、化合、变异,从而诞生出的一个新乐种;仍是在市井勾栏这个大熔炉中,这一新乐种通过吸收旧词乐以及其他通俗文艺的营养,逐步成长壮大,发展提高,终在金元之际成熟,进入创作阶段,于是诞生了带有浓厚北方地域色彩的'北曲'。"①此说极是。

  诗、词、曲皆可配乐歌唱,决定其品类区分的,是音乐,这是曲之所以异于诗词的关键。但是,同样是诗或是词、是曲,同宫同调之作,不仅不同时代有不同风貌,即使同一时代,不同流派不同作家的创作,也有不同风貌。这不是乐曲有异,而是作品所表现出来的精神品格不同。即以这种精神品格论,词不同于诗,曲亦不同于词。曲之风神异于诗词者,不在音乐而在文学。是文学决定了元曲(散曲和杂剧)"一代之文学"的历史地位。每一种文学体制,本来应该、也能够发挥多方面的功能,成为人们抒写各种情愫的工具;但是,由于体制各异以及历史形成的习惯,却给它们做了分工。大而言之,诗文有别,清人吴乔指出:"二者意其有异?唯是体制辞语不同耳。意

---

① 《中国散曲学史研究》。

喻之米,文喻之炊而为饭,诗喻之酿而为酒;饭不变米形,酒形质尽变;啖饭则饱,可以养生,可以尽年,为人事之正道;饮酒则醉,忧者以乐,喜者以悲,有不知其所以然者。"[1]文是人类生活和思想感情的本然形态,不变形,有实用;而诗(诗、词、曲统归诗类)则形质具变,它把生活和思想艺术化了,感情化了。细而言之,则有诗言志、词抒情之说。固然,我们从诗、词、文中都可以找出言志、抒情、载道的例子,然而由于体性不同,文体各有所长却也是作家们公认的事实。"夫文者,言之成章,……章之为用,贵乎纪述铺叙,发挥而藻饰;操纵开阖,惟所欲为,而必有一定之准。"[2]篇不拘长短,句不限字数,无音韵格律之束缚,谓之词达,宜道政事。"诗言志"[3],孔颖达释曰:"作者承君政之善恶,述己志而作诗,为诗所以持人之行,使不失坠……"[4]故其内容要求"思无邪"[5],"温柔敦厚,诗之教也"[6],"发乎情,止乎礼义"[7]。词以艳丽为本色,得阴柔之美。清人张惠言说:"(词)缘情造端,兴于微言,以相感动。极命风谣里巷,男女哀乐,以道贤人君

---

[1] 吴乔《答万季野诗问·六》,见《清诗话》。
[2] 李东阳《怀麓堂集》文后稿《春雨堂稿序》。
[3] 《尚书·尧典》。
[4] 《诗谱序》孔颖达疏。
[5] 《论语·为政》。
[6] 《礼记·经解》。
[7] 《诗大序》。

子幽约怨悱不能自言之情,低徊要眇,以喻其故。"①王国维说得更清楚:"词之为体,要眇宜修。能言诗之所不能言,而不能尽言诗之所能言。诗之境阔,词之言长。"②清魏塘曹学士说得形象:"词之为体如美人,而诗则壮士也。"③李东琪说得直白:"诗庄词媚,其体元别。"④如果说,相对于诗,词"别是一家"⑤,那么,相对于诗与词,曲也可以说"别是一家",是浪子,沈东江所谓"(词)上不可似诗,下不可似曲"⑥,正说明诗词曲体性不同。王骥德言之甚精:"诗不如词,词不如曲,故是渐近人情。夫诗之限于律与绝也,即不尽于意,欲为一字之益,不可得也。词之限于调也,即不尽于吻,欲为一语之益,不可得也。若曲,则调可累用,字可衬增。诗与词,不得以谐语方言入,而曲则惟吾意之欲至,口之欲宣,纵横出入,无之而无不可也。故吾谓:快人情者,要毋过于曲也。"⑦就是说,曲较之诗词,不论是想说什么、还是怎么说,都具有更大的灵活性。

或曰,元代文学"诗不如曲,文不如诗,已是不争的

---

① 《词选·序》。
② 《人间词话删稿》。
③ 田同之《西圃词说》。
④ 王又华《古今词论》。
⑤ 李清照《词论》。
⑥ 《填词杂说》。
⑦ 《曲律·杂论下》。

事实"①,此言不诬。曲,不论是杂剧还是散曲,与元代诗文相比都大异其趣。元代诗文已不再抒情言志,不再讲求意境佳美、言辞工巧;要么去"鸣太平之盛",要么记录纪行见闻"以诗存史"。鸣太平之盛,借用贾谊《治安策》的话说:"曰安且治者,非愚则谀。"存史,钱锺书《宋诗选注·序》说得明白:"虽然它在内容上有史实的根据,或者竟可以补历史记录的缺漏,它也只是押韵的文件……因此,'诗史'的看法是个一偏之见。"存史是史家的职责,而纪行用诗不用文,在文体选择上便逊明人徐霞客一筹了。黄周星《制曲枝语》曰:"论曲之妙无他,不过三字尽之,曰'能感人'而已。"感人者何?"生趣勃勃,生气凛凛之谓也。"这就是曲!元人精神最适合的载体是曲,元代文学之精髓在曲。曲中有真性情,有不加掩饰的心灵。

二

说什么,是指内容而言。即以"言志"而言,修身齐家治国平天下,实现建功立业、致君泽民大目标的是志,是儒家所倡导的人生之志。若具体而言,即使是孔门师徒,其志也并不完全相同:"子路曰:'愿车马衣轻裘,与朋友共,敝之而无憾。'颜渊曰:'愿无伐善,无施

---

① 罗宗强、陈洪主编《中国文学史》。

劳。'……子曰：'老者安之，朋友信之，少者怀之。'"①大千世界，人海茫茫，不同境遇的人其志自也不同，何况人生活在红尘烟火之中，或为实现人生之志而奔走，或为谋生而辛劳，所见所感所思所为，欲吐者何啻万千！义归雅正的志、低徊要眇的情并不是人生的全部内容。要表现这五光十色的思绪情愫，曲便是适当的形式。曲"无之而无不可也"。故任讷云："我国一切韵文之内容，其驳杂广大，殆无逾于曲者。剧曲不论，只就散曲以观，上而时会盛衰、政事兴废，下而里巷琐故，帏闼秘闻，其间形形式式，或议或叙，举无不可于此体中发挥之者。冠冕则极其冠冕，淫鄙则极其淫鄙，而都不失其为当行也。以言人物，则公卿士夫、骚人墨客，固足以写；贩贾走卒、娼女弄人，亦足以写。且在作者意中，初不以与公卿士夫、骚人墨客有所歧视也。大而天日山河，细而米盐枣栗，美而名姝胜境，丑而恶疾畸形，殆无不足以写。而细者丑者，初亦不与大者美者有所歧视也。要之，衡其作品大多数量，虽为风月云露，游戏讥嘲，而意境所到，材料所收，因古今上下、文质雅俗，恢恢乎从不知有所限，从不辨孰者为可能，而孰者为不可能；孰者为能容，而孰者为不能容也。其涵盖之广，固诗文之所不及。"②

---

① 《论语·公冶长》。
② 《散曲概论》卷二。

关乎"时会盛衰、政事兴废"之"大事"的曲作,我们选了张养浩的一些曲作、刘时中的〔正宫端正好·上高监司〕等。但应当说,这在元代的曲作里并不是主流,并不能体现元散曲内容上的特色。真正能体现元散曲内容特色的,是悟世隐退和世俗情趣的作品。

悟世隐退类如白朴〔中吕阳春曲·知几〕:

知荣知辱牢缄口,谁是谁非暗点头,诗书丛里且淹留。闲袖手,贫煞也风流。

马致远的〔双调蟾宫曲·叹世〕:

咸阳百二山河,两字功名,几阵干戈。项废东吴,刘兴西蜀,梦说南柯。韩信功兀的般证果,蒯通言那里是风魔?成也萧何,败也萧何,醉了由他。

张养浩〔双调雁儿落兼得胜令〕:

也不学严子陵七里滩,也不学姜太公磻溪岸,也不学贺知章乞鉴湖,也不学柳子厚游南涧。 俺住云水屋三间,风月竹千竿。一任傀儡棚中闹,且向昆仑顶上看。身安,倒大来无忧患;游观,壶中天地宽。

张可久〔中吕齐天乐过红衫儿·道情〕:

人生底事辛苦?枉被儒冠误。读书,图,驷马高车。但沾着者也之乎,区区,牢落江湖,奔走在仕途。半纸虚名，十载功夫。人传《梁甫吟》，自献《长门赋》，谁三顾茅庐？　白鹭洲边住，黄鹤矶头去。唤奚奴，鲙鲈鱼，何必谋诸妇？酒葫芦，醉模糊，也有安排我处。

他们追求隐遁的原因，不在于君王的有道与无道、治世与乱世，也不在于争战者的顺逆是非与得失成败。曲家们把自己与帝王将相以及"他们"所代表的功名事业，分成了两个相互分离、相互对立的群体。"他们"的胜败兴亡都与"我"无干，"我"只是以局外人的身份立场，冷眼旁观他们在战场上、在朝堂中的厮杀争斗。曲中主人公只想隔岸观火，却不愿意去参与，去引火烧身。所以元人"悟世"最深、最彻底，他们的隐遁是无条件的，与儒家"天下有道则见，无道则隐"①的有条件归隐不同。以对屈原的态度为例。根据儒家的观点，屈原既逢乱世，又遇昏君，怀忠见弃，则应舍之则藏，去隐居，去逃避，故贾谊云："所贵圣人之神德兮，远浊世而自藏……般纷纷其离此尤兮，亦夫子之故也。历九州而相其君兮，何必怀此都也？"②曲则不然。曲中讥嘲屈原的不少，例如白朴〔仙吕寄生草·饮〕："不达时皆笑屈原非，但知音尽说陶潜是。"贯云石〔双调殿前欢〕（楚怀王）："笑你个三闾强，

---

① 《论语·泰伯》。
② 《吊屈原赋》。

为甚不身心放？沧浪污你，你污沧浪。"曲家不是像贾谊那样责屈原为何不隐、不离开楚国去其他国家做官辅佐可辅之君，而是从根本上否定出仕，否定世俗层面的建功立业，不论君王有道无道、用之舍之，都不应当成为君王的奴隶和工具，去为君王送命。这是元人所选择的生存方式和处世哲学，所以他们对屈原采取了讥笑和冷嘲的态度，好像在看屈原的笑话，而不是悲悯他的命运。这不是个别现象，而是普遍的士人心态。虽然这含有几分苦涩，有"葡萄是酸的"的味道，但也确实反映了元代士人对儒家传统文化的背离倾向。这种普遍的归隐情绪，不是远离社会，而是远离封建政权，徜徉于山林水滨以享受自然风光之美，流连于秦楼楚馆以享受世俗声色之乐。所以元散曲中写景之作特多，言情之作特多，换一个角度看，元人又是最会享受生活的。

所谓世俗情趣，从内容上说，是现实的而非理想的；其情趣，其眼光，是市民的而非士大夫的，即使是士大夫所写，所体现的精神气韵，也市民化了。钟嗣成所谓"蛤蜊味"[1]、何良俊所谓"蒜酪味""风味"[2]，就是指世俗的内容和世俗的语言所形成的独特情致。用吃来比喻，它不是"王公大人之席，驼峰熊掌肥腯盈前"，而是下层社

---

[1] 《录鬼簿·序》。
[2] 《四友斋丛说》卷三七。

会餐桌上的"蔬笋蚬蛤"①,虽不高贵华美,但别有滋味。也就是说,更加贴近生活,更加世俗,具有诗词所不能比拟的人间烟火气息,举凡日常生活的种种世相,都可入曲歌之览之。在诗词里也偶尔出现过写庸俗丑陋不大入诗的事物的现象②,但那是为矫华而不实、大而无当诗风之枉的过正,本非正常现象。而在元曲中,写琐碎丑陋事物却成了一种普遍风气,什么胖夫妻、红指甲、脸上黑痣、小脚、豁嘴、跳蚤、绣鞋、蚊子、尿盆、屎虼螂……都成了歌咏的题材。甚至神仙也世俗化了:"说什么四大神游,三岛十洲,这神仙隐迹埋名,敢只在目前走。"③神仙不是生活在海岛仙山洞天福地,而是行走在人间,"今朝有酒今朝醉,明日无钱明日求,散诞无忧"的眼前可见的常人、俗人。或者说,在元人眼里世俗人便是神仙。元曲家们所关注的,是发生在身边的琐事细故,是为柴米油盐酱醋茶而奔忙、而喜怒哀乐的市井人物。

爱情之作历代有之。唐代士子理想的婚恋观是郎才女貌,所谓"小娘子爱才,鄙夫重色"④,最典型地说出了当时士子们的婚恋心态。元代的情爱曲作有着崭新的面貌,已经失去了唐人爱情中的理想光环。兰楚芳〔南吕

---

① 《四友斋丛说》卷三七。
② 如宋代,诗人梅尧臣写虱子、跳蚤、鸦啄蛆虫等,词人刘过以〔沁园春〕写《美人指甲》《美人足》等。
③ 邓学可〔正宫端正好·乐道〕。
④ 蒋防《霍小玉传》。

〔四块玉·风情〕：

我事事村,他般般丑。丑则丑、村则村意相投。则为他丑心儿真,博得我村情儿厚。似这般丑眷属,村配偶,只除天上有。

意思儿真,心肠儿顺,只争个口角头不囫囵。怕人知、羞人说、嗔人问。不见后又嗔,得见后又忖,多敢死后肯。

白朴〔中吕阳春曲·题情〕：

从来好事天生俭,自古瓜儿苦后甜。妳娘催逼紧拘钳,甚是严,越间阻,越情忺。

笑将红袖遮银烛,不放才郎夜读书,相偎相抱取欢娱。止不过迭应举,及第待何如!

理想的婚姻已经不是"郎才女貌"了。村的,丑的,照样可以爱,应当爱,只要男女心真情厚就可以成为被曲家歌颂的爱。即使有生理缺陷("口角头不囫囵"——兔唇),也不妨经历爱的温馨与痛苦。才子佳人毕竟只是人类中的少数,对于大多数芸芸众生来说,也需要爱的滋润,也有爱的权利。元曲正是把审视的眼光,由理想化了的少数人,转向了具有生活本色的多数人;由审美,歌颂美,变而审视世俗,审视平平凡凡普普通通的现实世界。元曲家笔下的爱情,也不仅仅是圣洁空灵的感情波动,它还包涵着肉欲的描写。这是以往诗词中所未见的,即使有(如宫体诗),也是一种暗示,绝不像曲中这样极情尽态,写得直露而不知避隐。不仅散曲如此,用于粉墨登场进行演出的杂剧也一般无二,每被高人雅士讥为"浓盐赤酱",瑕疵无状①。他们肯定情,也肯定欲,并且津津乐道,欣赏玩味,体现了新兴的市民阶层的恋爱观。婚姻的目的既不是"上以事宗庙,下以继后世"②,为了祖宗血食,也不是"有夫妇然后有父子,有父子然后有君臣,有君臣然后有上下,有上下然后礼义有所错"③,为维护宗法社会秩序,而是完全出于自身的要求,有情有欲,有着与传统的士大夫文学不同的情趣,闪烁着叛逆反抗的光辉。

人谓:诗庄、词媚、曲俗。曲之所以以"俗"概之,不仅在它的题材内容,也在它的艺术形式。

三

诗、词、曲都属于诗的大家族,但体性各别,表现在艺术上也各具不同的面貌。大而言之,近体诗及词,皆长于

---

① 参见何良俊《四友斋丛说》卷三七、梁廷枏《曲话》卷二。
② 《礼记·昏义》。
③ 《周易·序卦》。

抒情写景，叙事能力极为薄弱，曲则不然，任讷指出："词仅可以抒情写景，而不可以记事，曲则记叙抒写皆可……重头多首之小令，与一般之套曲中，固有演故事者，即寻常小令之中，亦有演故事者……散曲并不须有科白或诗文以为引带，但曲文本身，尽可记言叙动。"[1]即使言情，也不是仅仅静止地描述其思绪心态，而往往选取最能体现这种思绪心态的"行动"进行描写，使人物的"心态"具形化。这是诗词中所见不到的。具体风神之异，则固属当然。

诗与词都贵曲不贵直，讲求含蓄蕴藉饶有馀味，所谓言有尽而意无穷。在艺术手法上，便讲比兴，讲寄托。袁枚云："诗有寄托便佳。"[2]周济云："初学词求有寄托，有寄托则表面相宣，斐然成章。"而且要做到"有寄托入，无寄托出"[3]，即把作者自己所寄寓之意，表现得让读者看不出寄托的痕迹。于是乎"借花卉以发骚人墨客之豪，托闺怨以寓放臣逐子之感"[4]。诗词亦须有趣，其趣即来源于"曲"：直叙不如曲喻，明言不如隐指。其艺术手法虽赋比兴兼备，"诗赋、比、兴，词则比、兴多于赋。或借景以引其情，兴也；或借物以寓其意，比也。盖心中幽约

---

[1] 《散曲概论》卷二。
[2] 《随园诗话补遗》卷五。
[3] 《介存斋论词杂著》。
[4] 刘克庄《后村题跋·题刘叔安感秋八词》。

怨悱，不能直言，必低徊要眇以出之，而后可感动人。"①兴之为义，触物起感，寄托无端；不特使读者莫测其意之所在，即作者本人，因境迁事过，读之恐亦不能自了。是诗、词贵幽隐而避直露。

  曲则不然。徐大椿谓："若其体则全与诗词各别，取直而不取曲，取俚而不取文，取显而不取隐。盖此乃述古人之言语，使愚夫愚妇共见共闻，非文人学士自吟自咏之作也。若必铺叙故事、点染词华，何不竟作诗文，而立此体耶？譬之朝服游山，艳妆玩月，不但不雅，反伤俗矣。但直必有至味，俚必有实情，显必有深义。"②这里所说的"元曲"，指剧曲而言，故云"述古人之言语"，但完全适用于散曲。总体来说，散曲追求直白、透彻、淋漓尽致，言尽意尽，这是听觉艺术和舞台艺术的共同特点。论曲者也有"情无限""意无尽"说，那不是指像诗词一样韵致深藏而令人体味、捉摸，而是指强烈的感情、直落式的表达方式给人心灵留下的震撼（以诗词法作曲者另当别论）。为了这个目标，语言上"取俚而不取文"，到耳即消，入于耳即入于心。曲之语言贵通俗浅显，接近口语，若讲藻饰、用典故，则如"朝服游山，艳妆玩月"，非曲家当行。艺术手法则多用赋体，"赋之言铺，直铺陈今之政教善

---

① 沈祥龙《论词随笔》。
② 《乐府传声·元曲家门》。

恶。"①把事物本来的面目加以铺叙,直来直去,不借助比喻,也不借助兴寄,大有实话实说的味道。王骥德云:"世有不可解之诗,而不可令有不可解之曲。"②周德清谓"意欲尽","用字必熟"③,这就是曲的艺术追求。

"直"中之"味"来自两端:

一是真诚坦率,敞开心扉,毫无隐饰,给人以亲近感、信任感。钱锺书《管锥编·毛诗正义·河广》谓:"言之虚者也,非言之伪者也,叩之物而不实者也,非本之心而不诚者也。""真"是善与美的前提,一诚遮百丑是也。黄周星称曲之体性曰"天然"④,王国维谓之"自然"⑤,刘永济则曰:"举凡曩时文家所禁避,所畏忌者,无不可尽言之。"⑥都与曲追求天然本色有关。

二是追求谐趣,"须以俗为雅,而一语之出,辄令人绝倒,乃妙。"⑦"妙在借俗写雅,面子疑于放倒,骨子弥复认真。"⑧诸如杜仁杰〔般涉调耍孩儿·庄家不识构阑〕、王和卿〔仙吕醉中天·咏大胡蝶〕、白朴〔仙吕醉中天·佳人脸上黑痣〕、马致远〔般涉调耍孩儿·借马〕、睢景臣

---

① 《周礼·春官·大宗师》郑玄注。
② 《曲律·杂论上》。
③ 《中原音韵·作词十法》。
④ 《制曲枝语》。
⑤ 《宋元戏曲史》。
⑥ 《元人散曲选序论》。
⑦ 王骥德《曲律·论俳谐》。
⑧ 刘熙载《艺概·词曲概》。

〔般涉调哨遍·高祖还乡〕、兰楚芳〔南吕四块玉·风情〕、钟嗣成〔南吕一枝花·自序丑斋〕等等。固然，俳谐之作古已有之，《史记》即有《滑稽列传》。但谐趣作为一种时代普遍追求的情趣，却只有元曲足以体现。刘勰说："嗤戏形貌，内怨为俳也。"又说："谐之言皆也。辞浅会俗，皆悦笑也。"①范文澜注云："内怨，即腹诽也。彦和之意，以为上者肆行贪虐，下民不敢明谤，则作为隐语，以寄怨怒之情；故虽嗤戏形貌而不弃于经传，与后世莠言嘲弄不可同时语也。"②应该说，并不是所有谐趣类曲作都具有这种"内怨"精神，从元曲内容之驳杂琐屑中可以看出，有的纯粹是游戏之作，趣味也显得低俗无聊。但是，元人之所以具有这种普遍的玩世心态，追求谐谑情趣，体现出浓厚的市民文化色彩，却又有着深刻的时代原因，从这一点上又可以验证"内怨"说言之不诬。

　　元曲，不论是杂剧还是散曲，都是把最普通的辞语用在最适当的地方，这便是王国维氏《宋元戏曲史》所谓"元曲为中国最自然之文学"。不论从内容上看，还是从艺术上看，元曲都与正统的诗文大异其趣。它带有野性的叛逆精神、生新的形式面貌，都使它在文学百花园中光彩照人。

---

① 《文心雕龙·谐隐》。
② 范文澜《文心雕龙注》。

四

元曲之所以呈现这种大异于诗词的精神面貌,有着广泛而深刻的社会原因,不是个别作家所能左右的。

元代是一个疆域空前广大、空前统一的大帝国。但这个帝国的统一是经历了长期分裂战乱之后,由少数民族入主中原而完成的,它的方方面面都在士人的心灵上刻下了印痕。

唐代堪称封建社会的盛世,但是唐代盛极而衰,接着便是五代十国的动乱;赵宋王朝建立了统一政权,北宋版图本已狭小,靖康之难后,又只剩半壁山河,并且先是与辽、与西夏对峙,继而与金、与元对峙,蒙元的统一又是靠血腥杀戮,杀戮之惨,骇人耳目。元代人的心理上沉积了太多的社会动乱的阴影,产生了与太平时期不同的生命体验,乱世馀生感或隐或显地徘徊在人们心头,使他们格外珍惜生命,加倍享受生活。那种舍生取义、捐躯报国、为未来、为理想、为社会、为民众的献身精神减弱了,士大夫的社会责任感淡泊了,从而对功名利禄有了新的认识。于是化庄严为滑稽,用诙谐排遣内心深处的压抑。

在封建社会,不论是报国还是济民,理想实现的主要途径就是入仕。元人对功名看法的改变,意味着人生理想的颓堕。"功名二字,如同那百尺高竿上调把戏一般,性命不保。"①"路迢迢,水遥遥,功名尽在长安道。今日少年明日老。山,依旧好;人,憔悴了。"②生命短暂,而大自然长存;功名是虚幻的、危险的,妨碍自由自在的人生,不值得追求。于是"糟腌两个功名字,醅淹千古兴亡事,麯埋万丈虹霓志。"③"休说功名,皆是浪语,得失荣枯总是虚。"④"既功名不入凌烟阁,放疏狂落落陀陀。"⑤既然功名是虚幻的,那就追求实在的吧。实在者为何?那就是对生命、对生活的珍惜与享受。唐代士子的历史使命感、社会责任感,生成为爱国精神,化为建功立业的追求;宋代科举录取名额的扩大,重文轻武的政策,刺激了文人普遍的功名欲望;元人则是追求诗酒声情,或流连于妓馆饮醇近妇,或徜徉于山林无拘无束地享受自然风光,对世俗生活有一种普遍的认同感,这就是杂剧中流露的:"天下喜事无过夫妻团圆"⑥,"做子弟的声传四海,名上青楼,比为官的还有好处。""折桂攀蟾,也不似这浅斟低唱……谁待夺皇家龙虎榜?争如占花丛燕莺场……我向这花柳营调鼎鼐,风月所理阴阳。"⑦只考虑自身的享受,没有了对功名的实际追求,剧中的"金榜题名"故事,也

---

① 马致远《黄粱梦》。
② 陈英〔中吕·山坡羊〕。
③ 白朴〔仙吕寄生草·饮〕。
④ 沈和〔仙吕赏花时·潇湘八景〕。
⑤ 曾瑞〔正宫端正好·自序〕。
⑥ 石子章《竹坞听琴》。
⑦ 武汉臣《玉壶春》。

只是把科举当作实现享受目标的手段,而不是攀登功名事业的阶梯。元代文人中,像谢枋得那样忠于亡宋、死不仕元,"以名节励世"者很少,以恢复宋金政权为人生目标的也很少。他们追求的是杯中有酒、心头无事、轻暖甘肥、妖淫艳丽的纵欲生活,哪里还能想到人民和国家?元蒙政权实行民族歧视政策,摧毁了汉族文人像唐宋文人那样运筹庙堂、立功异域的奢望,变得眼界狭小了,眼光短浅了,他们过多地盯在了自己身上,追求一己的享乐,世俗化了。

蒙古贵族入主中原之后,使汉民族,尤其是士人,有一种失落感。他们原来意向所归的汉族群体组织,由于政权的变易而不复存在了,面对新的异族统治,他们感到陌生,感到无所依归。而统治者实行人种等级(蒙古人、色目人、汉人、南人)的民族歧视政策,和重征伐而轻文教的轻儒政策(所谓大元典制人分十等……九儒十丐①),也使他们产生被抛弃的孤零感。失去归属感,原有的汉族群体制度和道德纪律的约束力便松懈开来;而对新的统治族群体又没有认同感。他们成了"弃儿"。于是受制度和纪律约束的行为指向,便出现了混乱,三纲五常观念、贞节观念,失去了原有的权威地位,他们"自由"多了。元代士子本不把元政权视为应当报效的

---

① 参见《谢叠山集》卷一《送方伯载归三山序》、《心史》下卷《大义略叙》。

"国",即使有报效的愿望,也报国无门。不论是从主观上说,还是从客观条件上说,都使士子们产生自外于元政权、对立于元政权的心态。他们失去了应该依恃、同时也应该效忠的群体。宋代重文轻武,建立的是文官制度,士阶层是政权的核心,处于社会的中心,养成了自得意识和宠儿意识。元代正好相反,从整个阶层来说,他们远离了政权,远离了社会中心,处于被忽视、被讥嘲的地位,已无尊严可言。这巨大的反差,促使"弃儿意识"愈发膨胀,于是开始关注个人生活,任由自我性情的放任,尽情享受山水之娱、声色之娱,玩世、嘲世、骂世,以浪子自居自傲。他们似乎看破了人生,以"悟世"相标榜,实际上看透的仅仅是仕途,于人生倒是更执着了,更知道享受了。甚至从俗的丑的现象中也能发现发人一噱的笑料,真是"许大乾坤,由我诙谐!"[1]从一方面看,这是长期儒家思想束缚后,人性的复苏,人文主义精神的张扬,是对个体生命价值的肯定;从另一方面看,也是士大夫社会责任感的淡漠。在散曲里,他们那样大胆地坦露自己的权欲、色欲、自由欲,展现人性的道德的和生理的缺憾与不足,毫不掩饰,毫无"美化"。这正印证了后来人张岱的那段名言:"人无癖不可与交,以其无深情也;人无疵不可与交,以

---

[1] 孙周卿〔双调蟾宫曲·自乐〕。

其无真气也。"①也给西方古典主义理论家布洛瓦的话提供了注脚:"伟大的心灵也要有一些弱点……。人们在肖像里发现了这些微疵,便感到自然本色,转觉其别有风致。"②元散曲所塑造出来的,就是这种可以与交的、有深情有真气的、别有风致的人。这是自然人,本色人,吃五谷杂粮的活人。这是元代社会人生价值无法实现的现实培植出的多味果。

元代是一个没有英雄崇拜、社会榜样丧失的时代。

关于废科举问题,已多为人们所论及。它所造成的结果是打碎了人们入仕报国的幻想和愿望,使他们失去了昔日"唯有读书高"的庄严感、神圣感和优越感。杂剧中的儒生感叹:"儒人颠倒不如人","好不值钱也者也之乎","今日个秀才每逢着末劫"。甚至成了向人乞讨的叫花子:"是时三学诸生困甚,公出,必拥遏叫呼曰:'平章,今日饿杀秀才也!'从者叱之。公必使之前,以大囊贮中统小钞,探囊撮与之。"③"生员不如百姓,百姓不如祗卒。"④"小夫贱隶亦以儒为嗤诋。"⑤没有了精神支柱,转而务实,不思进取,造成士人品格降低;谋生问题造成思想混乱。哪里还顾得上什么修、齐、治、平!与唐宋文

---

① 《陶庵梦忆》卷四。
② 《诗的艺术》。
③ 郑元祐《遂昌杂录》。
④ 李继本《一山文集》卷八《与董涞水书》。
⑤ 余阙《青阳先生文集》卷四《贡泰父文集序》。

人相比,元人的最大不同便是世俗化了。

由于轻儒,由于废止科举,造成官员素质低劣。入仕之途径,或靠根脚血统,"血"而优则仕,这是为什么元杂剧中有那么多生动活现的"衙内"嘴脸出现的生活根据;或靠吏进,吏是办事员,唐宋吏员均不得入仕,只有元代吏成为官的主要来源,"由吏致显位者,常十之九"①;或靠买官,所以贪官泛滥,不知羞耻为何物。"州县之官,或擢自将校,或起由民伍,率昧于从政,甚者专以掊克聚敛为能,官吏相与为贪私以病民。"②"数十年来风俗大坏,居官者习于贪,无异盗贼,已不以为耻,人亦不以为怪。其间颇能自守者,千百不一、二焉。"③有谚讥伯颜太师曰:"百千万锭犹嫌少,垛积金银北斗边。可惜太师无运智,不将些子到黄泉。"④也有科举入仕者,但只占极少数,叶子奇曰:"至于科目取士,止是万分之一耳,殆不过粉饰太平之具。"有的官员不识字,甚至连"七"字都写成"才"⑤。官员不仅是政权的支柱,也是人们的榜样,社会风气的好坏,可以说就是官场风气的体现。而元代"贼作官,官作贼,混愚贤"⑥。"铺眉苫眼早三公,裸袖揎拳

---

① 《元史·韩镛传》。
② 《元史·宋子贞传》。
③ 吴澄《吴文正公文集·赠史敏中侍亲还家序》。
④ 陶宗仪《南村辍耕录》卷二七。
⑤ 《草木子·杂俎篇》。
⑥ 无名氏〔正宫醉太平〕。

享万钟,胡言乱语成时用。大刚来都是烘!说英雄谁是英雄?五眼鸡岐山鸣凤,两头蛇南阳卧龙,三脚猫渭水飞熊。"①"这壁挡住贤路,那壁又挡住仕途。如今这越聪明越受聪明苦,越痴呆越享了痴呆福,越糊突越有了糊突富。"②饱学之士埋没红尘,七尺之躯无处安排。这社会还有什么权威可言?哪里去寻找英雄?谁还堪为榜样?所以倪瓒感叹:"到如今世事难说,天地间不见一个英雄,不见一个豪杰。"③改变了儒家文化所倡导的举贤守礼、仁治天下的局面。从官员到民众,思想混乱,偏离了传统的"正规",转而寻求满足个人利益和欲望的行为,崇尚自由,我行我素,已无礼可拘,无道可守,无法可遵。"我穿着紫罗襕到拘束我不自在,我穿的皂朝靴怎敢胡去踹?……只管待漏随朝,可不误了秋月春花也?柱干碌碌头又白。"④不愿为官愿归隐;婚恋方面更是无礼可拘,较之唐宋都更为自由,这就是在杂剧和散曲里此类作品多且出色的原因。

我们把元代的水浒戏同明代的小说《水浒传》加以比较就会发现,水浒戏所写都是些个人之间的恩怨琐事,而小说则在广阔的社会背景下,揭示更为深刻的社会矛

---

① 张鸣善〔双调水仙子·讥时〕。
② 马致远《荐福碑》。
③ 倪瓒〔双调折桂令·拟张鸣善〕。
④ 高明《琵琶记》。

盾,描绘集团间的斗争历程。这大概是没有了英雄崇拜,失去了理想追求之后所造成的心理上、审美情趣上追求平淡的结果。同是婚恋作品,不论是散曲还是杂剧,我们都找不到唐传奇《霍小玉传》的惨烈、《莺莺传》的哀怨、《李章武传》的凄艳,而且是始于离者终于合,平淡中和。"艺术形式的美感逊色于生活内容的欣赏,高雅的趣味让路于世俗的真实。"①日常生活中的人和事,平民百姓的喜怒哀乐,成为作家们描写和欣赏的对象。可以说,作家和读者都希望品味生活。

五

据隋树森氏统计,元代有散曲流传下来的,作者约220人;作品(残曲除外)有套数457套、小令3853首,收在《全元散曲》(中华书局版)中;此后发现的几首作品,则收入《全元散曲简编》(上海古籍出版社版)。这比起《全唐诗》(50000馀首)和《全宋词》(约20000首)来,数量显然是少的。这一是由于元朝国祚不永,没有提供使曲有更大发展的历史空间;二是由于曲乃新兴文体,没有诗词那样的文化底蕴;三是元代统治者对文化的漠视,"天丧斯文",未能加意提倡和培植。

文学艺术的成功与否,形式诚然是非常重要的。

---

① 李泽厚《美的历程》。

但更重要的,是这种形式所承载的人文精神。这种时代精神在作品里体现的深与浅、广与狭,便决定了它在文学发展史中所占地位的高与低,决定了其生命力的长久与短暂。我们应当用历史的眼光来审视文化遗产。元曲之所以无愧于"一代之文学"的称号,就在于它广泛而深刻地反映了元代的人文精神;或者说,元代的人文精神找到了最适宜的艺术寄托形式——元曲。这是诗词所无法望其项背的。明人茅一相《题词评〈曲藻〉后》说得明白:"夫一代之兴,必生妙才;一代之才,必有绝艺:春秋之辞命,战国之纵横,以至汉之文,晋之字,唐之诗,宋之词,元之曲,是皆独擅其美而不得相兼,垂之千古而不可泯灭者。虽然,即是数者,惟词曲之品稍劣,而风月烟花之间,一语一调,能令人酸鼻而刺心,神飞而魄绝,亦惟词曲为然耳。大都二氏之学,贵情语不贵雅歌,贵婉声不贵劲气,夫各有其至焉。"我们很难得出结论,说唐诗、宋词、元曲之成就孰高孰低,诚如春兰、夏荷、秋菊、冬梅,"各有一时之秀,不容为人轩轾"[①]。诗、词、曲是艺术园地里的不同品种。而"科学同情各种艺术形式和各种艺术流派,对完全相反的形式与派别一视同仁,把它们看做人类精神的不同的表现,认为形式与派别越多越相反,人类的精神面貌就

---

① 袁枚《随园诗话》卷三。

表现得越多越新颖。"①我们只能说,唐诗、宋词、元曲所体现的人文精神不同,它们是不可相互替代的。它们各自承载了历史所赋予的使命,使后来人每读到它们的时候,都会产生心灵的悸动,令读者兴奋不已。这是古人从心底发出来的声音,在新的时代与他们的后世子孙进行感情对话。我们应当接受祖先的厚爱。

元曲的发展,或分四期,或分三期,或分二期。学术界之所以有不同意见,说明在分期方面并没有明显的标志。我们认为宜粗不宜细,以分二期为宜。前期之代表作家如卢挚、关汉卿、白朴、马致远、张养浩等,以大都(今北京)为活动中心;成宗大德年间以后为后期,中心转移到临安(今杭州),代表作家如乔吉、张可久、贯云石、徐再思等。大体说来,前期风格本色质朴,后期则更注重格律,趋于典雅。

本书选释曲家作品三百馀首。我们是想在比较全面反映元曲面貌的前提下,选思想与艺术俱佳,而又能体现曲之为曲的特点、让读者品味出"曲味儿"的作品,或在某一方面有特色的作品。这自然体现了我们对作品的理解。曲多异文,入选时择善而从,不出校记。注释工作,以下曲家曲作由黄克负责:虞集、李泂、薛昂夫、吴弘道、

---

① 〔法国〕丹纳《艺术哲学》第一编第一章,傅雷译本。

赵善庆、马谦斋、张可久、任昱、钱霖、徐再思、孙周卿、曹德、高安道、亢文苑、真氏、景元启、查德卿、吴西逸、赵显宏、唐毅夫、朱庭玉、李伯瑜、李德载、张鸣善、杨朝英、宋方壶，凡二十六家近百首；其馀由张燕瑾负责。全书最后由张燕瑾统一修改定稿。失当、错误之处，请读者批评指正。

张燕瑾
于首都师范大学中国诗歌研究中心

元好问

元好问(1190—1257),字裕之,号遗山,太原秀容(今山西忻县)人,鲜卑族。金宣宗兴定五年(1221)进士,历任内乡、南阳令,尚书省掾,尚书省左司员外郎等职。金亡不仕,搜集金代史料,编成《壬辰杂编》及金诗总集《中州集》。著有《遗山先生文集》《遗山乐府》《续夷坚志》,其创作文、诗、词、曲兼擅,而以诗词成就最高。元好问以词法作曲,未能展示曲之风采,但他是当时文坛领袖,其曲作为后人楷模,起到了倡导的作用。今有姚奠中主持校点的《元好问全集》。散曲今存小令九首及残曲。

〔双调〕小圣乐

绿叶阴浓,遍池塘水阁,偏趁凉多[1]。海榴初绽[2],朵朵蹙红罗[3]。老燕携雏弄语,有高柳鸣蝉相和[4]。骤雨过,珍珠乱糁[5],打遍新荷。
人生有几,念良辰美景[6],一梦初过。穷通前定[7],何用苦张罗?命友邀宾玩赏[8],对芳樽浅酌低歌^[9]。且酩酊^[10]，任他两轮日月，来往如梭。

〔1〕 趁凉：追凉，逐凉。

〔2〕 海榴：石榴。

〔3〕 蹙（cù 促）红罗：形容石榴花如同红绸缎皱聚而成。

〔4〕 和（hè 贺）：以声相应，应和。

〔5〕 糁（sǎn 伞）：散落。

〔6〕 良辰美景：好时光，好景色。谢灵运《拟魏太子邺中集诗八首序》："天下良辰、美景、赏心、乐事，四者难并。"

〔7〕 穷通：困厄窘迫与显达得意。

〔8〕 命友：招呼朋友。本句命与邀互文义同。

〔9〕 芳樽：酒杯的美称。

〔10〕 酩酊（mǐng dǐng 溟顶）：大醉的样子。

商 衟

商衟(dào 道)(1194—1253 后),字正叔(或作政叔),曹州济阴(今山东菏泽)人。曾为"学士",为人滑稽豪爽,有古人风。是曲家商挺的叔父。散曲今存小令四首、套数八套及残套一。与张五牛合编有诸宫调《双渐小卿》(见元夏庭芝《青楼集·赵真真杨玉娥》)。

〔越调〕天 净 沙

野桥当日谁栽?前村昨夜先开。雪散珍珠乱筛[1]。多情娇态,一枝风送香来。

〔1〕"雪散"句:霰雪纷纷如同乱筛珍珠般落下。霰雪,雪粒。此喻梅花瓣飘落貌。

〔双调〕新 水 令

彩云声断紫鸾箫[1]，夜深沉绣纬中冷落。愁转增，不相饶。粉悴烟憔[2]，云鬟乱倦梳掠。

〔乔牌儿〕自从他去了，无一日不唝道[3]。眼皮儿不住的梭梭跳，料应他作念着[4]。

〔雁儿落〕愁闻砧杵敲[5]，倦听宾鸿叫[6]。懒将烟粉施，羞对菱花照[7]。

〔挂玉钩〕这些时针线慵拈懒绣作，愁闷的人颠倒。想着燕尔新婚那一宵[8]，怎下得把奴抛调[9]。意似痴，肌如削。只望他步步相随，谁承望拆散鸾交[10]。

〔乱柳叶〕为他为他曾把香烧，怎下得将咱将咱抛调。惨可可曾对神明道[11]，也不索和他闹，枉惹的傍人笑。尽教，失约，有一日天开眼自然报。

〔太平令〕骂你个短命薄情才料[12]，小可的无福难消[13]。想着咱月下星前约，受了些无打算凄凉烦恼[14]。我呵，心儿里想着，口儿里念着，梦儿里梦着，又被这雨打纱窗惊觉[15]。

〔豆叶黄〕不觉的地北天南,抵多少水远山遥。将一个粉脸儿何曾忘了。怕的是钟送黄昏鸡报晓,昏晓相催,断送了愁人[16],多多少少。

〔七弟兄〕懊恼,这宵,受煎熬。被凄凉一弄儿相刮噪[17]。画檐间铁马儿晚风敲[18],纱窗外促织儿频频叫[19]。

〔梅花酒〕呀,罗帏中静悄悄,烛灭烟消,枕冷衾薄,梦断魂消。扑簌簌泪点儿抛,急煎煎眼难交,百般的睡不着,更那堪雨潇潇[20]。雨潇潇夜迢迢,夜迢迢最难熬,最难熬晚风敲。

〔收江南〕呀,则听的淅零零细雨儿洒芭蕉。孤眠独枕最难熬,绛绡裙褪小蛮腰[21]。即渐的瘦了[22],相思满腹对谁学[23]。

〔尾〕急煎煎每夜伤怀抱,扑簌簌泪点儿腮边落。唱道是废寝忘飧[24],玉减香消。小院深沉,孤帏里静悄[25]。瘦影儿紧相随,一盏孤灯照。好教人急煎煎心痒难揉,则教我千万声长吁到不的晓。

〔1〕"彩云"句:意谓缭绕云端的箫声停止了。鸾箫,箫的美称。旧题刘向撰《列仙传》载有萧史、弄玉吹箫引凤,双双飞升成仙的故事,故称鸾箫。

〔2〕 粉悴烟憔：言脂粉零落，无心梳妆。烟，即胭，烟粉即脂粉。

〔3〕 唸(diān 颠)道：念叨，想念。

〔4〕 "眼皮"二句：俗常以为被人思念或被人背后图谋则眼皮跳。此说流行于宋元，《水浒传》、元曲多用之。作念，思念。

〔5〕 砧(zhēn 真)杵：捣平衣物用的平整石板和捣衣棒槌。

〔6〕 宾鸿：即鸿雁。大雁春季北来秋天南飞，居止不定，故称宾鸿。

〔7〕 菱花：古代铜镜或为菱花形，或背后刻有菱花，故以菱花代指镜。

〔8〕 燕尔新婚：新婚快乐的样子。《诗·邶风·谷风》："宴尔新婚，如兄如弟。"宴，乐也。毛亨传："宴，本又作'燕'。"

〔9〕 下得：舍得，忍心。抛调：抛撇。

〔10〕 鸾交：比喻夫妻、情侣。

〔11〕 惨可可：元剧曲、散曲中多用之语，"惨"字颇多异文，解释也诸说不一，如差、怕、凄惨可怕等。此句文意，以训"瘆(shèn 慎)"为是，可怕，骇恐。句谓神前发誓时过分严肃的情景很是瘆人。

〔12〕 才料：材料，货色。

〔13〕 "小可"句：寻常之辈没福受用我这样的人。

消,消受,受用,享用。

〔14〕 无打算:意料之外。

〔15〕 惊觉:惊醒。

〔16〕 断送:葬送。

〔17〕 一弄儿:一齐,全都,一切。刮噪:聒噪,声音杂乱,吵闹。

〔18〕 铁马:即风铃,亦称檐马,房檐下悬挂的小铁片或铃铛,风吹即响。清梁绍壬《两般秋雨盦随笔》卷六:"檐铁曰铁马,向不解马字之义。偶阅唐冯贽《南部烟花记》:临池观竹既枯,后每思其响,帝为作薄玉龙数十片,以缕线悬于檐外,夜中因风相击,听之与竹无异。民间效之,不敢用龙,以什骏代之,故曰马。"

〔19〕 促织:蟋蟀。

〔20〕 更那堪:犹再加上。潇潇:细雨声。

〔21〕 褪(tùn 吞去声):松脱,衣服等宽松脱出。小蛮腰:软细腰肢。白居易有乐妓名小蛮,腰细善舞,白为诗云:"樱桃樊素口,杨柳小蛮腰。"(孟棨《本事诗·事感》)

〔22〕 即渐:逐渐,慢慢。

〔23〕 学:诉说。

〔24〕 唱道:真是,正是。飧:同"餐"。

〔25〕 孤帏:帏帐中只有孤身一人。

杨 果

杨果(1197—1271),字正卿,号西庵,谥文献,祁州蒲阴(今河北安国)人。金哀宗正大元年(1224)进士,屡任县令。仕于元,曾任北京(故址在今内蒙古宁城县西北大明城)宣抚使、参知政事、怀孟路(治所在河内县——今河南沁阳)总管。杨果性聪敏,善谐谑,工文章,尤长于乐府。其曲巧倩尖新,富有情趣。有《西庵集》,已佚。散曲今存小令十一首、套数五套。

〔越调〕小桃红

采莲人和采莲歌,柳外兰舟过[1]。不管鸳鸯梦惊破,夜如何[2]?有人独上江楼卧。伤心莫唱,南朝旧曲[3],司马泪痕多[4]。

〔1〕 兰舟:木兰制的舟,此为船的美称。

〔2〕 夜如何:现在是夜里的什么时候?言夜已深。语出《诗·小雅·庭燎》:"夜如何其?夜未央。"

〔3〕 南朝旧曲:南朝梁武帝萧衍尝作乐府《江南弄》,其中一曲名《采莲曲》,其子简文帝萧纲也作有《采莲曲》;作者由《采莲曲》联想到南朝陈后主的亡国之曲《玉树后庭花》,故云"莫唱"。暗用杜牧《泊秦淮》"商女不知亡国恨,隔江犹唱后庭花"诗意。

〔4〕 司马泪痕多:典出白居易《琵琶行》:"座中泣下谁最多?江州司马青衫湿。"司马,州刺史的辅佐官,在唐代实为闲职。唐宪宗元和十年(815)白居易被贬为江州司马。

〔仙吕〕赏花时

春 情

花点苍苔绣不匀〔1〕,莺唤垂杨语未真〔2〕。帘外絮纷纷,日长人困,风暖兽烟喷〔3〕。
〔幺〕一自檀郎共锦衾〔4〕,再不曾暗掷金钱卜远人〔5〕。香脸笑生春,旧时衣褙〔6〕,宽放出二三分。
〔赚煞尾〕调养就旧精神,妆点出娇风韵,将息划损苔墙玉笋[7]。拂掉了香冷妆奁宝鉴尘[8]。舒开系东风两叶眉颦。晓妆新,高绾起乌云[9],再不管暖日朱帘鹊噪频[10]。从今听鸦鸣不嗔[11],灯花谁信[12]?一任教子规声啼破海棠魂[13]。

〔1〕 "花点"句:言花瓣散落在苍苔上,好像是图案不匀称的刺绣。

〔2〕 唤:啼叫。句谓柳林中传出黄莺的啼鸣声,若隐若现,听不真切。

〔3〕 兽烟:兽形香炉飘出的香烟。

〔4〕 "一自"句:是说自从夫妻团聚之后。檀郎,妇女对所爱之人的美称。褚人获《坚瓠六集》卷四"檀郎":"顾茂伦曰:诗词中多用'檀郎'字,不知所谓。解者曰:檀喻其香也。后阅曾益《李长吉诗注》云:'潘安小字檀奴,故妇人呼所欢为檀郎。'然未知何据。"潘安,晋人,名岳,字安仁,是有名的美男子。

〔5〕 掷金钱卜远人:掷金钱为古代民间占卜的一种方法:将铜钱抛向空中,落地后视钱的字或背朝上,以定吉凶可否。此为占卜远方亲人何日归来。

〔6〕 衣褃(kèn 肯去声):上衣靠腋下的接缝儿部分,俗称腰褃。人瘦则收褃,肥则放褃。

〔7〕 "将息"句:使往日因划苔墙而损伤的手指得到

休养,即不再划墙之意。将息,将养休息。划苔墙,在墙上划痕以记亲人离去或归来的日期。玉笋,喻指女子的手指。

〔8〕 妆奁(lián 连):妇女的梳妆匣。宝鉴:宝镜,铜镜。

〔9〕 绾(wǎn 挽):盘绕成结,卷起。乌云:比喻妇女蓬松如云的黑发。

〔10〕 鹊噪:喜鹊鸣叫,旧以为是喜事的预兆,此指夫婿归来的预兆。《西京杂记》卷三:"夫目瞤得酒食,灯火华得钱财,乾鹊噪而行人至,蜘蛛集而百事喜。"

〔11〕 鸦鸣:旧以乌鸦叫为不祥之兆。

〔12〕 灯花:烛蕊燃烧后形成的结,形似花,故称。旧有灯花报喜之说。见《西京杂记》卷三。

〔13〕 "一任教"句:意谓任凭子规在海棠枝头啼鸣也无动于心。子规,鸟名,即杜鹃,相传为古代蜀王杜宇的魂魄所化,见《蜀王本纪》。鸣声悲切,叫后口常出血。其鸣声好像在说:"不如归去。"(《本草·释鸟》)

〔仙吕〕翠裙腰

莺穿细柳翻金翅,迁上最高枝。海棠零乱飘阶址,堕胭脂。共谁同唱送春词?

〔金盏儿〕减容姿,瘦腰肢,绣床尘满慵针指[1]。眉懒画,粉羞施,憔悴死。无尽闲愁将甚比?恰如梅子雨丝丝[2]。

〔绿窗愁〕有客持书至,还喜却嗟咨[3]。未委归期约几时[4],先拆破鸳鸯字[5]。原来则是卖弄他风流浪子。夸翰墨[6],显文词,枉用了身心空费了纸。

〔赚尾〕总虚脾[7],无实事。乔问候的言辞怎使[8]?复别了花笺重作念[9],偏自家少负你相思[10]?唱道再展放重读[11],读罢也无言暗切齿。沉吟了数次,骂你个负心贼堪恨,把一封寄来书都扯做纸条儿。

〔1〕 绣床:刺绣时绷紧织物的架子。慵针指:懒得做女工。针指,妇女从事的针线、纺织、刺绣等活计。

〔2〕 "无尽"二句:语本贺铸〔青玉案〕"试问闲愁都几许?一川烟草,满城风絮,梅子黄时雨"。闲愁,难以言喻的愁思,此指相思之愁。梅子雨,指春末夏初时节江淮一带的连阴雨。其时正值梅子黄熟时节,故称梅雨、梅子雨、黄梅雨。

〔3〕 还:时间副词,已经,已。却:又。嗟咨:慨叹,叹息。

〔4〕 未委:未知。委,知悉。

〔5〕 鸳鸯字:情书。

〔6〕 翰墨:指字迹。夸翰墨,显示字写得好。

〔7〕 总虚脾:都是虚情假意。

〔8〕 乔:矫饰,做作,不真诚不自然。

〔9〕 "复别"句:意谓放下书信又寻思。作念,念叨,寻思,考虑。

〔10〕 少负你相思:犹言欠你相思还少?

〔11〕 唱道:亦作畅道,本曲曲谱定格,此处必用此二字,为元曲中术语,无确定词义。

杜仁杰

杜仁杰(1196—1276),初名之元,字善夫(善甫),后更名仁杰,字仲梁(一作仲良),号止轩;济南长清(今属山东)人。金正大(1224—1231)年间,与元好问、张澄等隐于内乡(今属河南)山中。入元后屡征不起。元蒋正子《山房随笔》录善夫辞征辟谢表云:"惟愿学陆龟蒙,拜赐江湖散人之号。"故《录鬼簿》称杜氏为散人。子元素,仕元为福建闽海道廉访使,仁杰以子贵,赠翰林承旨、资善大夫。杜仁杰才学宏博,善谐谑,喜以俚语入曲。著有《逃空丝竹集》《河洛遗稿》等,均佚。参见宁希元《杜善夫行年考》。孔繁信有《重辑杜善夫集》。散曲存小令一首、套数三套及残曲。

〔般涉调〕耍孩儿

庄家不识构阑[1]

风调雨顺民安乐,都不似俺庄家快活。桑蚕五谷十分收,官司无甚差科[2]。当村许下还心愿[3],

来到城中买些纸火[4]。正打街头过[5]，见吊个花碌碌纸榜[6]，不似那答儿闹穰穰人多[7]。

〔六煞〕见一个人手撑着椽做的门[8]，高声的叫"请请"，道"迟来的满了无处停坐"。说道"前截儿院本调风月[9]，背后幺末敷演刘耍和"[10]。高声叫："赶散易得[11]，难得的妆哈[12]。"

〔五〕要了二百钱放过咱，入得门上个木坡，见层层叠叠团圞坐。抬头觑是个钟楼模样[13]，往下觑却是人旋窝。见几个妇女向台儿上坐[14]，又不是迎神赛社[15]，不住的擂鼓筛锣[16]。

〔四〕一个女孩儿转了几遭，不多时引出一夥，中间里一个央人货[17]。裹着枚皂头巾[18]，顶门上插一管笔[19]，满脸石灰更着些黑道儿抹[20]。知他待是如何过[21]，浑身上下，则穿领花布直裰[22]。

〔三〕念了会诗共词，说了会赋与歌，无差错。唇天口地无高下，巧语花言记许多。临绝末[23]，道了低头撮脚[24]，爨罢将幺拨[25]。

〔二〕一个妆做张太公，他改做小二哥[26]。行行行说向城中过[27]，见个年少的妇女向帘儿下立，那老子用意铺谋待取做老婆[28]，教小二哥相说合。但要的豆谷米麦,问甚布绢纱罗[29]。

〔一〕教太公往前那不敢往后那[30],抬左脚不敢抬右脚。翻来复去由他一个。太公心下实焦懆[31],把一个皮棒槌则一下打做两半个[32]。我则道脑袋天灵破[33],则道兴词告状,划地大笑呵呵[34]。

〔尾〕则被一胞尿,爆的我没奈何[35]。刚捱刚忍更待看些儿个[36],枉被这驴颓笑杀我[37]。

〔1〕 庄家:庄稼汉,农民。构阑:亦称勾栏、勾肆、构肆。宋元时各种伎艺的演出场所叫瓦舍(亦名瓦子、瓦肆、瓦市),瓦舍内设有演出的看棚(剧场),即构阑。其本义为栏杆,即栏杆围成的演出场所。

〔2〕 官司:官府。差(chāi 钗)科:差役和租税。

〔3〕 当村:村中,在村里。还心愿:还愿。祈求神佛护佑时许下心愿,事后须以香烛纸品等供品还愿。

〔4〕 纸:神佛前烧的纸。火:香、烛之类。

〔5〕 打:从。

〔6〕 纸榜:即今之演出海报,上写演员及演出节目。

〔7〕 "不似"句:是说别处都不像那里热闹人多。那答儿,那地方。闹穰穰,即闹嚷嚷,热闹纷乱的样子。

〔8〕 椽(chuán 船)做的门:指构阑入口处以横木搭

成的门。

〔9〕 前截儿:指演出的前半段。院本:金元时代的戏曲形式,亦称五花爨弄。元陶宗仪《南村辍耕录·院本名目》:"金有杂剧、院本、诸宫调。院本、杂剧,其实一也,国朝院本、杂剧始厘而二之。"(卷二十五)可见金代院本即杂剧,到元代才发展为两种不同的戏曲形式。夏庭芝《青楼集志》云:"'院本'始作,凡五人:一曰副净,古谓参军;一曰副末,古谓之苍鹘,以末可扑净,如鹘能击禽鸟也;一曰引戏;一曰末泥;一曰孤。又谓之'五花爨弄'。或曰,宋徽宗见爨国来朝,衣装鞋履巾裹,傅粉墨,举动如此,使人优之效之,以为戏,因名'爨弄'。……'院本'大率不过谑浪调笑。"调风月:院本剧目名。

〔10〕 背后:后面。幺末:元代杂剧的别称。刘耍和:本为元代前期的杂剧演员,长于科泛(动作表演),曾任教坊色长(剧团领班)。其事迹被编为杂剧,高文秀有《黑旋风敷演刘耍和》杂剧,今佚。

〔11〕 赶散(sǎn 伞):指随处做场的江湖剧班,俗称野台班。赶,指赶场,剧班此地演出后,赶往另一地演出。散,指民间散乐,民间剧团。易得:容易见到。

〔12〕 妆㗑(hē 呵):亦作妆呵、妆合、妆喝。捧场,喝彩,此指让人喝彩、精彩。

〔13〕 钟楼模样:指戏台。由以上数句可知,本构阑

观众席前排低后排高,呈阶梯状,半圆形。戏台在低处。

〔14〕 妇女向台儿上坐:旧时剧班演出,女演员坐在戏台的乐床上,以显示演员阵容。

〔15〕 迎神:迎接神灵降临或迎请神像出庙举行祭会以求消灾赐福。迎神活动往往伴有仪仗、鼓乐和演出。赛社:秋收过后祭祀田神的活动。宋高承《事物纪原·岁时风俗·赛神》:"岁十二月,索鬼神而祭祀,则党正以礼属民,而饮酒劳农而休息之,使之燕乐,是君之泽也。今赛社则其事尔。"

〔16〕 筛锣:敲锣。

〔17〕 央人货:即殃人货,犹言害人精。此指副净。

〔18〕 皂头巾:黑头巾。

〔19〕 插一管笔:头上插的饰物,庄稼人不识故称为笔。

〔20〕 "满脸"句:指副净化妆的脸谱。

〔21〕 待是:将要。

〔22〕 直裰(duō 多):古代斜领大袖的家居常服,亦称道袍。宋郭若虚《图画见闻志·论衣冠异制》:"晋处士冯翼,衣布大袖,周缘以皂,下加襕,前系二长带,隋唐朝野服之,谓之冯翼之衣,今呼为直裰。"(卷一)

〔23〕 临绝末:临完,将结束之时。

〔24〕 道了低头撮脚:说完了便低头收脚。

〔25〕 爨（cuàn 窜）罢将幺拨：爨即五花爨弄。宋杂剧、金院本的演出每场分为三部分。宋吴自牧《梦粱录·妓乐》载："先做寻常熟事一段，名曰艳段；次做正杂剧，通名两段……又有杂扮……即杂剧之后散段也。"（卷二十）爨即艳段，是为了引人入胜加演的序幕。幺即幺末，指《调风月》《刘耍和》两段正杂剧。拨，指演出。

〔26〕 小二哥：宋元时称店主为大哥，称店里的伙计为二哥或小二哥。此角似由副净改扮。

〔27〕 行行行说：边走边说。

〔28〕 铺（pū 扑）谋：用计。

〔29〕 "但要"二句：只要谷米麦，或者不论布绢纱罗，全都可以。问甚，不论，不管。

〔30〕 那：音义并同"挪"，移动。

〔31〕 焦懆（cǎo 草）：焦急不安。

〔32〕 "把一个"句：皮棒槌为当时演出用的一种道具，名磕瓜、盉瓜、榼瓜，由两个半个的棒槌捆在一起，以软皮包裹，内充棉絮或毛毡。是参军戏系统的宋杂剧、金院本演出中副末用来打副净以逗观众发笑的道具。详见本书所选李伯瑜〔越调小桃红·磕瓜〕。

〔33〕 则道：只说，只认为。天灵：头顶。

〔34〕 划（chǎn 产）地：转折词，反而。

〔35〕 爆:胀,憋。

〔36〕 刚:硬。更待:再要。

〔37〕 驴颓:骂人的话,驴屌。

商 挺

商挺(1209—1288),字孟卿(一作梦卿),号左山老人,曹州济阴(今山东菏泽)人。出生于文化氛围很浓的家庭,父辈与元好问交好,叔商衟为有名曲家。商挺曾助忽必烈夺取汗位。历任参知政事、枢密院副使、安西王相,因事系狱,获释后复为枢密副使,以疾辞。商挺诗、书兼擅,著诗千馀首,皆不存。散曲今存小令〔双调·潘妃曲〕十九首。

〔双调〕潘 妃 曲

带月披星担惊怕,久立纱窗下,等候他。蓦听得门外地皮儿踏[1],则道是冤家[2],原来风动荼蘼架[3]。

闷酒将来刚刚咽[4],欲饮先浇奠[5]。频祝愿,普天下心厮爱早团圆[6]。谢神天,教俺也频频的勤相见。

〔1〕 蓦(mò 墨):突然,猛地。

〔2〕 冤家:本指怨敌之家,仇敌,此为对情人的爱称,是爱极的反话。

〔3〕 荼蘼(tú mí 图迷)架:花架。荼蘼为蔷薇科植物,初夏开白色重瓣花。

〔4〕 将来:拿来。

〔5〕 浇奠:以酒浇地进行供祭。

〔6〕 心厮爱:心相爱。厮,相。

刘秉忠

刘秉忠(1216—1274),字仲晦,号藏春散人,邢州(今河北邢台)人。初名侃,出家为僧,法名子聪。后受元世祖忽必烈重用,奉旨还俗,更名秉忠,为元朝开国重臣。曾任太保、参领中书省事、同知枢密院事等职,在元代汉人曲家中爵位最高。著有《藏春散人集》六卷、《刘秉忠诗文集》三十卷。散曲今存小令十二首。

〔南吕〕干荷叶

有 感

干荷叶,色苍苍,老柄风摇荡。减了清香,越添黄。都因昨夜一场霜,寂寞在秋江上。

干荷叶,色无多,不奈风霜剉[1]。贴秋波[2],倒枝柯。宫娃齐唱采莲歌[3],梦里繁华过。

南高峰，北高峰[4]，惨淡烟霞洞[5]。宋高宗，一场空。吴山依旧酒旗风[6]，两度江南梦[7]。

〔1〕 奈：同"耐"。剉（cuò 错）：摧残，损伤。

〔2〕 贴秋波：指秋天荷叶倒伏在水面。

〔3〕 宫娃：宫女。

〔4〕 南北高峰：南高峰、北高峰是西湖上的两个主峰，也是西湖著名景观。南高峰座落于西湖南面，以水为胜；北高峰与南高峰遥遥相对而略高于南高峰，以山为胜。

〔5〕 烟霞洞：位于南高峰西侧，宋高宗为康王时曾被金兵追逐，逃至烟霞四洞之一的石屋洞避难。

〔6〕 吴山：座落于杭州西湖东南面、钱塘江北岸，春秋时属吴国南界，故称。金主完颜亮垂涎杭州名胜，久有南侵之志，当翰林学士施宜生出使南宋归朝，献上临安图时，完颜亮写下《题画屏》诗云："万里车书一混同，江南岂有别疆封？提兵百万西湖上，立马吴山第一峰。"酒旗风：酒旗迎风招展。酒旗为酒楼的招牌，俗称酒帘、酒望子。杜牧《江南春》："千里莺啼绿映红，水村山郭酒旗风。"

〔7〕 两度江南梦：指宋高宗为金兵所逐避难于石屋洞、后又建都杭州，做着避难偏安的美梦。

王 和 卿

　　王和卿,生平不详,大名(今属河北)人。钟嗣成《录鬼簿》称其为"学士"(孟称舜《酹江集》本《录鬼簿》作"散人")。为人滑稽佻达,与关汉卿交好,常互相调笑讥谑而王颇占上风,事见《辍耕录》卷二十三"嗓"。或以为王和卿即王鼎(孙楷第《元曲家考略》),证据略嫌不足。其曲作雅俗皆备而以俗见长,滑稽调笑,博人一乐,成为他创作的动机,在取材上甚至以"丑"入曲,带有明显的玩世色彩。散曲今存小令二十一首、套数二套。

〔仙吕〕醉中天

咏大蝴蝶

弹破庄周梦[1],两翅架东风[2],三百座名园一采一个空。难道风流种[3]?諕杀寻芳的蜜蜂。轻轻的飞动,把卖花人扇过桥东[4]。

〔1〕 弹破庄周梦:言蝴蝶是从庄周梦里冲出来的。《庄子·齐物论》:"昔者庄周梦为胡蝶,栩栩然胡蝶也。自喻适志与!不知周也。俄然觉,则蘧蘧然周也。不知周之梦为胡蝶与?胡蝶之梦为周与?周与胡蝶,则必有分矣。此之谓物化。"

〔2〕 架:同"驾",乘。

〔3〕 风流种:对女性多情的人。

〔4〕 "把卖花人"句:明人徐𤊹《徐氏笔精》卷六云:"宋谢无逸《蝴蝶》诗云:'江天春暖晚风细,相逐卖花人过桥。'时有'谢蝴蝶'之称。和卿袭其意耳。"

〔双调〕拨不断

大 鱼

胜神鳌[1],夯风涛[2],脊梁上轻负着蓬莱岛[3]。万里夕阳锦背高[4],翻身犹恨东洋小,太公怎钓[5]?

〔1〕 神鳌(áo 熬):传说中海里能负山的大鳖或大龟。《楚辞·天问》王逸注引《列仙传》:"有巨灵之鳌,背

负蓬莱之山而抃舞。"《列子·汤问》则有巨鳌十五举首而载五山的记载。

〔2〕 夯：扛，举。

〔3〕 蓬莱岛：传说中的海上神山，在渤海中，见《列子·汤问》。

〔4〕 "万里"句：言夕阳照射在鳌背上光华灿烂，有万里之广，极言鱼之大。

〔5〕 太公：指吕尚，即姜子牙。《史记·齐太公世家》："吕尚盖尝穷困，年老矣，以渔钓奸（干）周西伯。……于是周西伯猎，果遇太公于渭之阳，与语大说（悦），曰：'自吾先君太公曰："当有圣人适周，周以兴。"子真是邪？吾太公望子久矣。'故号之曰'太公望'，载与俱归，立为师。"唐张守节正义引《说苑》："吕望年七十钓于渭渚。"后世衍为直钩垂钓，不设饵，故有"姜太公钓鱼——愿者上钩"之歇后语。

盍 西 村

盍(hé 河)西村,生平事迹不详。散曲今存小令十七首、套数一套。

〔越调〕小 桃 红

杂 咏

海棠开过到蔷薇[1],春色无多味。争奈新来越憔悴[2]。教他谁[3]?小环也似知人意[4],疏帘卷起,重门不闭[5],要看燕双飞。

〔1〕 "海棠"句:是说海棠已经开过了,现在已到了蔷薇开花的时候,意谓已是暮春。

〔2〕 争奈:怎奈。

〔3〕 教他谁:犹言让谁为我做点事呢?

〔4〕 小环:小丫鬟,侍女。

〔5〕 重(chóng虫)门:本指一道道的门,这里喻指森严紧闭之门。

〔越调〕小桃红

戍楼残霞[1]

戍楼残照断霞红,只有青山送。梨叶新来带霜重[2]。望归鸿[3],归鸿也被西风弄[4]。闲愁万种[5],旧游云梦[6],回首月明中[7]。

〔1〕 戍楼:边塞地区瞭望敌情的高楼。
〔2〕 "梨叶"句:是说梨叶带霜其色浓深。
〔3〕 归鸿:回归的大雁。
〔4〕 "归鸿"句:意谓雁也被秋风拨弄而飞归。
〔5〕 闲愁:难以言喻的愁思。
〔6〕 旧游:往日的游踪。云梦:可作多种解释:一,指云梦泽,在今湖南湖北一带,属古楚地,故亦代指楚地;二,据宋玉《高唐赋序》,楚怀王曾游云梦之台,有神女荐枕席,后称男女欢会之事为云梦闲情;三,如云似梦,不真切的意思。因作者身世难详,以"三"说似为稳妥。

〔7〕 回首月明中:李煜〔虞美人〕词:"小楼昨夜又东风,故国不堪回首月明中。"

关 汉 卿

关汉卿,生于金朝末年,卒于元成宗大德(1297—1307)年间。名不详,号已斋,大都(今北京)人,曾任太医院尹。《析津志·名宦》谓其"生而倜傥,博学能文,滑稽多智,蕴藉风流,为一时之冠。是时文翰晦盲,不能独振,淹于辞章者久矣。"与当时曲家及艺人多所交往。明臧晋叔《元曲选序》说他"至躬践排场,面傅粉墨,以为我家生活,偶倡优而不辞者,或西晋竹林诸贤托杯酒自放之意……"关汉卿以杂剧名家,是大都玉京书会里最有成就的作家,贾仲明〔凌波仙〕吊曲评价关汉卿:"珠玑语唾自然流,金玉词源即便有,玲珑肺腑天生就。风月情,忒惯熟,姓名香四大神洲。驱梨园领袖,总编修师首,捻杂剧班头。"是元曲四大家之一。其散曲风格,或豪辣灏烂,或汪洋恣肆,或朴野俚俗,或平正典雅……多姿多彩。尤以豪辣、朴野类作品最能显示他市井曲家的特色。散曲今存小令五十多首、套数十馀套及残套数二套。

〔仙吕〕一半儿

题　情

云鬟雾鬓胜堆鸦[1]，浅露金莲簌绛纱[2]，不比等闲墙外花[3]。骂你个俏冤家，一半儿难当一半儿耍[4]。

碧纱窗外静无人，跪在床前忙要亲，骂了个负心回转身。虽是我话儿嗔[5]，一半儿推辞一半儿肯。

多情多绪小冤家[6]，迤逗得人来憔悴煞[7]，说来的话先瞒过咱。怎知他，一半儿真实一半儿假。

〔1〕云鬟雾鬓：形容头发如云似雾般蓬松。堆鸦：形容发黑如鸦。

〔2〕金莲：女足。《南史·齐东昏侯纪》："又凿金为莲华以贴地，令潘妃行其上，曰：'此步步生莲华也。'"簌(sù素)绛纱：指女子行走时红裙发出的声响。簌，象声词。

绛纱,红纱裙。

〔3〕 等闲:犹言寻常。墙外花:代指妓女。

〔4〕 难当:难以抵当她的魅力。

〔5〕 嗔(chēn琛):怪罪,不满,生气。

〔6〕 多情多绪:情绪多变,心思不定。

〔7〕 迤(tuō托)逗:逗引,招惹。煞:程度副词,憔悴煞,犹言憔悴得很。

〔南吕〕四块玉

闲 适

旧酒投[1],新醅泼[2],老瓦盆边笑呵呵[3]。共山僧野叟闲吟和[4]。他出一对鸡,我出一个鹅,闲快活。

〔1〕 投(dòu豆):同"酘(dòu豆)",酒再酿。酒之初酿,甚烈而微苦,须反复酿造,其味始甘,故《抱朴子·金丹》云:"一酘之酒,不可以方九酝之醇耳。"(卷四)

〔2〕 新醅(pēi呸):新酿而未滤去酒糟的酒。泼:同"醱(pō坡)",酒再酿。

〔3〕 老瓦盆:盛酒的旧瓦盆。

〔4〕 闲吟和(hè贺):犹言随意吟诗酬和。和,依前首之韵律写作诗词曲。

〔双调〕沉醉东风

咫尺的天南地北[1],霎时间月缺花飞。手执着饯行杯,眼阁着别离泪[2]。刚道得声保重将息[3],痛煞煞教人舍不得。好去者望前程万里[4]。

〔1〕 "咫(zhǐ止)尺"句:意谓近在眼前的人顷刻间便会天南地北分离。咫尺,周制八寸为咫,形容距离极近。

〔2〕 阁:同"搁",存,噙。

〔3〕 将息:将养休息。

〔4〕 者:语助辞,无义。好去者,犹言走好啊,一路顺风。

〔双调〕大德歌

春

子规啼,不如归[1],道是春归人未归。几日添憔悴,虚飘飘柳絮飞。一春鱼雁无消息[2],则见双燕斗衔泥[3]。

〔1〕 "子规"二句:见杨果〔仙吕赏花时·春情〕注〔13〕。

〔2〕 "一春"句:句本宋无名氏〔鹧鸪天·春闺〕词:"一春鱼鸟无消息,千里关山劳梦魂。"鱼雁均指传书信使。鱼传书事见古乐府《饮马长城窟行》:"客从远方来,遗我双鲤鱼。呼儿烹鲤鱼,中有尺素书。"雁传书事见《汉书·苏武传》:"(常惠)教使者谓单于,言天子射上林中,得雁,足有系帛,言武等在某泽中。"

〔3〕 斗衔泥:争着衔泥筑巢。斗,争。

〔双调〕大德歌

夏

俏冤家,在天涯,偏那里绿杨堪系马[1]?困坐南窗下,数对清风想念他[2]。蛾眉淡了教谁画[3]?瘦岩岩羞带石榴花[4]。

〔1〕 绿杨:柳树。系马:拴马,指停留。

〔2〕 数(shuò 硕):屡次。

〔3〕 画眉:是夫妻恩爱的典故。《汉书·张敞传》:"(张敞)又为妇画眉,长安中传张京兆眉怃。"

〔4〕 瘦岩岩:削瘦的样子。岩岩,形容削瘦的副词。

〔双调〕大德歌

秋

风飘飘,雨潇潇[1],便做陈抟睡不着[2]。懊恼伤怀抱,扑簌簌泪点抛[3]。秋蝉儿噪罢寒蛩儿叫[4],淅零零细雨打芭蕉[5]。

〔1〕 潇潇:小雨的样子。

〔2〕 便做:即使是,纵使。陈抟(tuán 团):五代宋初人,字图南,号扶摇子,亳州真源(今天安徽亳县)人,后唐时举进士不第,隐居华山。后周时授谏议大夫,力辞不赴,为宋太祖所礼重,亦不仕,以山水为乐,赐号希夷先生。《宋史》卷四五七有传,嗜睡,"每寝处,多百馀日不起"。

〔3〕 扑簌(sù 素)簌:泪珠滴落的样子。

〔4〕 噪:吵闹,此指鸣叫。寒蛩(qióng 穷):蟋蟀。蟋蟀秋日鸣叫,故称寒蛩。

〔5〕 淅零零:象声词,此写雨打芭蕉声。

〔双调〕大德歌

冬

雪纷纷,掩重门[1],不由人不断魂。瘦损江梅韵[2],那里是清江江上村[3]!香闺里冷落谁瞅问?好一个憔悴的凭阑人[4]!

〔1〕 重门:一道道的门。掩重门即深闭门。

〔2〕 "瘦损"句:言大雪使江梅消损了丰韵。

〔3〕 "那里"句:是说大雪覆盖,漫天皆白,即使游子归来,也不知何处是归程了。清江江上村,即思妇所住之村,与上句江梅照应。

〔4〕 凭阑:即凭栏,倚栏杆远眺。

〔南吕〕一枝花

赠朱帘秀[1]

轻裁虾万须[2],巧织珠千串[3]。金钩光错落[4],绣带舞蹁跹[5]。似雾非烟,妆点就深闺院[6],不许那等闲人取次展[7]。摇四壁翡翠浓阴[8],射万瓦琉璃色浅[9]。

〔梁州〕富贵似侯家紫帐[10],风流如谢府红莲[11],锁春愁不放双飞燕[12]。绮窗相近[13],翠户相连[14],雕栊相映[15],绣幕相牵[16]。拂苔痕满砌榆钱[17],惹杨花飞点如绵[18]。愁的是抹回廊暮雨萧萧[19],恨的是筛曲槛西风剪剪[20],爱的是透长门夜月娟娟[21]。凌波殿前[22],碧玲珑掩映湘妃面[23],没福怎能够见?十里扬州风物妍[24],出落着神仙[25]。

〔尾〕恰便似一池秋水通宵展,一片朝云尽日悬[26]。你个守户的先生肯相恋[27]?煞是可怜[28],则要你手掌儿里奇擎着耐心儿卷[29]。

〔1〕 朱帘秀:见本书作者小传。

〔2〕 "轻裁"句:言珠帘上的流苏是由虾须制成。古人常以虾须代帘,唐陆畅《帘》诗:"劳将素手卷虾须,琼室流光更缀珠。"元萨都剌《呈许荣达》诗:"呵笔题诗逸兴舒,翠帘寒重卷虾须。"轻裁的"轻",有精心、灵巧之意。

〔3〕 "巧织"句:言帘为珠织串而成。

〔4〕 金钩:指挂帘的铜钩。错落:闪耀。

〔5〕 绣带:帘上的饰带。蹁跹(pián xiān 骈仙):旋转的舞姿,此指风吹绣带动的样子。

〔6〕 "似雾"二句:是说珠帘妆点在深闺院内,向帘内看,似雾非烟,朦朦胧胧。

〔7〕 "不许"句:不许寻常人随便掀帘。

〔8〕 "摇四壁"句:意谓珠帘晃动,四壁呈现翡翠色的绿阴。

〔9〕 "射万瓦"句:珠帘摇动,珠光映照得琉璃瓦减少了光泽。

〔10〕 侯家:犹侯门,显贵之家。紫帐:紫色罗帐。

〔11〕 谢府:东晋的高门世族谢安的府第,谢安及子弟以衣冠磊落、文彩风流著称。红莲:红莲幕,帘幕名。

〔12〕 "锁春愁"句:意谓珠帘关锁春愁,不放双飞的燕子出去。春愁,春情,情欲。

〔13〕 绮(qǐ启)窗相近:言珠帘与绮窗相近。绮窗,华美的窗。

〔14〕 翠户相连:言珠帘与翠户相接。翠户,华美的门。

〔15〕 雕栊相映:言珠帘与雕花窗栊互相辉映。

〔16〕 绣幕:绣花的帐幕。

〔17〕 "拂苔痕"句:言珠帘掀动,轻拂着台阶上的苔痕和榆荚。

〔18〕 惹:沾,粘。

〔19〕 抹:涂抹,形容雨小。回廊:曲折回环的走廊。萧萧:细雨声。

〔20〕 筛:穿过。曲槛(jiàn建):曲折的栏杆。剪剪:风吹拂的样子。

〔21〕 长门:汉代宫殿名,汉武帝陈阿娇皇后失宠后曾住于此,"愁闷悲思。闻蜀郡成都司马相如,天下工为文。奉黄金百斤,为相如、文君取酒,因于解悲愁之辞。而相如为文以悟主上,陈皇后复得亲幸。"(司马相如《长门赋序》)司马相如所做之文,即《长门赋》。娟娟:明媚美好的样子。

〔22〕 凌波殿:唐代洛阳宫殿名。宋乐史《杨太真外传》:唐玄宗梦凌波池中龙女求曲,帝制凌波曲以赐。醒而记之,"于凌波宫临池奏新曲,池中波涛涌起,复有神女出池心,乃所梦之女也。上大悦,语于宰相,因于池上置庙,

每岁命祀之"。

〔23〕 碧玲珑:指珠帘。掩映:遮蔽,隐藏。映,隐也。湘妃:尧之二女娥皇、女英是舜之二妃。舜南巡死于苍梧山,二女追至,自投湘水,成为湘水女神,即是湘妃。事见刘向《列女传·有虞二妃》及《楚辞·九歌·湘夫人》王逸注。

〔24〕 "十里"句:言扬州景物美好。杜牧《赠别》二首其一:"春风十里扬州路,卷上珠帘总不如。"

〔25〕 出落:长成,指身体相貌变得更加光艳动人。神仙:指朱帘秀。朱氏寓居扬州。

〔26〕 "恰便似"二句:形容珠帘如秋水般明净光洁,如朝云般温柔艳丽。

〔27〕 先生:《道典论》卷二:"学士若能弃世累,有远游山水之志,宗极法轮,称先生。常坐高座读经,教化愚贤,开度一切学人也。"作为对道士的尊称。守户先生,指有家室的道士。朱帘秀流寓杭州时嫁给道士洪丹谷。

〔28〕 可怜:可爱。

〔29〕 奇擎:即擎,捧护。奇,助音无义。

〔南吕〕一枝花

杭州景

普天下锦绣乡,寰海内风流地[1]。大元朝新附国[2],亡宋家旧华夷[3]。水秀山奇,一到处堪游戏[4]。这答儿忒富贵[5],满城中绣幕风帘[6],一哄地人烟凑集[7]。

〔梁州〕百十里街衢整齐,万馀家楼阁参差[8],并无半答儿闲田地[9]。松轩竹径[10],药圃花蹊[11],茶园稻陌[12],竹坞梅溪[13]。一陀儿一句诗题[14],行一步扇面屏帏[15]。西盐场便似一带琼瑶[16],吴山色千叠翡翠[17],兀良望钱塘江万顷玻璃[18]。更有清溪,绿水,画船儿来往闲游戏。浙江亭紧相对[19],相对着险岭高峰长怪石,堪羡堪题[20]。

〔尾〕家家掩映渠流水[21],楼阁峥嵘出翠微[22]。遥望西湖暮山势,看了这壁[23],觑了那壁,纵有丹青下不得笔[24]。

〔1〕 寰海内：海内，全国。古人认为中国四周被海包围，故以四海、海内、寰海指中国。风流地：歌舞繁华之地。

〔2〕 大元朝新附国：即新归附大元朝的国土。国，地方，指杭州。

〔3〕 华夷：江山，国土。元王实甫《四丞相高会丽春堂》第二折："则俺那仁慈的明圣主，掌一统锦华夷。"

〔4〕 一到处：所到之处，犹到处，处处。游戏：游玩，游赏。

〔5〕 这答儿：这里，这地方。

〔6〕 绣幕风帘：华美的帷幕和挡风的帘子。柳永〔望海潮〕咏杭州词："风帘绣幕，参差十万人家。"

〔7〕 一哄地：热闹喧哗。凑集：聚集。

〔8〕 参差（cēn cī 岑阴平疵）：高低不齐的样子。

〔9〕 半答儿：犹言半点儿。这句是说到处都是人家，无半点空闲之地。

〔10〕 松轩：松树环绕的亭台房舍。

〔11〕 花蹊（xī 希）：花径，花间小路。

〔12〕 稻陌：稻田中的小路。

〔13〕 竹坞（wū 屋）：竹楼，竹屋。梅溪：岸有梅树的小溪。

〔14〕 一陀儿：即一坨，一处。这句是说处处皆有诗意。

〔15〕 "行一步"句：是说到处都是画意，可画于扇面、屏帏。屏指屏风，帏指帏帐。南宋《西湖老人繁胜录》载，金国使臣看了杭州景色，"争说城里湖边有千个扇面，不啻说，我北地草木都衰了，你南中树木尚青"。

〔16〕 西盐场：杭州盐场之一。琼瑶：形容盐晶莹如玉。

〔17〕 吴山：见刘秉忠〔南吕干荷叶·有感〕注〔6〕。

〔18〕 兀良：衬词，无具体含义，此处表示惊讶。

〔19〕 浙江亭：在钱塘江畔，是观潮胜地。

〔20〕 堪羡堪题：值得爱慕和题咏。

〔21〕 掩映：若隐若现、半藏半露之状。

〔22〕 峥嵘：高峻突出。翠微：苍绿隐约的山色，代指山。句谓高高的楼阁挺立在翠绿的山上。

〔23〕 壁：边。

〔24〕 丹青：绘画的颜料。句谓杭州湖山之美，是画图所不能描绘的。柳永〔望海潮〕咏杭州云："异日图将好景，归去凤池夸。"此反其意用之。

〔南吕〕一枝花

不伏老

攀出墙朵朵花[1],折临路枝枝柳[2]。花攀红蕊嫩,柳折翠条柔。浪子风流。凭着我折柳攀花手,直煞得花残柳败休[3]。半生来折柳攀花,一世里眠花卧柳。

〔梁州〕我是个普天下郎君领袖[4],盖世界浪子班头[5],愿朱颜不改常依旧[6]。花中消遣,酒内忘忧。分茶攧竹[7],打马藏阄[8],通五音六律滑熟[9],甚闲愁到我心头?伴的是银筝女银台前理银筝笑倚银屏[10],伴的是玉天仙携玉手并玉肩同登玉楼[11],伴的是金钗客歌金缕捧金樽满泛金瓯[12]。你道我老也,暂休[13]。占排场风月功名首[14],更玲珑又剔透[15]。我是个锦阵花营都帅头[16],曾玩府游州[17]。

〔隔尾〕子弟每是个茅草岗沙土窝初生的兔羔儿乍向围场上走[18],我是个经笼罩受索网苍翎毛老野鸡蹅踏的阵马儿熟[19],经了些窝弓冷箭蜡枪头[20],不曾落人后。恰不道人到中年万事休[21],我怎肯虚度了春秋?

〔尾〕我是个蒸不烂煮不熟捶不匾炒不爆响珰珰一粒铜豌豆[22],恁子弟每谁教你钻入他锄不断斫不下解不开顿不脱慢腾腾千层锦套头[23]?我玩的是梁园月[24],饮的是东京酒[25],赏的是洛阳花[26],攀的是章台柳[27]。我也会围棋会蹴鞠会打围会插科[28],会歌舞会吹弹会咽作会吟诗会双陆[29]。你便是落了我牙歪了我口瘸了我腿折了我手,天赐与我这几般儿歹症候[30],尚兀自不肯休[31]。则除是阎王亲自唤[32],神鬼自来勾[33],三魂归地府[34],七魄丧冥幽[35],天哪,那其间才不向烟花路儿上走[36]。

〔1〕 攀:折。出墙花:语出宋叶绍翁《游园不值》诗:"春色满园关不住,一枝红杏出墙来。"后用来代指妓女。

〔2〕 临路柳:代指妓女。典出敦煌曲子词〔望江南〕:"我是曲江临池柳,这人折了那人攀,恩爱一时间。"写妓女内心痛苦。

〔3〕 煞(shā 杀):杀。

〔4〕 郎君:对嫖客的美称。元无名氏《郑月莲秋夜云窗梦》第一折:"老身姓郑,是这汴梁乐籍。只生得一个女儿,……卖笑求食,郎君每见了,无有不爱的。"

〔5〕 浪子:恣情玩乐而有误正业的人。班头:头领。

〔6〕 "愿朱颜"句:愿自己永远年轻。朱颜,红润的面庞,指青春容颜。

〔7〕 分茶:宋元时的一种煎茶方式,其法诸说不一,或谓煎茶用姜盐而分茶则不用,或谓煎茶时以箸搅茶乳使水波变幻。擫竹:博戏名,摇动手中竹筒,视筒中跌出竹签之标志以决胜负,类似抽签。

〔8〕 打马:博戏之一种,陈振孙《直斋书录解题》云:"今之打马,大约与古之樗蒲相类。"樗蒲即以掷骰决胜负的博戏。清周亮工《因树屋书影》卷五云"以犀象蜜蜡为马"。其法今不传。藏阄(jiū 究):博戏之一种,一方把阄藏在手里,另一方猜,以中否赌输赢。

〔9〕 五音:即宫、商、角、徵(zhǐ 支)、羽。或谓唇、齿、喉、舌、鼻五部位发声法,恐非。六律:十二乐律中阴阳各半,阴为吕,阳为律,六律为:黄钟、太簇、姑洗、蕤宾、夷则、无射。

〔10〕 银筝女:弹银筝女子,指歌妓。银筝,用银装饰的筝。银屏:银制屏风。

〔11〕 玉天仙:美女,指妓女。

〔12〕 金钗客:戴金钗的女子,指妓女。金缕:金缕

衣,曲调名。金瓯:金酒杯。

〔13〕 暂休:便休。见《古籍研究》2003年第4期。

〔14〕 "占排场"句:是说在风月排场中居首位。风月排场,指男女风情事。

〔15〕 玲珑剔透:此指灵活惯熟。

〔16〕 锦阵花营:犹言妓女丛中。都帅头:统帅,首领。

〔17〕 玩府游州:各州府闯荡游赏。玩,观赏,欣赏。

〔18〕 子弟:嫖客多为风流子弟,故称嫖客为子弟。每:们。《通俗编·们》:"北宋时先借'懑'字用之,南宋则借为'们',而元时则又借为'每'。"乍:才,刚。围场:围猎之地。走:跑。

〔19〕 蹅(chǎ)踏:蹅与踏同义,踩踏,大步行走。阵马儿:战阵之马。蹅踏得阵马熟,是说自己像破阵之马一样,对战阵形势路数非常熟悉。

〔20〕 窝弓:装有关捩、埋藏于山野的捕兽弓箭。蜡枪头:蜡做的枪头,比喻好看而无实用的样子货。蜡,一般作"镴",铅锡合金。

〔21〕 恰不道:岂不闻。道,听闻之义。人到中年万事休:"月过中秋光明少,人到中年万事休"为宋元时谚语,言人到中年便什么事都做不成了。

〔22〕 铜豌豆:王季思说:"铜豌豆是当时勾栏里对于老嫖客的切口。"(《关汉卿研究论文集·关汉卿和他的杂剧》,人民文学出版社)

〔23〕恁:通"您"。锦套头:套头,本指网套;锦套头,美丽的圈套,比喻妓女笼络嫖客的手段。

〔24〕梁园:即兔园,汉梁孝王刘武所建,故址在今河南省商丘市东。为游赏胜地。

〔25〕东京:指北宋都城汴梁(今河南省开封市)。东京酒,代指名酒。

〔26〕洛阳花:洛阳以种植花木闻名,尤以牡丹最为著名,有洛花、洛阳花之称。

〔27〕章台柳:代指名妓。典出唐许尧佐传奇小说《柳氏传》韩翃寄姬人柳氏诗:"章台柳,章台柳,昔日青青今在否?"

〔28〕蹴鞠(cù jū 促居):即踢球。柴萼《梵天庐丛录·明太祖轶事》:"蹴圆,古之蹴鞠,今之足球也。"鞠,同"鞠"。内充毛发等软物的皮制圆球。比赛时以足蹴之,前后交击为胜。打围:古代的一种游戏,即玩骨牌。清平步青《霞外攟屑·释谚·打围》:"骨牌之戏有曰打围者,……按北人以田猎为打围,又以狭邪游为打茶围。《南部新书》辛:'驸马韦保衡之为相,以厚承恩泽,大张权势。及败,长安市儿忽竞彩戏,谓之打围。不旬馀,韦祸及。'今骨牌戏殆沿之。"插科:即插科打诨,本是戏曲演出术语,即通过滑稽的语言、动作引观众发笑,这里即指说笑话、逗笑。

〔29〕吹弹:指演奏各种乐器。吹,指笛、箫一类管乐;弹,指琴、琵琶一类弦乐。咽作:歌唱。见朱有燉〔双调

新水令·赠歌者〕。双陆:古代博戏,也称双鹿。设一特制盘子,游戏双方各用十六枚(一说为十五枚)棒槌形的"马"立在自己一边,掷骰子二枚,按点数在盘子上占步数,先走到对方者为胜。

〔30〕 歹症候:犹言坏毛病。

〔31〕 尚兀自:还,尚。

〔32〕 则除:除非。

〔33〕 勾:捉拿,拘捕。

〔34〕 三魂:古人认为魂与魄是人之元神,是生命力的表现,魂魄离开躯体,躯体便成空壳,失去生命力。《洞真太上道君元丹上经》云:"诸藏思之术,吾身左三魂在吾肝中,右七魄在吾肺中。"地府:古印度神话中阴间之主称阎王,佛教借为地狱之王,其审理鬼魂的公堂称为阎王殿,其衙署即为地府。

〔35〕 冥幽:指阴间。

〔36〕 烟花:指妓女。烟花路,指妓院,犹花街柳巷。

白　朴

　　白朴(1226—?)，初名恒，字仁甫，后更名朴，字太素，号兰谷。祖籍隩州(今山西河曲县西南)人，生于金南京路开封府。父白华，官至金枢密院判、右司郎中，后降宋，又降蒙古，降蒙后不仕。金哀宗天兴二年(1233)，蒙古军围攻汴京，白华随金哀宗出逃，朴失母，随元好问逃难。蒙古太宗八年(1236)白华北归，与朴依元将史天泽，寓居真定(今河北正定)。白朴终身不仕，曾飘泊江湖，后卜居建康，又迁居平江。据《天籁集·水龙吟》序，丙午(1306)尚在，其后不知所终。白朴虽终身布衣，但他是社会名流、上层文士，与其交往者如杨果、胡祗遹、卢挚等，或为公卿名流，或为青楼歌妓，这与关汉卿、王和卿等平民曲家是不同的。白朴散曲或清丽典雅，或通俗活泼，不拘一格，是元曲四大家之一。散曲今存小令三十六首、套数四套。王文才《白朴戏曲集校注》收录其戏曲、散曲及词集《天籁集》，最为完备。

〔仙吕〕寄 生 草

饮

长醉后方何碍[1]？不醒时有甚思？糟腌两个功名字[2]，醅渰千古兴亡事[3]，麴埋万丈虹霓志[4]。不达时皆笑屈原非[5]，但知音尽说陶潜是[6]。

〔1〕 后：语气词，犹"呵"。方何碍：有何妨。

〔2〕 糟：酒糟，酒渣，代指酒。腌（yān 淹）：以盐酒等浸渍食品。

〔3〕 醅（pēi 胚）：没有过滤的酒。渰：通"淹"。

〔4〕 麴（qū 驱）：以粮食制成的酿酒用发酵物，俗谓酒母，代指酒。虹霓志：喻远大抱负。

〔5〕 达：通晓，明白。不达时犹不识时务。句谓皆笑屈原不识时务之非。屈原：名平，字原，战国时楚人，是文学史上伟大的爱国诗人。怀王时官三闾大夫。"举世混浊而我独清，众人皆醉而我独醒"（《史记·屈原贾生列传》），因无力挽救国家危亡，政治理想无法实现而投汨罗

江自尽。

〔6〕 陶潜：一名渊明，字元亮，别号五柳先生，浔阳柴桑（今江西九江市西南）人，东晋文学家。曾任彭泽县令，在官八十馀日便辞官归家，隐居田园，是文学史上著名的隐逸诗人。

〔仙吕〕醉中天

佳人脸上黑痣

疑是杨妃在[1]，怎脱马嵬灾[2]？曾与明皇捧砚来[3]。美脸风流煞，叵奈挥毫李白[4]，觑着娇态，洒松烟点破桃腮[5]。

〔1〕 杨妃：唐明皇李隆基贵妃杨玉环（719—756），曾为女道士，号太真，蒲州永乐（今山西芮城县，其故里今属永济市）人。安史之乱中，随明皇奔蜀，至马嵬，六军哗变，杨妃被迫缢死。

〔2〕 马嵬：马嵬坡，在今陕西兴平县西。

〔3〕 "曾与"句：宋刘斧《摭遗》载，李白游华山，过县，对县宰云："曾龙巾拭吐，御手调羹，贵妃捧砚，力士脱

靴……"(曾慥《类说》卷三四)明钟泰华《文苑四史》引《唐书》云:"玄宗召李白草《白莲辞》,使太真捧砚,力士脱靴。"(今本《唐书》无)。

〔4〕 叵(pǒ笸)奈:也作叵耐,难奈,不能容忍。

〔5〕 松烟:墨名,代指墨。

〔中吕〕阳春曲

知 几[1]

知荣知辱牢缄口[2],谁是谁非暗点头[3],诗书丛里且淹留[4]。闲袖手[5],贫煞也风流[6]。

〔1〕 知几(jī基):认识事物变化的先兆。几,隐微的迹象、先兆。

〔2〕 荣:荣显得意。辱:困厄失意。荣辱,指人的穷通际遇。缄口:闭口不言。《老子》:"知其荣,守其辱,为天下谷。"

〔3〕 暗点头:即心知肚明而无所表现。

〔4〕 淹留:久留。

〔5〕 闲袖手:句本苏轼〔沁园春·孤馆灯青〕词:"用

舍由时,行藏在我,袖手何妨闲处看。"

〔6〕 风流:风雅潇洒。句本元好问〔阮郎归·谩郎活计拙于鸠〕:"诗家贫杀也风流,家人不用愁。"

〔中吕〕阳 春 曲

题 情

从来好事天生俭[1],自古瓜儿苦后甜。妳娘催逼紧拘钳[2],甚是严,越间阻越情忺[3]。

笑将红袖遮银烛,不放才郎夜看书,相偎相抱取欢娱。止不过迭应举[4],及第待何如[5]?

〔1〕 此为组曲,共六首,此选其第四、五首。俭:音义并同"险",艰难,不顺利。

〔2〕 妳:本音奶,指乳儿之妪、乳母,后用为第二人称代词,音义并同"你",用指女性。柳永〔殢人娇〕:"恨浮名牵系,无分得与妳恣情睡睡。"拘钳:约束管制。

〔3〕 间(jiàn 见)阻:阻碍拦隔。情忺(xiān 掀):情浓、情投意合之意。

〔4〕 迭:通"轶",失也。此言应举失利。

〔5〕 待何如:犹言又怎么样。

〔越调〕天净沙

春

春山暖日和风,阑干楼阁帘栊[1]。杨柳秋千院中,啼莺舞燕,小桥流水飞红[2]。

〔1〕 阑干楼阁:即楼阁栏杆。

〔2〕 飞红:指落花。

〔双调〕沉醉东风

渔夫

黄芦岸白蘋渡口[1],绿杨堤红蓼滩头[2]。虽无刎颈交[3],却有忘机友[4],点秋江白鹭沙鸥。傲杀人间万户侯[5],不识字烟波钓叟。

〔1〕 黄芦:枯黄的芦苇。白蘋:一种水草,其花色白,故称白蘋。

〔2〕 红蓼:一种开淡红色花的水生植物。

〔3〕 刎颈交:可共生死的朋友。暗用伍子胥逃亡奔吴时渔父为免事泄投水而死事。见《吴越春秋》《伍子胥变文》。

〔4〕 忘机友:即赤诚无欺的朋友,不考虑荣辱得失、安于淡泊的朋友。机,机巧、诡诈,机心即机巧诡诈之心,考虑利害得失之心。《列子·黄帝》:有好鸥者,每旦至海上,有鸥数百与游。其父命其取鸥鸟玩之。明日之海上,鸥鸟飞舞不下。言其机心已生,鸟遂觉之。曲暗用此典。

〔5〕 万户侯:本指有万户食邑的侯,这里代指地位显要者。

〔双调〕得 胜 乐

独自走,踏成道,空走了千遭万遭[1]。肯不肯疾些儿通报,休直到教担阁得天明了。

〔1〕"独自走"三句:写小伙子与女子约会,等待徘徊之状。

〔双调〕乔 木 查

对 景

海棠初雨歇[1],杨柳轻烟惹[2],碧草茸茸铺四野。俄然回首处[3],乱红堆雪[4]。

〔幺〕恰春光也,梅子黄时节[5],映日榴花红似血。胡葵开满院[6],碎剪宫缬[7]。

〔挂搭沽序〕倏忽早庭梧坠[8],荷盖缺[9]。院宇砧韵切[10],蝉声咽,露白霜结。水冷风高,长天雁字斜[11],秋香次第开彻[12]。

〔幺〕不觉的冰澌结[13],彤云布朔风凛冽[14]。乱扑吟窗,谢女堪题,柳絮飞玉砌[15]。长郊万里,粉污遥山千叠[16],去路赊[17]。渔叟散,披蓑去,江上清绝[18]。幽悄闲庭,舞榭歌楼酒力怯[19],人在水晶宫阙[20]。

〔幺〕岁华如流水[21],消磨尽自古豪杰。盖世功名总是空,方信花开易谢,始知人生多别。忆故园,谩叹嗟[22]。旧游池馆,翻做了狐踪兔穴。休痴休呆,蜗角蝇头[23],名亲共利切。富贵似花上蝶,春宵梦说[24]。

〔尾〕少年枕上欢,杯中酒好天良夜,休辜负了锦堂风月[25]。

〔1〕 初雨歇:即雨初歇,雨刚停。

〔2〕 轻烟惹:即惹轻烟,嫩柳新绿,远望如烟霭笼罩。

〔3〕 俄然:忽然,猛然。

〔4〕 乱红堆雪:喻海棠落花成堆。红雪,喻枝头红花,此指落花。

〔5〕 梅子黄时节:夏初梅子黄熟时节。

〔6〕 胡葵:一种观赏植物,夏季开花,花有红黄白紫等多种颜色。

〔7〕 宫缬(xié 协):缬为染有文彩的丝织品,宫缬为宫中所制之缬,染有独特的花纹。这里用以比喻花之美丽。

〔8〕 倏(shū 书)忽:忽然间,眨眼之间。庭梧坠:庭院中梧桐叶落。

〔9〕 荷盖缺:荷叶残破。

〔10〕 砧(zhēn 真)韵:捣衣声。砧为捣衣石。切:言

其声凄切忧伤。

〔11〕 雁字：雁飞成行，往往成人字、一字，故称雁行为雁字。

〔12〕 秋香：犹言秋花，如菊花、桂花。次第：依次。开彻：即开遍。

〔13〕 冰澌（sī 丝）：冰凌。澌与冰义同。

〔14〕 朔风：北风。

〔15〕 "乱扑"三句：意谓雪花飞舞扑打书窗。吟窗，读书人、诗人吟咏诵读之书窗。柳絮飞，喻雪花飞舞。《世说新语·言语》："谢太傅（谢安）寒雪日内集，与儿女讲论文义。俄而雪骤，公欣然曰：'白雪纷纷何所似？'兄子胡儿曰：'撒盐空中差可拟。'兄女（谢道韫）曰：'未若柳絮因风起。'公大笑乐。"

〔16〕 污：同"杇"，粉刷，涂饰。

〔17〕 去路赊（shē 奢）：归家的路遥远。

〔18〕 "渔叟"三句：柳宗元《江雪》诗："千山鸟飞绝，万径人踪灭。孤舟蓑笠翁，独钓寒江雪。"曲反其意，言连渔叟亦披蓑散去。

〔19〕 酒力怯：言酒力不能御寒。

〔20〕 宫阙（què 确）：宫殿。阙，古代宫殿、祠庙、陵墓前的高建筑物，通常左右各一，建成高台，台上起楼观，两观之间有空缺，故名阙。

〔21〕 岁华：岁月。

〔22〕 谩:空,徒然。谩叹嗟,犹言空嗟叹。

〔23〕 蜗角蝇头:喻微小名利。《庄子·则阳》:"有国于蜗之左角者,曰触氏;有国于蜗之右角者,曰蛮氏。时相与争地而战,伏尸数万,逐北旬有五日而后反(返)。"郭象注:"诚知所争者若此之细也,则天下无争矣。"蜗角极细,喻名利之微小。班固《难庄论》:"众人之逐世利,如青蝇之赴肉汁也。青蝇嗜肉汁而忘溺死,众人贪世利而陷罪祸。"(《艺文类聚·蝇》卷九七)

〔24〕 "富贵"二句:都是比喻富贵如过眼烟云,不足凭恃。花上蝶,花谢则蝶飞;春宵梦,春宵苦短,好梦易醒。

〔25〕 锦堂风月:锦堂即昼锦堂,宋韩琦任相州知州时所建。欧阳修《相州昼锦堂记》:"仕宦而至将相,富贵而归故乡,此人情之所荣,而今昔之所同也。……公(韩琦)在至和中,尝以武康之节来治于相,乃作昼锦之堂于后圃。既,又刻诗于石以遗相人。其言以快恩仇、矜名誉为可薄,盖不以昔人所夸者为荣,而以为戒。于此见公之视富贵为如何,而其志岂易量哉!"锦堂风月指鄙薄富贵、虚荣的自由自在生活。

严忠济

　　严忠济(？—1293),又名忠翰,字紫芝,泰安长清(今属山东)人。袭父职为东平路行军万户、管民总管。从忽必烈攻宋,多战功。疑其威权太盛,于世祖中统二年(1261)被召还罢职,以其弟忠范代之。至元二十三年(1286),特授资德大夫、中书左丞行江浙省事,以年老辞。卒谥庄孝。散曲今存小令二首。

〔越调〕天净沙

宁可少活十年,休得一日无权。大丈夫时乖命蹇[1],有朝一日天随人愿,赛田文养客三千[2]。

〔1〕 时乖命蹇(jiǎn 剪):背时,命运不好。乖,违背,抵触;命,命运;蹇,不顺利。

〔2〕 田文:战国时齐国的孟尝君。《史记·孟尝君列传》:"孟尝君在薛,招致诸侯宾客及亡人有罪者,皆归孟尝君。孟尝君舍业厚遇之,以故倾天下之士。食客数千人,无贵贱一与文等。"

胡祗遹

胡祗遹（zhī yù 之玉）（1227—1295），字绍开（一作绍闻、绍凯），号紫山，磁州武安（今属河北）人。历任员外郎、应奉翰林文字兼太常博士、左右司员外郎。阿合马为相，任用亲信，官吏多政事烦，祗遹建言省员省事，触忤权奸，出为地方官，扶弱抑强，颇有政声，以江南浙西道提刑按察使致仕。卒赠礼部尚书，谥文靖。吉林文史出版社出版有《胡祗遹集》，散曲今存小令十一首。

〔中吕〕阳春曲

春 景

几枝红雪墙头杏[1]，数点青山屋上屏[2]。一春能得几晴明？三月景，宜醉不宜醒。

残花酝酿蜂儿蜜，细雨调和燕子泥[3]。绿窗春睡觉来迟[4]。谁唤起？窗外晓莺啼。

一帘红雨桃花谢[5]，十里清阴柳影斜。洛阳花酒一时别[6]。春去也，闲煞旧蜂蝶。

〔1〕 红雪：喻枝头红花，此指杏花。句本宋叶绍翁《游园不值》："春色满园关不住，一枝红杏出墙来。"

〔2〕 屋上屏：屏指屏风。山在屋外，高出于屋，一眼望去如屋上之屏风。

〔3〕 燕子泥：燕子筑巢所衔的泥。

〔4〕 绿窗：绿色纱窗。觉来：醒来。

〔5〕 红雨：指落花。唐李贺《将进酒》："况是青春日将暮，桃花乱落如红雨。"一帘，写从屋内隔帘外望。

〔6〕 洛阳花：洛阳以种植花木闻名，宋人陶谷《清异录》列"洛阳花福"为天下九福之一。此以洛阳花代指花。

〔中吕〕快活三过朝天子

赏 春

梨花白雪飘,杏艳紫霞消。柳丝舞困小蛮腰[1],显得东风恶。 野桥,路迢,一弄儿春光闹[2]。夜来微雨洒芳郊,绿遍江南草。蹇驴山翁[3],轻衫乌帽,醉模糊归去好。杖藜头酒挑[4],花梢上月高,任拍手儿童笑。

〔1〕 小蛮腰:喻柳枝柔软如小蛮之腰。孟棨《本事诗·事感》:"白尚书(白居易)姬人樊素,善歌;妓人小蛮,善舞。尝为诗曰:'樱桃樊素口,杨柳小蛮腰。'"

〔2〕 一弄儿:一派,一片。春光闹:春意繁盛,春意浓。宋祁〔玉楼春〕词:"绿杨烟外晓寒轻,红杏枝头春意闹。"

〔3〕 蹇(jiǎn简)驴:跛足驴,驽弱的驴子。此指骑驴。山翁:晋山简,好酒,见《世说新语·任诞》。此以山翁自比。

〔4〕 杖藜:拐杖。藜为草本植物,茎可做拐杖。

王 恽

王恽(1227—1304),字仲谋,号秋涧,卫州汲(今河南汲县)人。中统元年(1260)经姚枢举荐,辟为详议官,后历任翰林修撰、监察御史、平阳路判、翰林待制及燕南、河北、山东、福建等地提刑按察副使、按察使等,以翰林学士致仕。王恽诗词文书法兼擅,不以曲名家。他是以诗词法作散曲的代表人物,其曲未能摆脱诗词拘囿,显得拘谨,除入选的这首《游金山寺》外,他的作品多显空浮。但他对推动散曲的雅化,表现出明显的意图,有助于提高散曲的文学素质和社会功能,对后来雅化散曲有一定影响。著有《秋涧先生大全集》一百卷,散曲存小令四十一首。

〔正宫〕黑漆弩

游金山寺并序[1]

邻曲子严伯昌尝以〔黑漆弩〕侑酒[2]。省郎仲先谓余曰[3]:"词虽佳,曲名似未雅。若就以'江南烟雨'目之[4],何如?"予曰:"昔东坡作〔念奴〕曲[5],后人爱之,易其名曰〔酹江月〕[6],其谁曰不然?"仲先因请余效颦[7],遂追赋游金山寺一阕[8],倚其声而歌之。昔汉儒家畜声妓[9],唐人例有音学[10],而今之乐府[11],用力多而难为工[12]。纵使有成,未免笔墨劝淫为侠耳[13]。渠辈年少气锐[14],渊源正学[15],不致费日力于此也[16]。其词曰:

苍波万顷孤岑矗[17],是一片水面上天竺[18]。金鳌头满咽三杯[19],吸尽江山浓绿[20]。 蛟龙虑恐下燃犀[21],风起浪翻如屋。任夕阳归棹纵横[22],待偿我平生不足[23]。

〔1〕 金山寺:始建于东晋,本名泽心寺,宋真宋天禧初改名金山寺。在今江苏镇江西北金山上,本屹立于长江中,明代以后因泥沙淤积,江水北移,遂与南岸相连。

〔2〕 邻曲:邻居。子:对人的尊称。邻曲子,犹邻居君。黑漆弩:指白贲所作曲,因有"侬家鹦鹉洲边住"句,后人也称为"鹦鹉曲"。白曲,本书已选录。侑(yòu 右)酒:劝酒。

〔3〕 省郎:省指中书省,郎指员外郎或郎中。仲先:

人名,生平不详。

〔4〕 江南烟雨:白贲曲有"睡煞江南烟雨"句,故欲以此为名。以……目之:即以……为名、为题目。

〔5〕 念奴曲:即苏轼〔念奴娇〕《赤壁怀古》词。

〔6〕 酹(lèi 肋)江月:苏词末句为"一樽还酹江月",遂取此三字为本词代名。酹,倒酒祭奠。

〔7〕 效颦:拙劣的模仿,这里是自谦之词。《庄子·天运》:"西施病心而矉其里,其里之丑人见而美之,归亦捧心而矉其里。其里之富人见之,坚闭门而不出;贫人见之,挈妻子而去之走。彼知矉美,而不知矉之所以美。"矉,通颦。

〔8〕 追赋:事后补作。一阕(què 却):音乐一遍终了为阕,故歌或词一首称一阕。

〔9〕 畜(xù 蓄):养。声妓:指以演奏器乐或歌唱侍奉人的女子。

〔10〕 音学:唐诗入乐可歌,崇尚声音之学。

〔11〕 乐府:本指秦汉时朝廷管理音乐的机关,乐府采集的配乐歌唱的民歌亦称乐府。此指散曲。

〔12〕 工:精巧,完美。

〔13〕 侠:当为"狭"字之误,偏狭。

〔14〕 渠辈:他们。渠,第三人称代词。

〔15〕 渊源正学:以正学为渊源,即学习正学。

〔16〕 日力:时间,光阴。

〔17〕"苍波"句:言金山寺所在的金山,矗立在长江万顷碧波中。孤岑(cén 涔),孤立的山峰。

〔18〕 天竺(zhú 竹):山名,亦为寺名,在杭州市灵隐山飞来峰之南,山上有上、中、下三天竺寺,是有名的佛教胜地。

〔19〕 金鳌头:金山顶上之金鳌峰。

〔20〕"吸尽"句:作者于金鳌头饮酒,长江之碧波、金山之苍翠,尽收眼底,犹如尽在杯中,故云"吸尽"。

〔21〕 燃犀:典出南朝宋刘敬叔《异苑》卷七:"晋温峤至牛渚矶,闻水底有音乐之声,水深不可测。传言下多怪物,乃燃犀角而照之。须臾,见水族覆火,奇形异状,或乘车马,著赤衣帻。其夜梦人谓曰:'与君幽明道隔,何意相照耶?'峤甚恶之,未几卒。"后常用为洞察奸邪鬼怪的典故。

〔22〕 归棹(zhào 兆):归舟。棹,船旁拨水工具,长者为棹,短者为楫,代指船。纵横:犹来往。

〔23〕 不足:指赏玩江山风景未能尽兴的遗憾。

伯 颜

伯颜(1236—1294),蒙古八邻(今称"巴林")部人,长期居于西域。至元元年(1264)奉使入朝,被世祖忽必烈留作侍臣,拜中书左丞相、迁同知枢密院事。率军伐宋,多有战功。灭宋后,在平定诸王叛乱中屡立功勋。世祖崩,伯颜率百官拥立成宗。成宗立,加伯颜太傅、录军国重事,卒赠太师开府仪同三司,追封淮安王,谥忠武。伯颜为世祖重臣,才兼将相,"将二十万人伐宋,若将一人,诸将帅仰之若神明"(《元史》本传)。政事之馀,染指文辞,能诗能文。散曲存小令一首。

〔中吕〕喜 春 来

金鱼玉带罗襕扣[1],皂盖朱幡列五侯[2],山河判断在俺笔尖头[3]。得意秋[4],分破帝王忧[5]。

〔1〕"金鱼"句:意谓佩鱼符穿罗襕(lán 兰),腰扣玉带。金鱼,鱼形金符;玉带,腰间束带,以革制成,外裹各

色绫绢,饰玉者为玉带,饰兽角者为角带;罗襕,罗制的袍衫,圆领大袖,上下相连,下加一横襕。

〔2〕 皂盖朱幡(fān 翻):尊显者出行时,所乘车为黑色车盖;所用仪仗为红色旗幡。列五侯:位列五侯之内。五侯,泛指位尊权重之显贵。

〔3〕 山河:江山,指国家大事。判断:处理,掌握。

〔4〕 秋:时,日。

〔5〕 分破:即分,破为语助词。

李伯瑜

李伯瑜,生平不详。据知常真人(姬志真)《云山集》王鹗序,王尝于庚戌(宋理宗淳佑十年、元海迷失后二年,1250)夏五月与伯瑜相会话旧,可知李伯瑜为金末元初人。散曲今存小令一首。

〔越调〕小桃红

磕瓜[1]

木胎毡衬要柔和,用最软的皮儿裹。手内无他煞难过[2],得来呵,普天下好净也应难躲[3]。兀的般砌末[4],守着个粉脸儿色末[5],浑广笑声多[6]。

〔1〕 磕瓜:杂剧、院本演出用的一种道具,也作"榼瓜",又称皮棒槌。参见杜仁杰〔般涉调耍孩儿·庄家不识

构阑]注〔32〕。

〔2〕 "手内"句:意为磕瓜乃副末演员所必备的道具。

〔3〕 "普天下"句:磕瓜是副末用来专打副净以逗观众发笑的道具。

〔4〕 兀的般:这般。砌(qiè怯)末:戏曲术语,即道具。

〔5〕 色末:即指持磕瓜的副末,这个脚色一般画作大白脸。

〔6〕 诨:滑稽逗笑的动作和道白。诨广,指笑料很多。

姚 燧

姚燧(1238—1313),字端甫,号牧庵。洛阳(今属河南)人,祖籍柳城(今辽宁朝阳市)。三岁而孤,育于伯父姚枢家,受学于名儒许衡。至元十三年(1276)为秦王府文学,累官至翰林学士承旨、知制诰。其文与虞集并称,有西汉风。其官位显要,与当时名公文士联系广泛,在文坛颇有影响。散曲风格典雅,创作力求出新,活脱富有情致。著有《牧庵集》。散曲今存小令二十八首、套数一套。

〔中吕〕满 庭 芳

天风海涛,昔人曾此,酒圣诗豪[1]。我到此闲登眺,日远天高。山接水茫茫渺渺,水连天隐隐迢迢[2]。供吟啸[3],功名事了[4],不待老僧招[5]。

〔1〕"昔人"二句:言昔人曾在此饮酒赋诗。

〔2〕 隐隐迢迢:言天长水远,隐约不明。杜牧《寄扬州韩绰判官》:"青山隐隐水迢迢,秋尽江南草木凋。"诗状

山高入云而隐约不明,曲写水长而隐约不明。

〔3〕 吟啸:吟指吟咏,写作或诵读诗词;啸指长啸,撮口吹出的声音,古人抒情的一种方式。

〔4〕 功名事:建功立名之事,指做官。

〔5〕 不待老僧招:是说不等老僧招便自动归隐。

〔中吕〕阳春曲

笔头风月时时过[1],眼底儿曹渐渐多[2]。有人问我事如何?人海阔,无日不风波。

〔1〕 "笔头"句:笔底时时描写美好事物。风月,清风明月,代指良辰美景。

〔2〕 儿曹:儿辈,指子侄。

〔越调〕凭阑人

寄征衣[1]

欲寄君衣君不还,不寄君衣君又寒。寄与不寄间,妾身千万难[2]。

〔1〕 征衣:远离家乡之人的衣服。

〔2〕 妾身:妇女自称。

卢 挚

卢挚(1242—1314或稍后),字处道,一字莘老,号疏斋,又号嵩翁,族望涿郡(今河北涿州),家居河南颍川。由诸生进身为世祖忽必烈的侍从之臣,历任燕南河北道提刑按察司、江东道提刑按察副使、陕西提刑按察使、河南府路总管,拜集贤学士,又任岭北湖南道廉访使,复为翰林学士,迁承旨,贰宪燕南河北道,晚年客居宣城。卢挚诗词文曲兼擅而以曲名家。其曲题材广泛,结构严谨整饬,用词考究文雅,又饶有风致。卢挚作为上层文人,以诗笔写曲,别开雅正典丽一派。有《卢疏斋集》,已佚,李修生辑有《卢疏斋集辑存》。存小令一百二十首,是元代前期作家中存曲最多的作家。

〔中吕〕喜 春 来

和则明韵[1]

春云巧似山翁帽[2],古柳横为独木桥,风微尘软落红飘。沙岸好,草色上罗袍。

〔1〕 则明:散曲家任昱字,本书有传。

〔2〕 山翁帽:一种白色头巾。晋人山简镇襄阳日,因世乱而优游卒岁,不理军事。谚云:"日夕倒载归,酩酊无所知。时时能骑马,倒著白接䍦。"白接䍦即山翁帽。见《晋书·山简传》。

〔双调〕沉醉东风

秋 景

挂绝壁枯松倒倚[1],落残霞孤鹜齐飞[2]。四围不尽山,一望无穷水,散西风满天秋意。夜静云帆月影低[3],载我在潇湘画里[4]。

〔1〕 "挂绝壁"句:语出李白《蜀道难》:"连峰去天不盈尺,枯松倒挂倚绝壁。"曲句倒装,更觉生新醒目。

〔2〕 "落霞"句:语出唐王勃《滕王阁序》:"落霞与孤鹜齐飞,秋水共长天一色。"鹜(wù 务),野鸭。王文又自庾信《马射赋》"落花与芝盖同飞,杨柳共春旗一色"点化而成。

〔3〕 云帆：白色的船帆，代指船。

〔4〕 潇湘画：宋画家宋迪绘有风景画"潇湘八景"。潇水与湘水合流后称潇湘，今称湘江，在今湖南。

〔双调〕沉醉东风

闲 居

恰离了绿水青山那答[1]，早来到竹篱茅舍人家[2]。野花路畔开，村酒槽头榨[3]，直吃的欠欠答答[4]。醉了山童不劝咱，白发上黄花乱插。

〔1〕 恰：才，刚。那答：那里，那地方。

〔2〕 早：已。

〔3〕 槽：酒槽，酿酒的器具。榨：榨酒。

〔4〕 欠欠答答：醉态浓重的样子，如说话不清，行路不稳。

〔双调〕蟾宫曲

劝 世

想人生七十犹稀,百岁光阴,先过了三十[1]。七十年间,十岁顽童,十载尪羸[2],五十岁除分昼黑[3],刚分得一半儿白日。风雨相催,兔走乌飞[4],子细沉吟[5],都不如快活了便宜。

〔1〕 "想人生"三句:是说能活到七十岁的人是不多的,即使活七十,百岁光阴,就已经少了三十岁。七十犹稀,出杜甫《曲江》之二:"酒债寻常行处有,人生七十古来稀。"百岁,犹百年,"百年曰期"(《礼记·曲礼上》),言人寿以百年为期。

〔2〕 尪羸(wāng léi 汪雷):瘦弱,孱弱。联系上句,此当指孱弱老人。

〔3〕 除分昼黑:犹言分开昼夜。

〔4〕 兔走乌飞:犹言日月流逝。兔,传说月中有玉兔,因以兔代指月亮。汉张衡《灵宪》:"月者,阴精之宗,积而成兽,象兔形。"乌,传说日中有三足乌鸦,因以乌代指太

阳。《淮南子·精神训》:"日中有踆乌,而月中有蟾蜍。"高诱注:"踆,犹蹲也,谓三足乌。"

〔5〕 沉吟:深思,思索。

〔双调〕蟾宫曲

田 家

沙三伴哥来嗏[1],两腿青泥,只为捞虾。太公庄上[2],杨柳阴中,磕破西瓜[3]。小二哥昔涎剌塔[4],碌轴上渰着个琵琶[5]。看荞麦开花,绿豆生芽。无是无非,快活煞庄家[6]。

〔1〕 沙三、伴哥:均元代农村惯用人名。来嗏(chā叉):来呀。嗏,语气词。

〔2〕 太公庄:虚拟的村名。

〔3〕 磕(kē科):碰,撞。

〔4〕 小二哥:元代农村惯用人名。昔涎剌(lā拉)塔:形容吃西瓜时满脸瓜水的样子。剌塔,即邋遢,不干净,不整洁。

〔5〕 碌(liù六)轴:即碌碡(zhóu轴),一种石头制成

的圆柱形农具,用以碾轧谷物脱粒或轧平场院。渰:同淹,有久意,有迟缓意,这里是坐着不动的意思。琵琶:乐器名,这里形容西瓜吃得多,肚大似琵琶。

〔6〕 庄家:农民,庄稼汉。

〔双调〕蟾宫曲

萧 娥[1]

晋王宫深锁娇娥,一曲离笳,百二山河[2]。炀帝荒淫,乐陶陶凤舞鸾歌。琼花绽春生画舸[3],锦帆飞兵动干戈[4]。社稷消磨[5],汴水东流[6],千丈洪波。

〔1〕 萧娥:萧姓女子,隋炀帝为晋王时选为妃,登基后立为后。娥,美女,后用为女子的泛称,如秦娥、韩娥。

〔2〕 "晋王宫"三句:是说隋炀帝依恃山河险固,沉湎酒色,结果身被杀而后妃流离。按文意,第三句应为首句。晋王宫,指杨广为晋王时的宫邸。离笳,犹离别曲;笳,胡笳,古代管乐器,流行于塞北西域一带。言离笳,暗示萧后流落塞北。百二山河,形容地势险固。《史记·高

祖本纪》:"秦,形胜之国,……持戟百万,秦得百二焉。"言秦地险固,二万人足当诸侯百万人(或云秦兵百万足当诸侯兵二百万)。

〔3〕 琼花:一种名贵的花,花色微黄而有香。相传扬州后土祠之琼花,天下无二本,见宋周密《齐东野语·琼花》。绽:开放。画舸(gě葛):装饰华美的大船。隋炀帝曾造龙舟从运河南下看扬州琼花。

〔4〕 锦帆:隋炀帝龙舟以锦缎作帆。兵动干戈:指隋末农民起义。

〔5〕 社稷(jì计):社为土神,稷为谷神,合称则代指国家。消磨:消耗磨灭,消亡。

〔6〕 汴水:古河名,发源于河南,流经江苏,转入泗水。

〔双调〕蟾宫曲

京口怀古 镇江[1]

道南宅岂识楼桑[2]?何许英雄[3],惊倒孙郎[4]。汉鼎才分[5],流延晋宋,弹指萧梁[6]。昭代车书四方[7],北溟鱼浮海吞江[8]。临眺苍茫[9],醉依歌鬟^[10]，吟断寒窗^[11]。

〔1〕 京口：今江苏镇江市。三国时吴孙权曾建都于此，称京城，后迁都建业（今江苏南京），改称京口，东晋、南朝时亦称京口。镇江：作者自己标明的京口属镇江路（治所在丹徒，即今镇江）管辖。

〔2〕 道南宅：本为周瑜住宅，这里代指周瑜。《三国志·吴书·周瑜传》：周瑜与孙策友善，"瑜推道南大宅以舍策"。楼桑：地名，在今河北涿州，为刘备故里。《三国志·蜀书·先主传》："舍东南角篱上有桑树生，高五丈馀，遥望见童童如小车盖，往来者皆怪此树非凡。"因名其里为楼桑。这里代指刘备。本句典出《三国志·吴书·周瑜传》："刘备以左将军领荆州牧，治公安。备诣京见（孙）权。瑜上疏曰：'刘备以枭雄之姿，而有关羽、张飞熊虎之将，必非久屈为人用者。愚谓大计宜徙备置吴，盛为筑宫室，多其美女玩好，以娱其耳目；分此二人，各置一方。使如瑜者，得挟与攻战，大事可定也。今猥割土地以资业之，聚此三人俱在疆场，恐蛟龙得云雨，终非池中物也。'权以曹公在北方，当广揽英雄，又恐备难卒制，故不纳。"

〔3〕 何许：何等，赞叹之词。

〔4〕 惊倒孙郎：孙郎指孙权。《三国志·蜀书·先主传》："群下推先主为荆州牧，治公安。权稍畏之，进妹固

好。先主至京见权,绸缪恩纪。"

〔5〕 汉鼎才分:犹言汉政权分为魏、蜀、吴三国。鼎,古代炊煮食物的器具,祭祀时也用为盛熟牲之器。相传夏禹铸九鼎,为商、周传国重器,后用以代指国家政权和帝位。圆鼎为三足。

〔6〕 "流延"二句:是说像汉末三国时期那种分久必合合久必分的局面,一直延续到南北朝。流延,流传延续。晋,三国分立局面统一于晋,都于洛阳,但统一不久又有十六国大乱,东晋都于建业,接下来又是南北朝的局面了。宋,指南朝刘宋。南朝宋、齐、梁、陈四个朝代,均都于建康(今江苏南京)。弹指,极言时间短暂,捻弹手指之间。萧梁,南朝梁代皇室为萧姓,故称萧梁。

〔7〕 昭代:清明时代,太平盛世。车书四方:车同轨、书同文,是天下统一的标志。

〔8〕 北溟(míng明)鱼:北海中的大鱼,喻指有大本事、大胆略的人。《庄子·逍遥游》:"北溟有鱼,其名为鲲。鲲之大,不知其几千里也。"溟,海。

〔9〕 临眺:登高远望。临,登临,登山临水;眺,眺望,远望。

〔10〕 歌鬟:歌女。古人有歌姬侑酒的风俗。

〔11〕 吟断:吟尽。

〔双调〕蟾宫曲

扬州汪右丞席上即事[1]

江城歌吹风流[2],雨过平山[3],月满西楼。几许华年[4],三生醉梦[5],六月凉秋。按锦瑟佳人劝酒[6],卷竹帘齐按凉州[7]。客去还留[8],云树萧萧[9],河汉悠悠[10]。

〔1〕 汪右丞:生平不详。右丞,官名,元中书省、行中书省设左右丞。即事:以眼前事物为题作诗。

〔2〕 江城:指扬州。歌吹:歌指歌唱,吹指吹奏管乐。这里泛指音乐歌舞。风流:风雅潇洒。扬州自古以歌舞繁华著称,杜牧《题扬州禅智寺》:"谁知竹西路,歌吹是扬州。"

〔3〕 平山:即平山堂,宋欧阳修任扬州太守时建,在扬州蜀冈中峰大明寺西侧。

〔4〕 华年:本指美好的年华、青春年华,李商隐《锦瑟》诗:"锦瑟无端五十弦,一弦一柱思华年。"曲中即指年华。几许华年,犹言多少年了啊,是说与友人多年不见。

〔5〕 三生:佛教语,也称三世,认为人的生命可以不断迁流变化,现在的生存为今生,前世的生存为前生,命终之后的生存为来生。这里暗用三生石典故。唐袁郊《甘泽谣·圆观》云:洛阳惠林寺僧圆观与李源友善。圆观临终,约李源十二年后中秋月夜在杭州天竺寺外相见。李源如期而往,见一牧童,乃圆观后身,牧童歌曰:"三生石上旧精魂,赏月吟风不要论。惭愧情人远相访,此身虽异性灵存。"此句意谓:此次聚会恍惚如隔世,如醉中梦里。

〔6〕 按:抚,弹奏。锦瑟:瑟的美称,一种弦乐器。

〔7〕 凉州:乐府"近代曲"名,《新唐书·礼乐志十二》:"《凉州曲》,本西凉所献也,其声本宫调,有大遍、小遍。"

〔8〕 客去还留:客人(指作者)几次要走,都被主人热情留住。

〔9〕 云树:树林丛茂如云。萧萧:风吹树叶声。

〔10〕 河汉:即银河。悠悠:遥远的样子。

〔双调〕蟾宫曲

醉赠乐府珠帘秀[1]

系行舟谁遣卿卿[2]？爱林下风姿[3]，云外歌声[4]。宝髻堆云[5]，冰弦散雨[6]，总是才情。恰绿树南熏晚晴[7]，险些儿羞杀啼莺[8]。客散邮亭[9]，楚调将成[10]，醉梦初醒。

〔1〕 乐府：本指朝廷管理音乐的官署，秦代已设有"乐府"，汉承秦制也设"乐府"。后来把"乐府"采集、配乐的诗称乐府。此指歌者。珠帘秀：见本书作者小传。

〔2〕 "系行舟"句：意谓谁遣卿卿系我行舟。是说自己系舟停留，全为朱氏。卿卿，男女间的亲昵称呼。

〔3〕 林下风姿：高雅飘逸的丰采。《世说新语·贤媛》："王夫人（王凝之之妻谢道韫）神情散朗，故有林下风气。"

〔4〕 云外歌声：犹言响遏行云的歌声。《列子·汤问》："秦青……抚节悲歌，声振林木，响遏行云。"

〔5〕 宝髻堆云：形容珠帘秀发髻浓密如云。

〔6〕 冰弦：白色丝制成的琴弦。明项元汴《蕉窗九录·琴弦》："今只用白色柘丝为上，秋蚕次之。弦取冰者，以素质有天然之妙，若朱弦则微色新滞稍浊，而失其本真也。"散雨：形容琴声如雨。

〔7〕 南熏：据《礼记·乐记》："舜作五弦之琴以歌《南风》。"《南风》中有"南风之熏兮，可以解吾民之愠兮"之句。孔颖达疏云，南风即"长养万物"之风，故南风、南熏均代指春风。

〔8〕 啼莺：鸣叫的黄莺。

〔9〕 邮亭：驿馆，指送别之所。

〔10〕 楚调：楚地的曲调，后为乐府相和歌之一。扬州古属楚地，故称本曲为楚调。

〔双调〕湘妃怨

西　湖

梅梢雪霁月芽儿[1]，点破湖烟雪落时，朝来亭树琼瑶似。笑渔蓑学鹭鸶[2]，照歌台玉镜冰姿。谁僝僽鸱夷子[3]，也新添两鬓丝[4]，是个淡净的西施[5]。

〔1〕 雪霁:雪停放晴。

〔2〕 "笑渔蓑"句:笑披蓑衣的渔夫,满蓑白雪,活像鹭鸶一样。鹭鸶(lù sī 路斯),水鸟名,渔人常用以捕鱼。白色,故有"雪隐鹭鸶飞始见"之谚语。

〔3〕 孱僽(chán zhòu 缠宙):折磨,揉搓。鸱(chī 吃)夷子:鸱夷乃革囊,据《史记·伍子胥列传》,吴王夫差逼伍自刎,"乃取子胥尸,盛以鸱夷革,泛之江中。"裴骃集解引应劭曰:"取马革为鸱夷。鸱夷,榼形。"后以鸱夷子借指伍子胥。此指吴山,座落于西湖东南、钱塘江北岸。吴山旧名胥山,因纪念伍子胥又误伍子胥之伍为吴而得名,见清顾祖禹《读史方舆纪要·浙江二·杭州府》。

〔4〕 两鬓丝:以两鬓白发喻雪。

〔5〕 西施:春秋时越国美女,苎(zhù 住)罗山(在今浙江诸暨南)人。曾被越王献与吴王夫差,助越灭吴。其结局诸说不一,或谓沉于江,或谓与范蠡隐遁。因病心而常捧心颦眉,人以为美,其里之丑人见而美之,归亦捧心效颦。参见汉赵晔《吴越春秋·勾践阴谋外传》、《越绝书·内经九术》、《庄子·天运》。暗用苏轼《饮湖上初晴后雨》"欲把西湖比西子,淡妆浓抹总相宜"句意。

珠帘秀

珠帘秀,亦作朱帘秀,生卒年不详。与关汉卿、卢挚等均有交往。珠帘秀是南部行教坊司名伎,主要活动地区在扬州。后嫁与钱塘道士洪丹谷。贾庭芝《青楼集》载:"珠帘秀,姓朱氏,行四。杂剧为当今独步,驾头、花旦、软末泥等,悉造其妙。……至今后辈以'朱娘娘'称之者。"散曲今存小令一首、套数一套。

〔双调〕寿阳曲

答卢疏斋[1]

山无数,烟万缕,憔悴煞玉堂人物[2]。倚篷窗一身儿活受苦[3],恨不得随大江东去[4]。

〔1〕 卢疏斋:即卢挚,见本书作者小传。卢挚原作为〔双调寿阳曲·别珠帘秀〕:"才欢悦,早间别,痛煞煞好

难割舍。画船儿载将春去也,空留下半江明月。"

〔2〕 玉堂人物:玉堂本为汉代未央宫内的玉堂殿,为待诏之所。唐时待诏于翰林院,遂以玉堂人物指翰林学士。卢挚曾官翰林学士。

〔3〕 篷窗:此指船窗。

〔4〕 "恨不得"句:意谓恨不得尾随去。

刘敏中

　　刘敏中(1243—1318),字端甫,号中庵,又号中庵野叟,济南章丘(今属山东)人。聪敏好学。元世祖至元间以中书省掾步入仕途,历任兵部主事、监察御史,因弹劾尚书右丞桑哥贪污,未果,愤而辞职。又起为御史台都事。桑哥罢官后,刘敏中任国子司业、翰林直学士兼国子祭酒、宣抚使、集贤学士,参议中书省事,官终翰林承旨。晚年以疾辞归乡里。为官清廉刚正,是一代名臣。吉林文史出版社出版有《刘敏中集》。散曲仅存小令二首。

〔正宫〕黑漆弩

村居遣兴

吾庐却近江鸥住,更几个好事农父。对青山枕上诗成,一阵沙头风雨。　酒旗只隔横塘[1],自过小桥沽去。尽疏狂不怕人嫌[2],是我平生喜处。

〔1〕 酒旗:酒店的招牌,俗称酒帘、酒望子。横塘:泛指水塘。

〔2〕 疏狂:放纵不受拘束。尽(jǐn仅)疏狂,一任自己疏狂,听凭自己疏狂而不加约束。嫌:讨厌。

陈 英

陈英(1247—1330以后),一名士英,字彦卿,号草庵。析津(今北京)人。张养浩《归田类稿》卷十二《析津陈氏先茔碑铭》引陈英自述仕履云:"不佞起寒微,叨仕中外,职风纪者九:内焉,监察御史;外焉,佥按察司事河东,副廉访使山东、陕西、河北,使行中书左丞则云南、山南、浙西,行台侍御史则江南。职民事者凡六:在沅为判官,在泉为治中,刺雄、孟二州,两尹平阳、潭州。职簿领,则入省为都事右司,大都路为知事兵马都指挥司。为都目奉使宣抚,则江右、闽中。恭行省政,则甘肃、河南。"可知其历仕中外(据孙楷第《元曲家考略》、赵义山《斜出斋曲论前集》)。散曲今存小令〔中吕·山坡羊〕二十六首。

〔中吕〕山 坡 羊

晨鸡初叫,昏鸦争噪,那个不去红尘闹[1]?路遥遥,水迢迢[2],功名尽在长安道[3]。今日少年明日老。山,依旧好;人,憔悴了。

〔1〕 红尘:佛教道教称世俗社会为红尘,此指功名场中。

〔2〕 迢(tiáo条)迢:遥远。

〔3〕 长安道:长安,在今陕西西安市西北,西汉、隋、唐均建都于此,后遂以长安代指帝都。长安道,通往京都的道路,即指奔走功名之路。

〔中吕〕山 坡 羊

江山如画,茅檐低厦。妻蚕女织儿耕稼。务桑麻,捕鱼虾,渔樵见了无别话。三国鼎分牛继马〔1〕。兴,也任他;亡,也任他。

〔1〕 鼎分:犹言三分。见卢挚〔双调蟾宫曲·京口怀古〕注〔5〕。牛继马:犹言东晋继西晋。马,晋武帝司马炎篡魏称帝建立晋政权,都于洛阳,史称西晋。牛,晋元帝司马睿建立的晋政权,都于建康,史称东晋。而司马睿乃其母与牛姓小吏私通而生。《晋书·元帝纪》:"玄石图有'牛继马后',故宣帝深忌牛氏。遂为二榼,共一口,以贮酒焉。帝先饮佳者,而以毒酒鸩其将牛金。而恭王妃夏侯氏竟通小吏牛氏而生元帝。"

马致远

马致远(1250？—1321后至1324前),致远是他的字,名不详,号东篱,大都(今北京)人。元宪宗、元世祖时期,马致远有建功立业的理想抱负,曾奔走求仕,南下飘泊。成宗元贞时期参加了元贞书会,与艺人为伍进行戏剧活动,曾到杭州任江浙省务提举(一说为江浙行省务官),后退隐。马致远是元曲四大家之一,贾仲明〔凌波仙〕吊曲说:"万花丛里马神仙,百世集中说致远,四方海内皆谈羡。战文场,曲状元。姓名香,贯满梨园。"作杂剧十五种,其实他的杂剧不如散曲写得好,朱权《太和正音谱》称其曲:"典雅清丽,……有振鬣长鸣,万马皆喑之意。"是散曲创作的一代巨手。萧善因整理有《马致远集》。散曲今存小令一百一十五首、套数十八套、残套数五套。

〔南吕〕四块玉

恬 退[1]

翠竹边,青松侧,竹影松声两茅斋。太平幸得闲身在,三径修[2],五柳栽[3],归去来[4]。

〔1〕 恬退:不争名利退让隐居。恬,淡泊,指淡泊名利。

〔2〕 三径:指隐士所居之田园。《太平御览》卷五一〇引嵇康《高士传》:"蒋诩字符卿,杜陵人,为兖州刺史。王莽为宰衡,诩奏事到灞上,称病不进,归杜陵。荆棘塞门,舍中三径,终身不出。"故又称蒋径。

〔3〕 五柳:陶渊明《五柳先生传》:"先生不知何许人也,亦不详其姓字,宅边有五柳树,因以为号焉。"后以五柳代指隐士的生活环境。

〔4〕 归去来:指归隐。《宋书·陶潜传》:"郡遣督邮至县,吏白应束带见之。潜叹曰:'我不能为五斗米折腰向乡里小人!'即日解印绶去职,赋《归去来》。其词曰:'归去来兮,田园将芜胡不归。'""归去来"之涵义重在"归"字,而"去"、"来"之方向性已逐渐淡化,重在表示强调、呼唤之

语气。"(袁行霈《陶渊明集笺注》)

〔南吕〕四块玉

天 台 路[1]

采药童[2],乘鸾客[3],怨感刘郎下天台[4]。春风再到人何在[5]?桃花又不见开,命薄的穷秀才,谁教你归去来!

〔1〕 天台:天台山,在今浙江省天台县。相传东汉人刘晨、阮肇,于明帝五年入天台山采药,迷路求食,入桃花源,遇二仙女,成其婚配。半年后思归还乡,则亲旧零落,得七世孙。后刘、阮复去,不知何所。《绍兴府志》《齐谐记》《幽明录》等均有记载。天台山之桃花源与晋陶渊明《桃花源诗并记》在今湖南省常德县之桃花源,二者本无关系,但后人(如唐王之涣《惆怅诗》、元王子一《刘晨阮肇误入桃花源》杂剧)往往把二者混同。

〔2〕 采药童:指刘晨、阮肇。

〔3〕 乘鸾客:犹言娇婿、仙眷,见下首同调《凤凰坡》注。此指刘晨、阮肇。

〔4〕"怨感"句：怨感，哀怨感人。指刘、阮还乡时"更怀悲思，求归甚苦。女曰：'罪牵君，当可如何？'……共送刘、阮，指示还路。"（《幽明录·刘晨阮肇》）刘郎，概指刘晨、阮肇。阮为仄声，郎为平声，此处当平，故用"刘郎"。

〔5〕"春风"句：刘、阮入山遇仙成合，乃在夏季桃熟之时，离别下山是在春季。句谓春风又到，人却已离仙境而入人世了。人，指刘、阮。

〔南吕〕四块玉

凤凰坡[1]

百尺台，堆黄壤[2]，弄玉吹箫送萧郎，送萧郎共上青霄上。到如今国已亡[3]，想当初事可伤[4]，再几时有凤凰？

〔1〕凤凰坡：即凤台，故址在今陕西省宝鸡市东南（见《水经注》卷十八"渭水二"）。旧题汉刘向《列仙传》卷上："萧史者，秦穆公时人也。善吹箫，能致孔雀、白鹤于庭。穆公有女，字弄玉，好之。公遂以女妻焉。日教弄玉作凤鸣。居数年，吹似凤声，凤凰来止其屋。公为作凤台，

夫妇止其上不下。数年,一旦皆随凤凰飞去。故秦人为作凤女祠于雍,宫中时有箫声而已。"

〔2〕 堆黄壤:犹言黄土堆成。

〔3〕 "到如今"句:典出李白《登金陵凤凰台》诗:"凤凰台上凤凰游,凤去台空江自流。吴宫花草埋幽径,晋代衣冠成古丘。"此凤凰台在今南京市。《宋书·符瑞志中》、《太平寰宇记》卷九十载,南朝宋文帝元嘉年间有凤凰集于李树上,遂名其地曰凤凰里,起台于山,号凤台山,台即凤凰台。金陵乃六朝旧都,故李白有亡国之叹。或指秦国已亡,亦通。

〔4〕 伤:悲。

〔南吕〕四 块 玉

叹 世

两鬓皤[1],中年过,图甚区区苦张罗[2]?人间宠辱都参破[3],种春风二顷田,远红尘千丈波,倒大来闲快活[4]。

〔1〕 皤(pó婆):白色。

〔2〕 区区:不重要的事。苦:程度副词,苦张罗犹言拼命张罗。

〔3〕 宠辱:荣辱,得志与失意。参破:看透。参,领悟。

〔4〕 倒大来:程度副词,犹非常、十分。

〔南吕〕金 字 经

夜来西风里,九天雕鹗飞〔1〕,困煞中原一布衣〔2〕!悲,故人知未知?登楼意〔3〕,恨无上天梯〔4〕。

〔1〕 雕鹗(è厄):雕、鹗都是猛禽,鹗也属雕类。比喻才高志大的人。

〔2〕 布衣:古代平民不能穿锦绣衣服,故称没有官职的人为布衣。中原布衣,本指王粲,山阳高平(今山东邹城西南)人。少遇董卓之乱,避难荆州依附刘表十五年,未受重用,心情抑郁,写下《登楼赋》,抒发怀才不遇之感。曲中马致远以王粲自比。

〔3〕 登楼意:登楼的心情。楼,在荆州。

〔4〕 上天梯:喻指仕宦显达之路。

〔越调〕天净沙

秋 思[1]

枯藤老树昏鸦[2],小桥流水人家,古道西风瘦马[3]。夕阳西下,断肠人在天涯。

〔1〕 秋思:对秋天情味的体认。
〔2〕 昏鸦:黄昏归巢的乌鸦。
〔3〕 古道:古老的道路。

〔双调〕蟾宫曲

叹 世

东篱半世蹉跎[1],竹里游亭[2],小宇婆娑[3]。有个池塘,醒时渔笛,醉后渔歌。严子陵他应笑我[4],孟光台我待学他[5]。笑我如何?倒大江湖〔6〕,也避风波。

〔1〕 半世:犹言半辈子。蹉跎(cuō tuó 搓驮):光阴虚度一事无成,失意。

〔2〕 游亭:供人游玩休息的小亭。

〔3〕 小宇:小屋。婆娑:蓬松自在的样子,状小宇的自然形态,很少人工修饰。

〔4〕 严子陵:汉代著名隐士。范晔《后汉书·逸民传》:"严光,字子陵,一名遵,会稽馀姚人也。少有高名,与光武同游学。……除为谏议大夫,不屈,乃耕于富春山,后人名其钓处为严陵濑焉。建武十七年,复特征,不至。年八十,终于家。"七里滩(濑)与严陵濑相接,亦其耕钓处。

〔5〕 孟光台:台为盘子的俗称,有脚之托盘为案,孟光台即孟光案。孟光为汉梁鸿妻。据《后汉书·逸民传》:梁鸿字伯鸾,扶风平陵人也。家贫而尚节介,博览无不通而不为章句。学毕,乃牧豕于上林苑中。娶妻孟光,共隐霸陵山中,耕织为业,咏诗书弹琴以自娱。章帝征之,不就,变姓名遁去,依大家皋伯通,"居庑下,为人赁春,每归,妻为具食,不敢于鸿前仰视,举案齐眉。伯通察而异之,曰:'彼佣能使其妻敬之如此,非凡人也。'乃方舍之于家,鸿潜闭著书十馀篇。"这句是说,应学隐士梁鸿,其节介能令妻子举案齐眉敬重佩服。

〔6〕 倒大:程度副词,犹绝大。

〔双调〕蟾宫曲

叹 世

咸阳百二山河[1],两字功名[2],几阵干戈。项废东吴[3],刘兴西蜀[4],梦说南柯[5]。韩信功兀的般证果[6],蒯通言那里是风魔[7]?成也萧何,败也萧何[8],醉了由他。

〔1〕 咸阳:秦国都城,在今陕西咸阳市东北聂家沟一带。百二山河:见卢挚〔双调蟾宫曲·萧娥〕注〔2〕。

〔2〕 两字功名:意谓为了功名。功名,功业声名。

〔3〕 项废东吴:楚汉争雄中,项羽兵败垓(gāi该)下(在今安徽省灵璧县东南),自刎于乌江(即今安徽省和县东北的乌江浦)。乌江古属东吴地域。

〔4〕 刘兴西蜀:刘邦曾被立为汉王,以巴、蜀、汉中三郡为封地。刘邦以此为基地,战胜项羽,建立汉朝。

〔5〕 梦说南柯:南柯即南柯梦,典出唐李公佐《南柯太守传》,言淳于棼梦入大槐安国,为驸马,又任南柯太守,

享尽富贵荣华。醒后寻踪,槐安国乃古槐下一大蚁穴,其南枝下之蚁穴,即南柯郡。这句是说楚汉相争,胜败虚浮如梦。

〔6〕"韩信"句:意谓韩信功高盖世,却落得个被斩灭族的结果。韩信是汉开国功臣,在辅佐刘邦兴汉灭楚战争中功盖天下,后被吕后赚而斩于长乐宫中的悬钟之室,夷三族。兀的,如此,这般,兼有感叹意。证果,佛家语,指善恶所得之果报。《朴通事谚解》:"证,应也,得也。果,果报也。……修善得善果,作恶得恶报,谓之果报。"

〔7〕"蒯(kuǎi 快上声)通"句:蒯通,本名彻,史家避武帝讳,改称通。是韩信幕中著名辩士,曾以人心难测朋友不可依恃、野兽尽而猎狗烹君臣不可依恃为由,力劝韩信反汉自立。韩信不从,蒯通即装疯遁去。韩信被斩,蒯通被擒,又对刘邦说:"秦失其鹿,天下共逐之,于是高材疾足者先得焉。'跖之狗吠尧,尧非不仁,狗固吠非其主'……"(《史记·淮阴侯列传》)风魔,即疯魔。韩信被斩后,蒯通曾佯狂避祸。

〔8〕"成也萧何"二句:据《史记·淮阴侯列传》,萧何曾追回离汉王刘邦而去的韩信,并向刘邦推荐拜韩信为大将;汉得天下后,萧何又为吕后设计,擒韩信而杀之。后世遂有谚云:"成也萧何,败也萧何。"(洪迈《容斋随笔》续笔八"萧何绐韩信")

〔双调〕清江引

野 兴

西村日长人事少[1],一个新蝉噪。恰待葵花开[2],又早蜂儿闹。高枕上梦随蝶去了[3]。

东篱本是风月主[4],晚节园林趣[5]。一枕葫芦架[6],几行垂杨树。是搭儿快活闲住处[7]。

〔1〕 此曲共八首,所选为第七、八两首。日长:白天很长。人事:人间情事,人际关系。

〔2〕 恰待:正要。

〔3〕 "高枕"句:用庄周梦蝶典,犹言高枕入梦。见王和卿〔仙吕醉中天·咏大胡蝶〕注〔1〕。

〔4〕 风月主:掌管风月的人,风月之主人。风月,清风明月,代指自然美景。

〔5〕 晚节园林趣:晚年志趣在欣赏园林美景。

〔6〕 一枕:一架,一排。谓葫芦架如枕之形。

〔7〕 是搭儿:这里,这地方。

〔双调〕寿阳曲

山市晴岚[1]

花村外,草店西,晚霞明雨收天霁[2]。四围山一竿残照里[3],锦屏风又添铺翠[4]。

〔1〕 山市:山中小村镇。晴岚:晴天山中的雾气。

〔2〕 天霁:天放晴。

〔3〕 一竿残照里:夕阳照耀下一竿酒旗。或云一竿指夕阳距地一竿之高,亦通。

〔4〕 锦屏风:指四围之山。又添铺翠:指晴岚使山色又添一层青碧之色。

〔双调〕寿阳曲

潇湘夜雨[1]

渔灯暗,客梦回[2],一声声滴人心碎。孤舟五更家万里,是离人几行清泪。

〔1〕 潇湘:潇水与湘江合流后称潇湘,在今湖南地区。
〔2〕 客梦回:远客他乡的人梦中醒来。

〔双调〕寿阳曲

烟寺晚钟

寒烟细,古寺清,近黄昏礼佛人静[1]。顺西风晚钟三四声,怎生教老僧禅定[2]?

〔1〕 礼佛:拜佛。

〔2〕 禅定：佛教名词，参禅入定，指心专注一境而不散乱的精神状态，即思想集中参悟佛理，求得正确的认识和判断。

〔双调〕寿阳曲

江天暮雪

天将暮，雪乱舞，半梅花半飘柳絮[1]。江上晚来堪画处，钓鱼人一蓑归去。

〔1〕 "半梅花"句：比喻雪花。以柳絮喻雪，见《世说新语·言语》。《水浒传》第九十三回："这雪有数般名色：一片的是蜂儿，二片的是鹅毛，三片的是攒三，四片的是聚四，五片唤作梅花，六片唤作六出。"

〔双调〕寿阳曲

云笼月，风弄铁[1]，两般儿助人凄切[2]。剔银灯欲将心事写,长吁气把灯吹灭。

〔1〕 风弄铁:风吹动屋檐上的铁马。铁马,即风铃,又称檐马,详见商衟〔双调新水令〕(彩云声断紫鸾箫)注〔18〕。

〔2〕 凄切:凄凉悲伤。

〔双调〕寿阳曲

从别后,音信绝,薄情种害煞人也[1]。逢一个见一个因话说[2],不信你耳轮儿不热[3]!

〔1〕 害煞人也:犹言害死人了!

〔2〕 因:相就,赶过去。

〔3〕 耳热:俗以为有人背后念叨或骂及自己则耳热。辛弃疾〔定风波·自和〕词:"从此酒酣明月夜,耳热,那边应是说侬时。"

〔双调〕拨不断

叹寒儒,谩读书[1],读书须索题桥柱[2]。题柱虽乘驷马车,乘车谁买长门赋[3]? 且看了长安回去[4]。

〔1〕 谩:休,不要。岑参《行军诗》:"早知逢世乱,少小谩读书。"

〔2〕 须索:即须,应当。题桥柱:男儿显达的典故。《太平御览》卷七三引常璩《华阳国志》:"升迁(按,当作'仙')桥在成都县北十里,即司马相如题桥柱曰:'不乘驷马高车,不过此桥。'"驷马高车,四匹马拉的车,达官贵人所乘。

〔3〕 谁买长门赋:才华不被赏识之意。汉武帝皇后陈阿娇,失宠后居长门宫,"愁闷悲思。闻蜀郡成都司马相如,天下工为文。奉黄金百斤,为相如、文君取酒,因于解悲愁之辞。而相如为文以悟主上,陈皇后复得亲幸。"(《文选·司马相如〈长门赋序〉》)司马相如所作之文,即《长门赋》。

〔4〕 长安:本为汉唐旧都,用以代指京城。句谓求仕不得失意而归。

〔双调〕拨 不 断

布衣中[1],问英雄,王图霸业成何用[2]? 禾黍高低六代宫,楸梧远近千官冢[3],一场恶梦。

〔1〕 布衣:平民百姓。古代平民不得穿锦绣服装,故称布衣。

〔2〕 王图霸业:称王称霸之功业。图,指版图,疆域。

〔3〕 "禾黍"二句:六代,即六朝,指三国时的吴、东晋及南朝的宋、齐、梁、陈,均建都于建康(今南京),合称六朝。禾黍,禾即粟(小米),黍为黄米(黏小米);禾黍在这里泛指庄稼,粮食作物。暗用《诗·王风·黍离》之典:"彼黍离离,彼稷之苗。行迈靡靡,中心摇摇。知我者谓我心忧,不知我者谓我何求。悠悠苍天,此何人哉?"《毛诗序》云:"周大夫行役至于宗周,过故宗庙宫室,尽为禾黍。闵周室之颠覆,彷徨不忍去,而作是诗也。"言昔日六代之宫室,破败废弛,长满禾黍成了农田,王图霸业无存。离离,成行的样子。楸(qiū秋)梧,楸与梧均落叶乔木。冢即坟墓。是说那些功名显赫、王图霸业的达官显贵,而今已是坟中枯骨,墓木已拱,功业人身两无存。二句化用唐许浑《金陵怀古》诗:"松楸远近千官冢,禾黍高低六代宫。"

〔般涉调〕耍孩儿

借 马

近来时买得匹蒲梢骑[1]，气命儿般看承爱惜[2]。逐宵上草料数十番[3]，喂饲得膘息胖肥[4]。但有些秽污却早忙刷洗[5]，微有些辛勤便下骑。有那等无知辈，出言要借，对面难推。

〔七煞〕懒设设牵下槽[6]，意迟迟背后随[7]。气忿忿懒把鞍来鞴[8]。我沉吟了半晌语不语[9]，不晓事颓人知不知[10]？他又不是不精细，道不得他人弓莫挽[11]，他人马休骑。

〔六〕不骑呵西棚下凉处拴，骑时节拣地皮平处骑。将青青嫩草频频的喂，歇时节肚带松松放[12]，怕坐的困尻包儿款款移[13]。勤觑着鞍和辔[14]，牢踏着宝镫，前口儿休提[15]。

〔五〕饥时节喂些草，渴时节饮些水。着皮肤休使粗毡屈[16]。三山骨休使鞭来打[17]，砖瓦上休教隐着蹄[18]。有口话你明明的记：饱时休走，饮了休驰[19]。

〔四〕抛粪时教干处抛,尿绰时教净处尿[20],拴时节拣个牢固桩橛上系。路途上休要踏砖块,过水处不教践起泥[21]。这马知人意,似云长赤兔[22],如益德乌骓[23]。

〔三〕有汗时休去檐下拴,渲时休教侵着颏[24]。软煮料草铡底细[25],上坡时款把身来耸,下坡时休教走得疾。休道人忒寒碎[26],休教鞭飑着马眼[27],休教鞭擦损毛衣[28]。

〔二〕不借时恶了弟兄[29],不借时反了面皮[30]。马儿行嘱付叮咛记[31]:鞍心马户将伊打,刷子去刀莫作疑[32]。则叹的一声长吁气,哀哀怨怨,切切悲悲[33]。

〔一〕早晨间借与他,日平西盼望你,倚门专等来家内。柔肠寸寸因他断,侧耳频频听你嘶。道一声好去[34],早两泪双垂。

〔尾〕没道理没道理,忒下的忒下的[35]!恰才说来的话君专记,一口气不违借与了你[36]。

〔1〕 蒲梢骑(jì记):蒲梢马,因马尾似蒲草叶梢而得名,是汉武帝伐大宛时所得之千里马,见《史记·乐书》。

这里代指好马。

〔2〕 气命般：犹性命般。看承：看待。

〔3〕 逐宵：即夜夜。逐，依次，一个接一个。

〔4〕 膘（biāo 标）息胖肥：膘肥肉胖。息，本指赘肉，此即指肉。

〔5〕 但：只要。

〔6〕 懒设设：懒洋洋。

〔7〕 意迟迟：心意懒散，打不起精神的样子。

〔8〕 鞴（bèi 备）：把鞍、辔等套在牲口上。

〔9〕 语不语：说还是不说。

〔10〕 颓人：骂人的话。颓，犹屌。

〔11〕 道不得：当时俗语，犹常言道、岂不闻。挽：牵引，拉。

〔12〕 肚带：鞴马时系于鞍下用以收束马腹的皮带。

〔13〕 坐的困：坐累了，坐困乏了。尻（kāo 考阴平）包儿：屁股。款款：慢慢儿，轻轻儿。

〔14〕 觑（qù 去）：看。辔（pèi 配）：驾驭牲口的嚼子和缰绳。

〔15〕 前口儿：马嚼子，两端与缰绳相连的链形铁器，置于马口中，便于驾驭。提前口即催马快行之意。

〔16〕 "着皮肤"句：垫马鞍贴马皮肤的地方，应当用细毡，不要用粗毡，以免伤着马皮。屈，使弯曲，受压，磨挫。

〔17〕 三山骨:驴马后背靠近腿的骨头,亦名三山股。元稹《望云骓马歌》有"蹄悬四局脑颗方,胯耸三山尾株直"之句。

〔18〕 隐(yìn 印):碰,击。隐着蹄,犹碰伤了马蹄。

〔19〕 驰:奔跑。

〔20〕 尿绰(chāo 抄):撒尿。

〔21〕 践:踏,踩。

〔22〕 云长赤兔:三国蜀将关羽(字云长)的赤兔马。此马身如火炭,状甚雄伟,日行千里,飞走如风,故名赤兔。

〔23〕 益德乌骓(zhūi 追):三国蜀将张飞(字翼德)所骑之乌骓马。骓,一种黑白杂色的名马。

〔24〕 渲(xuàn 眩):洗刷。侵:碰。

〔25〕 铡底细:铡得细。

〔26〕 忒(tè 特):太,过于。寒碎:寒酸琐碎,小气唠叨。

〔27〕 飑(diū 丢):抛掷,甩。

〔28〕 毛衣:皮毛。

〔29〕 时:犹"呵"。恶(wù 务):得罪,冒犯。

〔30〕 反了面皮:翻了脸。

〔31〕 马儿行(háng 杭):马那里,马跟前。行,表示方位之词。

〔32〕 "鞍心"二句:二句互文,意谓:骑在马上的人若鞭打你的话,必是驴屌无疑。鞍心,坐在马鞍上的人。马

户,合为"驴"字;"刷"子去掉"刀"则为"屌"。屌,同屄。

〔33〕 切切:哀怨忧伤。

〔34〕 好去:好走,走好。

〔35〕 下的:忍心、舍得。

〔36〕 "恰才"二句:意谓刚才说的一席话你全记住,我就立刻把马借给你。专,完全,一心。一口气不违,犹言不错一口气,不换一口气。

〔双调〕夜 行 船

百岁光阴如梦蝶[1],重回首往事堪嗟[2]。今日春来,明朝花谢,急罚盏夜阑灯灭[3]。

〔乔木查〕想秦宫汉阙[4],都做了衰草牛羊野。不恁么渔樵无话说[5]。纵荒坟横断碑[6],不辨龙蛇[7]。

〔庆宣和〕投至狐踪与兔穴,多少豪杰[8]!鼎足虽坚半腰折[9],魏耶?晋耶[10]?

〔落梅风〕天教富,莫太奢[11],无多时好天良夜[12]。富家儿更做道心似铁[13],争辜负锦堂风月[14]!

〔风入松〕眼前红日又西斜,疾似下坡车。晓来清镜添白雪[15],上床和鞋履相别[16]。休笑鸠巢计拙[17],葫芦提一就装呆[18]。

〔拨不断〕利名竭,是非绝,红尘不向门前惹[19],绿树偏宜屋角遮,青山正补墙头缺,竹篱茅舍。

〔离亭宴煞〕蛩吟罢一觉才宁贴[20],鸡鸣时万事无休歇[21],何年是彻[22]?看密匝匝蚁排兵,乱纷纷蜂酿蜜,急攘攘蝇争血。裴公绿野堂[23],陶令白莲社[24]。爱秋来时那些:和露摘黄花[25],带霜烹紫蟹,煮酒烧红叶。人生有限杯,几个重阳节[26]?嘱咐俺顽童记者[27]:便北海探吾来[28],道东篱醉了也。

〔1〕 百岁光阴:指一生。百岁,见卢挚〔双调蟾宫曲·劝世〕注〔1〕。梦蝶:见王和卿〔仙吕醉中天·咏大胡蝶〕注〔1〕。

〔2〕 堪嗟:可叹。

〔3〕 罚盏:行酒令输者罚酒,此代饮酒。夜阑:夜深,夜将尽。

〔4〕 秦宫汉阙(què确):秦汉时的宫殿。阙,见白朴〔双调乔木查·对景〕注〔20〕。

〔5〕 恁么:如此,这样。渔樵:打鱼砍柴人,代指隐者。话:故事。

〔6〕 纵荒坟横断碑:言帝王坟墓荒凉,墓碑残断,纵横散乱。

〔7〕 不辨龙蛇:兼有二义:一言碑上字迹磨损,不可辨认。龙蛇,喻指草书字体流利,笔势飞动如龙盘蛇曲,李白《草书歌行》:"时时只见龙蛇走,左盘右蹙如惊电。"这里代指字迹。又以龙蛇喻指圣贤豪杰与凡夫俗子,二者同归黄壤,而今功过莫辨了。

〔8〕 "投至"二句:投至,及至,等到。此为"至于"意。狐踪兔穴,狐兔出没之地,指荒坟。意谓有多少英雄豪杰,到头来落得个荒坟累累。

〔9〕 "鼎足"句:意谓魏蜀吴三国鼎立,但时间不久便重归统一。见卢挚〔双调蟾宫曲·京口怀古〕注〔5〕。

〔10〕 魏耶晋耶:魏呢?晋呢?意谓三国鼎立局面消亡归于魏晋,而今魏晋安在?也难逃消亡的命运。

〔11〕 "天教"二句:意谓富贵也不要过于贪恋物欲享受。

〔12〕 "无多时"句:良辰美景是短暂的,应当珍惜享受。

〔13〕 更做道:即使,纵然。

〔14〕 争:怎。锦堂风月:指高雅脱俗、轻富贵薄虚誉的生活。见白朴〔双调乔木查·对景〕注〔25〕。

〔15〕 白雪:喻指白发。

〔16〕 "上床"句:意谓人生无常,上床时脱却鞋履,未知明日还可复穿否。

〔17〕 鸠巢计拙:言鸠鸟不会筑巢。《诗·召南·鹊巢》:"维鹊有巢,维鸠居之。"旧题师旷《禽经》:"鸠拙而安。"张华注:"鸠,鸤鸠也,《方言》云:蜀谓之拙鸟,不喜营巢,取鸟巢居之,虽拙而安处也。雄呼晴,雌呼阴。"句谓像鸠鸟一样,拙也可以安处,不必奸巧以争逐名利。

〔18〕 葫芦提:宋元俗语,胡涂之意。张文潜《明道杂志》:"钱文穆内相决一滞狱,苏长公誉之为霹雳手,钱曰:'仅免葫芦蹄耳。'"葫芦蹄即葫芦提,因是俗语,故无定字。一就:犹一味。装呆(yé爷):装傻。

〔19〕 红尘:尘土,世俗社会。此指人间各种纷争俗事。

〔20〕 蛩(qióng穷):蟋蟀。宁贴:安稳。

〔21〕 无休歇:没完没了。是说为名利而奔忙。

〔22〕 彻:终了,尽头。

〔23〕 绿野堂:唐裴度所建别墅。《新唐书·裴度传》:"时阉竖擅威,天子拥虚器,搢绅道丧,度不复有经济意。……午桥作别墅,具燠馆凉台,号'绿野堂',激波其下。度野服萧散,与白居易、刘禹锡为文章,把酒,穷昼夜相欢,不问人间事。"这里代指隐居之处。

〔24〕 陶令:陶渊明,曾出任彭泽县令,故称陶令。见

白朴〔仙吕寄生草·饮〕注〔6〕。白莲社:晋释慧远等在庐山结社,同修往生阿弥陀佛净土之业。可在家修行,娶妻生子。元武宗时被禁。晋无名氏《莲社高贤传·不入社诸贤传》:"谢灵运……至庐山一见远公,肃然心伏,乃即日筑台翻《涅槃经》,凿池植白莲。时远公诸贤同修净土之业,因号'白莲社'。灵运尝求入社,远公以其心杂而止之。""陶潜……常往来庐山,使一门生二儿昇篮舆以行。时远法师与诸贤结莲社,以书招渊明,渊明曰:'若许饮则往。'许之,遂造焉,忽攒眉而去。"陶渊明并未入社。

〔25〕 黄花:菊花。

〔26〕 重阳节:亦称登高节、茱萸节,时在夏历九月九日。《易经》以"阳爻为九",将"九"定为阳数,日月并应两九相重,故称"重阳"。据南朝梁吴均《续齐谐记·九日登高》,桓景随费长房游学,费说:"九月九日汝家中当有灾,宜急去,令家人各作绛囊盛茱萸,以系臂,登高饮菊花酒,此祸可除。"景如言,齐家登山。夕还,见鸡犬牛羊一时暴死。长房闻之曰:"此可代也。"今世人登高饮酒,妇人戴茱萸囊,盖始于此。

〔27〕 顽童:指小僮仆。者:语助词,着。

〔28〕 便:即使,即便是。北海:汉末孔融,字文举,曾为北海相,人称孔北海。《后汉书·孔融传》:"性宽容少忌,好士,喜诱益后进。及退闲职,宾客日盈其门。常叹曰:'坐上客恒满,尊中酒不空,吾无忧矣。'……故海内英俊皆信服之。"

王实甫

　　王实甫,生卒年不详,据周德清《中原音韵·自序》,泰定元年(1324)已不在人世。名德信,实甫是他的字。大都(今北京)人。其创作的主要活动时期约在元成宗元贞、大德(1295—1307)年间,是有名的杂剧作家。贾仲明在〔凌波仙〕吊曲中说:"风月营密匝匝列旌旗,莺花寨明飚飚排剑戟,翠红乡雄纠纠施谋智。作词章风韵美,士林中等辈伏低。新杂剧,旧传奇,《西厢记》天下夺魁。"作杂剧十四种,今存《西厢记》《破窑记》《丽春堂》三种;散曲存小令一首、套数二套、残套数一套。

〔中吕〕十二月过尧民歌

别　情

　　自别后遥山隐隐[1],更那堪远水粼粼[2]。见杨柳飞绵滚滚[3],对桃花醉脸醺醺[4],透内阁香风阵阵[5],掩重门暮雨纷纷。　　怕黄昏忽地又黄昏,不销魂怎地不销魂[6]?新啼痕压旧啼痕,断肠人忆断肠人。今春,香肌瘦几分?搂带宽三寸[7]。

〔1〕 隐隐:隐约不明的样子。

〔2〕 更那堪:更兼、再加上。粼粼:水波明净的样子。

〔3〕 飞绵:形容飞絮如绵。

〔4〕 醺(xūn 勋)醺:酒醉的样子。此状桃花红如醉脸。

〔5〕 内阁:闺房。

〔6〕 销魂:失魂落魄、神情沮丧的样子。

〔7〕 搂带:腰间拴带。

赵孟頫

赵孟頫(1254—1322),字子昂,号松雪道人。原籍大梁(今河南开封),为宋太祖赵匡胤十世孙。其四世祖崇宪靖王赵伯圭(孝宗之兄)赐第湖州(今浙江吴兴),故为湖州人。孟頫多才艺,能诗文,知音律,精篆刻,鉴定文物百不失一,书法绘画尤享盛誉。宋末为真州司户参军,后仕元,官至翰林学士承旨、荣禄大夫,封魏国公,卒谥文敏。有《松雪斋集》。散曲今存小令二首。

〔仙吕〕后庭花

清溪一叶舟,芙蓉两岸秋[1]。采菱谁家女?歌声起暮鸥。乱云愁,满头风雨,戴荷叶归去休[2]!

〔1〕 芙蓉:指木芙蓉,亦称木莲,生于地上,八九月开花。

〔2〕 休:语尾助词,犹啊、了、吧。

庾天锡

庾天锡,生卒年不详,字吉甫,大都(今北京)人。曾任中书省掾史,除员外郎、中山府判。《录鬼簿》列之于"前辈已死名公才人有所编传奇行于世者"类中,贾仲明〔凌波仙〕曲吊马致远云"共庾、白、关老齐肩",可知天锡在曲坛有很高的地位,约与关汉卿同时。作杂剧十五种,均佚;散曲今存小令七首、套数四套。

〔双调〕雁儿落过得胜令

从他绿鬓斑[1],欹枕白石烂[2]。回头红日晚,满目青山矸[3]。　　翠立数峰寒,碧锁暮云间。媚景春前赏,晴岚雨后看。开颜,玉盏金波满[4];狼山[5],人生相会难。

〔1〕　从:任凭,听凭。

〔2〕　欹:(qī七):倚,斜靠。欹枕白石烂,枕石而卧,石烂不起。首二句是说隐居态度坚决,任凭白石朽烂、黑

发变白也不出山。

〔3〕 矸(gàn 赣):山石白净的样子。

〔4〕 玉盏金波:玉杯美酒。

〔5〕 狼山:指作者隐居之山。五首重头小令之倒二句,均为"狼山"。

〔商调〕定 风 波

思 情

迤逦秋来到[1],正露冷风寒,微雨初收,凉风儿透冽襟袖[2]。自别来情万感,遣离愁不堪回首[3]。
〔金菊香〕到秋来还有许多忧,一寸心怀无限愁。离情镇日如病酒[4],只恁般心上眉头[5],终不肯断绸缪[6]。
〔凤鸾吟〕题起来羞[7],这相思何日休?好姻缘不到头。饮几盏闷酒,醉了时罢手,则怕酒醒了时还依旧。我为他使尽了心,他为我添消瘦,都一般减了风流。
〔醋葫芦〕人病久,怨日稠[8],思情欲待罢无由。

哎，你可怎下得便把人辜负[9]，这意儿知否，料应来倚仗着脸娇柔[10]。

〔尾声〕本待要弃舍了你个冤家[11]，别寻一个玉人儿成配偶[12]。你道是强似你那模样儿的呵说道我也不能够。我道来胜似你心肠儿的呵到处里有。

〔1〕 迤逦(yǐ lǐ 倚里)：渐渐，逐渐。

〔2〕 透冽：冷透。冽，寒冷。

〔3〕 遣：抒发，排遣。

〔4〕 镇日：整日。病酒：酒醉。

〔5〕 心上眉头：本李清照〔一剪梅〕词："此情无计可消除，才下眉头，却上心头。"言愁闷排遣不去。

〔6〕 绸缪(móu 谋)：情意缠绵的男女之情。

〔7〕 题：同"提"。

〔8〕 怨日稠：怨恨增多，怨恨日深。

〔9〕 下得：忍心，舍得。

〔10〕 "这意儿"二句：她忍心辜负人的意思她自己知道吗，大概是仗着她长得娇柔吧。

〔11〕 待：打算。

〔12〕 玉人：颜美如玉的人。

冯 子 振

冯子振(1257—1324以后),字海粟,号怪怪道人,又号瀛洲客,攸州(今河南攸县)人。曾官承事郎、集贤待制。子振博学强记,才情敏捷,酒酣气豪,万馀言一挥而就。贯云石称:"海粟之词,豪辣灏烂,不断古今。"(《阳春白雪序》)散曲今存小令四十四首,今人王毅辑有《海粟集辑存》。

〔正宫〕鹦 鹉 曲

农夫渴雨[1]

序云:白无咎有〔鹦鹉曲〕云[2]……余壬寅岁留上京[3],有北京伶妇御园秀之属[4],相从风雪中,恨此曲无续之者。且谓前后多亲炙士大夫[5]。拘于韵度,如第一个"父"字,便难下语,又"甚也有安排我处","甚"字必须去声字,"我"字必须上声字,音律始谐,不然不可歌。此一节又难下语。诸公举酒，索余和之，以汴、吴、上都、天京风景试续之。

年年牛背扶犁住[6]，近日最懊恼杀农父[7]。稻苗肥恰待抽花[8]，渴煞青天雷雨。〔幺〕恨残霞不近人情，截断玉虹南去[9]。望人间三尺甘霖[10]，看一片闲云起处[11]。

〔1〕 渴：欲饮。渴雨即思雨、盼雨之意。

〔2〕 白无咎〔鹦鹉曲〕：本书已选入。

〔3〕 壬寅岁：元成宗大德六年(1302)。上京：金迁都中都大兴府(今北京市)后，以旧京会宁府(今黑龙江阿城县南白城)为上京。

〔4〕 北京：金迁都中都大兴府后，称中京大定府(今内蒙古宁城县西北大明城)为北京。伶妇：女演员。属：辈，类。

〔5〕 亲炙士大夫：亲近并受士大夫教育熏陶。

〔6〕 住：有从事某事之意，犹今言干甚么。

〔7〕 杀：程度副词，音义同"煞"，犹很、极。

〔8〕 抽花：抽穗扬花。

〔9〕 玉虹：指雨后彩虹，代指带雨之云。

〔10〕 甘霖：美雨。

〔11〕 处：之时，之际。

〔正宫〕鹦鹉曲

赤壁怀古[1]

茅庐诸葛亲曾住[2],早赚出抱膝梁父[3]。笑谈间汉鼎三分[4],不记得南阳耕雨[5]。〔幺〕叹西风卷尽豪华[6],往事大江东去[7]。彻如今话说渔樵[8],算也是英雄了处[9]。

〔1〕 赤壁:指三国时孙权、刘备联合大破曹操的地方,其地说法颇多,学术界倾向于在湖北蒲圻县西北七十里,称蒲圻赤壁,亦称武赤壁,与苏轼所游之文赤壁相区别。汉建安十三年(208)曹操号称数十万大军,水陆并进攻吴,被吴蜀联军以火攻败于赤壁,即赤壁之战。《三国志·吴书·周瑜传》:"时风威猛,延烧岸上营落。顷之,烟炎张天,人马烧溺死者甚众,(曹)军遂败退,还保南郡。"

〔2〕 茅庐诸葛:指刘备的军师诸葛亮,是赤壁之战的决策人之一。诸葛亮出山之前于南阳之隆中(今湖北省襄阳县西),结茅庐而居,躬耕垄亩,人称之为"卧龙",故有刘备三顾茅庐之说。见《三国志·蜀书·诸葛亮传》及《汉

晋春秋》、《前出师表》。

〔3〕 赚(zuàn攥):骗,使人上当。抱膝梁父:指诸葛亮。诸葛亮在隆中,"每晨夜从容,常抱膝长啸"(《三国志·蜀书·诸葛亮传》裴松之注引《魏略》),好为《梁父吟》。《梁父吟》亦名《梁甫吟》,省称《梁父》,为乐府楚调曲名。诸葛亮所作《梁父吟》写齐景公时晏婴"二桃杀三士"故事,表现对妒能害贤的感叹。

〔4〕 "笑谈间"句:是说诸葛亮佐刘备抗衡曹操、孙权,从从容容成就了汉室天下三足鼎立的事业。鼎,见卢挚〔双调蟾宫曲·京口怀古〕注〔5〕。

〔5〕 南阳耕雨:指南阳的隐居躬耕生活。

〔6〕 豪华:指英雄建功立业、大显身手的精神和业绩。

〔7〕 "往事"句:用苏轼〔念奴娇·赤壁怀古〕"大江东去,浪淘尽千古风流人物"词意。

〔8〕 彻:达,到。话说渔樵:即渔樵说话。打鱼砍柴人谈论的故事。话,故事。

〔9〕 了:结,结局。

白 贲

白贲(1270？—1330？),字无咎,为宋遗民白珽之长子,先世为太原文水人,后移居钱塘(今浙江杭州)。所居曰素轩,曾任忻州知州、文林郎、南安路总管府经历等。朱权《太和正音谱》称:"白无咎之词如太华孤峰,孑然独立,峭然挺出,若孤峰之插晴昊,使人莫不仰视也。宜乎高荐。"散曲今存小令二首、套数三套及残曲。

〔正宫〕鹦 鹉 曲

侬家鹦鹉洲边住[1],是个不识字渔父。浪花中一叶扁舟[2],睡煞江南烟雨[3]。〔幺〕觉来时满眼青山,抖擞绿蓑归去[4]。算从前错怨天公[5],甚也有安排我处[6]。

[1] 侬:吴地方言,我。鹦鹉洲:在今湖北汉阳西南长江中,后被江水冲没。曲中借用唐人崔颢《黄鹤楼》名句"晴川历历汉阳树,芳草萋萋鹦鹉洲"诗意,取芳草绿洲之

意,并非实指。

〔2〕 扁(piān偏)舟:小船。

〔3〕 睡煞:睡足,安稳的睡。

〔4〕 抖擞:抖动。

〔5〕 算:推测,料想,犹今言"看来"。错怨天公:指怨天公没给他功名利禄、荣华富贵。

〔6〕 甚:真,正。安排我处:指做渔父。

姚守中

姚守中,生平不详,孙楷第《元曲家考略》疑其名隶(dài代)。曹楝亭本《录鬼簿》称其"洛阳人,牧庵学士侄,平江路吏"。牧庵即姚燧,本书选入,可参看。守中作杂剧三种,均佚;散曲仅存套曲一套。

〔中吕〕粉蝶儿

牛诉冤

性鲁心愚,住烟村饱谙农务[1]。丑则丑堪画堪图[2]。杏花村,桃林野,春风几度[3]。疏林外红日西晡[4],载吹笛牧童归去。

〔醉春风〕绿野喜春耕,一犁江上雨。力田扶耙受驱驰[5],因为主甘分受苦[6]。苦,苦。经了些横雨斜风,酷寒盛暑,暮烟晓雾。

〔红绣鞋〕牧放在芳草岸白蘋古渡[7],嬉游于绿杨堤红蓼平湖[8]。画工描我在远山图,助田单英勇阵[9],驾老子暮山车[10],古今人吟未足。

〔石榴花〕朝耕暮垦费工夫,辛苦为谁乎?一朝染患倒在官衢[11]。见一个宰辅[12],借问农夫[13],气喘因何故。听说罢感叹长吁。那官人劝课还朝去[14],题着咱名字奏鸾舆[15]。

〔斗鹌鹑〕他道我润国裕民[16],受千辛万苦。每日向堰口拖船[17],渡头拽车。一勇性天生胆气粗[18],从来不怕虎[19]。为伍的是伴哥王留[20],受用的是村歌社鼓[21]。

〔上小楼〕感谢中书部[22],符行移诸处[23]。所在官司[24],禁治严明,遍下乡都[25]。里正行[26],社长行[27],叮咛省谕[28]:宰耕牛的捕获申路[29]!

〔幺〕食我者肌肤未肥,卖我者家私不富[30]。若是老病残疾,卒中身亡[31],不堪耕锄,告本官,送本都,从公发付[32],闪得我丑尸不着坟墓[33]。

〔满庭芳〕衔冤负屈,春工办足[34],却待闲居[35]。圈门前见两个人来觑[36],多应是将我窥图[37]。一个曾受戒南庄上的忻都[38],一个是累经断北港王屠[39]。好教我心惊虑,若是将咱卖与,一命在须臾。

〔十二月〕心中畏惧,意下踌躇。莫不待将我衅钟[40]?不忍其觳觫[41]。那思想耕牛为主[42],他则是嗜利而图[43]。被这厮添钱买我离桑枢[44],不睹是牵咱过前途[45]。一声频叹气长吁,两眼悗惶泪如珠[46]。凶徒,凶徒!贪财性狠毒,绑我在将军柱[47]。

〔耍孩儿〕只见他手持刀器将咱觑,諕得我战扑速魂归地府[48]。登时间满地血模糊,碎分张骨肉皮肤[49]。尖刀儿割下薄刀儿切,官秤称来私秤上估[50]。应捕人在傍边觑[51],张弹压先抬了膊项[52],李弓兵强要了胸脯[53]。

〔二〕却不道闻其声不忍食其肉[54],划地加料物宽锅中烂煮[55]!煮得美甘甘香喷喷软如酥[56],把从前的主雇招呼[57]。他则道三分为本十分利,那里问一失人身万劫无[58]。有一等贪餔啜的乔人物[59],就本店随机儿索唤[60],买归家取意儿庖厨[61]。

〔三〕或是包馒头待上宾[62],或是裹馄饨请伴侣[63]。向磁罐中软火儿葱椒煀[64],胜如黄犬能医冷[65],赛过胡羊善补虚[66]。添几盏椒花露[67],你装的肚皮饱旺[68],我的性命何辜?

〔四〕我本是时苗留下犊[69],田单用过牸[70]。勤耕苦战功无补,他比那图财害命情尤重,我比那展草垂缰义有馀[71]。我是一个直钱底物[72],有我时田园开辟,无我时仓廪空虚[73]。

〔五〕泥牛能报春[74],石牛能致雨[75],耕牛运土遭诛戮[76]。从今后草坡边野鹿无朋友,麦垄上山羊失了伴侣。那的是我伤情处[77],再不见柳梢残月,再不见古木昏乌。

〔六〕觔儿铺了弓[78],皮儿鞔做鼓[79],骨头儿卖与钗环铺。黑角儿做就乌犀带[80],花蹄儿开成玳瑁梳[81],无一件抛残物。好材儿卖与了靴匠,碎皮儿回与田夫[82]。

〔尾〕我元阳寿未终[83],死得真个屈苦。告你个阎罗王正直无私曲[84],诉不尽平生受过苦!

〔1〕 谙(ān安):熟悉。饱谙,非常熟悉。

〔2〕 堪画堪图:可以入图画。

〔3〕 "杏花村"三句:是说杏花村、桃林野是牛春风得意的几件事。杏花村,杜牧《清明》诗:"清明时节雨纷纷,路上行人欲断魂。借问酒家何处有?牧童遥指杏花

村。"桃林野,《尚书·武成》载:武王灭商之后,下令把马和牛从战车上解下来,"乃偃武修文,归马于华山之阳,放牛于桃林之野,示天下弗服。"杏花村、桃林野,都指放牧,而非战争和劳作。

〔4〕 晡(bū逋):申时,即下午三点至五点。红日西晡,即红日西斜。

〔5〕 耙(bà罢):一种碎土、平地的农具,如钉齿耙、圆盘耙等。

〔6〕 甘分(fèn份):心甘情愿。

〔7〕 白蘋(pín频)古渡:长满白蘋的渡口。白蘋为生长在浅水中的植物,夏秋之季开白色小花。

〔8〕 绿杨堤:柳堤。红蓼(liǎo了):一年或多年生草本植物,开红花者为红蓼,多生于水边。

〔9〕 助田单英勇阵:齐国田单以火牛阵大破燕军。《史记·田单列传》载,燕军攻齐,围即墨,"田单乃收城中得千余牛,为绛缯衣,画以五彩龙文,束兵刃于其角,而灌脂束苇于尾,烧其端。凿城数十穴,夜纵牛,壮士五千人随其后。牛尾热,怒而奔燕军,燕军夜大惊。牛尾炬火,光明炫耀,燕军视之,皆龙文,所触尽死伤。五千人因衔枚击之,而城中鼓噪从之,老弱皆击铜器为声,声动天地。燕军大骇,败走"。

〔10〕 驾老子蓦(mò莫)山车:蓦,穿越、跨过。句谓牛驾车载老子越山而行。老子名李耳,字聃,楚相县(今安

徽涡阳县太清宫)人,是道家创始人。旧题刘向《列仙传》卷上:"后周德衰,乃乘青牛车去,入大秦,过西关,关令尹喜待而迎之。"

〔11〕 染患:染病。官衢(qú 渠):官道,四通八达的大道。衢,大路。

〔12〕 宰辅:皇帝的辅政大臣,此指汉宣帝时宰相丙吉。《汉书·丙吉传》载:"吉又尝出,逢清道群斗者,死伤横道。吉过之不问,掾史独怪之。吉前行,逢人逐牛,牛喘吐舌。吉止驻,使骑吏问:'逐牛行几里矣?'掾史独谓丞相前后失问,或以讥吉,吉曰:'民斗相杀伤,长安令、京兆尹职所当禁备逐捕。……宰相不亲小事,非所当于道路问也。方春少阳用事,未可大热,恐牛近行用暑故喘,此时气失节,恐有所伤害也。三公典调和阴阳,职当忧,是以问之。"

〔13〕 借问:请问,询问。

〔14〕 劝课:劝为鼓励,课为督责。古代官吏到民间去鼓励农桑、督责完成赋税杂役等为劝课。

〔15〕 鸾舆:皇帝的车驾,代指皇帝。

〔16〕 润国裕民:惠及国家富裕人民。

〔17〕 堰(yàn 雁)口:堤坝口。

〔18〕 一勇性:亦作"一涌性",一时冲动,莽撞任性。

〔19〕 不怕虎:战国鲁尸佼《尸子》卷下:"雁衔芦而捍网,牛结陈以却虎。"结陈,即结阵,结成阵势,列成队形。

谚云:初生牛犊不怕虎。

〔20〕 为伍:结伴,一伙。伴哥王留:元代对村民的泛称,犹今之张三李四。

〔21〕 受用:宋元口语,享受,享用。社鼓:每年春秋两次祭祀土神,称社日。社鼓,即社日祭神的鼓声。

〔22〕 中书部:官署名,即中书省,元代为总领百官之官署,是最高行政机构。

〔23〕 符行移诸处:法令颁行各地。符,命令,公文。

〔24〕 官司:官府。

〔25〕 遍下乡都:下达到农村各地。元代县下分乡,乡下分都,乡都即泛指农村地区。

〔26〕 里正:古代乡官,一里之长,即里长。行(háng杭):方位词,犹这里、那里。

〔27〕 社长:元代五十家为一社,择高年晓事者一人为社长。

〔28〕 省(xǐng醒)谕:明白告诉,使知道,使明白。

〔29〕 申路:路为元代行政区域之称,相当于明清时代的府。申路即向路一级机关上报。

〔30〕 家私:家产。

〔31〕 卒中(cù zhòng促众)身亡:即暴病而死。卒,同"猝",突然。中,遭受。

〔32〕 发付:处置。

〔33〕 闪:害。

〔34〕 春工办足：春天的农活做完。

〔35〕 却待：正打算。

〔36〕 觑（qù 去）：看。

〔37〕 窥图：阴谋，伺机而图之。

〔38〕 受戒南庄上的忻（xīn 欣）都：曾经受佛教戒律不杀生的南庄上姓忻的头儿。都，吏的俗称。

〔39〕 累经断北港王屠：屡次被官府判罪的北港上的王屠夫。断，判罪，判决。

〔40〕 莫不待：莫非是要，莫非是打算。衅（xìn 信）钟：血祭曰衅，当国家的一件新的重要器物移至宗庙开始使用时，便宰杀活物祭之。新铸之钟，杀牲以血涂其隙以行祭，为衅钟。所杀原为牛，齐宣王让以羊代牛，见《孟子·梁惠王上》。

〔41〕 觳觫（hú sù 胡速）：战栗，因恐惧而哆嗦。《孟子·梁惠王上》："王坐于堂上，有牵牛而过堂下者，王见之，曰：'牛何之？'对曰：'将以衅钟。'王曰：'舍之！吾不忍其觳觫，若无罪而就死地。'对曰：'然则废衅钟与？'曰：'何可废也？以羊易之！'"

〔42〕 那思想：哪里想得到。耕牛为（wèi 卫）主：是"耕牛为主遭鞭杖"的省略用法。民间传说：一牧童放牛时睡着了，这时老虎来了，牛用角触醒了牧童。牧童以为牛扰了自己的清梦，遂怒而鞭打牛。（见朱居易《元剧俗语方言例释》）元代常用作恩将仇报的故事，高文秀《须贾大夫

诨范叔》第二折："正是那耕牛为主遭鞭杖,哑父倾杯反受殃。"

〔43〕 嗜利而图:贪利而图,唯利是图。

〔44〕 厮:对人的蔑称,犹家伙、小子。桑枢(shū 书):桑木门的转轴,曲中借指农家。

〔45〕 不睹是:亦作不睹事,不晓事,不明事理,胡涂人。过前途:即上路。

〔46〕 悕(xī 西)惶:悲伤的样子。

〔47〕 将军柱:临刑前绑犯人的柱子。

〔48〕 地府:见关汉卿〔南吕一枝花·不伏老〕注〔34〕。

〔49〕 分张:分割,分离。

〔50〕 估:量,大致推算物品的数量轻重。这里与"称"同义。

〔51〕 应(yìng 硬)扑人:缉拿犯人的差役。

〔52〕 张弹压:姓张的小官吏。弹压,元代千户、百户以下设弹压,为职掌纠察的小官吏。膊项:肩胛。

〔53〕 弓兵:即弓手,是负责巡逻缉捕的吏役。

〔54〕 却不道:犹岂不知、岂不闻。闻其声不忍食其肉:语出《孟子·梁惠王上》："君子之于禽兽也,见其生,不忍见其死;闻其声,不忍食其肉。是以君子远庖厨也。"是君子有仁爱之心,听到禽兽悲鸣哀号,便不忍心再吃它们的肉。

〔55〕刬(chǎn产)地:转折词,反而。

〔56〕酥(sū苏):牛羊奶制成的酪类食品。

〔57〕主雇:即主顾。

〔58〕一失人身万劫无:佛教戒杀生,讲轮回,认为今世杀生,来世将转生为畜生,失却人身,万劫难复。劫,佛教对劫的说法不一,意为极为久远的时节,《释迦氏谱》:"劫是何名?此云时也。若依西梵名曰'劫波',此土译之名大时也,此一大时其年无数。"以上两句意谓:宰牛人只知道眼前获利,哪里想到杀生坠入畜生道,便再难转生为人。

〔59〕㨃啜(bǔ chuò 补辍):吃喝。乔:詈词,恶劣、狡诈、虚伪诸义。

〔60〕"就本店"句:来到本店随时索要。

〔61〕取意儿:任意地。庖(páo刨)厨:厨房,作动词用,制做,烹调。

〔62〕馒头:宋元时称包子为馒头。

〔63〕伴侣:伙伴,朋友。

〔64〕焐(wǔ五):微火煮物。

〔65〕黄犬医冷:吃黄狗肉可以祛寒。

〔66〕胡羊补虚:吃胡羊肉可治虚症。胡羊,绵羊。

〔67〕椒花露:一名椒花雨,一种烈酒,这里泛指酒。

〔68〕饱旺:犹言非常饱。

〔69〕时苗留下犊:犹言清官留下的种。《三国志·

魏书·常林传》裴松之注引《魏略》云:"时苗,字德胄,钜鹿人也。少清白,为人嫉恶。建安中入丞相府,出为寿春令,……其始之官,乘薄軬(音饭)车,黄牸牛,布被囊。居官岁馀,牛生一犊。及其去,留其犊,谓主簿曰:'令来时本无此犊,犊是淮南所生有也。'"

〔70〕 牯(gǔ古):公牛。

〔71〕 展草:为义犬救主典故。干宝《搜神记》卷二十:"孙权时,李信纯,襄阳纪南人也。家养一狗,字曰'黑龙',爱之尤甚,行坐相随,饮馔之间,皆分与食。忽一日,于城外饮酒大醉,归家不及,卧于草中。遇太守郑瑕出猎,见田草深,遣人纵火爇之。信纯卧处,恰当顺风。犬见火来,乃以口拽纯衣,纯亦不动。卧处比有一溪,相去三五十步,犬即奔往,入水湿身,走来卧处。周回以身洒之,获免主人大难。犬运水困乏,致毙于侧。"垂缰:为义马救主典故。刘敬叔《异苑》卷三:"苻坚为慕容冲所袭,坚驰骍马,堕而落涧,追兵几及,计无由出。马即踟蹰,临涧垂鞍与坚。坚不能及,马又跪而授焉,坚援之,得登岸而走庐江。"

〔72〕 直钱:值钱。底:通"的"。

〔73〕 仓廪(lǐn凛):粮仓。

〔74〕 泥牛报春:泥牛也叫土牛、春牛,古代在农历十二月初用泥土制牛以除阴气,后来形成习俗,立春前一日造土牛打春,象征迎春和劝农耕。

〔75〕 石牛致雨:《一统志》曰:石牛在郁林州东南池

中,每遇岁旱则民杀牛祷雨;以牛血和泥涂石牛背,祀毕,乃雨,泥尽乃晴。(《渊鉴类函》卷四三五)

〔76〕 运土:指耕种。

〔77〕 的是:正是,确是。

〔78〕 觔:即"筋",牛筋可做弓弦。

〔79〕 鞔(mán 瞒):蒙,以皮制鼓。

〔80〕 乌犀带:犀带本指饰有犀牛角的腰带。这里指饰有乌牛角的腰带。

〔81〕 "花蹄"句:是说把牛蹄开解制成梳子。玳瑁(dài mào 代帽),形状像龟的爬行动物,其背壳角质光滑,可做装饰品、梳子等用具。曲中说以牛蹄角质代替玳瑁制梳。

〔82〕 "碎皮"句:碎牛皮退还到农民那里做鞭、辔等农具用。

〔83〕 元阳:人体阳气之根本。

〔84〕 阎罗王:简称阎王,原为古印度神话中的阴间主宰,佛教借为地狱之王,负责审理鬼魂诸事。

王 伯 成

王伯成,生平不详,《录鬼簿》载其为涿州(今属河北)人,〔凌波仙〕吊曲曰:"伯成涿鹿俊丰标,公(按,当作"幺")末文词善解嘲。《天宝遗事》诸宫调,世间无,天下少;《贬夜郎》,关目风骚。马致远忘年友,张仁卿莫逆交,超群类一代英豪。"可见其与马致远同时而年辈小(或长)。今存杂剧《李太白贬夜郎》及诸宫调《天宝遗事》。《太和正音谱》称其词"如红鸳戏波"。散曲存小令二首、套数三套。

〔仙吕南〕春从天上来

闺 怨

巡官算我[1],道我命运乖[2],教奴镇日无精彩[3]。为想佳期不敢傍妆台,又恐怕爹娘做猜,把容颜只恁改[4]。漏永更长[5],不由人泪满腮。他情是歹[6],咱心且捱,终须也要还满了相思债。

〔1〕 巡官：宋元时代称以占卜、星相为业的人为巡官。

〔2〕 命运乖：命运不好。乖，不如意。

〔3〕 奴：古人自称的谦词，男女通用，后多用于女子。此处用于女子。镇日：整日。无精彩：无精打采，打不起精神。

〔4〕 恁：如此，这样。

〔5〕 漏永更长：即夜深。漏，古以铜斗盛水，底穿小孔，斗中有刻着度数的漏箭，随着水的下漏，箭上刻度渐次显露，为计时之器。更，古人夜间的计时单位，一夜分为五个更次，每更次约两小时。

〔6〕 歹：不好，坏。

郑光祖

郑光祖,生卒年不详,卒年当在元泰定甲子(1324)秋季之前。字德辉,平阳襄陵(今山西临汾西南)人。曾任杭州路吏,为人方直,不妄与人交,病卒,火葬于西湖灵芝寺。郑光祖与关汉卿、白朴、马致远并称"元曲四大家"。钟嗣成称其"乾坤膏馥润肌肤,锦绣文章满肺腑,笔端写出惊人句"(《录鬼簿》卷下)。朱权称其词"如九天珠玉。其词出语不凡,若咳唾落乎九天,临风而生珠玉,诚杰作也"(《太和正音谱·古今群英乐府格势》)。其散曲文采隽丽,妩媚蕴藉,自成馨逸,对后世有较大影响,惜传世之作不多。作杂剧十八种,今存七种;散曲今存小令六首、套数二套。

〔双调〕蟾宫曲

梦中作

半窗幽梦微茫,歌罢钱塘[1],赋罢高唐[2]。风入罗帏,爽入疏棂[3],月照纱窗。缥缈见梨花淡妆^[4],依稀闻兰麝馀香^[5]。唤起思量,待不思量^[6],怎不思量?

〔1〕 歌罢钱塘:用南齐钱塘名妓苏小小事。苏小小墓在西湖岸边。宋人何远《春渚纪闻》卷七载,宋人司马才仲梦一美人歌〔黄金缕〕曰:"妾本钱塘江上住,花落花开,不管流年度。燕子衔将春色去,纱窗几阵黄梅雨。"美人即苏小小鬼魂。司马才仲死后与苏小小相携而去。

〔2〕 赋罢高唐:意为与美人欢会完毕。宋玉《高唐赋序》称,宋玉对楚襄王说:"昔者先王尝游高唐,怠而昼寝,梦见一妇人曰:'妾,巫山之女也,为高唐之客。闻君游高唐,愿荐枕席。'王因幸之。去而辞曰:'妾在巫山之阳,高丘之阻。旦为朝云,暮为行雨。朝朝暮暮,阳台之下。'"先王,指楚怀王。

〔3〕 爽入疏棂(líng 灵):清朗的月光自窗而入。爽,清朗,明亮。疏,窗。棂,窗格。

〔4〕 "缥缈"句:言隐约看见身着淡白色妆束的女子。

〔5〕 兰麝:香料,指女子佩带的香物。

〔6〕 待:打算,要想。

〔双调〕驻马听近

秋闺

败叶将残,雨霁风高摧木杪[1]。江乡潇洒[2],数株衰柳罩平桥。露寒波冷翠荷凋,雾浓霜重丹枫老。暮云收,晴虹散,落霞飘[3]。

〔幺〕雨过池塘肥水面,云归岩谷瘦山腰。横空几行鸿高[4],茂林千点昏鸦噪。日衔山,船舣岸[5],鸟寻巢。

〔驻马听〕闷入孤帏[6],静掩重门情似烧。文窗寂静[7],画屏冷落暗魂消[8]。倦闻近砌竹相敲[9],忍听邻院砧声捣[10]!景无聊,闲阶落叶从风扫[11]。

〔幺〕玉漏迟迟[12],银汉澄澄凉月高[13]。金炉烟烬[14],锦衾宽剩越难熬。强喔夜永把灯挑[15],欲求欢梦和衣倒[16],眼才交,恼人促织叨叨闹[17]。

〔尾〕一点来不够身躯小[18],响喉咙针眼里应难到[19]。煎聒的离人[20],斗来合噪[21],草虫之中无你般薄劣把人焦[22]。急睡着,急惊觉,紧截定阳台路儿叫[23]。

〔1〕 雨霁(jì 计):雨后转晴。摧:折断。木杪(miǎo 秒):树梢。

〔2〕 潇洒:凄清,凄凉。

〔3〕 落霞:晚霞。

〔4〕 塞鸿:边塞的大雁。秋季北方边塞的雁向南飞去。

〔5〕 舣(yǐ 乙):船靠岸。

〔6〕 孤帏:独宿无偶之床帐。

〔7〕 文窗:雕有花纹文彩的窗。

〔8〕 暗魂消:即黯(àn 暗)然销魂,心神沮丧,失魂落魄的样子。

〔9〕 砌:台阶。

〔10〕 忍听:这里意为怎忍听、不忍听。砧(zhēn 针)声:捣衣之声。砧,捣衣石。

〔11〕 从:听凭,任凭。

〔12〕 玉漏:古以滴漏计时,玉为盛水器,见王伯成〔仙吕南春从天上来·闺怨〕注〔5〕。迟迟:缓慢的样子。

〔13〕 银汉:银河。澄澄:清澈明亮。

〔14〕 金炉:铜香炉。烬(jìn 尽):燃烧后的香灰,香

已烧完。

〔15〕 啀(ái 癌):挨,艰难地度过。夜永:夜长。

〔16〕 和衣倒:穿衣而卧。

〔17〕 促织:蟋蟀。

〔18〕 一点来不够:一点点儿都够不上,极言蟋蟀之小。

〔19〕 "响喉咙"句:意思是促织喉咙小得不到针眼那么大。促织鸣叫乃由双翅磨擦发声,不由喉咙。

〔20〕 煎聒(guō 郭):烦扰,吵闹。

〔21〕 斗来:逗起。斗,通"逗",逗引,招惹。合噪:齐声,言一齐鸣叫喧哗吵人。

〔22〕 薄劣:恶劣,讨厌。

〔23〕 截定:拦住。阳台:典出宋玉《高唐赋序》,后以阳台代指男女欢会之所。见郑光祖〔双调蟾宫曲·梦中作〕注〔2〕。

曾 瑞

曾瑞,生卒年不详,据其套曲〔正宫端正好·自序〕,曾瑞时运乖蹇,而安于清淡宁静的生活:"乐道穷途奈我何。右抱琴书,左携妻子,无半纸功名,躲万丈风波。"孙楷第《元曲家考略》推断,"当生于中统初"(1260)。字瑞卿,号褐夫,先世平州(今河北卢龙县)人,其祖父徙于燕地大兴(今属北京市),故曾瑞为大兴人,后移居杭州。《录鬼簿》言其"自北来南,喜江浙人才之多,羡钱塘景物之盛,因而家焉。神采卓异,衣冠整肃,优游于市井,洒然如神仙中人。志不屈物,故不愿仕。自号褐夫。江淮之达者,岁时馈送不绝,遂得以徜徉卒岁。临终之日,诣门吊者以千数。……善丹青,能隐语、小曲。"散曲今存小令九十五首、套曲十七套。

〔南吕〕骂玉郎过感皇恩采茶歌

闺中闻杜鹃[1]

无情杜宇闲淘气[2],头直上耳根底[3],声声聒得人心碎[4]。你怎知,我就里[5],愁无际。　　帘幕低垂,重门深闭。曲阑边[6],雕檐外,画楼西[7],把春酲唤起[8],将晓梦惊回。无明夜,闲聒噪,厮禁持[9]。　　我几曾离,这绣罗帏?没来由劝我道"不如归"!狂客江南正着迷[10],这声儿好去对俺那人啼!

〔1〕 杜鹃:即子规鸟,亦名杜宇。古蜀王望帝名杜宇。时洪水大作,望帝不能治,乃委国于相而去。去时杜鹃鸣,鸣声哀切,叫后口常出血。传杜鹃为望帝魂魄所化。见《蜀王本纪》《寰宇记》等。春末夏初鸣叫,《本草·杜鹃》:"其鸣如曰:'不如归去。'"

〔2〕 淘气:顽皮捣乱。闲淘气,犹言没事捣乱。

〔3〕 头直上:即头顶上。

〔4〕 聒(guō 郭):聒噪,声音嘈杂吵闹。

〔5〕 就里:内里,此指内心。

〔6〕 曲阑:曲折的栏杆。

〔7〕 画楼:有彩绘雕饰的楼。

〔8〕 春酲(chéng 呈):酲为醉酒后晕晕乎乎的情态,春酲指春日醉酒后困倦昏沉情态。

〔9〕 厮禁持:厮为"相"字一声之转,禁持为折磨之意,厮禁持即相折磨。

〔10〕 狂客：放荡不羁的人。即下文的"俺那人"，指女主人公的丈夫。

〔般涉调〕哨　遍

羊诉冤

十二宫分了巳未[1]，禀乾坤二气成形质[2]。颜色异种多般[3]，本性善群兽难及。向塞北，李陵台畔[4]，苏武坡前[5]，嚼卧夕阳外。趁满目无穷草地[6]，散一川平野，走四塞荒陂[7]。驭车善致晋侯欢[8]，拂石能逃左慈危[9]。舍命于家，就死成仁，杀身报国。
〔幺〕告朔何疑[10]，代衅钟偏称宣王意[11]。享天地济民饥，据云山水陆无敌[12]。尽之矣。驼蹄熊掌，鹿脯獐犯[13]，比我都无滋味。折莫烹炮煮煎熛蒸炙[14]，便盐淹将卮[15]，醋拌糟焙[16]。肉麋肌鲊可为珍[17]，莼菜鲈鱼有何奇[18]？于四时中无不相宜。
〔耍孩儿〕从黑河边赶我到东吴内[19]，我也则望前程万里。想道是物离乡贵有些峥嵘[20]，撞着个主人翁少东没西。无料喂把肠胃都抛做粪,无水饮将脂膏尽化做尿。便似养虎豹牢监系[21]。从朝至暮,坐守行随。

〔幺〕见一日八十番觑我膘脂[22]，除我柯杖外别有甚的[23]？许下浙江等处恶神祇[24]，又请过在城新旧相知。待赁与老火者残岁里呈高戏[25]，要雇与小子弟新年中扮社直[26]。穷养的无巴避[27]，待准折舞裙歌扇[28]，要打摸暖帽春衣[29]。

〔一煞〕把我蹄指甲要舒做晃窗[30]，头上角要锯做解锥[31]。瞅着颔下须紧要绖挝笔[32]。待生挦我毛裔铺毡袜[33]，待活剥我监儿踏碑皮[34]。眼见的难回避,多应早晚[35],不保朝夕。

〔二〕火里赤磨了快刀[36]，忙古歹烧下热水[37]。若客都来抵九千鸿门会[38]。先许下神鬼彪了前膊[39]，再请下相知揣了后腿[40]，围我在垓心内[41]。便休想一刀两段,必然是万剐凌迟[42]。

〔尾〕我如今刺搭着两个蔫耳朵[43]，滴溜着一条粗硬腿。我便似蝙蝠臀内精精地[44]，要祭赛的穷神下的呵吃[45]。

〔1〕 十二宫：古以人生时为宫，用十二地支与十二种动物相配，为十二宫：子鼠、丑牛、寅虎、卯兔、辰龙、巳蛇、午马、未羊、申猴、酉鸡、戌狗、亥猪。人生于某年，即肖某物。巳宫属蛇，未宫属羊。

〔2〕 "禀乾坤"句：领受天地阴阳之气而成羊身。

〔3〕 "颜色"句：是说羊有不同的颜色种类。

〔4〕 李陵台：汉代李陵墓，在今内蒙古黑城。李陵为汉将，因兵败投降匈奴，见《史记·李将军列传》。

〔5〕 苏武坡：苏武牧羊之地。汉武帝时中郎将苏武出使匈奴，被扣留，于北海（今俄罗斯西伯利亚南部之贝加尔湖）畔牧羊十九年，见《汉书·苏武传》。

〔6〕 趁：追逐，赶赴。

〔7〕 荒陂（bēi 碑）：荒坡。陂，山坡。

〔8〕 "驭（yù 玉）车"句：用晋武帝驾羊车宠幸嫔妃故事。《晋书·后妃列传·胡贵嫔》："时帝多内宠，平吴之后，复纳孙皓宫人数千，自此掖庭殆将万人。而并宠者甚众，帝莫知所适。常乘羊车，恣其所之，至便宴寝。宫人乃取竹叶插户，以盐汁洒地，而引帝车。"驭，赶车。

〔9〕 "拂石"句：用东汉末年左慈变羊戏曹操的故事，《神仙传》《后汉书·方术列传·左慈传》等都有记载。干宝《搜神记》卷一载，曹操知左慈有异能，欲杀之。"后人

遇放(左慈字元放)于阳城山头,因复逐之,遂走入羊群。公(曹操)知不可得,乃令就羊中告之曰:'曹公不复相杀,本试君术耳。今既验,但欲与相见。'忽有一老羝,屈前两膝,人立而言曰:'遽如许。'人即云:'此羊是。'竞往赴之。而群羊数百,皆变为羝,并屈前膝,人立云:'遽如许。'于是遂莫知所取焉。"

〔10〕 告朔:周制,天子于每年季冬把第二年的历书颁发给诸侯,诸侯把历书藏于祖庙,每月朔日(阴历初一)杀活羊祭于庙,然后回到朝廷听政。祭庙称告朔,听政称视朔。后来诸侯并不视朔,但仍杀羊祭庙。

〔11〕 衅(xìn信)钟:见姚守中〔中吕粉蝶儿·牛诉冤〕注〔40〕、〔41〕。

〔12〕 云山水陆无敌:羊肉之味美,飞禽及山珍海味无以过之。

〔13〕 犯(bā巴):同"䶨",腌制的肉干。獐犯即以獐肉腌制成的干肉。又,同"豝",野猪。獐犯即獐与野猪肉,亦通。

〔14〕 折莫:无论,任凭。㷆(biāo标):烹调方法的一种,详情待考。

〔15〕 将卮:不详。卮,疑为"炙"之误;将,当作"酱"。酱炙,以酱腌制的烤肉。

〔16〕 糟焙(bèi倍):不详,大概是以酒浸肉再行烘烤。

〔17〕 肉縻：肉粥。肌鲊（zhǎ眨）：腌制的干肉和鱼。鲊，泛指腌制的鱼肉。

〔18〕 莼（chún纯）菜：一种水生植物，嫩叶可做汤。

〔19〕 "从黑河"句：指从北方来到南方。黑河，即今甘肃省张掖县以北之黑河，这里泛指北方。东吴，所指地域有不同说法，或谓泛指太湖流域一带，这里代指南方。

〔20〕 峥嵘：兴旺，得意。

〔21〕 监系：监守拘囚。

〔22〕 "见一日"句：是说一天里好多次查看羊是否长肥到可杀的时候。

〔23〕 柯杖：棍棒，作动词用。这句是说总是用棍棒驱赶。

〔24〕 "许下"句：许下用羊祭祀浙江等地的恶神恶鬼。神祇（qí其），神灵。以羊做牺牲祭祀神灵本是正常的，但祭非正统的邪恶神鬼却不是羊的职责。

〔25〕 "待赁与"句：把羊租给杂役们在年根岁底演杂技用。火者，烧火之仆役，此处疑为演杂耍的艺人。

〔26〕 "要雇与"句：把羊租赁给戏班小艺人扮社戏。子弟，指演员或艺人。社直，元代迎神赛会中轮直扮演杂戏的演员。

〔27〕 穷养的：骂人的话。巴避：来由。

〔28〕 准折：犹抵偿，折算。这句是说用羊抵充听歌看舞所应付的酬金。

〔29〕 打摸：筹划。即筹划着用羊皮做衣帽。

〔30〕 舒：展，犹言削成片。晃（huǎng谎）窗：窗上的装饰品。

〔31〕 解锥：又称解结锥，是古代解结用的锥形用具，骨制或牛羊角制。

〔32〕 绻（quán全）：拴，捆缚。挝（zhuā抓）笔：毛笔的一种，可由羊毫制成。

〔33〕 挦（xián贤）：拔，扯。毛胔：毛。

〔34〕 监儿：似指肉皮。磹（diàn店）皮：似指熟皮，即经过加工、以备制作物品用的皮革。

〔35〕 早晚：迟早。

〔36〕 火里赤：蒙古语，厨师。

〔37〕 忙古歹：蒙古语，小番，此指小兵卒。

〔38〕 鸿门会：秦末刘项争雄中，刘邦占领秦都咸阳，不久项羽率兵入关，刘项相会于鸿门（在今陕西临潼东），项羽赐刘邦手下壮士樊哙猪肘。事见《史记·项羽本纪》。此指食羊肉之宴会。

〔39〕 颩（diū丢）：抛掷，甩。

〔40〕 揣（chuǎi踹上声）：扯，拽。

〔41〕 垓（gāi该）心：重重围困的中心。

〔42〕 凌迟：古代的一种酷刑，片割肢体然后处死。

〔43〕 剌搭：今言耷拉。

〔44〕 精精：微小。言羊被分割得如同蝙蝠臀，什么

也不剩了。

〔45〕 下的:亦作"下得",即"舍得"的声转,忍心,忍得,舍得。

〔商调〕集 贤 宾

宫 词

闷登楼倚阑干看暮景[1],天阔水云平[2]。浸池面楼台倒影,书云笺雁字斜横[3]。衰柳拂月户云窗[4],残荷临水阁凉亭。景凄凉助人愁越逞[5],下妆楼步月空庭。鸟惊环佩响[6],鹤吹铎铃鸣[7]。

〔逍遥乐〕对景如青鸾舞镜[8],天隔羊车[9],人囚凤城[10]。好姻缘辜负了今生[11],痛伤悲雨泪如倾。心如醉满怀何日醒?西风传玉漏丁宁[12]。恰过半夜,胜似三秋,才交四更[13]。

〔金菊香〕秋虫夜语不堪听,啼树宫鸦不住声[14]。入孤帏强眠寻梦境,被相思鬼绰了魂灵[15],纵有梦也难成。

〔醋葫芦〕睡不着,坐不宁,又不疼不痛病萦萦[16]。待不思量霎儿心未肯[17],没乱到更阑人静[18]。

〔高平煞〕照愁人残蜡碧荧荧,沉水烟消金兽鼎[19]。败叶走庭除[20],修竹扫苍楹[21]。唱道是人和闷可难争,则我瘦身躯怎敢共愁肠竞[22]?伤心情脉脉,病体困腾腾[23]。画屋风轻,翠被寒增,也温不过早来袜儿冷。

〔尾〕睡魔盼不来,丫鬟叫不应[24]。香消烛灭冷清清。唯嫦娥与人无世情[25],可怜咱孤另[26],透疏帘斜照月偏明[27]。

〔1〕 阑干:即栏杆。

〔2〕 水云平:水天相连的景象。

〔3〕 "书云笺"句:斜飞的大雁好像是书写在云彩上的字。云笺,以云为纸笺。雁字,雁飞成行,其形往往如"一""人"等字,故称雁字。

〔4〕 月户云窗:月光照耀下的门、云霞缭绕的窗,亦可指华美的门窗。

〔5〕 逞:施展,放纵。愁越逞,即愁愈加厉害。

〔6〕 环佩:古人身上所带的佩玉,行则相撞有声。这句是说鸟被环佩声惊动。

〔7〕 铎铃：即风铃，古代房檐下悬挂的小铃或铁片，因风相击而出声，亦称檐马、铁马。详见商衢〔双调新水令〕（彩云声断紫鸾箫）注〔18〕。句谓铎铃清脆之声犹如鹤鸣。

〔8〕 景：音义并同"影"。青鸾舞镜：南朝宋范泰《鸾鸟诗序》："昔罽宾王结罝峻祁之山，获一鸾鸟，王甚爱之。欲其鸣而不致也，乃饰以金樊，飨以珍羞，对之愈戚，三年不鸣。其夫人曰：'尝闻鸟见其类而后鸣，何不悬镜以映之？'王从其意。鸾睹形悲鸣，哀响中霄，一奋而绝。"（《艺文类聚》卷九十）

〔9〕 羊车：见曾瑞〔般涉调哨遍·羊诉冤〕注〔8〕。天隔羊车，指隔绝羊车，永无宠幸之期。

〔10〕 凤城：京城。

〔11〕 "好姻缘"句：辜负了今生好姻缘。

〔12〕 玉漏丁宁：玉漏滴水声。见王伯成〔仙吕·春从天上来·闺怨〕注〔5〕、郑光祖〔双调蟾宫曲·梦中作〕注〔12〕。

〔13〕 "恰过"三句：意谓长夜难眠，刚刚过了半夜，却似熬了三年。四更，一夜分为五个更次，四更约为凌晨三至四点。三秋，三年。

〔14〕 宫鸦：栖息于皇宫的乌鸦。

〔15〕 绰（chāo 超）：抓，提，取去。

〔16〕 萦萦：缠绕的样子。病萦萦，愁病缠绵的样子。

〔17〕 霎儿：一霎儿，犹一小会儿，很短时间。肯：答应，许可。

〔18〕 没乱：迷离惝恍，心神无主。更阑：更深夜残，即将黎明。

〔19〕 "沉水"句：沉水香在兽形铜香炉内烧尽。金兽鼎，烧香用的兽形铜鼎。

〔20〕 走：跑，滚动。庭除：庭院。

〔21〕 苍楹（yíng盈）：指皇宫厅堂前面的柱子。

〔22〕 "唱道是"二句：是说人斗不过自己的愁闷，自己身体瘦弱就更不敢和愁相斗了。唱道是，正是，真正是。

〔23〕 困腾腾：疲惫的样子。

〔24〕 丫鬟：富贵人家的使女。曲写"宫怨"，当称宫女。

〔25〕 嫦娥：古代传说中的月神。《山海经·大荒西经》说她是帝俊之妻，生有十二个月亮；后来传说中又说她是羿妻，窃西王母不死之药服之以奔月，见《淮南子·览冥训》《全上古三代秦汉三国六朝文·灵宪》。世情：世态人情，势利。

〔26〕 孤另：即孤零。

〔27〕 疏帘：窗帘。疏，窗。

施 惠

施惠,生卒年不详。施惠与《录鬼簿》作者钟嗣成相知,《录鬼簿》成书时施惠已殁,可知施惠1345年前在世。字君美,杭州人,居吴山城隍庙前,以坐贾为业。巨目美髯,好谈笑,诗酒之馀,惟以填词、和曲为事。改编过南戏《幽闺怨佳人拜月亭》,今存;散曲仅存套曲一套。

〔南吕〕一枝花

咏 剑

离匣牛斗寒[1],到手风云助[2]。插腰奸胆破[3],出袖鬼神伏[4]。正直规模[5],香檀杷虎口双吞玉[6],沙鱼鞘龙鳞密砌珠[7]。挂三尺壁上飞泉[8],响半夜床头骤雨[9]。

〔梁州〕金错落盘花扣挂[10],碧玲珑镂玉妆束,美名儿今古人争慕。弹鱼空馆[11],断蟒长途[12],

逢贤把赠[13],遇寇即除。比镆铘端的全殊[14],纵干将未必能如。曾遭遇净朝谇烈士朱云[15],能回避叹苍穹雄夫项羽[16],怕追陪报私仇侠客专诸[17]。价孤,世无[18],数十年是俺家藏物。吓人魂,射人目,相伴着万卷图书酒一壶,遍历江湖。

〔尾声〕笑提常向尊前舞[19],醉解多从醒后赎[20]。则为俺未遂封侯把他久担误[21]。有一日修文用武[22],驱蛮静虏,好与清时定边土[23]。

〔1〕 牛斗:牵牛星和北斗星。句谓宝剑出鞘,光芒直射斗牛。《晋书·张华传》载,张华见斗牛之间常有紫气,乃邀雷焕仰观天象,焕曰:"宝剑之精,上彻于天耳。"张华于是任命雷焕为豫章丰城令。"焕到县,掘狱屋基,入地四丈馀,得一石函,光气非常。中有双剑,并刻题,一曰龙泉,一曰太阿。其夕,斗牛间气不复见焉。"

〔2〕 到手风云助:言手提宝剑则风云生色。

〔3〕 插腰:即腰挂宝剑。

〔4〕 出袖:出手,挥动宝剑。

〔5〕 正直规模:剑形正而直。规模,形状,样子。

〔6〕 "香檀"句:剑由香檀木做柄,剑格两面镶嵌着玉石。杷(bà霸),器具的柄,通"把"。食指与拇指之间为

虎口,剑身与剑柄之间有一片隔手横板,谓之剑格,提剑时位于虎口处,故以虎口代指剑格。

〔7〕 "沙鱼"句:沙鱼皮制成的剑鞘上,鱼鳞密布,好像是镶嵌着无数珍珠。李时珍《本草纲目·鳞四·鲛鱼》:"古曰鲛,今曰沙,是一类而有数种也,东南近海诸郡皆有之。……皮皆有沙,如珍珠斑。"

〔8〕 三尺:古代剑长约三尺,故以代剑。

〔9〕 "响半夜"句:剑鸣有如半夜床头降骤雨。古代有剑鸣之说,王嘉《拾遗记》卷一:"帝颛顼有曳影之剑,……未用之时,常于匣里如龙虎之吟。"《列士传》也说:"楚王夫人常于夏纳凉而抱铁柱,心有所感,遂怀孕。后产一铁。楚王命莫邪铸此精为双剑,三年乃成。剑一雌一雄,莫邪乃留雄而以雌进。剑在匣中常有悲鸣。"(杜甫《前出塞》宋郭知达集注引)

〔10〕 "金错落"句:剑柄端头的扣挂是雕金制作的盘花。下句亦同,改雕金为镂玉以为饰。

〔11〕 弹(tán 潭)鱼空馆:用冯谖客孟尝君故事。《战国策·齐策四》:"齐人有冯谖者,贫乏不能自存,使人属孟尝君,愿寄食门下。……左右以君贱之也,食以草具。居有顷,倚柱弹其剑,歌曰:'长铗归来乎,食无鱼!'"

〔12〕 断蟒长途:用刘邦斩蛇故事。《史记·高祖本纪》:"高祖被酒,夜径泽中,令一人行前。行前者还报曰:'前有大蛇当径,愿还。'高祖醉,曰:'壮士行,何畏!'乃前,

拔剑击斩蛇。蛇遂分为两,径开。行数里,醉,因卧。后人来至蛇所,有一老妪夜哭。人问何哭,妪曰:'人杀吾子,故哭之。'人曰:'妪子何为见杀?'妪曰:'吾子,白帝子也,化为蛇,当道,今为赤帝子斩之,故哭。'"

〔13〕 逢贤把赠:遇到贤者即持剑赠之。《史记·吴太伯世家》:"季札之初使,北过徐君。徐君好季札剑,口弗敢言。季札心知之,为使上国,未献。还至徐,徐君已死,于是乃解其宝剑,系之徐君冢树而去。从者曰:'徐君已死,尚谁予乎?'季子曰:'不然。始吾心已许之,岂以死倍(按,通背,违背)吾心哉!'"

〔14〕 镆铘(mò yé 沫爷):即莫邪,乃吴人干将之妻。吴王阖闾命干将夫妇制剑,莫邪"乃断发、剪爪,投于炉中,使童女童男三百人鼓橐装炭,金铁刀濡,遂以成剑:阳曰干将,阴曰莫邪;阳作龟文,阴作漫理。"(《吴越春秋·阖闾内传》)莫邪、干将又为所铸之雌雄二剑名。

〔15〕 遭遇:遇到,碰上。诤(zhēng 争)朝谗:与朝廷上的奸臣直言抗争。烈士:刚正有气节之士。朱云:《汉书·朱云传》:"至成帝时,丞相故安昌侯张禹,以帝师位特进,甚尊重。云上书求见,公卿在前。云曰:'今朝廷大臣上不能匡主,下亡以益民,皆尸位素餐,……臣愿赐尚方斩马剑,断佞臣一人,以厉其馀。'上问:'谁也?'对曰:'安昌侯张禹。'上大怒,曰:'小臣居下讪上,廷辱师傅,罪死不赦!'御史将云下,云攀殿槛,槛折。云呼曰:'臣得下从龙

逢、比干游于地下,足矣。未知圣朝何如耳?'……上意解,然后得已。及后当治槛,上曰:'勿易。因而辑之,以旌直臣。'"

〔16〕 叹苍穹(qióng穷):叹苍天不帮助自己。雄夫:勇士,武夫,此言其勇而无谋也。《史记·项羽本纪》载,刘项争雄中,项羽兵败垓下,被刘邦汉兵追赶,项羽对部下叹曰:"吾起兵至今八岁矣,身七十馀战,所当者破,所击者服,未尝败北,遂霸有天下。然今卒困于此,此天之亡我,非战之罪也。今日固决死,愿为诸君快战,必三胜之,……令诸君知天亡我,非战之罪也。"乌江亭长要项羽东渡乌江,项羽拒绝:"天之亡我,我何渡为!"拔剑自刎。文末司马迁曾批评项羽此言"岂不谬哉!"

〔17〕 追陪:犹言伴随。专诸:春秋时吴国侠客,《史记·刺客列传》载,伍子胥父兄为楚平王所杀,子胥逃至吴国,欲借兵伐楚报父兄之仇,吴公子光尝曰:"彼伍员(字子胥)父兄皆死于楚而员言伐楚,欲自为报私仇也,非能为吴。"子胥知公子光欲杀吴王僚以自立,乃荐专诸与光。光具酒请王僚,"使专诸置匕首鱼炙之腹中而进之。既至王前,专诸擘鱼,因以匕首刺王僚,王僚立死"。公子光自立为王,是为阖闾。伍子胥也得以领吴兵伐楚而报私仇。

〔18〕 价孤世无:剑价值之高,世间无比。《越绝书·外传·记宝剑》薛烛论宝剑价值云:"虽复倾城量金,珠玉竭河,犹不能得此一物,有市之乡二,骏马千匹,千户之都

二,何足言哉!"

〔19〕 尊前:犹酒席宴前。尊,同"樽",酒杯。

〔20〕 醉解:醉中、或为求一醉而解下剑来换酒。

〔21〕 "则为俺"句:只因为我没能实现封侯的志愿,才长久地耽误了宝剑。此暗用班超投笔从戎典故。《后汉书·班超传》:"班超,字仲升,扶风平陵人。……家贫,常为官佣书以供养。久劳苦,尝辍业投笔叹曰:'大丈夫无它志略,犹当效傅介子、张骞立功异域,以取封侯,安能久事笔砚间乎?'"后出击匈奴、出使西域,和帝时封定远侯。弃文从武则宝剑有用武之地。

〔22〕 修文用武:内兴文教,外用武功。

〔23〕 清时:政治清明时代,太平盛世。

张养浩

　　张养浩（1270—1329），字希孟，号云庄，济南历城（今属山东）人。历任县尹、监察御史、礼部尚书等职。张养浩为官刚正，直言敢谏，曾因上书批评时政而被罢官。至治元年（1321）以父老为由辞官归乡，结束了近三十年的官场生涯，其间曾七次辞绝朝廷征召，但又忧国忧民。元文宗天历二年（1329）正月因关中大旱，民不聊生，朝廷第八次征召他为陕西行台中丞，前去赈灾救民，即慨然应召，散其家之所有与乡里贫乏者，赈饥葬死。到官四个月未尝家居，革除吏弊，辛勤公事，积劳成疾而卒，关中之人哀之如失父母。《元史》卷一七五有传。他的散曲有对政治和官场的揭露与感慨，有寄情山林、歌咏山水之作，也有同情民生疾苦的作品，内容充实。文笔老健纯熟，看似不经意，直白自然未加修饰，而意味盎然，不失大匠丰采。有《归田类稿》二十四卷、《云庄集》四十卷、《云庄休居自适小乐府》一卷。吉林文史出版社出版有《张养浩集》。散曲今存小令一百六十一首、套数二套。

〔双调〕沽美酒兼太平令

在官时只说闲，得闲也又思官，直到教人做样看[1]。从前的试观,那一个不遇灾难？楚大夫行吟泽畔[2],伍将军血污衣冠[3],乌江岸消磨了好汉[4],咸阳市干休了丞相[5]——这几个百般,要安[6],不安[7]。怎如俺五柳庄逍遥散诞[8]。

〔1〕 样:例子。做样看,犹当例子来谈论。

〔2〕 楚大夫:楚三闾大夫屈原。见白朴〔仙吕寄生草·饮〕注〔5〕。

〔3〕 伍将军:伍员(yún 云),字子胥,春秋时楚国人。楚平王无道,杀害伍员父伍奢、兄伍尚,伍员投奔吴国,佐吴王阖庐(即阖闾)打败楚国,立有大功。时楚平王已死,伍员鞭打其尸以归。阖庐子夫差立,不听伍员忠言,反赐其死。事见《史记·伍子胥列传》。参见卢挚〔双调湘妃怨·西湖〕注〔3〕。

〔4〕 乌江:在今安徽和县东北。消磨:消耗磨灭,消亡。好汉:指项羽。秦末刘项争雄中,楚霸王项羽被汉王刘邦手下大将韩信打败,逃至乌江,自刎而亡。事见《史记·项羽本纪》。

〔5〕 咸阳:在今陕西咸阳市东北,为秦国都城。市:街市。干休:了结,结束。丞相:指秦国丞相李斯。李斯对秦始皇兼并齐、楚、燕、赵、魏、韩六国起了较大作用,统一

后被任命为丞相。又与赵高合谋立秦始皇少子胡亥为帝（即秦二世）。后被诬谋反，腰斩于咸阳街市。

〔6〕 要安：指安定天下。

〔7〕 不安：指自身不平安、不安全。

〔8〕 五柳庄：陶渊明的隐居之地，这里泛指隐居之地，见马致远〔南吕四块玉·恬退〕注〔3〕。逍遥散诞：指隐居生活的自由无拘。散诞，自在不受拘束。

〔双调〕雁儿落兼得胜令

往常时为功名惹是非[1]，如今对山水忘名利。往常时趁鸡声赴早朝[2]，如今近晌午犹然睡。往常时秉笏立丹墀[3]，如今把菊向东篱[4]。往常时俯仰承权贵[5]，如今逍遥谒故知[6]。往常时狂痴[7]，险犯着笞杖徒流罪[8]，如今便宜[9]，课会风花雪月题[10]。

〔1〕 功名：功业名声，指官职名位。

〔2〕 趁：随。早朝：大臣早上到大殿朝拜皇帝。

〔3〕 秉：持。笏：古代大臣朝见皇帝时所持之窄长薄板，以玉、象牙或竹木制成，用以记事，也叫手板。丹墀

(chí池):古代宫殿前的石台阶或空地,皆涂饰红色,故称丹墀。为臣见君前伺立的地方。

〔4〕 把菊向东篱:指隐士生活。陶渊明《饮酒》其五:"采菊东篱下,悠然望南山。"把菊,持菊,采菊。相传服菊可以长生。

〔5〕 "俯仰"句:犹言看权贵眼色行事。俯仰,低头抬头,代指一举一动。

〔6〕 谒(yè业):进见,拜访,拜会。故知:故交,老朋友。

〔7〕 狂痴:狂放不懂世故,指行为放肆不拘。

〔8〕 笞杖徒流:古代的各种刑罚。笞,以竹板打臀背;杖,以木棍打腿臀脊背;徒,即徒刑,坐牢,服劳役;流,流放,放逐到边远之地。

〔9〕 便(pián骈)宜:好处,得到好处。

〔10〕 "课会"句:是说把描写风花雪月作为自己的功课。课,功课。会,回,遍。风花雪月,指四时景色,也指男女恋情,此指前者。

〔双调〕雁儿落兼得胜令

云来山更佳,云去山如画。山因云晦明[1],云共山高下[2]。　倚杖立云沙[3],回首见山家[4]。野鹿眠山草,山猿戏野花。云霞,我爱山无价,看时行踏[5],云山也爱咱。

〔1〕 山因云晦明:言云来山昏暗,云去山明朗。

〔2〕 云共山高下:言云依山势而起伏。

〔3〕 云沙:即云,云海苍茫如海边沙滩。立云沙,立于云海之中。

〔4〕 山家:山野人家。此饱含向往隐逸之意。

〔5〕 行踏:行走,这句是说边走边看。

〔双调〕雁儿落兼得胜令

也不学严子陵七里滩[1],也不学姜太公磻溪岸[2],也不学贺知章乞鉴湖[3],也不学柳子厚游南涧[4]。　俺住云水屋三间[5],风月竹千竿[6]。一任傀儡棚中闹[7],且向昆仑顶上看[8]。身安,倒大来无忧患[9],游观,壶中天地宽[10]。

〔1〕 严子陵七里滩:见马致远〔双调蟾宫曲・叹世〕

(东篱半世蹉跎)注〔4〕。

〔2〕 姜太公:见王和卿〔双调拨不断·大鱼〕注〔5〕。

〔3〕 贺知章:字季真,越州永兴(今浙江萧山)人,盛唐诗人,官至秘书监。《新唐书·隐逸传》云:"天宝初,病,梦游帝居。数日寤,乃请为道士还乡里,诏许之,以宅为千秋观而居,又求周宫湖数顷为放生池。有诏赐镜湖剡川一曲。"鉴湖:即镜湖,在今浙江省绍兴市会稽山北麓,为东汉会稽太守马臻主持修筑,至南宋已大部被围成田。

〔4〕 柳子厚:柳宗元,字子厚,河东(今山西永济)人,中唐散文家、诗人。因参与王叔文革新,宪宗时贬永州(今湖南零陵)司马后,纵情山水,有游记"永州八记",《石涧记》是其中一篇,因涧在永州之南,故称南涧,又作《南涧中题》诗,抒发被贬后的苦闷忧伤,苏轼谓诗中"忧中有乐,乐中有忧"。(胡仔《苕溪渔隐丛话》前集引)

〔5〕 云水屋:山间泽畔的小屋,隐士所居。

〔6〕 风月竹:清风明月下的翠竹。

〔7〕 傀儡:傀儡戏,指以木雕为人形、由人操作进行故事表演的戏剧。宋元时极为发达,如杖头傀儡、药发傀儡、水傀儡、悬丝傀儡、肉傀儡(小儿戴面具进行表演)等。傀儡棚本指演傀儡戏的场所,曲中喻指官场。

〔8〕 昆仑:山名,在青海西藏之间,神话传说中仙人所居之境。

〔9〕 倒大:程度副词,绝大。

〔10〕 壶中天地：指仙境。《云笈七签》卷二八"二十八治"："（施存）学大丹之道，……后遇张申，为云台治官，常悬一壶，如五升器大，变化为天地，中有日月，如世间。夜宿其内，自号'壶天'，人谓曰'壶公'。"曲中代指隐居之境。

〔双调〕水仙子

咏江南

一江烟水照晴岚[1]，两岸人家接画檐，芰荷丛一段秋光淡[2]。看沙鸥舞再三，卷香风十里珠帘[3]。画船儿天边至，酒旗儿风外颭[4]。爱杀江南。

〔1〕 晴岚：阳光照耀下的雾气。

〔2〕 芰（jì技）荷：芰乃菱的古称，芰荷指菱叶与荷叶。

〔3〕 "卷香风"句：为"十里香风卷珠帘"的倒装。化用杜牧《赠别》诗句"春风十里扬州路，卷上珠帘总不如"。

〔4〕 酒旗：俗称酒望子，为酒店的招牌。颭（zhǎn

展）：被风吹得颤动。

〔中吕〕喜春来

路逢饿莩须亲问[1]，道遇流民必细询[2]。满城都道好官人。还自哂[3]，只落的白发满头新。

〔1〕 饿莩（piǎo 瞟）：饿死的人。

〔2〕 流民：指因灾荒而流落在外的人。

〔3〕 自哂（shěn 审）：自笑、自嘲。

〔双调〕沉醉东风

蔬圃莲池药阑[1]，石田茅屋柴关[2]。俺这里花发的疾[3]，溪流的慢，绰然亭别是人间[4]。对着这万顷风烟四面山[5]，因此上功名意懒。

〔1〕 蔬圃：菜园。药阑：种药的栏圈。

〔2〕 石田：贫瘠的田地。柴关：柴门。

〔3〕 疾:快速,有早的意思。花开的疾,言花开的早。

〔4〕 绰然亭:为张养浩隐居之地的亭台,"亭取其闲适,名绰然"(张养浩《云庄记》)。

〔5〕 风烟:风与云霭,代指风光景象。

〔中吕〕朱履曲

警 世

那的是为官荣贵[1]?止不过多吃些筵席。更不呵安插些旧相知[2],家庭中添些盖作[3],囊箧里儹些东西[4]。教好人每看做甚的[5]?

〔1〕 那的:犹哪里,为宋元口语。

〔2〕 更不呵:犹再不然。

〔3〕 盖作:即盖造,指房屋建筑。

〔4〕 囊箧(qiè 窃):箱包。箧,小箱子。儹(zǎn 趱):积累。

〔5〕 每:们。

〔双调〕折桂令

过金山寺[1]

长江浩浩西来,水面云山,山上楼台。山水相连,楼台相对,天与安排。诗句成风烟动色,酒杯倾天地忘怀。醉眼睁开,遥望蓬莱[2],一半儿云遮,一半儿烟霾[3]。

〔1〕 金山寺:见王恽〔正宫黑漆弩·游金山寺〕注〔1〕。寺庙门朝西,直面西来的长江。

〔2〕 蓬莱:传说中海上三神山之一,见《史记·封禅书》,可以代指仙境。又,金山寺有蓬莱宫,曲中把金山寺视为仙境。

〔3〕 烟霾(mái 埋):雾霭遮掩。霾,与上句"遮"对仗,作动词,隐没遮掩之意。

〔越调〕寨儿令

闲 适

春

水绕门,树围村,雨初晴满川花草新。鸡犬欣欣[1],鸥鹭纷纷,占断玉溪春[2]。爱庞公不入城阛[3],喜陈抟高卧烟云[4]。陆龟蒙长散诞[5],陶元亮自耕耘[6]。这几君,都不是等闲人。

夏

爱绰然[7],靠林泉,正当门满池千叶莲[8]。一带山川,万顷风烟[9],都在几席边[10]。压枝低金杏如拳[11],客来时樽酒留连[12]。按新声歌乐府[13],分险韵赋诗篇[14]。见胎仙[15],飞下九重天。

秋

水影寒,藕花残,被西风有人独倚阑[16]。醉眼遥观,北渚南山[17],照映锦斓斑[18]。利名尘不到柴关[19],绰然亭倒大幽闲[20]。共三闾歌楚些[21],同四皓访商颜[22]。笑人间,无处不邯郸[23]。

冬 白战体[24]

天欲明,觉寒生,打书窗只闻风有声。步出柴荆[25],遥望郊坰[26],滚滚势如倾。四围山岩壑都平,道途间无个人行。爱园林春浩荡[27],喜天地气澄清。巧丹青,怎画绰然亭?

〔1〕 欣欣:喜悦欢乐的样子。

〔2〕 占断:占尽,全部占有。这句意思是说鸡犬、鸥鹭尽享玉溪春光。玉溪,言溪水清澈如玉。

〔3〕 庞公:又称庞德公、德公,东汉末年的著名隐士,《后汉书·隐逸传·庞公》:"庞公者,南郡襄阳人也。居岘山之南,未尝入城府。"城阃(kǔn 捆):城市。阃为外

城的门。

〔4〕 陈抟(tuán团):见关汉卿〔双调大德歌·秋〕注〔2〕。

〔5〕 陆龟蒙:字鲁望,自号天随子、江湖散人、甫里先生,吴郡(今江苏苏州)人。《新唐书·隐逸传·陆龟蒙》载,陆龟蒙曾任苏、湖二郡从事,后退隐于松江甫里(今上海市境内),"不喜与流俗交,虽造门不肯见。不乘马,升舟设蓬席,赍束书、茶灶、笔床、钓具往来。"散诞:逍遥自在,不受拘束。

〔6〕 陶元亮:见白朴〔仙吕寄生草·饮〕注〔6〕。

〔7〕 绰然:即绰然亭,见张养浩〔双调沉醉东风〕注〔4〕。

〔8〕 千叶莲:传说中的多瓣莲花,服之可成仙。《华山记》:"山顶池中生千叶莲,服之羽化,因名华山也。"曲中即指隐居之地的莲花。

〔9〕 风烟:风与云霭,代指风光景象。

〔10〕 几(jī机)席:几(坐时凭倚的小矮桌)和席都是古人凭倚坐卧的器具。这句是说无限风光坐卧可见。

〔11〕 金杏:杏的一种,圆而黄,早熟,味最胜,一名汉帝杏。

〔12〕 留连:留恋不舍。

〔13〕 按:弹奏。新声:犹新曲。乐府:本指封建王朝管理音乐的官署。秦汉都设有乐府。汉代又把被乐府采

集配乐的诗歌称为乐府。宋代以后也称词为乐府。元代称散曲为乐府。

〔14〕 险韵:诗韵中险僻难押的韵类。

〔15〕 胎仙:古代鹤为仙禽,又相传为胎生,故称鹤为胎仙。

〔16〕 被(pī 披):同"披"。被西风,即处于秋风吹拂之中。阑:同"栏"。

〔17〕 渚(zhǔ 主):指陂塘一类蓄水处。

〔18〕 锦斓(lán 兰)斑:光彩绚烂夺目。

〔19〕 柴关:柴门。

〔20〕 倒大:绝大,非常,十分。

〔21〕 三闾:指屈原,见白朴〔仙吕寄生草·饮〕注〔5〕。楚些(suò):些,楚地民歌中常用语气词,屈原《招魂》多用之,后以楚些代指招魂歌、楚地的乐调及《楚辞》。

〔22〕 四皓:皓,白;四皓,四位须发皆白的老人,指秦汉时隐居商山(亦名地肺山,在今陕西商县东南)的东园公、甪(lù 陆,或作"角")里先生、绮里季、夏黄公四位隐士。皇甫谧《高士传》言四人"皆修道洁己,非义不动。秦始皇时,见秦政暴虐,乃退至蓝田山而作歌曰:'莫莫高山,深谷逶迤。晔晔紫芝,可以疗饥。唐虞世远,吾将何归?驷马高盖,其忧甚大。富贵之畏人,不如贫贱之肆志。'乃共入商洛,隐地肺山以待天下定。及秦败,汉高闻而征之,不至,深自匿终南山,不能屈己。"访商颜:犹游览商山风貌。

〔23〕 邯郸：唐沈既济的传奇小说《枕中记》里，主人公卢生遇吕翁于邯郸道，梦中经历了荣华富贵、升沉荣辱，最后梦醒。句谓世俗中到处做着功名富贵梦。

〔24〕 白战体：诗体的一种，指作咏物诗时禁用某些较常用的字，如咏雪，禁用玉、月、梨、梅、絮、鹤、鹅、银、舞、白等字，称为"禁体诗"。

〔25〕 柴荆：柴荆做的门户，指简陋的村舍。

〔26〕 郊坰(jiōng扃)：郊野。

〔27〕 "爱园林"句：用唐人岑参《白雪歌送武判官归京》中"忽如一夜春风来，千树万树梨花开"诗意，言园林中如梨花盛开，春意浩荡，但避免了常用的"梨"字。

〔中吕〕山坡羊

骊山怀古[1]

骊山四顾，阿房一炬[2]，当时奢侈今何处？只见草萧疏[3]，水萦纡[4]，至今遗恨迷烟树。列国周齐秦汉楚，赢，都变做了土；输，都变做了土。

〔1〕 骊山：在今陕西临潼县东南。

〔2〕 阿房(ē páng 婀旁)一炬：阿房宫为秦宫殿名，遗址在今陕西西安市西阿房村。《史记·秦始皇本纪》："三十五年……乃营作朝宫渭南上林苑中。先作前殿阿房，东西五百步，南北五十丈，上可以坐万人，下可以建五丈旗。周驰为阁道，自殿下直抵南山。表南山之颠以为阙。为复道，自阿房渡渭，属之咸阳，以象天极阁道绝汉抵营室也。阿房宫未成；成，欲更择令名名之。作宫阿房，故天下谓之阿房宫。"后为项羽所焚，火三月不灭，见《史记·项羽本纪》。

〔3〕 萧疏：稀疏零落。

〔4〕 萦纡：曲折盘旋。

〔中吕〕山 坡 羊

潼关怀古[1]

峰峦如聚，波涛如怒，山河表里潼关路[2]。望西都[3]，意踌躇[4]，伤心秦汉经行处[5]，宫阙万间都做了土[6]。兴，百姓苦；亡，百姓苦！

〔1〕 潼关：在今陕西省潼关县吴村东北黄河南岸，

东有崤山、北对中条山、西接华岳三峰。

〔2〕 表里：内外。

〔3〕 西都：指长安（在今陕西西安市西北渭水南岸）。东汉建都洛阳，称长安为西都、洛阳为东都。

〔4〕 意踟蹰（chí chú 迟厨）：犹心潮起伏。

〔5〕 "伤心"句：谓经过秦汉故地时，使人伤心。处，之时。

〔6〕 宫阙：宫殿。阙，指皇宫门前两边的望楼。详见白朴〔双调乔木查·对景〕注〔20〕。

〔中吕〕山坡羊

未央怀古[1]

三杰当日[2]，俱曾此地，殷勤纳谏论兴废[3]。见遗基[4]，怎不伤悲！山河犹带英雄气。试上最高处闲坐地：东，也在画图里；西，也在画图里。

〔1〕 未央：未央宫，汉代宫殿名。汉高祖七年建，《史记·高祖本纪》："萧丞相营作未央宫，立东阙、北阙、前殿、武库、太仓。"《三辅黄图·汉宫》："未央宫，周回二十八里，前殿

东西五十丈,深五十丈,高三十五丈。"常为朝见之处,新莽末年毁。

〔2〕 三杰:指汉代三杰张良(字子房)、萧何、韩信。《史记·高祖本纪》载高祖语:"夫运筹策帷帐之中,决胜于千里之外,吾不如子房;镇国家,抚百姓,给馈饷,不绝粮道,吾不如萧何;连百万之军,战必胜,攻必取,吾不如韩信。此三人者,皆人杰也……"

〔3〕 纳谏:指三杰进谏而刘邦纳谏。

〔4〕 遗基:指未央宫遗址。

〔南吕〕一枝花

咏喜雨

用尽我为民为国心,祈下些值玉值金雨。数年空盼望,一旦遂沾濡[1]。唤省焦枯[2],喜万象春如故,恨流民尚在途[3]。留不住都弃业抛家,当不的也离乡背土。

〔梁州〕恨不的把野草翻腾做菽粟[4],澄河沙都变化做金珠[5]。直使千门万户家豪富,我也不枉了受天禄[6]。眼觑着灾伤教我没是处[7],只落的雪满头颅[8]。

〔尾声〕青天多谢相扶助,赤子从今罢叹吁[9]。只愿的三日霖霪不停住[10],便下当街上似五湖[11],都渰了九衢[12],犹自洗不尽从前受过的苦[13]。

〔1〕 沾濡(rú 如):沾湿,浸湿。

〔2〕 唤省:即唤醒。

〔3〕 恨:遗憾,不满足。

〔4〕 菽(shū 叔)粟:菽为豆类的总称,粟为谷子。菽粟,泛指粮食。

〔5〕 澄河:清澈的河,这里泛指河。

〔6〕 天禄:朝廷的俸禄。

〔7〕 没是处:没办法,不知如何是好。

〔8〕 雪满头颅:指满头白发。

〔9〕 赤子:百姓。罢叹吁:不再长吁短叹。

〔10〕 霖霪(yín 银):连绵雨。

〔11〕 当街:街上。五湖:泛指大湖泊。五湖本有具体所指,所指诸说不一。

〔12〕 九衢(qú 瞿):纵横交叉的大道。

〔13〕 犹自:尚且,还是。

吴 弘 道

吴弘道(？—1345),字仁卿,号克斋。金台蒲阴(今河北安国)人。曾任江西省检校掾史及知县。以府判致仕。大德辛丑年间(1301),将中州诸老往复尺牍编为《中州启札》四卷,今存,"今考其所载,有赵秉文、元好问、张斯立、杜仁杰诸人札子,大抵皆一时名流"(见《四库全书总目提要》)。有散曲集《金缕新声》,卢前有辑本,收入《饮虹簃所刻曲》;另有《曲海丛珠》及杂剧五种,皆不存。钟嗣成云,《录鬼簿》卷上所载曲家,其材料"余友陆君仲良得之于克斋先生吴公",可见仁卿对杂剧作家很熟悉,对《录鬼簿》的写作有很大帮助。事见《录鬼簿》及孙楷第《元曲家考略》。钟嗣成吊词中称赞他"锦乐府,天下盛行"。散曲今存小令三十四首、套数四套。

〔南吕〕金 字 经

咏 樵

这家村醪尽[1],那家醅瓮开[2]。卖了肩头一担柴。咍[3],酒钱怀内揣。葫芦在[4],大家提去来[5]。

〔1〕 醪(láo 劳):浊酒。村醪,即指粗制的酒。

〔2〕 醅(pēi 胚)瓮:酒瓮,酒坛子。醅,没过滤的酒,亦指浊酒。

〔3〕 咍(hāi 嗨):叹词,打招呼。

〔4〕 葫芦:此指用葫芦做的盛酒器具。

〔5〕 来:语尾助词,无义。去来,即去。

〔中吕〕醉高歌

叹 世

风尘天外飞沙,日月窗间过马[1]。风俗扫地伤王化[2],谁正人伦大雅[3]?

〔1〕 窗间过马:犹"白驹过隙",比喻光阴过得飞快,如同白色骏马跃过缝隙。见《庄子·知北游》。

〔2〕 风俗:指社会时尚和习俗。扫地:喻指破坏无遗。王化:本指君王的德化,此处泛指传统的教化。

〔3〕 人伦:社会上人和人之间正常的关系或秩序。大雅:本《诗经》中的诗歌门类,借指正声、正统。

〔双调〕拨不断

闲 乐

暮云遮,雁行斜,渔人独钓寒江雪[1]。万木天寒冻欲折,一枝冷艳开清绝[2],竹篱茅舍。

[1] 独钓寒江雪:用柳宗元《江雪》"孤舟蓑笠翁,独钓寒江雪"诗意。

[2] 冷艳:指梅花。

赵善庆

赵善庆,生平不详,字文宝,其名与字各本《录鬼簿》记载多异,除善庆、文宝外尚有:文贤、孟庆、可宝。饶州乐平(今属江西)人。《录鬼簿》将其列为"方今才人相知者",钟嗣成〔凌波仙〕吊曲中有"姜肱共被弟兄情"之句,可见二人关系之亲密。善庆以卜术为业,任阴阳教授。著杂剧八种,今俱不存。《太和正音谱》评其作品风格"如蓝田美玉"。散曲今存小令二十九首。

〔中吕〕普天乐

秋江忆别

晚天长[1],秋水苍。山腰落日,雁背斜阳[2]。璧月词[3],朱唇唱。犹记当年兰舟上[4],洒西风泪湿罗裳。钗分凤凰[5],杯斟鹦鹉[6],人拆鸳鸯。

〔1〕 天长:形容天空辽阔。

〔2〕 雁背斜阳:指雁行在晚霞辉映下的逆光。化用周邦彦〔玉楼春〕词"雁背夕阳红欲暮"句意。

〔3〕 璧月词:璧为一种平圆形中心有孔的玉器,故以喻圆月。《南史·后妃列传下·陈后主张贵妃》:"其曲有《玉树后庭花》、《临春乐》等。其略曰:'璧月夜夜满,琼树朝朝新。'"

〔4〕 兰舟:木兰树制作的船,用为船的美称。

〔5〕 钗分凤凰:凤凰钗为一种钗头做成凤凰形的妇女头饰,简称凤钗。夫妇分别则将钗分开,各执一股。分钗,喻指夫妇分离。

〔6〕 杯斟鹦鹉:鹦鹉杯又称海螺盏,此指以鹦鹉杯斟酒。

〔双调〕沉醉东风

秋日湘阴道中[1]

山对面蓝堆翠岫[2],草齐腰绿染沙洲。傲霜橘柚青,濯雨兼葭秀[3]。隔沧波隐隐江楼。点破潇湘万顷秋[4],是几叶儿传黄败柳[5]。

〔1〕 湘阴:在今湖南省境内,位于湘江下游,洞庭湖南岸。

〔2〕 山对面:指对面的山。蓝堆翠岫:意即翠岫有如蓝色堆染成的。蓝,深青色。岫,山峦。

〔3〕 蒹葭(jiān jiā 兼嘉):泛指芦苇之类的水草。秀:美。

〔4〕 潇湘:潇水湘水合流后称潇湘,潇湘注入洞庭湖,故以潇湘代指洞庭湖一带。

〔5〕 传黄:染成黄色。

〔中吕〕山坡羊

长安怀古

骊山横岫[1],渭河环秀[2],山河百二还如旧[3]。狐兔悲,草木秋。秦宫隋苑徒遗臭[4],唐阙汉陵何处有[5]?山,空自愁;河,空自流。

〔1〕 骊山:在今陕西临潼县东南。横岫:山势横贯。

〔2〕 渭河:黄河主要支流之一,由甘肃入陕西,东流

至潼关入黄河。

〔3〕 山河百二：见卢挚〔双调蟾宫曲·萧娥〕注〔2〕。

〔4〕 "秦宫"句：言秦隋两代兴建的宫殿园林均已荡然无存，而秦始皇和隋炀帝却以其暴政和荒淫留下骂名。

〔5〕 "唐阙"句：亦言汉唐之宫殿陵墓荡然无存。阙，见白朴〔双调乔木查·对景〕注〔20〕。

薛昂夫

薛昂夫(约1273—约1350),名超吾,字九皋,回鹘(维吾尔族)人。汉姓马,故亦称马昂夫。曾官太平路总管、衢州路总管等。善篆书,有诗名,著有《九皋诗集》,刘将孙序文评他:"薛君昂夫以公侯胄子人门家地如此,顾萧然如书生,厉志于诗,名其集曰九皋,其志意过流俗远矣。"与萨都剌、虞集等人均有唱和。见陈垣《西域人华化考》、孙楷第《元曲家考略》。散曲今存小令六十五首、套曲三套。

〔正宫〕塞鸿秋

功名万里忙如燕[1],斯文一脉微如线[2],光阴寸隙流如电[3],风霜两鬓白如练[4]。尽道便休官[5],林下何曾见[6]?至今寂寞彭泽县[7]。

〔1〕 功名万里:指为功名不辞万里奔波。

〔2〕 斯文一脉:指一脉相承的文人风范。

〔3〕 光阴寸隙:时光迅速犹如白色骏马跃过缝隙。

语出《庄子·知北游》:"人生一世间,若白驹之过隙,忽然而已。"

〔4〕 练:素绢。

〔5〕 尽道:都说。便:即刻,这就。

〔6〕 林下:指隐居之地。"尽道……林下……"二句,化用唐人灵彻《东林寺酬韦丹刺史》诗"相逢尽道休官好,林下何曾见一人"句意。

〔7〕 彭泽县:指陶渊明。见白朴〔仙吕寄生草·饮〕注〔6〕。

〔中吕〕朝 天 曲

沛公[1],大风[2],也得文章用[3]。却教猛士叹良弓[4],多了游云梦[5]。驾驭英雄,能擒能纵,无人出彀中[6]。后宫[7],外宗[8],险把炎刘并[9]。

〔1〕 沛公:秦末,刘邦回应陈胜起义,起兵于沛,被拥立为沛公。

〔2〕 大风:指《大风歌》。刘邦称帝后,回到家乡沛,召集故人亲友纵酒尽欢,席间击筑作歌曰:"大风起兮云飞扬,威加海内兮归故乡,安得猛士兮守四方。"后人称此为

《大风歌》。见《史记·高祖本纪》。

〔3〕 也得文章用:意为也得益于文章之力。据《史记·陆贾传》:陆贾见刘邦,以文事谏之,"高帝骂之曰:'乃公马上而得之(天下),安事《诗》、《书》!'陆生曰:'居,马上得之,宁可以马上治之乎?'"后来竟也作起诗来(指《大风歌》)。

〔4〕 猛士:指韩信。叹良弓:据《史记·淮阴侯列传》,高祖六年(前201年),有人告韩信谋反,刘邦乃用陈平之计,伪游云梦,欲袭击韩信。信自度无罪,往见刘邦,为武士所缚。信曰:"果若人言:'狡兔死,良狗烹;高鸟尽,良弓藏;敌国破,谋臣亡。'天下已定,我固当烹。"

〔5〕 多了:多馀,不该这样做。言《大风歌》既思猛士,又文治武功并用,设计杀韩信便不应该了。

〔6〕 彀(gòu 够)中:喻指圈套。

〔7〕 后宫:指吕后。

〔8〕 外宗:外戚,指惠帝时参与夺刘汉政权的吕后内亲吕产、吕禄等人。

〔9〕 炎刘:即指汉朝。刘邦自称因火德而王天下,故以炎刘称汉。并:并吞。

〔中吕〕朝 天 曲

伍员[1],报亲[2],多了鞭君忿[3]。可怜悬首在东门〔4〕,不见包胥恨〔5〕。半夜潮声,千年孤愤,钱塘万马奔〔6〕。骇人,怒魂,何似吹箫韵〔7〕?

〔1〕 伍员(yún 云):见张养浩〔双调沽美酒兼太平令〕(在官时只说闲)注〔3〕。

〔2〕 报亲:指为亲人报仇。

〔3〕 多了:此处为过分之意。

〔4〕 悬首在东门:吴王夫差败越,越请和,伍员谏其不可从。夫差信伯嚭谗言,迫其自杀。伍员临死时言之左右:"抉吾眼悬吴东门之上,以观越寇之入灭吴也。"事实果如所料。见《史记·伍子胥列传》。

〔5〕 包胥:即申包胥,春秋时楚国大夫,姓公孙,封于申,故号申包胥。与伍员友好,伍奔吴时曾向他表示灭楚之决心,申曰:"子能覆之,我必能兴之。"伍果破楚入郢,申乃至秦求救,哭于秦廷七日夜,秦终于出兵救楚,大败吴兵。待楚昭王返国,欲加赏申时,申逃而不受。不见包胥恨,即未能见老朋友申包胥前来报仇。见《左传》定公四年、五年。

〔6〕 "半夜"三句:言子胥死后为潮神,"发愤驰腾,气若奔马,威灵万物,归神大海。"(《越绝书》)"子胥恚恨,驱水为涛,以溺杀人。"(王充《论衡·书虚篇》)故下文有"骇人"句。孤愤,孤高嫉俗而生之愤慨,言半夜潮声乃是

伍员千年愤恨之情的表现。

〔7〕 何似:哪里比得上。吹箫:伍员曾吹箫乞食。《史记·范雎蔡泽列传》:"伍子胥橐载而出昭关,……鼓腹吹篪乞于吴市,卒兴吴国。"篪(chí 池),竹制管乐器,状如笛子。篪,一作箫。

〔中吕〕朝 天 曲

卞和[1],抱璞[2],只合荆山坐[3]。三朝不遇待如何?两足先遭祸。传国争符[4],伤身行货[5],谁教献与他!切磋,琢磨,何似偷敲破[6]。

〔1〕 卞和:春秋楚人。据《韩非子·和氏》云,卞和于楚山(即荆山,在今湖北沮、漳水发源处)发现了一块玉璞,先后献给楚之厉王和武王,都认为他是欺诈,先后被截去两脚。文王即位,卞和抱璞哭于荆山之下,文王使人剖璞加工,果得宝玉,是为和氏璧。

〔2〕 璞:未经雕琢加工的玉石。

〔3〕 合:该。

〔4〕 传国争符:指和氏璧曾成为赵国的传国之宝,后被秦王所得,刻上"受命于天,既寿永昌",称传国玺,后

来遂成为各国争夺的对象。

〔5〕 行(háng 杭)货:东西,货色,含有贬义。

〔6〕 何似:哪里比得上。

〔中吕〕朝 天 曲

伯牙[1],韵雅,自与松风话[2]。高山流水淡生涯,心与琴俱化。欲铸钟期[3],黄金无价。知音人既寡,尽他,爨下,煮了仙鹤罢[4]。

〔1〕 伯牙:楚人,善鼓琴。《吕氏春秋》高诱注:"伯,姓;牙,名,或作雅。"《列子·汤问》:"伯牙善鼓琴,钟子期善听。伯牙鼓琴,志在高山,钟子期曰:'善哉,峨峨兮若泰山。'志在流水,钟子期曰:'洋洋兮若江河。'伯牙所念,钟子期必得之。"《韩诗外传》:"钟子期死,伯牙擗琴绝弦,终身不复鼓琴。"《淮南子·修务训》高诱注:"伯牙,楚人,睹世无知音若子期者,故绝弦破其琴也。"后称知己为知音。

〔2〕 松风:松林风涛,指大自然。

〔3〕 钟期:即钟子期。钟,官氏;子,通称;期,名也。见《淮南子·修务训》高诱注。此句指拟为钟子期铸金像。《吴越春秋》载,春秋时越王勾践曾为已归隐的范蠡"以黄

金铸像而朝礼之"。

〔4〕 "爨(cuàn窜)下"二句:言无心情,杀风景。《义山杂纂》:"杀风景,谓清泉濯足,花上晒裈,背山起楼,焚琴煮鹤,对花啜茶,松下喝道。"(《苕溪渔隐丛话》前集卷二二引《西清诗话》)

〔中吕〕山 坡 羊

销金锅在[1],涌金门外[2],戗金船少欠西湖债[3]。列金钗[4],捧金台,黄金难买青春再。范蠡也曾金铸来[5]。金,安在哉?人,安在哉?

〔1〕 销金锅:本指熔金之锅,喻指杭州西湖之繁盛奢华。据周密《武林旧事》卷三载:"西湖天下景,朝昏晴雨,四序总宜,杭人亦无时不游,而春游特盛焉……日糜金钱,靡有纪极,故杭谚有'销金锅儿'之号。"

〔2〕 涌金门:南宋临安(今杭州)的西城门,门临西湖。遇圣明时代有金牛出现,故称。

〔3〕 戗(qiāng枪)金船:指极为华丽的船,船上雕刻的图案填嵌赤金。戗,器物上填嵌金银等作装饰。少欠:即亏欠。船游极多,似在还债。

〔4〕 列金钗:指仕女如云。联系下句,有花钱买笑之意。

〔5〕 范蠡金铸:见前首〔中吕·朝天曲〕(伯牙)注〔3〕。

〔中吕〕山 坡 羊

大江东去,长安西去[1],为功名走遍天涯路。厌舟车[2],喜琴书[3],早星星鬓影瓜田暮[4]。心待足时名便足。高,高处苦;低,低处苦[5]。

〔1〕 长安:汉唐都城,代指京城。

〔2〕 厌舟车:意为厌倦了为功名而奔波的生活。

〔3〕 喜琴书:喜欢归隐生活。典出陶渊明《归去来兮辞》:"悦亲戚之情话,乐琴书以消忧。"

〔4〕 早:已是。星星鬓影:指两鬓已出现白发。典出左思《白发赋》:"星星白发,起于鬓垂。"瓜田:东陵侯召(邵)平于秦亡后为民,在长安城东种瓜为生,并以瓜美著称。见《史记·萧相国世家》。这里代指隐居生活。

〔5〕 高:指官位高。低:指地位低。

〔中吕〕山坡羊

西湖杂咏

春

山光如淀[1],湖光如练[2],一步一个生绡面[3]。扣逋仙[4],访坡仙[5],拣西施好处都游遍[6]。管甚月明归路远。船,休放转;杯,休放浅。

〔1〕 淀:蓝色颜料,称蓝淀或蓝靛。

〔2〕 练:白绢。

〔3〕 生绡(xiāo消):生丝织成的薄绢,可用以作画,故"生绡面"即指画面。

〔4〕 扣:敲门,拜访。逋仙:指北宋诗人林逋,长期隐居杭州西湖孤山上,种梅养鹤以自娱。

〔5〕 坡仙:指北宋诗人苏轼,号东坡,哲宗元祐年间知杭州,筑堤于西湖,用以开湖蓄水。世称"苏堤"。

〔6〕 西施:见卢挚〔双调湘妃怨·西湖〕注〔5〕。这里喻指西湖。因苏轼《饮湖上初晴后雨》中"欲把西湖比西

子,淡妆浓抹总相宜"诗句而得名。

〔双调〕蟾宫曲

雪

天仙碧玉琼瑶[1],点点杨花,片片鹅毛。访戴归来[2],寻梅懒去[3],独钓无聊[4]。一个饮羊羔红炉暖阁[5],一个冻骑驴野店溪桥[6]。你自评跋[7]:那个清高,那个粗豪?

〔1〕 碧玉琼瑶:原指美玉,此句喻雪之晶莹,犹如仙人布下的白玉世界。

〔2〕 访戴:访友的代称。《世说新语·任诞》:"王子猷居山阴,夜大雪。眠觉,开室命酌酒,四望皎然,因起仿偟,咏左思《招隐》诗。忽忆戴安道,时戴在剡,即便夜乘小船就之,经宿方至,造门不前而返。人问其故,王曰:'吾本乘兴而行,兴尽而返,何必见戴?'"

〔3〕 寻梅:泛指文人的雅兴。乔吉散曲〔双调水仙子〕即题《寻梅》。

〔4〕 独钓:用柳宗元《江雪》"千山鸟飞绝,万径人踪

灭。孤舟蓑笠翁,独钓寒江雪"诗典。

〔5〕 饮羊羔:苏轼《赵成伯家有姝丽吟春雪谨依元韵》诗自注:"世传陶穀学士买得党太尉家故妓,遇雪,陶取雪水烹团茶,谓妓曰:'党家应不识此。'妓曰:'彼粗人,安有此景?但能于销金暖帐中浅斟低唱,吃羊羔儿酒耳。'陶默然,愧其言。"又见《宋史·党进传》。羊羔酒,本指酒名,元宋伯仁《酒小史》:"汾州乾和酒,山西羊羔酒。"后用以代指豪华而缺少雅趣的生活。

〔6〕 冻骑驴:用唐代诗人孟浩然踏雪寻梅故事。宋程羽文《诗本事》:"孟浩然诗思在灞桥风雪中驴子背上。"(孙光宪《北梦琐言》卷七以为乃唐相国郑棨事)马致远有杂剧《踏雪寻梅》,已佚。

〔7〕 评跋:即评说,评判。

〔双调〕殿前欢

夏

柳扶疏[1],玻璃万顷浸冰壶[2],流莺声里笙歌度[3]。士女相呼,有丹青画不如。迷归路,又撑入荷深处[4]。知他是西湖恋我,我恋西湖?

〔1〕 扶疏:形容树的枝叶纷披繁茂。

〔2〕 玻璃:古时指天然水晶石一类的晶体,此处以形容湖水平静泛光。冰壶:本指盛冰的玉壶,比喻西湖晶莹洁净。

〔3〕 度:度过。句谓在莺啼笙歌中度游湖时光。

〔4〕 "迷归路"二句:用李清照〔如梦令〕词意:"沉醉不知归路。兴尽晚回舟,误入藕花深处。"

〔双调〕殿前欢

秋

洞箫歌[1],问当年赤壁乐如何[2]?比西湖画舫争些个[3]?一样烟波[4],有吟人景便多[5]。四海诗名播,千载谁酬和?知他是东坡让我,我让东坡?

〔1〕 洞箫歌:苏轼秋日与友人泛舟于赤壁,作《赤壁赋》,云:"客有吹洞箫者,倚歌而和之。"

〔2〕 赤壁:见冯子振〔正宫鹦鹉曲·赤壁怀古〕注〔1〕。

〔3〕 争:差。争些个,即差多少。

〔4〕 一样烟波:指赤壁之长江与西湖都是雾霭苍茫

的水面。

〔5〕 吟人:行吟之人,即诗人,此指有诗人题咏。

〔双调〕楚天遥过清江引

有意送春归,无计留春住。明年又着来[1],何似休归去。桃花也解愁,点点飘红玉[2]。目断楚天遥[3],不见春归路。　　春若有情春更苦,暗里韶光度[4]。夕阳山外山,春水渡傍渡[5]。不知那答儿是春住处[6]?

〔1〕 着:教,使。宋释如晦〔卜算子〕词云:"有意送春归,无计留春住。毕竟年年用着来,何似休归去。"本曲沿用其意。

〔2〕 红玉:形容桃花的落瓣。

〔3〕 目断:极目远望。楚天:楚地天空,这里泛指南方地区。

〔4〕 韶光:即春光,此处指美好的时光。

〔5〕 渡:指渡口。上句指无穷之山,此句指无尽之水。宋戴复古《世事》诗:"春水渡傍渡,夕阳山外山。"

〔6〕 那答儿:疑问词,即哪里,何处。

高 安 道

　　高安道,生平不详。钟嗣成《录鬼簿》归之为"方今才人闻名而不相知者",属元代后期曲家。散曲今存套数三套。

〔般涉调〕哨　遍

皮匠说谎

十载寒窗诚意,书生皆想登科记[1]。奈时运未亨通,混尘嚣日日衔杯[2],厮伴着青云益友[3],谈笑忘机,出语无俗气。偶题起老成靴脚[4],人人道好,个个称奇。若要做四缝磕瓜头[5],除是南街小王皮。快做能裁,着脚中穿[6],在城第一。
〔耍孩儿〕铺中选就对新材式[7],嘱咐咱穿的样制:"裁缝时用意下工夫,一桩桩听命休违:细锥粗线禁登陟[8],厚底团根教壮实。线脚儿深深勒,靿子齐上下相趁[9],鞒口宽脱着容易[10]。

〔七煞〕探头休蹴尖[11],衬薄怕汗湿。减刮的休显刀痕迹,剜裁的脸戏儿微分间短[12],拢揎得腮帮儿省可里肥[13]。要着脚随人意,休教脑窄[14],莫得跌低[15]。"

〔六〕丁宁说了一回,分明听了半日,交付与价钞先伶俐[16]。"从前名誉休多说,今后生活便得知[17],限三日穿新的。""您休说谎,俺不催逼。"

〔五〕人言他有信行,谁知道不老实,许多时划地无消息[18]。量底样九遍家掀皮尺,寻裁刀数遭家取磨石,做尽荒獐势[19]。走的筋舒力尽,憔的眼运头低[20]。

〔四〕几番煨胶锅、借楦头[21],数遍粘主根、买桦皮[22],喷了水埋在糠糟内。今朝取了明朝取,早又催来晚又催,怕越了靴行例[23]。见天阴道胶水解散,恰天晴说皮糙燋齾[24]。

〔三〕走的来不发心[25],憔的方见次第[26],计数儿算有三千个誓。迷奚着谎眼先陪笑[27],执闭着顽心更道易[28]。巴的今日,罗街拽巷[29],唱叫扬疾[30]。

〔二〕好一场恶一场,哭不得笑不得,软厮禁硬厮并却不济[31]。调脱空对众攀今古[32],念条款依然说是非。难回避,骷髅卦几番自说[33],猫狗砌数遍亲题[34]。

〔一〕又不是凤麒麟钩绊着缝[35],又不是鹿衔花窟嵌着刺,又不是倒钩针背衬上加些功绩,又不是三垂云银线分花样,又不是一抹金圈沿宝里。每日闲淘气[36]。子索行监坐守[37],谁敢东走西移?

〔尾〕初言定正月终,调发到十月一[38]。新靴子投至能够完备[39],旧兀剌先磨了半截底[40]。

〔1〕 登科记:登载科举考试中录取进士姓名的名册,唐人称登科记,宋称登科小录。

〔2〕 尘嚣:指世间的纷扰、喧嚣。混尘嚣,即混日子。衔杯:指饮酒。

〔3〕 青云益友:不做官的好朋友。青云,隐居。

〔4〕 老成靴脚:指老式朝靴。

〔5〕 磕瓜:也叫樾瓜、盍瓜,见杜仁杰〔般涉调耍孩儿·庄家不识构阑〕注〔32〕。磕瓜头,朝靴头部作磕瓜样。

〔6〕 着脚中穿:即可脚耐穿。

〔7〕 材式:款式。

〔8〕 禁(jīn 今):经得住。登陟(zhì 至):即蹬踹,后一字轻读,或作 chì。

〔9〕 勒(yào 药)子:靴筒。相趁:相配、相称的意思。

〔10〕 鞥(wēng 翁阴平)口:靴筒的上口。

〔11〕 探头:靴头,靴尖。休蹴尖:即要圆,不要尖。

〔12〕 脸戏儿:鞋脸儿,靴子面儿上的部位。句谓靴脸宜稍短。

〔13〕 拢揎(xuàn 绚):将皮革在鞋楦上定型。腮帮儿:指靴帮儿。省可里:休要,免得。可里,语助词,无义。

〔14〕 脑窄:指鞋头窄。

〔15〕 跗(fū 夫):同"跗",指脚背。这句是说靴背与靴底之间不要太低。

〔16〕 伶俐:干脆,清楚。

〔17〕 生活:活计。

〔18〕 划(chǎn 产)地:无端,平白。

〔19〕 荒獐:慌张,惊惶失措。

〔20〕 憔:焦急。眼运:眼晕。

〔21〕 楦(xuàn 绚)头:鞋楦子,制鞋时楦鞋定型的工具,参见本曲注〔13〕。

〔22〕 桦皮:白桦树的皮层,削为薄片质地柔软,唐代即有以之制头巾者,此处用作靴底的内垫,呼应〔七煞〕的"衬薄怕汗湿"。下文喷水埋于糠糟或为消除桦皮异味的工序。

〔23〕 例:指规矩。

〔24〕 燋黧(jiāo lí 交梨):干焦而黑。燋,焦。

〔25〕 发心:动念。不发心即无动于衷。

〔26〕 次第:紧急。言一般走来无动于衷,一焦躁起来他才知道紧急,于是发誓。

〔27〕 迷奚:即眯。谎眼:狡黠的眼神。

〔28〕 "执闭"句:意谓小王皮固执着顽心而口说容易。

〔29〕 巴的:盼望,等到。罗街拽巷:拉扯到大街上。

〔30〕 唱叫扬疾:吵闹。

〔31〕 软厮禁硬厮并:即软的硬的。

〔32〕 脱空:说谎,弄玄虚。

〔33〕 骷髅卦:死人卦,死卦,是无从兑现的,所以只能"自说"。

〔34〕 砌(qiè怯):"砌末"的简称,演戏的小道具。猫狗:俗语"猫儿狗儿",比喻腌臜令人讨厌的东西。题:同"提",说,唠叨。

〔35〕 凤麒麟:连同下文提到的"鹿衔花""三垂云""沿宝里",都指的是靴面上的精巧图案。

〔36〕 淘气:怄气,惹气生。

〔37〕 子索:只得。行监坐守:时刻不离地看守。

〔38〕 调(diào掉)发:犹打发。

〔39〕 投至:等到。

〔40〕 兀剌:以兀剌草做垫的靴子,此处泛指靴。

亢文苑

亢文苑,生平不详,夏庭芝《青楼集》"周人爱"条载有其赠周之儿妇玉叶儿〔南吕·一枝花〕曲情况。散曲今存套数四套(见辽宁图书馆藏抄本《阳春白雪》)。

〔南吕〕一枝花

琴声动鬼神[1],剑气冲牛斗[2]。西风张翰志[3],落日仲宣楼[4]。潘鬓成秋[5],渐觉休文瘦[6],卧元龙百尺楼[7]。自扶囊拄杖挑包,醉濯足新丰换酒[8]。

〔梁州〕尽是些喧晓日茅檐燕雀[9],故意困盐车千里骅骝[10]。英雄肯落儿曹彀[11]?乾坤倦客,江海扁舟;床头金尽[12],壮志难酬。任飘零身寄南州[13],恨黄尘敝尽貂裘[14]。看别人苦眼铺眉[15],笑自己缄舌闭口[16],但则索向寒窗袖手藏头。如今,更有,那屠龙计策干生受[17],慢劳攘慢奔走[18]，顾我真成丧家狗[19]，计拙如鸠[20]。

〔尾〕蛟龙须待春雷吼，雕鹗腾风万里游。大丈夫峥嵘恁时候[21]，扶汤佐周[22]，光前耀后，直教万古清名长不朽。

〔1〕 琴声动鬼神：《淮南子·览冥训》载，春秋时晋国乐师师旷"奏《白雪》之音，而神物为之下降"。此处比喻自己的琴声十分动人。

〔2〕 剑气冲牛斗：见施惠〔南吕一枝花·咏剑〕注〔1〕。

〔3〕 张翰：晋朝人，曾在洛阳任齐王大司马东曹掾，"因见秋风起，乃思吴中菰菜、莼羹、鲈鱼鲙，曰：'人生贵适志，何能羁宦数千里以要名爵乎？'遂命驾而归。"（《晋书·张翰传》）莼（chún 纯），即水葵，水生草本植物，叶浮于水面，可做羹汤。

〔4〕 仲宣："建安七子"之一的王粲，字仲宣，曾作《登楼赋》抒写不遇之情。见马致远〔南吕金字经〕（夜来西风里）注〔2〕、〔3〕。

〔5〕 潘鬓：西晋人潘岳《秋兴赋序》云："余春秋三十有二，始见二毛。"此喻未老先衰，鬓发斑白之意。

〔6〕 休文：南朝宋人沈约字休文。他在《与徐勉书》

中以"百日数旬,革带常应移孔;以手握臂,率计月小半分"形容自己的消瘦。

〔7〕 元龙:汉末陈登字元龙。《三国志·魏书·陈登传》说他看不起许汜,许到下邳看他,他竟不讲主客之礼,久不相与语,自上大床卧,让客人睡下床。刘备听了,对许说道:"君有国士名。今天下大乱,帝王失所,望君忧国忘家,有救世之意。而君求田问舍,言无可采,是元龙所讳也。何缘当与君语?如小人,欲卧百尺楼上,卧君于地,何但上下床之间耶?"

〔8〕 醉濯足新丰换酒:唐人马周未发迹时,雨夜过新丰投宿,遭店主人冷遇,他叫来五斗酒,自饮了三斗多,馀下的用来洗脚。见《新唐书·马周传》。新丰,县名,唐时治所在今陕西临潼东北之新丰镇。

〔9〕 燕雀:喻胸无大志者。《史记·陈涉世家》载涉云:"燕雀安知鸿鹄之志哉!"

〔10〕 困盐车千里骅骝:骅骝为千里马,千里马拉盐车,喻失意不得志。典出《战国策·楚策四》。

〔11〕 儿曹:儿辈,孩子们。彀(gòu 够):圈套。儿曹彀,小孩子们设的圈套。

〔12〕 床头金尽:极言贫困。

〔13〕 南州:东汉徐稺字孺子,豫章南昌人,品德高洁,人称"南州高士"。见《后汉书·徐稺传》、皇甫谧《高士传》。曲家以南州高士自比。

〔14〕 敝尽貂裘：指衣衫褴褛。典出苏秦故事。苏以连横说秦王，王不听，"黑貂之裘弊，黄金百斤尽，资用乏绝，去秦而归"（《战国策·秦策一》）。

〔15〕 苫(shān 山)眼铺眉：弄眼挤眉，言其样子滑稽。

〔16〕 缄(jiān 尖)舌：封舌，与闭口同义。缄，封，闭。

〔17〕 "那屠龙"句：空有一身本领而毫无用处。屠龙，典出《庄子·列御寇》：朱泙漫倾千金之家财，向支离益学屠龙技术，"三年技成，而无所用其巧"。干生受，白受苦。

〔18〕 慢：通"漫"，白白地，枉自。劳攘(ráng 瓤)：辛苦劳碌之意。

〔19〕 顾：发语词，无义。《史记·孔子世家》载，孔子适郑与弟子失散，郑人谓之"若丧家之狗"，喻无处投奔之人。

〔20〕 计拙如鸠：不会营生，有如鸠鸟。参见马致远〔双调·夜行船〕（百岁光阴如梦蝶）注〔17〕。

〔21〕 峥嵘：山高峻貌，喻发达得志。恁时候：即那时候。

〔22〕 扶汤：商汤的臣子伊尹曾辅佐汤讨伐夏桀，被尊为阿衡（宰相）。汤死后，汤孙太甲破坏商法，伊尹放逐其去桐宫，三年后又迎之复位。是建立和巩固商政权的功臣。事见《史记·殷本纪》。佐周：用吕尚故事，见王和卿〔双调拨不断·大鱼〕注〔5〕。

真 氏

真氏,一作真真。《南村辍耕录》卷二二"玉堂嫁妓"条有一段关于其人的故事:"姚文公燧为翰林学士承旨日,玉堂设宴,歌妓罗列,中有一人,秀丽闲雅,微操闽音。公使来前,问其履历。初不以实对。叩之再,泣而诉曰:'妾乃建宁人士,真西山之后也。父官朔方时,禄薄不足以给,侵贷公帑无偿,遂卖入娼家,流落至此。'公命之坐,乃遣使诣丞相三宝奴,请为落籍。丞相素敬公,意公欲以侍巾栉,即令教坊检籍除之。公得报,语一小史曰:'我以此女为汝妻,女即以我为父也。'史忻然从命。"据此可知,真氏乃建宁(今福建建瓯)人,南宋著名学者真德秀(号西山,官至参知政事)的后人,本人则系歌妓,曾隶教坊籍。散曲今存小令一首。

〔仙吕〕解 三 酲

奴本是明珠擎掌[1],怎生的流落平康[2]?对人前乔做作娇模样[3],背地里泪千行。三春南国怜飘荡[4],一事东风没主张[5]。添悲怆,那里有珍珠十斛[6]，来赎云娘[7]？

〔1〕 明珠擎掌：即掌上明珠，比喻极得父母珍爱之女。

〔2〕 平康：本唐代长安街坊名，因系妓女聚居之地，后世遂视之为烟花柳巷的同义语。

〔3〕 乔：假装。

〔4〕 三春：喻指父母，典出唐人孟郊《游子吟》"谁言寸草心，报得三春晖"。

〔5〕 "一事"句：指卖为官妓之事是父母错误的主意。东风，喻指父母。

〔6〕 珍珠十斛：指赎身的贷价，并非实数。唐人乔知之《绿珠篇》诗："石家金谷重新声，珍珠十斛买娉婷。"说晋石崇以珍珠十斛买绿珠事。南宋末年改成五斗为一斛。

〔7〕 云娘：唐代澧州官妓崔云娘，见《太平广记》卷二五六"李宣古"条引《云溪友议》。此处藉以自喻。

虞 集

　　虞集(1272—1348),字伯生,号道园,书室书宋代理学家邵尧夫诗,题曰邵庵,世称邵庵先生。原籍会稽(今浙江绍兴),唐末迁四川仁寿,生于临川崇仁(今属江西)。宋丞相虞允文五世孙。幼时由母口授《论语》《孟子》《左传》,稍长即从经学大师吴澄学。成宗大德初年被荐任大都路儒学教授,此后历任太常博士、翰林待制、翰林直学士兼国子祭酒、奎章阁侍书学士。与赵世延、揭傒斯等修纂《经世大典》。善诗文,诗作典雅清丽,与杨载、范梈、揭傒斯被誉为"元诗四大家"。卒谥文靖。著有《道园学古录》《道园类稿》等。散曲仅存小令一首。

〔双调〕折桂令

席上偶谈蜀汉事,因赋短柱体[1]

鸾舆三顾茅庐[2],汉祚难扶[3],日暮桑榆[4]。深度南泸[5],长驱西蜀[6],力拒东吴[7]。美乎周瑜妙术,悲夫关羽云殂[8]。天数盈虚[9],造物乘除[10]。问汝何如,早赋归欤[11]。

〔1〕 "席上"二句:据陶宗仪《南村辍耕录》"广寒秋"条记载,虞集在翰苑时,曾宴于散散学士家,歌儿郭氏顺时秀于席上唱今乐府〔折桂令〕,其起句为"博山铜细袅香风"(按,此为刘唐卿曲,见《录鬼簿》卷上),一句而两韵,名曰"短柱",极不易作。虞爱其新奇,席上偶谈蜀汉事,因命纸笔,亦赋一曲曰"鸾舆三顾",即此曲。短柱体为元曲体式之一种,有两种形式,或为一句而两韵,或为两字一韵,周德清《中原音韵》谓之"六字三韵语"。

〔2〕 鸾舆:天子之车驾,此处借指刘备。刘备三顾茅庐在汉建安十二年(207),称帝在魏黄初二年(221)。三顾时尚未称帝,曲家不守史范是常事。三顾茅庐:见冯子振〔正宫鹦鹉曲·赤壁怀古〕注〔2〕。句中"舆""顾""庐",俱在韵上。

〔3〕 祚:皇位。此句意为汉朝江山岌岌可危。

〔4〕 日暮桑榆:即日薄西山之意。桑榆,亦喻指日暮,以落日之光照于桑榆树端而称之。以上三句,以汉室濒危说明诸葛亮出山的时代背景。

〔5〕 度:同"渡",指渡水。南泸:当指今雅砻江下游与金沙江会合后的一段江流。三国时,蜀建兴三年(225)

平定南中,七擒七纵孟获,即在此地。

〔6〕 长驱西蜀:指刘备在诸葛亮辅佐下于成都称帝。经连年征战,刘备于建安十九年(214)领益州牧,二十四年(219)称汉中王,二十六年(221)即称帝于成都,建元章武。

〔7〕 力拒东吴:指刘备政权与孙权政权的抗争。其实,就诸葛亮的战略而言,是始终坚持联合孙吴以对付曹魏的。自建安二十年(215)刘、孙以湘水为界分割荆州;四年后孙吴袭取荆州,关羽败死;又两年,即章武元年(221),刘兴师攻吴,为陆逊所败,刘遁逃白帝城,直至三年(223)卒。刘蜀与孙吴之间确实争斗不已,但就在刘备故去的当年,诸葛亮即遣使联吴,直至234年去世的十年间,七出祁山以攻曹魏,与孙吴之间大致是和平相处的。

〔8〕 云殂(cú 徂):死亡。云为语助词,无实义。

〔9〕 天数:即指天命。盈虚:满与亏。

〔10〕 造物:造化、运气。乘除:长与消。

〔11〕 早赋归欤:赶快归隐。典出陶渊明《归去来兮辞》:"眷然有归欤之情。"

李 泂

李泂(1273—1331),字溉之,滕州(今属山东)人。得名儒姚燧赏识,荐授翰林国史院编修官。英宗时,又为丞相拜住提拔为监修国史长史,历任秘书监著作郎、太常礼仪院经历。文宗时,开奎章阁,特授承制学士。曾著《辅治篇》进呈,并参修《经世大典》,书成归乡。仪容清峻,胸襟开朗。工文章,善书法,篆、隶、草、真皆精通。散曲存套数一套。

〔双调〕夜 行 船

送友归吴

驿路西风冷绣鞍[1],离情秋色相关。鸿雁啼寒,枫林染泪,撺断旅情无限[2]。
〔风入松〕丈夫双泪不轻弹,都付酒杯间。苏台景物非虚诞[3],年前倚棹曾看[4]。野水鸥边萧寺[5],乱云马首吴山[6]。

〔新水令〕君行那与利名干[7]?纵疏狂柳羁花绊[8],何曾畏,道途难!往日今番,江海上浪游惯。

〔乔牌儿〕剑横腰秋水寒[9],袍夺目晓霞灿[10],虹霓胆气冲霄汉,笑谈间人见罕。

〔离亭宴煞〕束装预喜苍头办[11],分襟无奈骊驹趱[12]。容易去何时重返?见月客窗思,问程村店宿[13],阻雨山家饭。传情字莫违,买醉金宜散[14]。千古事毋劳吊挽,阖闾墓野花埋[15],馆娃宫淡烟晚[16]。

〔1〕 驿路:古代交通大道。绣鞍:马鞍的美称,此指坐骑。

〔2〕 撺断:撺掇,此为引逗、激起的意思。

〔3〕 苏台:即姑苏台,故址在江苏苏州西南姑苏山上,吴王阖闾始建,夫差扩建。任昉《述异记》卷上:"吴王夫差建姑苏之台,三年乃成……上别立'春宵宫',为长夜之饮,造千石酒钟。夫差作天池,池中造青龙舟,舟中盛陈妓乐,日与西施为水嬉。吴王于宫中作海灵馆、馆娃宫、铜沟御槛,宫之楹皆珠玉饰之。"越灭吴,台亦被焚毁。这里代指苏州。

〔4〕 倚棹:犹言泛舟。棹,船桨,代指船。

〔5〕 萧寺:即佛寺。相传梁武帝萧衍造佛寺,命萧子云飞白大书曰"萧寺",因而得名。

〔6〕 马首吴山:见刘秉忠〔南吕干荷叶·有感〕注〔6〕。

〔7〕 干:干联,关系。此句意为君之此行与名利事无关。

〔8〕 柳羁花绊:花柳牵缠,喻指流连妓馆。

〔9〕 秋水寒:形容剑光如秋水般清澈,寒光闪闪。

〔10〕 晓霞灿:形容锦袍如朝霞般灿烂。

〔11〕 "束装"句:仆人乐于返吴,预先备好了行装。苍头,指男仆。

〔12〕 分襟:指别离。骊驹:黑色马,代指远行的坐骑。趱(zǎn 攒):赶行。

〔13〕 问程:打听路程。

〔14〕 买醉金宜散:意即买醉解愁不必计较金钱。

〔15〕 阖闾:春秋时吴国公子光,使专诸刺杀王僚后为吴王,其墓在今江苏苏州虎丘剑池下。

〔16〕 馆娃宫:春秋吴王夫差筑宫于今江苏吴县木渎镇西北灵岩山以馆西施,吴人称美女为娃,故称馆娃宫。见沈德符《万历野获编》卷二四《外郡·灵岩山》。

睢景臣

睢景臣,生卒年不详。天一阁本《录鬼簿》谓其名为舜臣,字嘉贤。曹楝亭本《录鬼簿》云:"景臣,后字景贤。大德七年,公自维扬来杭州,余与之识。自幼读书,以水沃面,双眸红赤,不能远视。心性聪明,酷嗜音律。"知其为扬州人。大德七年(1303)与钟嗣成相识,可知他生活在十三世纪末至十四世纪初。〔凌波仙〕吊曲云:"等闲间,苍鬓成皤。功名事,岁月过,又待如何?"可见他有意功名,又未能如愿。写过三个杂剧,均不传。散曲今存套数三套及一些断句。

〔般涉调〕哨　遍

高祖还乡[1]

社长排门告示[2],但有的差使无推故[3]。这差使不寻俗[4]。一壁厢纳草除根[5],一边又要差夫,索应付[6]。又言是车驾[7],都说是銮舆[8],

今日还乡故[9]。王乡老执定瓦台盘[10],赵忙郎抱着酒胡芦[11]。新刷来的头巾[12],恰糨来的绸衫[13],畅好是妆幺大户[14]。

〔耍孩儿〕瞎王留引定火乔男女[15],胡踢蹬吹笛擂鼓[16]。见一彪人马到庄门[17],匹头里几面旗舒[18]:一面旗白胡阑套住个迎霜兔[19],一面旗红曲连打着个毕月乌[20],一面旗鸡学舞[21],一面旗狗生双翅[22],一面旗蛇缠胡芦[23]。

〔五煞〕红漆了叉[24],银铮了斧[25],甜瓜苦瓜黄金镀[26]。明晃晃马镫枪尖上挑[27],白雪雪鹅毛扇上铺[28]。这几个乔人物,拿着些不曾见的器仗,穿着些大作怪衣服[29]。

〔四〕辕条上都是马[30],套顶上不见驴[31]。黄罗伞柄天生曲[32]。车前八个天曹判[33],车后若干递送夫[34]。更几个多娇女[35],一般穿着[36],一样妆梳。

〔三〕那大汉下的车,众人施礼数[37]。那大汉觑得人如无物[38]。众乡老展脚舒腰拜,那大汉那身着手扶[39]。猛可里抬头觑[40],觑多时认得,险气破我胸脯[41]。

〔二〕你须身姓刘[42],您妻须姓吕[43]。把你两家儿根脚从头数[44]:你本身做亭长耽几盏酒[45],你丈人教村学读几卷书,曾在俺庄东住。也曾与我喂牛切草,拽坝扶锄[46]。

〔一〕春采了桑[47],冬借了俺粟,零支了米麦无重数[48]。换田契强秤了麻三秤[49],还酒债偷量了豆几斛[50],有甚胡突处?明标着册历[51],见放着文书[52]。

〔尾〕少我的钱差发内旋拨还[53],欠我的粟税粮中私准除[54]。只道刘三谁肯把你揪捽住[55],白甚么改了姓更了名唤做汉高祖[56]!

〔1〕 高祖:此指汉代开国皇帝刘邦的庙号。庙号,为皇帝死后,在太庙立室奉祀时特起的名号,刘知几《史通·称谓》:"古者天子庙号,'祖'有功而'宗'有德。"戏曲与散曲往往不守史范,皇帝在世时亦称庙号。

〔2〕 社长:社为基层单位,元代五十家为一社,推选懂事的长者为社长。排门:犹挨门挨户。告示:即通知。元代农村各家门前立一粉壁,有告示即挨家写上,见《元典章》。

〔3〕 但有:只要有,凡有。推故:借故推托。

〔4〕 寻俗:平常,寻常。

〔5〕 一壁厢:一边,一面。纳草除根:交纳去根的草。

〔6〕索：必须，要。

〔7〕车驾：皇帝所乘的车，代指皇帝。

〔8〕銮舆：皇帝所乘的车，代指皇帝。銮，皇帝所乘车上的铃。舆，车。

〔9〕乡故：故乡。

〔10〕乡老：老为尊称，乃掌教化、备顾问的虚职，推德高望重的长者为之。周已有，见《周礼·地官·序官》，二乡设一人。秦汉乡置三老，亦称乡老。《汉书·高帝纪上》："举民年五十以上，有修行，能帅众为善，置以为三老，乡一人。"宋祁注："百官表云：十里一亭，亭有长；十亭一乡，乡有三老。三老掌教化，秦制也。"瓦台盘：瓦质托物品的盘子。

〔11〕赵忙郎：语义双关的诨名。

〔12〕刷：洗。

〔13〕恰：刚，新。糨（jiàng匠）：洗净后的衣物再用米汤或粉浆浸过，晾干后平整挺括，谓之糨。今作"浆"。

〔14〕畅好是：真是，正是。妆幺：装模作样。大户：财主。

〔15〕王留：元代农村泛称的人名。引定：带领。火：同"夥"，一帮。乔男女：不三不四的人。乔，坏，恶劣。男女，对男性辱骂的称呼。

〔16〕胡踢蹬：语义双关的诨名。

〔17〕一彪（diū丢）：一队，一群。

〔18〕 匹头:劈头,迎头,当头,即队伍前头。舒:展,飘。

〔19〕 胡阑:合音为"环",圆圈。白胡阑指月。传说月中有兔,《太平御览》引汉刘向《五经通义》:"月中有兔与蟾蜍何？月,阴也;蟾蜍,阳也,而与兔并,明阴系于阳也。"《乐府诗集·相和歌辞·董逃行》有"白兔长跪捣药虾蟆丸"之句。迎霜兔:秋天兔生新毛以御寒,称迎霜兔,这里泛指白兔。所写为月旗。

〔20〕 曲连:合音为"圈",圆圈。红曲连代表日。毕月乌:指乌鸦。传说日中有三足乌,见《淮南子·精神训》及高诱注。毕为星宿名,二十八宿中西方七宿之一。星历家以日月火水木金土七曜,及各种鸟兽与二十八宿相配,"毕月乌"即其一,曲中即代指乌鸦。此写日旗。

〔21〕 鸡学舞:鸡实是凤。此为舞凤旗。此借农民目光来写,陡增诙谐。下同。

〔22〕 狗生双翅:狗实是虎。此为飞虎旗。

〔23〕 蛇缠胡芦:蛇实是龙,胡芦指珠。此为蟠龙戏珠旗。

〔24〕 叉:指仪仗中的戟。

〔25〕 铮(zhēng 争):镀。斧指仪仗中的斧钺。

〔26〕 甜瓜苦瓜:指仪仗中的金瓜锤。镀金瓜装于红漆棒上,横放的叫"卧瓜",直立的叫"立瓜"。

〔27〕 马镫(dèng 邓)枪尖挑:指仪仗中的朝天镫。镫,同"镫"。

〔28〕鹅毛扇上铺：指仪仗中的羽扇之类，如鹅毛宫扇。

〔29〕大作怪：十分奇怪，稀奇古怪。

〔30〕辕条：车辕，车前驾牲口用的两根长木。

〔31〕套顶：即"套"，套在牲口脖子上的圈套及拉车的绳索。

〔32〕"黄罗"句：指仪仗中的曲盖，柄曲，似伞，黄罗制成。

〔33〕天曹判：天上的判官，村民从庙里看到的泥塑判官。指皇帝车驾前导驾的侍臣，言其面无表情。

〔34〕递送夫：为皇帝拿物品，随时递送的侍臣或太监。

〔35〕更：还有。多娇女：美女，指宫娥。

〔36〕一般：一样。

〔37〕施礼数：行礼。礼数，礼节。

〔38〕觑（qù 去）：看。

〔39〕那：音义并同"挪"。

〔40〕猛可里：猛然间。可里，助音无义。

〔41〕险：差点儿，险些。

〔42〕须：本来。身：本人。

〔43〕吕：吕雉，即吕后。

〔44〕根脚：根底，出身底细。

〔45〕亭长：秦代十里为一亭，十亭为乡。亭设长，刘

邦做过泗上亭长。耽:迷恋,嗜好。《史记·项羽本纪》言刘邦"好酒及色"。

〔46〕 拽埧:拉埧。埧即"耙",一种碎土农具。扶锄:指锄地。

〔47〕 采:此指偷采。

〔48〕 零支:零借。

〔49〕 "换田契"句:借换田契的机会强取了三秤麻。前一"秤(chēng)"字,动词,量物之轻重;后一"秤(chèng)"字,量词,十五斤为一秤。

〔50〕 斛(hú 胡):量具名,古以十斗为一斛,南宋末改五斗为一斛。

〔51〕 明标:明写着。册历:帐簿。

〔52〕 见:音义并同"现"。文书:此指借据。

〔53〕 "少我的"句:欠我的钱,要立刻从分派给我的官差里扣除。差发,指正式税法之外,临时性的苛捐杂税。据1233年使蒙的南宋使臣彭大雅记载:"其赋敛,谓之差发……近汉民除工匠外,不以男女,岁课城市丁丝二十五两,牛羊丝五十两(原注:谓借过回回银,买给往来使臣食过之数);乡农身丝百两。"两年后出使的徐霆又作了以下补充说明:"至若汉地差发,每户每丁以银折丝绵之外,每使臣经从,调遣军马、粮食、器械及一切公上之用,又逐时计其合用之数,科率民户。"(《黑鞑事略》)使臣往来、军马粮草调发等诸项费用,随时向人民征敛。后改为总汇起

来，每年征银若干两，即"包银"制度。旋（xuàn 眩），临时，当时，今言"现"。

〔54〕 私准除：暗中扣除，私下扣除。准，折合，相抵。

〔55〕 刘三：即刘老三。刘邦小字季，即排行第三。揪捽（zuò 坐）：揪住，拽住不放。捽，揪。

〔56〕 白什么：为什么，说什么。

范 居 中

范居中,生卒年不详,字子正,号冰壶,杭州人。父玉壶,为前辈名儒,以卜术为业,居杭州三元楼前,每岁元夕,必以时事题于灯纸之上,杭人聚观,远近皆知父子之名。居中精神秀异,学问该博,善操琴,能书法。其妹也有文名,大德年间(1297—1307),奉旨赴都,居中也相随北上,以才高而不遇于时,卒于家。曾与人合作杂剧,今不传。散曲今存套数一套。

〔正宫〕金殿喜重重 南

秋 思

风雨秋堂,孤枕无眠,愁听雁南翔[1]。风也凄凉,雨也凄凉,节序已过重阳[2]。盼归期、何期何事归未得[3]?料天教暂尔参商[4]。昼思乡、夜思乡,此情常是悒怏[5]。

〔塞鸿秋北〕想那人妒青山、愁蹙在眉峰上[6]，泣丹枫、泪滴在香腮上[7]，拔金钗、划损在雕阑上[8]，托瑶琴、哀诉在冰弦上[9]。无事不思量，总为咱身上。争知我懒看书[10]，羞对酒，也只为他身上。

〔金殿喜重重南〕凄怆，望美人兮天一方。谩想象赋高唐[11]，梦到他行[12]，身到他行，甫能得一霎成双[13]。是谁将好梦都惊破？被西风吹起啼螀[14]。恼刘郎、害潘郎[15]，折倒尽旧日豪放[16]。

〔货郎儿北〕想着和他相偎厮傍[17]，知他是千场万场。我怎比司空见惯当寻常[18]。才离了一时半刻，恰便似三暑十霜。

〔醉太平北〕恨程途渺茫[19]，更风波零瀼[20]。我这里千回百转自彷徨，撇不下多情数桩[21]。半真半假乔模样[22]，宜嗔宜喜娇情况，知疼知热俏心肠。

〔尾声〕往事后期空记省[23]，我正是桃叶桃根各尽伤。[24]

〔赚南〕终日悬望，恰原来捣虚撇抗[25]。误我一向[26]，到此才知言是谎。把当初花前宴乐[27]，星前誓约,真个崔张不让[28]。命该凋丧,险些病染膏肓,此言非妄。

〔怕春归北〕白发陡然千丈,非关明镜无情,缘愁似个长[29]。相别时多,相见时难,天公自主张。若能够相见,我和他对着灯儿深讲。

〔春归犯南〕自想,但只愁年华老,容颜改,添惆怅。蓦然平地[30],反生波浪。最莫把青春弃掷,他时难算风流帐。怎辜负银屏绣褥朱幌,才色相当,两情契合非强[31]。怎割舍眉南面北成撇漾[32]!

〔尾声南〕动止幸然俱无恙,画堂内别是风光[33],散却离忧重欢畅。

〔1〕 雁南翔:雁为候鸟,春天北飞,秋季南翔。

〔2〕 节序:节气。重阳:见马致远〔双调·夜行船〕注〔26〕。

〔3〕 何期:哪想到。何事:为什么。

〔4〕 参(shēn申)商:即参辰二星,二星此出彼落,不能同时出现,故以不能相见为参辰。辰星相应之地为商,故亦可称参商。

〔5〕 悒(yì亿)怏:愁闷不乐。

〔6〕 "想那人"句:意谓闺中人因思念远方游子而眉头常皱。古人常以山喻眉,如《西京杂记》中卓文君之"远

山眉"、宋王观〔卜算子〕词中"水是眼波横,山是眉峰聚"。故曲中云思妇蹙眉之美使青山生妒。

〔7〕 丹枫:深秋枫叶经霜变红,故称丹枫。曲中喻脸。

〔8〕 "拔金钗"句:以钗划栏以记游人离家日期或归期。阑,通"栏"。

〔9〕 "托瑶琴"句:弹琴以寄托愁思哀怨。瑶琴,琴的美称。冰弦,冰蚕丝所制的琴弦,曲中为琴弦的美称。

〔10〕 争知:怎知,哪里知道。

〔11〕 赋高唐:见郑光祖〔双调蟾宫曲·梦中作〕注〔2〕。

〔12〕 他行(háng杭):她那里。行,方位词,犹那边,那里,跟前。

〔13〕 甫能:刚能,才能。一霎:言时间短暂,犹一会儿。

〔14〕 啼螿(jiāng江):蝉鸣。螿,寒蝉。

〔15〕 刘郎:东汉人刘晨,见马致远〔南吕四块玉·天台路〕注〔1〕。潘郎:潘岳,字安仁,人称潘安,《晋书·潘岳传》说他"美姿仪",《世说新语·容止》:"潘岳妙有姿容,好神情。少时挟弹出洛阳道,妇人遇者,莫不连手共萦之。"刘孝标注引裴启《语林》:"安仁至美,每行,老妪以果掷之,满车。"主人公以刘郎、潘郎自比,因不能与所思相聚而生恼、害相思。

〔16〕折倒:折磨,摧残。

〔17〕厮傍:相靠,相依。厮,相。

〔18〕司空见惯:屡见不鲜意。孟棨《本事诗·情感》:"刘尚书禹锡罢和州,为主客郎中。集贤学士李司空罢镇在京,慕刘名,尝邀至第中,厚设饮馔。酒酣,命妙妓歌以送之。刘于席上赋诗曰:'鬟鬌梳头宫样妆,春风一曲杜韦娘。司空见惯浑闲事,断尽江南刺史肠。'李因以妓赠之。"

〔19〕恨:遗憾,不满足。

〔20〕零瀼(ráng穰):语出《诗·郑风·野有蔓草》:"野有蔓草,零露瀼瀼。"瀼瀼,本指露浓的样子,后以零瀼指霜露浓重使行人困扰。风波零瀼,即风波险阻之意。

〔21〕多情数桩:种种多情情态。

〔22〕乔模样:乔为詈词,恶劣,可憎,这里是爱极的反话。

〔23〕后期:以后的约会。记省(xǐng醒):记得。宋张先〔天仙子〕词:"临晚镜,伤流景,往事后期空记省。"

〔24〕桃叶桃根:晋王献之有爱妾名桃叶,其妹曰桃根(见《古今乐录》)。宋姜夔〔琵琶仙〕词:"双桨来时,有人似、旧曲桃叶桃根。"以姊妹联称代指二歌女。曲中代指所思女子。

〔25〕捣(dǎo岛)虚撇抗:典出《史记·孙子吴起列传》孙膑语:"批亢捣虚,形格势禁"。批,抛撇;亢,充满;捣,冲击。意即避实击虚,冲击敌人空虚薄弱之处,避开敌

人充实之处。这句意思是说，前面种种想象乃虚而不实，是想象乘虚而入，故下文有"误我一向，到此才知言是谎"，都是想象之词而非事实。

〔26〕 一向：片刻，霎时。

〔27〕 宴乐：安乐。宴，安也。

〔28〕 崔张不让：不比崔莺莺和张生差。崔张自由恋爱、幽会偷欢的故事，见唐元稹传奇小说《莺莺传》、金董解元《西厢记诸宫调》、元王实甫杂剧《西厢记》。

〔29〕 缘愁似个长：语出李白《秋浦歌》："白发三千丈，缘愁似个长。"缘，因为；个，这样。

〔30〕 蓦(mò 末)然：猛然，突然。

〔31〕 契合：情投意合。契，心意相合。

〔32〕 撇漾：抛弃，丢开，分离。

〔33〕 画堂：本指彩绘的殿堂，也泛指华丽的堂舍。元曲中常用指夫妻团聚的堂舍。

周德清

周德清(1277—1365),字日湛,号挺斋,高安(今属江西)人,终身布衣。为宋代词人周邦彦之后,工乐府,善音律。著有《中原音韵》,是一部关于北曲音韵及散曲创作理论的书。散曲风格,主张"文而不文,俗而不俗"。他的散曲叶律可歌,清丽雅洁似词,通俗直白似曲。散曲今存小令三十一首,套数三套。

〔中吕〕满庭芳

看岳王传[1]

披文握武[2],建中兴庙宇[3],载清史图书[4]。功成却被权臣妒,正落奸谋[5]。闪杀人望旌节中原士夫[6],误杀人弃丘陵南渡銮舆[7]。钱塘路[8],愁风怨雨,长是洒西湖[9]。

〔1〕岳王：岳飞，字鹏举，河南汤阴人。南宋高宗时为秦桧所害。宁宗时追封岳飞为鄂王，故称岳王。

〔2〕披文握武：能文能武。披文，披阅文章。

〔3〕建中兴庙宇：有收复失地使赵宋王朝中兴之功。庙宇，宗庙社稷，是朝廷和国家政权的代表。

〔4〕载清史图书：青史留名。清，通"青"。

〔5〕"功成"二句：岳飞抗金取得节节胜利，宋高宗绍兴十年（1140）破金兵于距汴京四十五里的朱仙镇，正欲渡河北上，"直抵黄龙府，与诸君痛饮尔！"奸相秦桧主和，一日十二道金字牌令岳飞班师。又诬岳飞以"事体莫须有"的谋反罪名，于绍兴十一年十二月二十九日（1142年1月27日）将岳飞害死狱中，死年三十九岁。

〔6〕闪杀人：闪为抛撇、弃置不顾之意。闪杀人，把人抛弃得好苦！旌节：古代使者所持的作为凭信的符节。中原：指被金人占领的北方沦陷区。士夫：读书人，士大夫，代指北方人民。靖康元年（1126）金兵攻陷北宋都城开封，次年掳徽、钦二宗北去，北方遂沦于金人统治之下，日夜盼望南宋军北伐恢复，史载，岳飞被召还师之日"民遮马恸哭，诉曰：'我等戴香盆、运粮草以迎官军，金人悉知之。相公去，我辈无噍类矣。'"（《宋史·岳飞传》）南宋孝宗乾道年间范成大使金，过汴京时写的《州桥》云："州桥南北是天街，父老年年等驾回。忍泪失声问使者：几时真有六军来？"

〔7〕 弃丘陵:丢弃祖宗坟墓。銮舆:舆,车;銮,皇帝所乘车上的铃。銮舆指皇帝的车驾,也代指皇帝。

〔8〕 钱塘路:宋孝宗时岳飞冤案昭雪,岳飞遗骸改葬于杭州西湖畔栖霞岭下,元时为钱塘县。

〔9〕 长是:老是,总是。

〔中吕〕阳春曲

秋 思

千山落叶岩岩瘦[1],百结柔肠寸寸愁,有人独倚晚妆楼。楼外柳,眉叶不禁秋[2]。

〔1〕 岩岩瘦:山上林木落叶,所有山岩都显得瘦削。
〔2〕 眉叶:喻柳叶。

〔双调〕蟾宫曲

倚篷窗无语嗟呀[1],七件儿全无[2],做什么人家[3]？柴似灵芝，油如甘露，米若丹砂[4]。酱瓮儿恰才梦撒[5]，盐瓶儿又告消乏[6]。茶也无多，醋也无多。七件事尚且艰难，怎生教我折柳攀花[7]？

〔1〕 篷窗：船窗，代指船。篷，疑为"蓬"之误。蓬窗代指蓬室，茅草屋，柴门草户。嗟呀：叹息。

〔2〕 七件：元时谚语：开门七件事，柴米油盐酱醋茶。盖言人家所必用，缺一不可。

〔3〕 做人家：过日子。

〔4〕 丹砂：道教烧炼而成的结晶体，传说久服可致长生不老（《图经衍义本草》）；致物丹砂可化为黄金（《史记·孝武本纪》）。

〔5〕 梦撒：没有的意思，为当时口语。

〔6〕 消乏：消耗窘困。

〔7〕 怎生：怎么，怎样。折柳攀花：喻狎妓。

钟嗣成

钟嗣成,约生于宋亡前后,卒于至正五年(1345)之后。字继先,号丑斋。大梁(今河南开封)人,定居杭州。师从邓文原、曹鉴,至元、大德间在杭州进官学。累试不第,亦不屑就从吏,乃闭门养浩然之志。与曾瑞卿、施君美、睢景臣、周仲彬、王仲元、朱士凯等曲家交游。善音律,能隐语。《录鬼簿续编》、孙楷第《元曲家考略》有传。作杂剧七种,均不传。今存《录鬼簿》及散曲小令五十九首、套数一套。

〔正宫〕醉太平

绕前街后街,进大院深宅。怕有那慈悲好善小裙钗[1],请乞儿一顿饱斋[2],与乞儿绣副合欢带[3],与乞儿换副新铺盖,将乞儿携手上阳台[4]。设贫咱波奶奶[5]!

[1] 怕:假设之词,如果,倘或,含有期盼之意。裙钗:以女子所穿所戴代指女子。

〔2〕 饱斋:斋为布施,施舍僧道穷人饭食为斋,亦指所施舍之饭食。饱斋即饱饭。

〔3〕 合欢带:合欢指男女交欢;象征男女结同心、男女欢会的带子为合欢带。

〔4〕 上阳台:指男女欢会。阳台代指男女欢会之所,见郑光祖〔双调蟾宫曲·梦中作〕注〔2〕。

〔5〕 设贫:救贫,施于贫人。设,施也。咱、波:均为语气词,犹吧。奶奶:对女子的昵称,犹姐姐。

〔双调〕凌波仙

灯前抚剑听鸡声[1],月下吹箫引凤鸣[2]。功名两字原无命,学仙又不成,叹吴侬何处归耕[3]?日月闲中过,风波梦里惊,造物无情。

〔1〕 "灯前"句:言闻鸡起舞,志在功名。《晋书·祖逖传》:"(逖)与司空刘琨俱为司州主簿,情好绸缪,共被同寝。中夜闻荒鸡鸣,蹴琨觉曰:'此非恶声也。'因起舞。"祖逖半夜里听到荒野鸡叫,便蹬醒刘琨起来舞剑,喻有志之士及时奋发。

〔2〕 吹箫引凤:是志在求仙之举,见马致远〔南吕四

块玉·凤凰坡〕注[1]。

〔3〕 吴侬:方言,为吴人代称,作者久寓杭州,故以吴侬自称。

〔南吕〕一枝花

自序丑斋

生居天地间,禀受阴阳气[1]。既为男子身,须入世俗机[2]。所事堪宜[3],件件可咱家意。子为评跋上惹是非[4],折莫旧友新知[5],才见了着人笑起。

〔梁州〕子为外貌儿不中抬举[6],因此内才儿不得便宜。半生未得文章力,空自胸藏锦绣[7],口唾珠玑[8]。争奈灰容土貌[9],缺齿重颏[10],更兼着细眼单眉,人中短髭鬓稀稀[11]。那里取陈平般冠玉精神[12],何晏般风流面皮[13];那里取潘安般俊俏容仪[14]。自知,就里[15],清晨倦把青鸾对[16],恨杀爷娘不争气。有一日黄榜招收丑陋的[17],准拟夺魁[18]。

〔隔尾〕有时节软乌纱抓挒起钻天髻[19],干皂靴出落着簌地衣[20]。向晚乘闲后门立[21],猛可地笑起[22]:似一个甚的？恰便似现世钟馗虩不杀鬼[23]。

〔牧羊关〕冠不正相知罪[24],貌不扬怨恨谁？那里也尊瞻视貌重招威[25],枕上寻思,心头怒起。空长三十岁,暗想九千回,恰便似木上节难镑镙[26],胎中疾没药医。

〔贺新郎〕世间能走的不能飞,饶你千件千宜,百伶百俐,闲中解尽其中意,暗地里自恁解释[27]。倦闲游出塞临池[28],临池鱼恐坠,出塞雁惊飞,入园林俗鸟应回避。生前难入画,死后不留题[29]。

〔隔尾〕写神的要得丹青意,子怕你巧笔难传造化机[30]。不打草两般儿可同类,法刀鞘依着格式,妆鬼的添上嘴鼻,眼巧何须样子比[31]。

〔哭皇天〕饶你有拿雾艺冲天计[32],诛龙局段打凤机[33]。近来论世态,世态有高低:有钱的高贵,无钱的低微。那里问风流子弟,折末颜如灌口,貌赛神仙,洞宾出世,宋玉重生,设答了镘的,梦撒了寮丁,他采你也不见得[34]。枉自论黄数黑,谈说是非。

〔乌夜啼〕一个斩蛟龙秀士为高第[35],升堂室今古谁及[36]?一个射金钱武士为夫婿[37],韬略无敌,武艺深知。丑和好自有是和非,文和武便是傍州例[38]。有鉴识[39],无嗔讳[40],自花白寸心不昧[41],若说谎上帝应知。

〔收尾〕常记得半窗夜雨灯初昧[42],一枕秋风梦未回[43]。见一人,请相会,道咱家,必高贵:既通儒[44],又通吏[45],既通疏[46],更精细。一时间,失商议[47],既成形,悔不及。子教你,请俸给[48],子孙多,夫妇宜,货财充,仓廪实,禄福增,寿算齐[49]。我特来,告你知,暂相别,恕情罪。叹息了几声,懊悔了一会。觉来时记得,记得他是谁——原来是不做美当年的捏胎鬼[50]。

〔1〕 禀受:承受,领受。阴阳气:古代认为阴阳二气能化生万物。

〔2〕 须入世俗机:须投合世俗心意。

〔3〕 所事堪宜:做什么事都适宜。所事,事事,凡事。

〔4〕 子为:只因为。子,只。评跋:品评,评论。句谓只因容貌丑而被人评论是非。

〔5〕 折莫:宋元口语,不论,不管,即使,任凭。

〔6〕 外貌不中(zhòng 众)抬举:外貌难以让人称赞,即长得不好看。不中,不值得,不行。

〔7〕 胸藏锦绣:犹满腹才华。

〔8〕 口唾珠玑:犹出口成章,谈吐有文采。

〔9〕 争奈:怎奈。

〔10〕 重颏(kē 科):双下巴颏儿。

〔11〕 人中:鼻唇正中凹下的部分。髭(zī 资)鬓:唇上的胡子及两鬓角。

〔12〕 那里取:犹何处寻,言一点儿也找不到。陈平:刘邦的谋士,历任汉惠帝、吕后、文帝朝丞相。《汉书·陈平传》:"平虽美丈夫,如冠玉耳。"冠玉,帽子上的玉。

〔13〕 何晏:三国时魏人,字平叔。《世说新语·容止》:"何平叔美姿仪,面至白。魏明帝疑其傅粉,正夏月,与热汤饼。既啖,大汗出,以朱衣自拭,色转皎然。"有"傅粉何郎"之称。

〔14〕 潘安:晋潘岳,字安仁,见范居中〔正宫金殿喜重重南·秋思〕注〔15〕。

〔15〕 就里:内里,实情。

〔16〕 "清晨"句:早晨起来懒得照镜子。青鸾,代指镜,见曾瑞〔商调集贤宾·宫词〕注〔8〕。

〔17〕 黄榜:皇帝公告用黄纸书写,故称黄榜。

〔18〕 准拟:一定,保准。

〔19〕 软乌纱：即乌纱小帽，隋唐之后流行民间，贵贱皆戴。劄：扎。钻天髻：高高发髻。

〔20〕 "干皂靴"句：长衣下露出干巴黑靴子。出落：显现。簌（sù 速）地衣：拖地长衣。

〔21〕 向晚：傍晚。

〔22〕 猛可地：突然间。

〔23〕 钟馗（kuí 魁）：传说中斩妖捉鬼的神灵。沈括《梦溪补笔谈》卷三"杂志"：唐开元年间明皇病月馀不愈，夜梦大小二鬼："其大者戴帽，衣蓝裳，袒一臂，鞹双足，乃捉其小者，刳其目，然后擘而啖之。上问大者：'尔何人也？'奏云：'臣钟馗氏，即武举不捷之进士也。誓与陛下除天下之妖孽。'"醒而病愈，命画工吴道子图其形。据胡道静校正引宋郭若虚《图画闻见志》卷六，钟馗貌丑，一足靴，眇一目，头发蓬松。这句是说自己活像当代钟馗，却吓不住鬼。

〔24〕 "冠不正"句：衣帽不整，是朋友们的过错，因为他们看到了而未予纠正。冠，帽子，代指穿戴。相知，知己，朋友。

〔25〕 那里也：说什么。尊瞻视：目不斜视，指仪表风度庄重。《论语·尧曰》："君子正其衣冠，尊其瞻视，俨然人望而畏之，斯不亦威而不猛乎？"貌重招威：容貌庄重便具有威仪。《论语·学而》："君子不重，则不威。"

〔26〕 木上节：即木头上的疖疤，很坚硬。镑鑢（pāng

bào 乓抱）：镑和镍都是切削、刮平木料等的动作。镍，同"刨"。

〔27〕 "世间"五句：意思是说，世上的事没有十全十美的，即使你样样能，事事精，也总会有不足，能跑的就不能飞。我静思默想悟出了其中道理，便默默地这样开导劝慰自己。饶，任凭，纵然。闲中，静中。解释，开导，劝慰。

〔28〕 "倦闲游"句：懒得到塞外池边去闲游。

〔29〕 留题：题咏，写诗作文咏赞。

〔30〕 "写神"二句：画像的要表现绘画三昧，只怕你画技再巧也难以画出我的丑貌。机，心意，机巧。造化机，是说自己的丑，是大自然的天造神设。

〔31〕 "不打草"四句：意为，给我画像如果不打草稿，胡乱画出来，画像和我倒属于同一类；再依格式画把法刀，在画的鬼脸上添上嘴鼻就行了。只要有一双慧眼随便画去就行，何必非要比照着我的样子？法刀，刽子手行刑的刀，神灵斩妖捉鬼所用的刀。鞘（qiào 俏），刀剑的匣套。

〔32〕 拿雾艺冲天计：比喻本领高强。

〔33〕 诛龙局段打凤机：比喻本领高强。局段，手段，计谋。机，计谋，圈套。

〔34〕 "那里问"八句：谁管你英俊潇洒的青年，任凭你长得美如灌口二郎，貌赛过神仙，像吕洞宾出世，宋玉重生，如果是没有钱，他也不见得理你。灌口，指灌口二郎神。秦时蜀守李冰凿离碓，辟沫水之害，蜀人德之，立庙祭

祀,在今四川灌县都江堰。《清朝文献通考·群祀考》二:"惟《灌县志》书内有使其子二郎凿山穿江之语,是二郎虽能成父之绩,李冰实主治水之功。"又《朱子语类》卷三:"蜀中灌口二郎庙,当初是李冰因开离堆有功,立庙。今来现许多灵怪,乃是他第二儿子出来。"是灌口二郎神指李冰之子。翟灏《通俗编》引《蜀都碎事》云:"其像俊雅。"洞宾,姓吕,名岩,字洞宾,唐代道士,后道教奉为神仙,是"八仙"之一。《列仙全传》卷六言其道骨仙丰,骨相不凡;少聪明,日记万言。宋玉,战国楚人,辞赋家,其所作《登徒子好色赋》云:"玉为人体貌闲丽,口多辩辞。"设答、梦撒,均为"没有"义;镘与窑丁均代指钱。采,同"睬"。

〔35〕 斩蛟龙秀士:孔子弟子澹台灭明字子羽,状貌丑恶。渡延津时,有两蛟夹舟,灭明操剑斩蛟。初,从孔子学,孔子以为薄材,既受业,灭明退而修行,终于名施乎诸侯。孔子感叹说:"以貌取人,失之子羽。"(《史记·仲尼弟子列传》及张守节正义)

〔36〕 升堂室:升堂入室,语出《论语·先进》。堂为正厅,室是内室。先入门,次升堂,最后入室,比喻做学问的几个阶段。曲中指澹台灭明学问精深。

〔37〕 射金钱武士为婿:元杨显之有《丑驸马射金钱》杂剧,剧本已佚,本事待考。

〔38〕 傍州例:例子,榜样。

〔39〕 有鉴识:是说自己有判断是非真假的能力。

〔40〕无嗔讳：并不埋怨忌讳。嗔，责怪，埋怨。

〔41〕花白：数落嘲笑的话语。这句是说上面的自我奚落，都是真心话，并非昧着良心。

〔42〕昧：暗。昧灯即熄灯。

〔43〕梦未回：梦未醒。

〔44〕通儒：有文化知识，是读书人。

〔45〕通吏：精通为政之道。

〔46〕通疏：通情达理，洒脱灵活。

〔47〕失商议：犹欠考虑，指长成丑陋形貌是有失考虑。

〔48〕俸给：官禄，薪俸。请俸给，做官受禄。

〔49〕寿算：寿命。寿算齐，长寿。

〔50〕捏胎鬼：捏制胎儿形貌的鬼怪。此为作者自造，道教中并无此说。

赵 岩

赵岩,宋末元初人,字鲁瞻,号秋巘,长沙人,居溧阳,为宋丞相赵葵后裔。其诗才颇为时人推慕。抑郁不得志,病酒而死。(见《元诗选》癸集戊下及《至正直记》卷一)散曲今存小令一首。

〔中吕〕喜春来过普天乐

琉璃殿暖香浮细[1],翡翠帘深卷燕迟[2]。夕阳芳草小亭西,间纳履[3],见十二个粉蝶儿飞。

一个恋花心,一个㩾春意[4],一个翩翩粉翅,一个乱点罗衣,一个掠草飞[5],一个穿帘戏,一个赶过杨花西园里睡[6],一个与游人步步相随,一个拍散晚烟,一个贪欢嫩蕊,那一个与祝英台梦里为期[7]。

〔1〕 香浮细:熏香的淡淡香味飘浮。

〔2〕"翡翠帘"句:高堂大屋的珠帘迟迟未卷使燕子未能归巢。

〔3〕 间(jiàn 建):间或,偶尔。纳履:穿鞋,穿鞋漫步。纳,穿,着。

〔4〕 搀春意:抢占春光。是说蝶飞劲健欢腾。张相《诗词曲语辞汇释》:"搀,犹抢也,即抢夺之抢。《南宋六十家》,刘过《过早禾渡》诗:'梅欲搀春菊送秋,早禾渡口晚烟收。'"

〔5〕 掠草飞:擦过草面而飞。掠,拂过,擦过。

〔6〕 赶过杨花:飞过柳絮。西园:本指上林苑,这里代指花园。

〔7〕 祝英台:用梁祝化蝶故事。梁山伯、祝英台相爱而不能成婚,山伯相思而逝,英台临坟哭奠,忽然坟开,英台投身入墓,梁祝双双化为蝴蝶飞舞。故事源远流长,传说不一,详见张燕瑾等主编《中国历代爱情文学系列赏析辞典·死同穴梁祝化蝶》(哈尔滨出版社)。梦里为期:约会于梦中。暗用庄周化蝶故事,庄周曾在梦中化为蝴蝶,见《庄子·齐物论》。

吕止庵

吕止庵,生平不详。另有吕止轩,疑即一人。散曲今存小令三十三首、套数四套。

〔仙吕〕后庭花

西风黄叶疏,一年音信无。要见除非梦,梦回总是虚[1]。梦虽虚,犹兀自暂时节相聚[2],近来和梦无[3]。

[1] 梦回:梦醒。

[2] 犹兀自:尚且,还。

[3] 和:连。

乔 吉

乔吉(1280？—1345)，一称乔吉甫，字梦符(或作孟符)，号笙鹤翁、惺惺道人。太原(今属山西)人，流寓杭州。美仪容，能词章，以威严自饬，人敬畏之。一生潦倒，甚至欲刊所作，竟无成事者。一生无意仕途，以"江湖状元"自居，留连于诗酒、声情，既是隐士，也是浪子，倚红偎翠，蕴藉风流。博学多能，以散曲名，其论散曲结构云："作乐府亦有法，曰：'凤头、猪肚、豹尾'六字是也。大概起要美丽，中要浩荡，结要响亮，尤贵在首尾贯穿，意思清新。"(见陶宗仪《辍耕录》卷八)他的散曲创作，在元散曲中占重要地位，被称之为"曲家翘楚"，常与张可久并提而成就过之。李开先称其曲"蕴藉包含，风流调笑，种种出奇而不失之怪，多多益善而不失之烦，句句用俗而不失其为文"(姚燮《今乐考证·著录二》引)。虽乔张(可久)并提，乔曲则更多地体现了曲体奇特流利、雅俗交融的特点。作杂剧十一种，今存三种；散曲今存小令二百馀首、套数十一套。李修生等编校有《乔吉集》(山西人民出版社)。

〔正宫〕绿幺遍

自 述

不占龙头选[1],不入名贤传[2]。时时酒圣[3],处处诗禅[4]。烟霞状元[5],江湖醉仙。笑谈便是编修院[6]。留连,批风抹月四十年[7]。

〔1〕 龙头选:被选拔出来的状元人才。科举时代称状元为龙头。唐黄滔《辄吟七言四韵攀寄翁文尧拾遗》诗:"龙头龙尾前年梦,今日须怜应若神。"旧注:"滔卯年冬在宛陵,梦文尧作状头及第。"状头即状元。

〔2〕 名贤传:为德高望重者所写的传记。

〔3〕 酒圣:豪饮的人。

〔4〕 诗禅(chán 蝉):禅为佛家语,谓心注一境,正审思虑。诗禅即专注于诗、迷恋于诗的人。

〔5〕 烟霞:山林水泽之景色,代指风景。烟霞状元,意为游山玩水的第一人。

〔6〕 编修院:即翰林院,负责修撰前朝国史、实录等任务。句谓笑谈古今足可比翰林编修。

〔7〕批风抹月:风月,指自然景致,也指男女情爱。从乔吉生平看,二者兼有;从本曲看,则指前者。批风抹月,犹吟风弄月,歌咏山水。

〔中吕〕满庭芳

渔父词

活鱼旋打[1],沽些村酒,问那人家[2]。江山万里天然画,落日烟霞[3]。垂袖舞风生鬓发,扣舷歌声撼渔槎[4]。初更罢[5],波明浅沙,明月浸芦花[6]。

秋江暮景,胭脂林障[7],翡翠山屏[8]。几年罢却青云兴[9],直泛沧溟[10]。卧御榻弯的腿疼[11],坐羊皮惯得身轻[12]。风初定,丝纶慢整,牵动一潭星[13]。

〔1〕活鱼旋(xuàn 渲)打:即旋打活鱼。旋打,现打,当时打,临时打。北音"现"俗读 xuàn。

〔2〕"沽些"二句:向那人家买些村酒。村酒,村民酿造的酒,言酒味薄劣。

〔3〕 烟霞:此指云霞。

〔4〕 扣舷(xián 贤):用手击打船帮,以作歌吟的节拍。渔槎(chá 查):渔船。

〔5〕 初更:谓刚刚入夜。参见王伯成〔仙吕南春从天上来·闺怨〕注〔5〕。

〔6〕 "明月"句:言月明如水,照芦花如浸。

〔7〕 胭脂林障:言秋林如同屏障,枫叶经霜变红,色如胭脂。

〔8〕 翡翠山屏:言山如碧绿色的屏风。

〔9〕 青云:致身青云,喻官高位显。典出《史记·范睢蔡泽列传》。青云兴,指做官的心愿。

〔10〕 直泛沧溟:直泛沧海,指隐居。

〔11〕 卧御榻:指受皇帝宠爱。典出《后汉书·严光传》,东汉光武帝刘秀把严光接至宫廷,"因共偃卧,光以足加帝腹上。明日,太史奏:'客星犯御座甚急。'帝笑曰:'朕故人严子陵共卧耳。'"

〔12〕 坐羊皮:指做官。元代高官多为蒙古人,习惯于以羊皮为坐垫。惯:放任,纵容。身轻:身体瘦弱。

〔13〕 "丝纶"二句:语出秦观〔满庭芳〕词:"金钩细,丝纶慢卷,牵动一潭星。"丝纶,钓丝。

〔中吕〕山 坡 羊

寓 兴[1]

鹏抟九万[2],腰缠十万,扬州鹤背骑来惯[3]。事间关[4],景阑珊[5],黄金不富英雄汉。一片世情天地间[6]。白,也是眼;青,也是眼[7]。

〔1〕 寓兴(xìng幸):寄寓自己的兴致、感慨。

〔2〕 鹏抟(tuán团)九万:喻抱负不凡、前程远大。典出《庄子·逍遥游》:"鹏之徙于南冥也,水击三千里,抟扶摇而上者九万里。"抟,鸟盘旋向高空飞行。扶摇,盘旋而上的暴风。

〔3〕 "腰缠"二句:语出南朝梁殷芸所著《小说》卷六:"有客相从,各言所志,或愿为扬州刺史,或愿多赀财,或愿骑鹤上升。其一人曰:'腰缠十万贯,骑鹤上扬州。'欲兼三者。"腰缠十万贯,指发财;骑鹤,指飞举成仙;上扬州当刺史,指做官。

〔4〕 间(jiàn建)关:曲折,崎岖险阻,不顺利。

〔5〕 景阑珊:景况艰难。阑珊,零落暗淡,困窘艰难。

〔6〕 世情：世态人情，人情冷暖。

〔7〕 白、青：即青白眼。《晋书·阮籍传》："籍又能为青白眼，见礼俗之士，以白眼对之。……籍大悦，乃见青眼。"白眼，表示轻蔑厌恶；青眼，表示尊重喜欢。

〔中吕〕山坡羊

冬日写怀[1]

朝三暮四[2]，昨非今是，痴儿不解荣枯事[3]。攒家私[4]，宠花枝[5]，黄金壮起荒淫志。千百锭买张招状纸[6]。身，已至此；心，犹未死。

〔1〕 写：倾吐，抒发。

〔2〕 朝三暮四：此指变化无常。《庄子·齐物论》："狙公赋芧，曰：'朝三而暮四。'众狙皆怒。曰：'然则朝四而暮三。'众狙皆悦。"

〔3〕 痴儿：晋夏侯济云："生子痴，了官事，官事未易了也。了事正作痴，复为快耳。"（《晋书·傅咸传》）黄庭坚《登快阁》："痴儿了却公家事。"此指凡夫俗子。荣枯：盛衰。

〔4〕 攒(zǎn趱):积聚。家私:财产。

〔5〕 花枝:如花美女。句谓贪恋女色。

〔6〕 招状:犯人招认罪行的供词。

〔越调〕天净沙

即事

一从鞍马西东,几番衾枕朦胧[1]。薄幸虽来梦中[2],争如无梦[3],那时真个相逢。

〔1〕 "几番"句:言几次梦中依稀相见。

〔2〕 薄幸:薄情,对所思爱极的反话。

〔3〕 争如:怎如,不如。

〔越调〕凭阑人

金陵道中[1]

瘦马驮诗天一涯,倦鸟呼愁村数家[2]。扑头飞柳花[3],与人添鬓华[4]。

〔1〕 金陵:即今江苏南京。

〔2〕 倦鸟:倦飞思巢的鸟。呼愁:倦鸟鸣叫使人增愁。

〔3〕 扑头:扑面,迎头飞来。柳花:柳絮。

〔4〕 鬓华:鬓边白发。

〔越调〕凭阑人

春 思

淡月梨花曲槛旁[1],清露苍苔罗袜凉。恨他愁断肠,为他烧夜香[2]。

〔1〕 曲槛(jiàn见):曲折的栏杆。
〔2〕 烧夜香:古人有烧夜香拜月祝告的习俗。此处烧夜香,或祝告他平安,或祝愿他早归。

〔双调〕折桂令

赠张氏天香[1],善填曲,时在阳羡莫侯席上[2]。

月明一片缃云[3],揉做清芬,吹下昆仑[4]。胜浅浅兰烟[5],霏霏花雾[6],淡淡梅魂。这气味温柔可人[7],那风流旖旎生春[8]。声迹相闻,多少馀芳,散在乾坤。

〔1〕 张天香:女艺人,里籍、生平均不详。
〔2〕 阳羡:县名,治所在今江苏宜兴。莫侯:不详何人。
〔3〕 缃云:浅黄色的云霞。

〔4〕 昆仑:山名,在今新疆、西藏之间,是中国神话中有名的仙山。

〔5〕 兰烟:本指芳香的烟气,此即指兰花淡淡的香气。

〔6〕 霏霏花雾:飘飞的花香。

〔7〕 可人:可人意,称心如意。

〔8〕 旖旎(yǐ nǐ 以你):轻盈柔美,有风流的意思。

〔双调〕折桂令

自 述

华阳巾鹤氅蹁跹[1],铁笛吹云[2],竹杖撑天[3]。伴柳怪花妖,麟祥凤瑞,酒圣诗禅[4]。不应举江湖状元,不思凡风月神仙[5]。断简残编[6],翰墨云烟[7],香满山川。

〔1〕 华阳巾:道士戴的帽子。鹤氅(chǎng 场):道士所服的羽毛制外衣,颜色不拘。官员休闲亦可戴华阳巾、衣鹤氅,见《新五代史·卢程传》、王禹偁《黄冈竹楼记》。蹁跹(pián xiān 骈仙):本指舞姿旋转,此指走路放松、

随意。

〔2〕 铁笛：为道士及隐士所用乐器。《宋史·方技列传·孙守荣》："守荣既悟，异人授以铁笛，遂去不复见。守荣因号富春子，吹笛市中。人初不识也，然其术率验。"朱熹《武夷精舍杂咏·铁笛亭序》："侍郎胡明仲尝与武夷山隐者刘君兼道游，刘善吹铁笛，有穿云裂石之声。"

〔3〕 竹杖：竹制手杖，亦隐者、道家所用。刘禹锡《游桃源一百韵》："仙翁遗竹杖，王母留桃核。"

〔4〕 酒圣诗禅：见乔吉〔正宫绿幺遍·自述〕注〔3〕、〔4〕。

〔5〕 风月：可指风景，亦可指男女风情。

〔6〕 断简残编：简为古代刻写用的狭长竹片，把刻有文字的简用丝或皮条穿连起来即成书，谓之"编"。后以编简代指书籍。句谓阅读古书旧籍。

〔7〕 翰墨云烟：指书法绘画笔墨流畅挥洒自如。这句可指欣赏书法绘画，亦可指自己写字绘画。与前句相对，以指欣赏为是。

〔双调〕折桂令

丙子游越怀古[1]

蓬莱老树苍云[2],禾黍高低[3],狐兔纷纭[4]。半折残碑,空馀故址,总是黄尘。东晋亡也再难寻个右军[5],西施去也绝不见甚佳人[6]。海气长昏,啼鴂声干[7],天地无春。

〔1〕 丙子:元顺帝至元二年(1336)。是年,乔吉游会稽,有感于上一个丙子年,六十年前(宋恭帝德佑二年、元世祖至元十三年,1276)元灭南宋的往事,作曲怀古。越:古国名,春秋时越王勾践始都会稽(今浙江绍兴),公元前473年灭吴后,迁都琅邪(今山东胶南县西南),战国时为楚所灭。此指古越国所在地绍兴一带。

〔2〕 蓬莱:蓬莱阁,故址在绍兴卧龙山上。

〔3〕 禾黍高低:见马致远〔双调拨不断〕(布衣中)注〔3〕。

〔4〕 纷纭:繁乱,此指狐兔出没杂乱之状。

〔5〕 右军:王右军,王羲之(321—379),字逸少,琅

邪临沂(今属山东)人,居会稽山阴(今浙江绍兴)。是我国著名书法家,有"书圣"之称,又性好山水,称病辞官。因曾任右军将军,人称王右军。

〔6〕 西施:见卢挚〔双调湘妃怨·西湖〕注〔5〕。

〔7〕 啼鴂(jué 决):亦作鹈鴂、鶗鴂,又名杜鹃、杜宇,见杨果〔仙吕赏花时·春情〕注〔13〕。《楚辞·离骚》:"恐鹈鴂之先鸣兮,使夫百草为之不芳。"言其鸣声恶,则先鸣而草死(见朱熹《楚辞集注》)。声干(gān 竿):声音嘶哑。

〔双调〕折桂令

荆溪即事[1]

问荆溪溪上人家:为甚人家,不种梅花?老树支门,荒蒲绕岸,苦竹圈笆[2]。寺无僧狐狸弄瓦,官无事乌鼠当衙[3]。白水黄沙,倚遍阑干[4],数尽啼鸦。

〔1〕 荆溪:水名,在今江苏宜兴南,流入太湖。即事:以眼前事物为题材写的诗。

〔2〕 苦竹:竹的一种,又名伞柄竹。

〔3〕 乌鼠当衙:官衙中鼠窜鸦飞。当衙,当值,值班。

〔4〕 阑干:栏杆。

〔双调〕折桂令

自 叙

斗牛边缆住仙槎[1],酒瓮诗瓢[2],小隐烟霞[3]。厌行李程途,虚花世态,潦草生涯[4]。酒肠渴柳阴中拣云头剖瓜[5],诗句香梅梢上扫雪片烹茶。万事从他,虽是无田,胜似无家[6]。

〔1〕 斗牛:北斗星和牵牛星。槎(chá 查):木排,竹筏。晋张华《博物志·杂说下》:"天河与海通。近世有人居海滨者,年年八月有浮槎去来,不失期。人有奇志,立飞阁于槎上,多赍粮,乘槎而去。十馀日中,犹观星月日辰,自后茫茫忽忽,亦不觉昼夜。去十馀日,奄至一处,有城郭状,屋舍甚严,遥望宫中多织妇。见一丈夫,牵牛渚次饮之。牵牛人乃惊问曰:'何由至此?'此人具说来意,并问:'此是何处?'答曰:'君还,至蜀郡访严君平则知之。'竟不

上岸,因还如期。后至蜀,问严君平,曰:'某年月日,有客星犯牵牛宿。'计年月,正是此人到天河时也。"

〔2〕 诗瓢:盛诗稿的大瓢。计有功《唐诗纪事·唐球》:"为诗捻稿为圆,纳之大瓢中。"(卷十五)

〔3〕 烟霞:自然景致。

〔4〕 "厌行李"三句:厌字领贯三句,意谓:厌倦了奔波的辛苦、镜花水月般的世态——这种颓丧失意的生活。言厌倦了为虚浮的功名而弃家奔波辛劳失意的生活。潦草,颓丧失意。

〔5〕 云头:云状之石。

〔6〕 无家:指离家为功名而奔波。

〔双调〕水仙子

吴江垂虹桥[1]

飞来千丈玉蜈蚣[2],横驾三天白螮蝀[3],凿开万窍黄云洞[4]。看星低落镜中[5],月华明秋影玲珑[6]。矗屃金环重[7],狻猊石柱雄[8],铁锁囚龙[9]。

〔1〕 吴江:县名,在今江苏省。古之吴江,亦泛指苏州、太湖、长江下游一带。垂虹桥:一名利往桥、吴江长桥,桥上有垂虹亭、涵洞七十二。在今吴江县东吴淞江上。

〔2〕 蜈蚣:一种体扁长的节肢动物,由许多环节构成。玉,言桥身白色。

〔3〕 三天:《云笈七签》卷三:"其三清境者,玉清、上清、太清是也。又名三天。其三天者,清微天、禹余天、大赤天是也。"是三十六天中仅次于大罗天的最高天界,也指神仙所居最高仙境。这里代指高天。螮蝀(dì dōng 帝东):虹的古称。

〔4〕 窍:孔。黄云洞:涵洞泻水如黄云涌出。

〔5〕 镜:指河面秋水如镜。

〔6〕 玲珑:精巧的样子,状水中月影。

〔7〕 赑屃(bì xì 毕系):相传为龙所生,好负重。明焦竑《玉堂丛语·文学》卷一:"俗传龙生九子不成龙,各有所好。……一曰赑屃,形似龟,好负重,今石碑下龟趺是也。"此指桥墩下面的龟形石座,上有铜环。

〔8〕 狻猊(suān ní 酸尼)石柱:狻猊为狮子,此指桥上雕有狮子的石栏杆。

〔9〕 铁锁囚龙:铁,指桥栏杆间的铁链。桥架河上,如索锁定长龙。

〔双调〕水 仙 子

寻 梅

冬前冬后几村庄,溪北溪南两履霜,树头树底孤山上[1]。冷风来何处香?忽相逢缟袂绡裳[2]。酒醒寒惊梦[3],笛凄春断肠[4],淡月昏黄。

〔1〕 孤山:在杭州西湖中。北宋诗人林逋隐居于此二十年,种梅养鹤,不婚不仕,人称其"梅妻鹤子"。

〔2〕 缟袂(gǎo mèi 稿昧):白衣。缟为白色细的生绢。袂,衣袖,代指衣。绡裳:轻纱裙子。裳,下衣。

〔3〕 "酒醒"句:用罗浮梦遇梅魂典故。旧题柳宗元《龙城录》卷上《赵师雄醉憩梅花下》:"隋开皇中,赵师雄迁罗浮。一日,天寒日暮,在醉醒间,因憩仆车于松林间酒肆旁舍,见一女人,淡妆素服,出迓师雄。时已昏黑,残雪对月,色微明。师雄喜之,与之语,但觉芳香袭人,语言极清丽。因与之扣酒家门,得数杯,相与饮。……顷醉寝,师雄亦懵然,但觉风寒相袭。久之,时东方已白,师雄起视,乃在大梅花树下,上有翠羽,啾嘈相顾,月落参横,但惆怅

而耳。"女即梅神,绿衣童乃翠鸟所化。

〔4〕 笛凄:笛指笛曲《梅花落》,为汉乐府横吹曲名。李白《与史郎中钦听黄鹤楼上吹笛》:"黄鹤楼中吹玉笛,江城五月落梅花。"花落故言"凄"。

〔双调〕水 仙 子

暮春即事[1]

风吹丝雨噀窗纱[2],苔和酥泥葬落花[3],卷云钩月帘初挂[4]。玉钗香径滑[5],燕藏春衔向谁家[6]?莺老羞寻伴,蜂寒懒报衙[7],啼煞饥鸦[8]。

〔1〕 即事:见乔吉〔双调折桂令·荆溪即事〕注〔1〕。

〔2〕 噀(xùn 迅):喷。

〔3〕 和(huò 货):搀和,混合起来。酥泥:细软如油脂的泥。

〔4〕 卷云钩月:是对卷帘景象的美称。

〔5〕 玉钗香径:闺中人步入开满鲜花的小路。玉钗,代指戴钗女子。

〔6〕 "燕藏"句:燕子秋季南来春天北返,故暮春江南无燕;燕衔泥筑巢,泥含落花,于是诗人联想:春色被燕子衔将而去,不知藏向谁家?

〔7〕 蜂衙:群蜂早晚聚集,簇拥蜂王,与旧时官吏到上司衙门排班参见一样,称为蜂衙。蜂集聚蜂王周围谓之报衙。

〔8〕 啼煞:犹言叫得厉害。

〔双调〕水仙子

怨 风 情[1]

眼中花怎得接连枝[2]?眉上锁新教配钥匙[3],描笔儿勾销了伤春事[4]。闷葫芦刻断线儿[5],锦鸳鸯别对了个雄雌[6]。野蜂儿难寻觅[7],蝎虎儿干害死[8],蚕蛹儿毕罢了相思[9]。

〔1〕 风情:男女情爱。

〔2〕 眼中花:心目中的花,指女子思恋之人。连枝:连理枝,两棵树的枝干连生在一起,比喻夫妻恩爱。句谓与所爱的男子已不能结为夫妻了。

〔3〕"眉上"句:双眉紧皱谓之愁锁双眉。此言愁闷之深难以消除,要消除须得配把钥匙打开眉锁舒放双眉。

〔4〕描笔:古代女子描花样子的笔,可用以写书信诗词。句谓女主人公以诗词抒发愁怀,斩断思恋。伤春:此指爱情思恋。

〔5〕闷葫芦:比喻解不开、猜不透的人和事。刳(jiǎo绞):剪。这句意思是说,不知为什么他便同我断了联系。

〔6〕锦鸳鸯:此指男子。别:另。

〔7〕野蜂儿:此指男子。句谓他不知到哪里采花,踪迹难觅。

〔8〕"蝎虎"句:蝎虎即壁虎。旧题晋张华《博物志》第四卷《戏术》:"蜥蜴或名蝘蜓,以器养之,食以朱砂,体尽赤。所食满七斤,治捣万杵,点女人肢体,终身不灭,惟房室事则灭,故号守宫。"传云:"东方朔奏汉武帝,试之有验。"干害死,白白害死。意谓:白白地为他守贞洁了。

〔9〕"蚕蛹"句:意即断了相思。毕罢,结束。李商隐《无题》诗:"春蚕到死丝方尽,蜡炬成灰泪始干。""思"与"丝"谐音。春蚕(蚕蛹)满腹怀丝(怀思),吐尽即亡。

〔双调〕水仙子

重观瀑布

天机织罢月梭闲[1],石壁高垂雪练寒[2],冰丝带雨悬霄汉[3]。几千年晒未干,露华凉人怯衣单[4]。似白虹饮涧[5],玉龙下山[6],晴雪飞滩。

〔1〕 天机:织女所用的织布机。月梭:弯月如梭,织女织布所用。句谓织女已经织成瀑布,故用"织罢""闲"。

〔2〕 雪练:练为白色的绢。雪练,言其白,兼言其寒。

〔3〕 冰丝:本指冰蚕所吐之丝,见王嘉《拾遗记》卷十。此喻瀑布。霄汉:高天。

〔4〕 露华:本指露水,此指瀑布下泻溅起的水雾。

〔5〕 白虹饮涧:《笔谈》云:"世传虹能入涧溪饮水,信然。尝见夕虹下涧中饮者,两头皆垂涧中。使人过涧,隔虹对立,相去几丈之间,如隔绡縠。"(《渊鉴类函》卷十一)

〔6〕 玉龙:本指神龙,刘克庄〔清平乐·五月十五日夜玩月〕词有"醉跨玉龙游八极"句。曲中以玉龙喻瀑布。

〔双调〕水 仙 子

咏 雪

冷无香柳絮扑将来,冻成片梨花拂不开,大灰泥漫了三千界〔1〕,银棱了东大海〔2〕。探梅的心嚛难捱〔3〕。面瓮儿里袁安舍〔4〕,盐罐儿里党尉宅〔5〕,粉缸儿里舞榭歌台〔6〕。

〔1〕 大灰泥:白灰泥,石灰泥。漫:覆盖。三千界:佛教名词。据《长阿含经》卷十八等,以须弥山为中心,以铁围山为外郭,同一日月所照的四天下为一小世界;一千小世界为一小千世界;一千小千世界为一中千世界;一千中千世界为一大千世界。因大千世界有小中大三种"千世界",故称三千大千世界,略称大千世界、三千界。此即指整个世界。

〔2〕 棱:冰凌。此指东大海冻得像一块大冰凌。

〔3〕 探梅:寻梅。用孟浩然踏雪寻梅故事,见薛昂夫〔双调蟾宫曲·雪〕注〔6〕。心嚛难捱(ái 挨):冻得哆嗦而难以忍受。嚛,因寒冷而浑身颤抖。

〔4〕 袁安舍:《后汉书·袁安传》李贤注引《汝南先贤传》:"时大雪积地丈馀,洛阳令身出案行,见人家皆除雪出,有乞食者。至袁安门,无有行路。谓安已死,令人除雪入户,见安僵卧。问何以不出。安曰:'大雪人皆饿,不宜干人。'令以为贤,举为孝廉也。"

〔5〕 党尉宅:言富贵人家只知享受而无赏雪雅趣。见薛昂夫〔双调蟾宫曲·雪〕注〔5〕。

〔6〕 "粉缸"句:舞榭歌台即歌舞的台榭。句谓歌舞娱乐的楼台被雪包围,如同在粉缸里一样。

〔南吕〕梁州第七

射　雁

鱼尾红残霞隐隐[1],鸭头绿秋水涓涓[2]。芙蓉灿烂摇波面。见沉浮鸥伴,来往鱼船;平沙衰草,古木苍烟。江乡景堪爱堪怜[3],有丹青巧笔难传[4]。揉蓝靛绿水溪头[5],铺腻粉白蘋岸边[6],抹胭脂红叶林前[7]。将笠檐儿慢卷,迎头,仰面,偷睛儿觑见碧天外雁行现[8]:写破祥云一片笺[9],头直上慢慢盘旋[10]。

〔一枝花〕忙拈鹊画弓[11],急取雕翎箭[12],端直了燕尾铋[13],搭上虎筋弦[14]。秋月弓圆,箭发如飞电。觑高低无侧偏,正中宾鸿[15],落在蒹葭不见[16]。

〔尾〕转过紫荆坡白草冢黄芦堰[17],惊起些红脚鸭金头鹅锦背鸳,諕得这鸂鶒儿连忙向败荷里串[18]。血模糊翅搧,扑剌剌可怜,十二枝梢翎向地皮上剪[19]。

〔1〕 鱼尾红:鲂鱼本为白色,由于游动而血注于尾,变为红色。《诗·周南·汝坟》毛传:"鱼劳则尾赤。"隐隐:隐约不明的样子。

〔2〕 鸭头绿:《格物论》:"鸭雄者绿头文翅,雌者黄斑色。"

〔3〕 堪:值得,应该。怜:爱。

〔4〕 丹青:古代绘画常用的颜料。丹即朱砂,青指石青。

〔5〕 蓝靛(diàn 店):以蓝草叶为原料加工而成的青蓝色颜料。

〔6〕 白蘋(pín 贫):是一种生长在浅水中的植物,夏秋之季开白色小花。

〔7〕 红叶:枫叶经霜变红称为红叶。

〔8〕 觑(qù 去):看。

〔9〕 "写破"句:雁飞有序,往往排成"一"字、"人"字队形,故称雁字。此把彩霞比作彩笺,把雁飞比作写字,雁飞过云霞犹如写上一行字迹,故云"写破祥云一片笺"。

〔10〕 头直上:头顶上。

〔11〕 鹊画弓:饰有鹊形的弓。

〔12〕 雕翎箭:箭名,箭羽为雕羽所制。

〔13〕 燕尾鈚(pī 批):鈚为铁箭头薄而阔、箭杆较长的箭;箭尾呈燕尾形则为燕尾鈚。

〔14〕 虎筋弦:虎筋制成的弓弦。

〔15〕 宾鸿:雁秋季南翔,春天北飞,栖无定所,《礼记·月令》有"鸿雁来宾"之句,故称鸿雁为宾鸿。

〔16〕 蒹葭(jiān jiā 坚家):芦苇。

〔17〕 紫荆坡:长满紫荆的山坡。白草冢:长满白草的荒冢。黄芦堰:长满黄芦的堤堰。

〔18〕 鸂鶒(xī chì 西斥):形大于鸳鸯而多紫色的水鸟,俗称紫鸳鸯。

〔19〕 "十二枝"句:言雁翅尾翎羽向地面上拍打挣扎。剪,扫动、拍打。

马谦斋

马谦斋,生平不详。约与张可久同时。曾为宦京华,有过一段富贵生活,后退隐,寓居江浙。散曲今仅存小令十七首。

〔双调〕水仙子

咏 竹

贞姿不受雪霜侵,直节亭亭易见心。渭川风雨清吟枕[1],花开时有凤寻[2],文湖州是个知音[3]。春日临风醉,秋宵对月吟,舞闲阶碎影筛金。

〔1〕 渭川:即陕西境内渭河,其流域以产竹著称,《史记·货殖列传》:"渭川千亩竹……此其人皆与千户侯等。"

〔2〕 凤寻:凤来光顾之意。《庄子·秋水》说,鹓鶵

(鸾凤一类)"非梧桐不止,非练食不食,非醴泉不饮"。练食即竹食,故竹开花即引来凤寻食。

〔3〕 文湖州:即文同,字与可,曾任湖州太守,故称文湖州。北宋画家,善画墨竹,苏轼《文与可画筼筜谷偃竹记》言其"画竹必先得成竹于胸中"。

〔越调〕柳营曲

叹 世

手自搓[1],剑频磨,古来丈夫天下多[2]。青镜摩挲[3],白首蹉跎[4],失志困衡窝[5]。有声名谁识廉颇[6]? 广才学不用萧何[7]。忙忙的逃海滨[8],急急的隐山阿[9]。今日个,平地起风波[10]。

〔1〕 手自搓:连同下句磨剑,都是欲有所为的准备情态。

〔2〕 丈夫:指有志气有作为的男儿。

〔3〕 青镜摩挲(mó suō 磨梭):擦拭铜镜,揽镜自照之意。

〔4〕 白首蹉跎:光阴虚度到白头。

〔5〕 衡窝:陋室。《诗经·陈风·衡门》:"衡门之下,可以栖迟。"衡门即横木为门,比喻居室的简陋。

〔6〕 廉颇:战国时赵之名将,据《史记》本传:赵惠文王十六年(前281),廉颇为赵将伐齐,大破之,取阳晋,拜为上卿,以勇气闻于诸侯。

〔7〕 萧何:辅佐刘邦建立汉王朝,天下既定,论功第一,封酂侯,拜相国,制定《汉律》及各种规章制度。事见《史记·萧相国世家》及《汉书》本传。

〔8〕 海滨:隐居处。语出《孟子·尽心上》:"遵海滨而处,终身欣然,乐而忘天下。"

〔9〕 山阿:山的弯曲处,亦指隐居之地。语出嵇康《幽愤诗》:"采薇山阿,散发岩岫。"

〔10〕 平地起风波:喻官场险恶,时有不测。

张可久

张可久(1280—1349以后),名久可,字可久,号小山,以字行。庆元(今浙江宁波)人。他一生坎坷,终身为吏。四十岁前为功名奔波而不遇;后曾为绍兴路吏、衢州首领官,七十余岁尚迫于生计,为昆山幕僚。可久是元代创作散曲最多的作家,雅正典丽是其艺术特色。朱权《太和正音谱》盛赞其词"清而且丽,华而不艳,有不食烟火食气,真可谓不羁之材。若披太华之仙风,招蓬莱之海月,诚词林之宗匠也,当以九方皋之眼相之"。李开先《乔梦符小令序》:"元之张(可久)、乔(吉),其犹唐之李、杜乎!"吕薇芬、杨镰《张可久集校注》辑校其作品最为精审(浙江古籍出版社),该书《前言》于可久生平也有详考。

〔黄钟〕人月圆

山中书事

兴亡千古繁华梦,诗眼倦天涯[1]。孔林乔木[2],

吴宫蔓草[3]，楚庙寒鸦[4]。数间茅舍，藏书万卷，投老村家[5]。山中何事？松花酿酒[6]，春水煎茶。

〔1〕 诗眼：诗人的观察力，此处指自己。

〔2〕 孔林：孔子及其后裔的墓园。《史记·孔子世家》裴骃集解引《皇览》曰："冢茔中树以百数，皆异种，鲁人世世莫能名其树者。民传言：'孔子弟子异国人，各持其方树来种之。'……孔子茔中不生荆棘及刺人草。"在今山东曲阜城北，有林道与城区相通。

〔3〕 吴宫：指三国时吴的宫殿，在今江苏南京。李白《登金陵凤凰台》有"吴宫花草埋幽径"之句，此化用其意。蔓草：蔓生的杂草。

〔4〕 楚庙：楚国的宗庙。楚本战国七雄之一，其后国势渐弱，屡败于秦，都城也被迫从郢迁至陈，又迁寿春，终为秦所灭。

〔5〕 投老：到老。

〔6〕 松花：指松木花。

〔黄钟〕人月圆

客垂虹[1]

三高祠下天如镜[2],山色浸空濛[3]。莼羹张翰[4],渔舟范蠡[5],茶灶龟蒙[6]。故人何在?前程那里?心事谁同!黄花庭院[7],青灯夜雨,白发秋风。

〔1〕 客:旅居。垂虹:指江苏吴江县。见乔吉〔双调水仙子·吴江垂虹桥〕注〔1〕。

〔2〕 三高祠:吴江有祭祀范蠡、张翰、陆龟蒙三位高士的祠堂。见周密《齐东野语》卷七"鸱夷子见黜"条。张、陆皆吴江人,范泛五湖(太湖)亦于此,故设祠。

〔3〕 空濛:缥缈迷茫之状。

〔4〕 张翰:见亢文苑〔南吕一枝花〕(琴声动鬼神)注〔3〕。

〔5〕 范蠡:春秋时人,辅佐越王勾践伐吴成功,以勾践为人可与同患难,不能共安乐,乃不辞而别,改名换姓,泛游五湖隐居。适齐为鸱夷子皮,之陶为朱公。见《史

记·货殖列传》)。

〔6〕 龟蒙:即陆龟蒙,见张养浩〔越调寨儿令·闲适〕注〔5〕。

〔7〕 黄花:菊花。

〔黄钟〕人月圆

吴门怀古[1]

山藏白虎云藏寺[2],池上老梅枝[3]。洞庭归兴[4],香柑红树[5],鲈鲙银丝[6]。白家池馆[7],吴王花草[8],长似坡诗[9]。可人怜处,啼乌夜月[10],犹怨西施[11]。

〔1〕 吴门:今江苏苏州,古称吴县,吴门为其别称。

〔2〕 山藏白虎:指虎丘山。相传春秋时吴王阖闾葬于此山,三日后,有白虎蹲踞其上,因以名之。见《越绝书》卷二。云藏寺:指山上的虎丘山寺,宋代称云岩禅寺,故称云藏寺。

〔3〕 池:指虎丘山下之剑池。相传曾以"鱼肠""扁诸"等名剑各三千为阖闾殉葬于此。见《越绝书》卷二。

〔4〕 洞庭：太湖的别称，以湖中有包山，山中有石室俗谓洞庭而得名。归兴：归隐之兴。

〔5〕 香柑：即洞庭柑，《桔录》上说它皮细而肉美，其色如丹，以其种自洞庭山来而得名。

〔6〕 鲈鲙：切成细丝的鲈鱼肉。参见亢文苑〔南吕一枝花〕（琴声动鬼神）注〔3〕。

〔7〕 白家池馆：指白居易在苏州的故居，白氏于宝历元年（825）任苏州刺史，其《登阊门闲望》诗"云藏虎寺山藏色"，就是写虎丘山的。

〔8〕 吴王花草：化用李白《登金陵凤凰台》诗"吴宫花草埋幽径，晋代衣冠成古丘"句意。

〔9〕 长似：犹很像，真像。坡诗：指苏轼写的《虎丘寺》诗，有"东轩有佳致，云水丽千顷"句。

〔10〕 啼乌夜月：化用唐代张继《枫桥夜泊》诗"月落乌啼霜满天，江枫渔火对愁眠"诗意。

〔11〕 西施：见卢挚〔双调湘妃怨·西湖〕注〔5〕。

〔双调〕水 仙 子

吴山秋夜[1]

蝇头《老子》五千言[2],鹤背扬州十万钱[3],白云两袖吟魂健[4]。赋庄生《秋水》篇[5],布袍宽风月无边[6]。名不上琼林殿[7],梦不到金谷园[8],海上神仙。

〔1〕 吴山:见刘秉忠〔干荷叶·有感〕注〔6〕。

〔2〕 蝇头:指小楷。《老子》五千言:指老聃著《道德经》,主张自然无为,知足寡欲。

〔3〕 鹤背扬州十万钱:见乔吉〔中吕·山坡羊·寓兴〕注〔3〕。这里只取骑鹤飞升之义。

〔4〕 吟魂:指作诗的灵感。

〔5〕 赋:吟诵。《秋水》:《庄子》外编中一篇,写鄙弃名利、齐万物、一生死的思想。

〔6〕 风月:清风明月,泛指美好的景色。

〔7〕 上琼林殿:指做官,受君王器重。宋代皇家苑林琼林苑,在汴京(今开封)城西,北宋太宗皇帝常在此设

宴招待新及第的进士。见《宋史·选举志一》。

〔8〕 金谷园:在今河南洛阳市西北,晋太康中富豪石崇筑园于此。句谓不做富贵梦。

〔双调〕折桂令

村庵即事[1]

掩柴门啸傲烟霞[2],隐隐林峦,小小仙家。楼外白云,窗前翠竹,井底硃砂[3]。五亩宅无人种瓜[4],一村庵有客分茶[5]。春色无多,开到蔷薇[6],落尽梨花。

〔1〕 庵:圆形草屋。村庵,村舍,言其简陋。即事:见乔吉〔双调折桂令·荆溪即事〕注〔1〕。

〔2〕 啸傲:歌咏自得,以示放逸不拘。

〔3〕 井底硃砂:意谓所居乃长寿之地。葛洪《抱朴子·仙药》云:临沅县廖氏家世世寿考,或出百岁,或八九十。掘井左右,得古人埋丹砂数十斛,去井数尺,丹砂汁因泉渐入井,井水殊赤,是以饮其水而得寿。

〔4〕 五亩宅:《孟子·梁惠王上》:"五亩之宅,种之

以桑,五十者可以衣帛矣。"后用以代指农家庭院。因主人分茶待客,故云无人种瓜。

〔5〕 分茶:见关汉卿〔南吕一枝花·不伏老〕注〔7〕。

〔6〕 蔷薇:暮春季节开花,故有花开连春接夏之说。

〔双调〕折桂令

九 日[1]

对青山强整乌纱[2],归雁横秋,倦客思家。翠袖殷勤[3],金杯错落,玉手琵琶。人老去西风白发,蝶愁来明日黄花[4]。回首天涯,一抹斜阳,数点寒鸦[5]。

〔1〕 九日:指农历九月初九,是为重阳节。

〔2〕 乌纱:即乌纱帽,本为贵者所戴之冠,唐以后行于民间,无分贵贱皆可服戴。小山一生沉寂下僚,此处仍以乌纱当作官帽,故而依旧"强整",以示无奈。

〔3〕 翠袖殷勤:指美女侑酒。用晏几道〔鹧鸪天〕"翠袖殷勤捧玉钟,当年拚却醉颜红"句意。以下三句点明九日之聚会,于歌女演奏声中交杯换盏。

〔4〕 明日黄花：典出苏轼〔南乡子·重九涵辉楼呈徐君猷〕词"万事到头都是梦，休休，明日黄花蝶也愁"。黄花指菊花。寓有迟暮不遇之意，正与上句"人老去"相呼应。

〔5〕 "一抹"二句：秦观〔满庭芳〕："斜阳外，寒鸦数点，流水绕孤村。"

〔双调〕折桂令

酸斋学士席上[1]

岸风吹裂江云，迸一缕斜阳[2]，照我离樽[3]。倚徙西楼，留连北海[4]，断送东君[5]。传酒令金杯玉笋[6]，傲诗坛羽扇纶巾[7]。惊起波神，唤醒梅魂[8]。翠袖佳人，《白雪》《阳春》[9]。

〔1〕 酸斋学士：即贯云石，本书有传。

〔2〕 迸（bèng泵）：射。

〔3〕 离樽：饯行的酒杯。

〔4〕 北海：汉末北海相孔融，见马致远〔双调夜行船〕（百岁光阴如梦蝶）注〔28〕。这里代指贯云石。

〔5〕 断送:指消磨,度过时光。与前"倚遍""留连"相应。东君:太阳之神,此处用指光阴。断送东君,意味消磨时光之久。

〔6〕 金杯玉笋:指歌女殷勤劝酒。玉笋,喻歌女之手。

〔7〕 羽扇纶巾:汉代的名士装束。后因苏轼〔念奴娇·赤壁怀古〕词以此形容周瑜的指挥若定,故此词成为形容领袖人物潇洒风度的专用。此当指酸斋。

〔8〕 梅魂:见乔吉〔双调水仙子·寻梅〕注〔3〕。

〔9〕《白雪》《阳春》:二古曲名,其曲高雅,和者甚寡,与《下里》《巴人》之俗曲相对。见战国宋玉《对楚王问》。

〔中吕〕满 庭 芳

山中杂兴

风波几场[1],急疏利锁,顿解名缰。故园老树应无恙,梦绕沧浪[2]。伴赤松归欤子房[3],赋寒梅瘦却何郎[4]。溪桥上,东风暗香,浮动月昏黄[5]。

〔1〕 风波:指遭遇的挫折、坎坷。

〔2〕 沧浪:《楚辞·渔父》中渔父歌曰:"沧浪之水清兮,可以濯吾缨;沧浪之水浊兮,可以濯吾足。"沧浪之水遂指避世隐居的所在。

〔3〕 赤松:即赤松子,传说中的仙人,《列仙传》说他是神农时的雨师。子房:张良。《史记·留侯世家》载张良曾说:"愿弃人间事,欲从赤松子游耳。"归欤:归去,指归隐。欤,语尾助词,无义。

〔4〕 何郎:指南朝梁诗人何逊。何逊性喜梅花,在扬州法曹任上,面对廨舍的一株梅花,曾有《咏早梅》诗,后移居洛阳,怀念那株梅树,又专程赴扬州观赏,充满怀旧之情。瘦却:即瘦了。却,亦为语尾助词,无义。

〔5〕 "东风"二句:用宋代诗人林逋《山园小梅》诗"疏影横斜水清浅,暗香浮动月黄昏"句意。

〔中吕〕普 天 乐

西湖即事[1]

蕊珠宫[2],蓬莱洞[3]。青松影里[4],红藕香中[5]。千机云锦重[6],一片银河冻[7]。缥缈佳人双飞凤,紫箫寒月满长空[8]。阑干晚风,菱歌上下[9],渔火西东[10]。

〔1〕 即事:见乔吉〔双调折桂令·荆溪即事〕注〔1〕。

〔2〕 蕊珠宫:道家传说中的仙宫,为神仙所居,诗词戏曲中多用之。

〔3〕 蓬莱:传说中的海上三神山之一,为仙人所居,见《史记·秦始皇本纪》。

〔4〕 青松:指"九里云松","钱塘十景"之一。

〔5〕 红藕:指"曲院风荷",亦为"钱塘十景"之一。

〔6〕 云锦:此形容晚霞。

〔7〕 银河冻:形容西湖湖面波平如镜景象。

〔8〕"缥渺"二句：用萧史、弄玉骑凤飞升故事，见马致远〔南吕四块玉·凤凰坡〕注〔1〕。

〔9〕上下：指歌曲唱和。

〔10〕西东：指渔船灯光时隐时现地浮动。

〔越调〕寨儿令

忆鉴湖[1]

画鼓鸣，紫箫声，记年年贺家湖上景[2]。竞渡人争，载酒船行，罗绮越王城[3]。风风雨雨清明[4]，莺莺燕燕关情[5]。柳擎和泪眼[6]，花坠断肠英。望海亭[7]，何处越山青？

〔1〕鉴湖：又称"镜湖"，宋时已湮废，故址在浙江绍兴西南，故绍兴又别称鉴湖。

〔2〕贺家湖：指鉴湖。唐代诗人贺知章致仕，敕赐鉴湖一角，以供放生之用，故有"贺家湖"之称。见张养浩〔双调雁儿落兼得胜令〕（也不学严子陵七里滩）注〔3〕。

〔3〕越王城：指会稽（今浙江绍兴）。春秋时代越王勾践于此建都，故有此称。

〔4〕 清明:此指节令。用杜牧《清明》"清明时节雨纷纷"句意。

〔5〕 关情:有情。

〔6〕 "柳擎"句:柳眼即柳叶,喻柳叶初生,细长如人睡眼初展。和泪眼,指带雨柳叶。

〔7〕 望海亭:今绍兴西有府山,即卧龙山(或称种山),主峰前有石柱古亭,名望海亭(从吕薇芬、杨镰说)。

〔双调〕殿前欢

离 思

月笼沙[1],十年心事付琵琶。相思懒看帏屏画[2],人在天涯。春残荳蔻花[3],情寄鸳鸯帕,香冷荼蘼架[4]。旧游台榭,晓梦窗纱。

〔1〕 月笼沙:月光笼罩沙滩,语出杜牧《泊秦淮》诗:"烟笼寒水月笼沙,夜泊秦淮近酒家。"

〔2〕 帏屏:床帏屏风。

〔3〕 荳蔻:多年生的常绿草本植物,夏初开花。杜牧《赠别》诗有"娉娉袅袅十三馀,荳蔻梢头二月初"之句,

后人遂称少女十三四岁为荳蔻年华。

〔4〕 荼蘪(tú mí 图迷)：蔷薇科植物,夏季开白色小花。

〔中吕〕红 绣 鞋

天台瀑布寺[1]

绝顶峰攒雪剑[2],悬崖水挂冰帘。倚树哀猿弄云尖[3]。血华啼杜宇[4],阴洞吼飞廉[5]。比人心山未险[6]。

〔1〕 天台：指天台山,在浙江天台县北,山有方广寺,因寺旁有瀑布,故有瀑布寺之称。

〔2〕 攒(cuán 篡阳平)：簇聚挺立。本句形容山势陡峭如剑立。

〔3〕 哀猿：鸣声凄清尖利的猿。

〔4〕 血华：红花之意,即指杜鹃花,又名映山红。杜宇：见杨果〔仙吕赏花时·春情〕注〔13〕。

〔5〕 飞廉：风神名,见《楚辞·离骚》及王逸注。

〔6〕 "比人心"句：《庄子·列御寇》："凡人险于山

川,难于知天。"

〔越调〕天 净 沙

江 上

喁喁落雁平沙[1],依依孤鹜残霞[2],隔水疏林几家。小舟如画,渔歌唱入芦花。

[1] 喁(yōng拥)喁:象声词,雁和鸣。

[2] 依依:形容鹜与霞依恋不舍的样子。孤鹜残霞:化用初唐王勃《滕王阁序》"落霞与孤鹜齐飞"句。鹜,又称舒凫,即野鸭子。

〔双调〕庆 东 原

次马致远先辈韵九篇[1]

门长闭,客任敲,山童不唤陈抟觉[2]。袖中六韬[3],鬓边二毛[4],家里箪瓢[5]。他得志笑闲人,他失脚闲人笑[6]。

诗情放,剑气豪,英雄不把穷通较[7]。江中斩蛟[8],云间射雕[9],席上挥毫。他得志笑闲人,他失脚闲人笑。

山容瘦,木叶凋,对西窗尽是诗材料。苍烟树杪[10],残雪柳条,红日花梢[11]。他得志笑闲人,他失脚闲人笑。

〔1〕 次韵:依照前人诗作用韵次序唱和的作品,注明次韵。马致远:见本书小传。先辈:指辈份高的已故前人,称此以示尊敬。共九篇,选其第二、五、九篇。

〔2〕 陈抟:见张养浩〔越调寨儿令·闲适〕注〔4〕。

〔3〕 六韬:相传为姜太公所作兵书名,此指用兵的谋略。

〔4〕 二毛:因年老而头发斑白。

〔5〕 箪(dān 丹)瓢:箪,吃饭的食器;瓢,饮水的饮器;箪瓢,喻指生活简朴。《论语·雍也》:"一箪食,一瓢饮,在陋巷,人不堪其忧,回也不改其乐。"

〔6〕 失脚:不慎而跌倒,喻指失意、倒霉。

〔7〕 穷通:穷,困厄;通,显达。泛指得失、利害。较:计较。不较,即不在乎。

〔8〕 江中斩蛟:晋人周处为害乡里,与山中虎、江中蛟并称"三害"。后改过自新,为民除害,曾入山杀虎、投水斩蛟,官至御史中丞。见《晋书·周处传》及《世说新语·自新》。

〔9〕 云间射雕:北齐将军斛律光校猎中曾于云端射下大雕,时号"落雕都督",见《北齐书·斛律金列传附斛律光传》。后遭谗被杀。《史记·李将军列传》亦载有匈奴射雕事。

〔10〕 杪(miǎo秒):树梢。

〔11〕 花梢:花枝末端,此即指花枝之上。

〔正宫〕醉太平

怀古

翩翩野舟[1],泛泛沙鸥[2]。登临不尽古今愁[3],白云去留[4]。凤凰台上青山旧[5],秋千墙里垂杨瘦[6],琵琶亭畔野花秋[7]。长江自流。

〔1〕 翩翩:轻快的样子。

〔2〕 泛泛:飘浮的样子。

〔3〕 登临:登山临水,泛指游览。

〔4〕 去留:形容白云飘来飘去,没有定止。

〔5〕 凤凰台:原址在今江苏南京。见马致远〔南吕四块玉·凤凰坡〕注〔3〕。

〔6〕 秋千墙里:苏轼〔蝶恋花〕词有"墙里秋千墙外道,墙外行人,墙里佳人笑"句,本此。

〔7〕 琵琶亭:原址在今江西九江。白居易贬为江州司马时曾在此地送客,写下名篇《琵琶行》,后人于此建琵琶亭以为纪念。

〔越调〕凭阑人

湖 上

远水晴天明落霞,古岸渔村横钓槎[1]。翠帘沽酒家[2],画桥吹柳花[3]。

〔1〕 钓槎(chá 茶):渔船。槎,木筏。

〔2〕 翠帘:犹青旗,是酒店的招牌,俗称酒望子。

〔3〕 吹柳花:用李白《金陵酒肆留别》"风吹柳花满店香,吴姬压酒劝客尝"诗意。

〔双调〕落梅风

春 情

秋千院[1],拜扫天[2],柳阴中躲莺藏燕。掩霜纨递将诗半篇[3],怕帘外卖花人见。

〔1〕 秋千院:指花园。

〔2〕 拜扫天:扫墓之日,指清明节及其前二日之寒食节,为扫祭先茔之日,见《岁时广记》十五、《东京梦华录》卷七。

〔3〕 霜纨:白色丝织品,此指手帕。

〔中吕〕喜 春 来

永康驿中[1]

荷盘敲雨珠千颗[2],山背披云玉一蓑[3]。半篇诗景费吟哦。芳草坡,松外采茶歌。

〔1〕 永康:地名,元代属江浙行省婺州路,今属浙江。驿:指驿站,官吏或信使休息之所。

〔2〕 荷盘:指荷叶如盘。

〔3〕 山背:指山阴,山的北面。

〔中吕〕卖 花 声

怀 古

美人自刎乌江岸[1],战火曾烧赤壁山[2],将军空老玉门关[3]。伤心秦汉,生民涂炭[4],读书人一声长叹。

〔1〕 美人:指项羽帐下美人虞姬。据《史记·项羽本纪》,项羽被困垓下,兵少食尽,慷慨悲歌,虞姬和之,后自刎。乌江,在今安徽和县。

〔2〕 战火:东汉建安十三年(208)十月,曹操以舟师攻孙权,孙权手下大将周瑜大破之于赤壁,见《三国志·吴书·吴主孙权传》。赤壁山:见薛昂夫〔双调殿前欢·秋〕注〔2〕。

〔3〕 将军:指东汉名将班超。班超在西域三十一年,官至西域都护,封定远侯。年老思土,上书乞归曰:"臣不敢望到酒泉郡,但愿生入玉门关。"未报。其妹班昭为之上书乞归,和帝感其言,乃征超还,不久病卒。见《后汉书·班超传》。玉门关:古关名,在今甘肃敦煌西北小方盘城。

〔4〕 生民:即人民、百姓。涂炭:烂泥和炭火,比喻百姓危难如陷泥坠火。典出《尚书·仲虺之诰》。

〔中吕〕卖花声

客 况[1]

绿波南浦人怀旧[2],黄叶西风染鬓秋[3],暮云归兴仲宣楼[4]。天南地北,尘衣风帽[5],漫无成数年驰骤[6]。

〔1〕 客况:即旅居时的景况。

〔2〕 绿波南浦:指送别之地。屈原《九歌·河伯》:"子交手兮东行,送美人兮南浦。"南朝梁江淹《别赋》:"春草碧色,春水绿波。送君南浦,伤如之何。"

〔3〕 鬓秋:指两鬓生出白发。秋,指秋霜。

〔4〕 仲宣:"建安七子"之一王粲字仲宣。见马致远〔南吕金字经〕(夜来西风里)注〔2〕、〔3〕。

〔5〕 尘衣风帽:即风尘仆仆,饱经风霜之意。

〔6〕 漫:徒然,白白地。驰骤:疾奔,意指奔波劳碌。

〔中吕〕齐天乐过红衫儿

道　情[1]

人生底事辛苦[2]？枉被儒冠误[3]。读书，图，驷马高车[4]。但沾着者也之乎，区区[5]，牢落江湖[6]，奔走在仕途[7]，半纸虚名，十载功夫。人传梁甫吟[8]，自献长门赋[9]，谁三顾茅庐[10]？白鹭洲边住[11]，黄鹤矶头去[12]，唤奚奴[13]，鲙鲈鱼，何必谋诸妇[14]。酒葫芦，醉模糊，也有安排我处[15]。

浮生扰扰红尘[16]，名利君休问。闲人，贫，富贵浮云[17]，乐林泉远害全身[18]。将军[19]，举鼎拔山，只落得自刎。学范蠡归湖[20]，张翰思莼[21]。田园富子孙，玉帛萦方寸[22]，争如醉里乾坤[23]？曾与高人论，不羡元戎印[24]。浣花村[25]，掩柴门，倒大无忧闷[26]。共开樽，细论文[27]，快活清闲道本[28]。

〔1〕 道情:本为道士所唱鼓词,以渔鼓、简板伴奏,《太和正音谱》称为"黄冠体",后亦用来演说民间故事或超凡脱俗、隐居乐道题材。

〔2〕 底事:何事,为什么。

〔3〕 儒冠:读书人的帽子,代指儒生生涯。

〔4〕 驷马高车:见马致远〔双调拨不断〕(叹寒儒)注〔2〕。

〔5〕 区区:奔走劳碌。区,通"驱"。

〔6〕 牢落:孤寂无聊。

〔7〕 仕途:做官或求仕之路。

〔8〕 梁甫吟:见冯子振〔正宫鹦鹉曲·赤壁怀古〕注〔3〕。

〔9〕 长门赋:见马致远〔双调拨不断〕(叹寒儒)注〔3〕。

〔10〕 三顾茅庐:见冯子振〔正宫鹦鹉曲·赤壁怀古〕注〔2〕。

〔11〕 白鹭洲:本为南京市西南长江中的一个沙洲,今已与陆地相连。

〔12〕 黄鹤矶:在今武汉市蛇山西北二里处,黄鹤楼建于其上。相传仙人王子安曾乘黄鹤过此。见《南齐书·州郡志下》。

〔13〕 奚奴:奴仆。

〔14〕 谋诸妇:与妻商量,语出苏轼《后赤壁赋》,"客曰:'今者薄暮,举网得鱼,巨口细鳞,状似松江之鲈,顾安所得酒乎?'归而谋诸妇,妇曰:'我有斗酒,藏之久矣,以待子不时之需。'"

〔15〕 也有安排我处:语出白贲〔正宫鹦鹉曲·渔父〕。

〔16〕 浮生:即人生。语出《庄子·刻意》:"其生若浮,其死若休。"扰扰:烦乱的样子。红尘:世间。

〔17〕 富贵浮云:视富贵如同天空行云,与己无关。语出《论语·述而》:"不义而富且贵,于我如浮云。"

〔18〕 远害全身:避开祸害,保全性命。

〔19〕 将军:指西楚霸王项羽,力能扛鼎,与汉王刘邦争霸,兵败垓下,悲歌慷慨,有"力拔山兮气盖世"之句,最后于乌江自刎。见《史记·项羽本纪》。

〔20〕 范蠡归湖:见张可久〔黄钟人月圆·客垂虹〕注〔5〕。

〔21〕 张翰思莼(chún 纯):见亢文苑〔南吕一枝花〕(琴声动鬼神)注〔3〕。

〔22〕 方寸:指心,脑海。

〔23〕 争:怎。乾坤:天地。

〔24〕 元戎:元帅。

〔25〕 浣花村:锦江(岷江支流)流经成都西郊的一段

称浣花溪。唐杜甫于其旁建有草堂,作有《江村》等诗。此代指隐居之地。

〔26〕 倒大:绝大,非常。

〔27〕 细论文:认真推敲文字、评论文章。语出杜甫《春日忆李白》诗:"何时一尊酒,重与细论文。"

〔28〕 道本:安身立命之本,道德之本。多指道士或修持得道者。

〔南吕〕骂玉郎过感皇恩采茶歌

杨驹儿墓园[1]

莓苔生满苍云径[2],人去小红亭。《题情》犹是酸斋赠[3],我把那诗句赓[4],书画评,阑干凭。

茶灶尘凝,墨水冰生。掩幽扃[5],悬瘦影,伴孤灯。琴已亡伯牙[6],酒不到刘伶[7]。策短藤[8],乘暮景,放吟情。　　写新声,寄春莺。明年来此赏清明。窗掩梨花庭院静,小楼风雨共谁听?

〔1〕 杨驹儿:生平不详。钟嗣成《录鬼簿》于孔文卿

所著杂剧《东窗事犯》下注"二本杨驹儿按（一作接）"，曹楝亭刊本《录鬼簿》则注"一云杨驹儿作"。《青楼集》杨买奴名下云："杨驹儿之女也，美姿容，善讴歌。"杨驹儿当是位能编写剧本的艺伎，与张可久、贯云石交往密切。

〔2〕 苍云径：指向上的山间小径。

〔3〕 酸斋：即曲家贯云石，本书有传。有〔中吕醉高歌过喜春来·题情〕及〔越调凭栏人·题情〕七首。

〔4〕 赓：依别人诗作的原韵和诗。

〔5〕 幽扃(jiōng 坰)：墓室的门。

〔6〕 伯牙：见薛昂夫〔中吕·朝天曲〕（伯牙）注〔1〕。曲家自视为杨驹儿的知音。

〔7〕 刘伶：晋代"竹林七贤"之一，以纵情饮酒著称，见《世说新语·任诞》。此句指不能再与杨驹儿共饮，语出李贺《将进酒》："劝君终日酩酊醉，酒不到刘伶坟上土。"

〔8〕 策短藤：拄着藤杖。

〔正宫〕醉太平

人皆嫌命窘[1]，谁不见钱亲？水晶丸入面糊盆，才沾粘便滚[2]。文章糊了盛钱囤[3]，门庭改做迷魂阵[4]，清廉贬入睡馄饨[5]。胡芦提倒稳[6]。

〔1〕 窨:指命运的窨迫、困顿。

〔2〕 "水晶丸"二句:意为清白的人一沾上钱也糊涂贪婪起来。水晶丸,喻指清白无瑕、光明磊落之人。面糊盆,喻指钱财。

〔3〕 "文章"句:指文章成了换钱的工具,自无风骨可言。

〔4〕 迷魂阵:坑人的陷阱。

〔5〕 睡馄饨:指混沌不明,糊涂一片。《恒言广证》引《剑南诗钞》自注:"馄饨盖即浑敦之俗字。"

〔6〕 胡芦提:即葫芦蹄,糊里胡涂之义。

〔南吕〕金字经

采莲女

小玉移莲棹[1],阿琼横玉箫[2],贪看荷花过断桥[3]。摇,柳枝学弄瓢[4],人争笑,翠丝抓凤翘[5]。

〔1〕 小玉:本指春秋时吴王夫差小女,名紫玉,才貌

俱美,见干宝《搜神记》;又为仙女名,见白居易《长恨歌》。此处代指采莲女。莲棹:采莲的小船。棹,船桨,代指船。

〔2〕 阿琼:即许飞琼,仙女名,见《汉武帝内传》。这里代指采莲女。

〔3〕 断桥:在杭州西湖东岸与孤山相连的白堤上。本名宝佑桥,自唐时呼为断桥,见田汝成《西湖游览志》卷二。

〔4〕 弄瓢:风吹树响。蔡邕《琴操》:"许由者,古之贞固之士也。……人见其无器,以一瓢遗之。由操饮毕,以瓢挂树,风吹树动,历历有声。"

〔5〕 翠丝:指垂下的绿色柳条。凤翘:飞凤形的头饰。

〔中吕〕满庭芳

秋夜不寐

西窗酒醒[1],衾闲半幅,鼓转三更。起来无语伤孤另[2],何限幽情[3]。金锁碎帘前月影[4],玉丁当楼外秋声[5]。凭阑听,吹箫凤鸣[6],人在雪香亭[7]。

〔1〕 西窗:暗用李商隐《夜雨寄北》"何当共剪西窗烛,却话巴山夜雨时"诗意。指夫妻聚谈之所。

〔2〕 孤另:即孤零,指孤独。

〔3〕 何限:无限。

〔4〕 金锁碎:形容帘前的月影隔帘相望有如琐碎闪烁的金片。锁碎,即琐碎。

〔5〕 玉丁当:用以形容楼檐下的铁马的响声有如玉石相击。

〔6〕 吹箫凤鸣:见马致远〔南吕四块玉·凤凰坡〕注〔1〕。

〔7〕 雪香亭:吹箫人所处之地,或许就是当年听恋人演奏的地方。

〔中吕〕朝天子

闺 情

与谁,画眉[1]?猜破风流谜。铜驼巷里玉骢嘶[2],夜半归来醉。小意收拾[3],怪胆禁持[4],不识羞谁似你!自知,理亏,灯下和衣睡。

〔1〕 画眉:汉宣帝时京兆尹张敞曾为妻画眉,一时传为夫妻恩爱的风流佳话。见《汉书·张敞传》。

〔2〕 铜驼:汉代于京城洛阳宫之南铸铜驼二枚,夹路相对。谚云:"金马门外集众贤,铜驼陌上集少年。"(《太平御览》卷一五八引陆机《洛阳记》)玉骢:青白色骏马。指夫婿游冶之地。

〔3〕 小意:小心。

〔4〕 怪胆:胡做妄为之胆。禁持:忍耐。

〔中吕〕山坡羊

闺 思

云松螺髻[1],香温鸳被,掩春闺一觉伤春睡。柳花飞,小琼姬[2],一声"雪下呈祥瑞"[3],团圆梦儿生唤起[4]。谁?不做美。"呸,却是你!"

〔1〕 云松螺髻:蓬松如云的螺形发髻。

〔2〕 小琼姬:漂亮的小丫鬟。

〔3〕 雪下呈祥瑞:瑞雪兆丰年之意,此为小侍女以

柳絮似雪花的惊诧语。

〔4〕 生:强,硬。

〔双调〕湘妃怨

怀 古

秋风远塞皂雕旗[1],明月高台金凤杯[2]。红妆肯为苍生计,女妖娆能有几?两蛾眉千古光辉。汉和番昭君去[3],越吞吴西子归,战马空肥。

〔1〕 皂雕旗:绣有黑雕图饰的匈奴旗帜。指王昭君入匈奴和亲。

〔2〕 高台:指姑苏台,见李泂〔双调夜行船·送友归吴〕注〔3〕。句指西施入吴事,见卢挚〔双调湘妃怨·西湖〕注〔5〕。

〔3〕 昭君:即王嫱,字昭君,西汉南郡秭归(今湖北兴山县)人。汉元帝竟宁元年(前33)赴匈奴和亲,被呼韩邪单于封为宁胡阏氏。事见《汉书·匈奴传》等。戏曲多演其事,马致远有杂剧《汉宫秋》。

〔仙吕〕锦橙梅

红馥馥的脸衬霞[1],黑髭髭的鬓堆鸦[2]。料应他,必是个中人[3],打扮的堪描画。颤巍巍的插着翠花,宽绰绰的穿着轻纱,兀的不风韵煞人也嗏[4]!是谁家[5]?我不住了偷睛儿抹[6]。

〔1〕 红馥馥:犹红扑扑。馥馥,本指香气浓烈,此用通感手法,以味状色。

〔2〕 黑髭髭:犹黑黝黝。堆鸦:喻黑发如鸦。

〔3〕 个中人:宋元时江湖切口专指妓女。个中,此中,其中。此指行院。

〔4〕 兀的不:怎不,岂不。煞:甚。嗏:语尾助词,如啊。

〔5〕 谁家:即谁,犹言此是何人。家,语尾助词,无义。

〔6〕 抹(mā妈):宋元口语,偷瞧。

〔越调〕凭阑人

江 夜

江水澄澄江月明[1],江上何人抟玉筝[2]?隔江和泪听,满江长叹声。

〔1〕 澄澄:明净清澈的样子。
〔2〕 抟(chōu 抽):弹拨乐器。

〔黄钟〕人月圆

春晚次韵[1]

萋萋芳草春云乱[2],愁在夕阳中。短亭别酒[3],平湖画舫,垂柳骄骢[4]。　　一声啼鸟,一番夜雨,一阵东风。桃花吹尽,佳人何在?门掩残红。

〔1〕 次韵:见张可久〔双调庆东原·次马致远先辈韵九篇〕注〔1〕。原作之曲已不可考。

〔2〕 萋萋:青草茂盛之状。萋萋芳草,取淮南小山《招隐士》"王孙游兮不归,芳草生兮萋萋"之意。

〔3〕 短亭:设在路旁供行人停宿、休息用的公用房舍,常用做送别饯行之所。《白孔六帖》卷九:"十里一长亭,五里一短亭。"

〔4〕 骄骢:健壮之马。

〔南吕〕一枝花

湖上归

长天落彩霞,远水涵秋镜。花如人面红,山似佛头青[1],生色围屏[2]。翠冷松云径,嫣然眉黛横[3]。但携将旖旎浓香[4],何必赋横斜瘦影[5]。〔梁州〕挽玉手留连锦英[6],据胡床指点银瓶[7]。素娥不嫁伤孤另[8]。想当年小小[9],问何处卿卿[10]?东坡才调,西子娉婷,总相宜千古留名[11]。吾二人此地私行,六一泉亭上诗成[12],

三五夜花前月明[13],十四弦指下风生[14]。可憎[15],有情,捧红牙合和伊州令[16]。万籁寂,四山静。幽咽泉流水下声[17],鹤怨猿惊[18]。〔尾〕岩阿禅窟鸣金磬[19],波底龙宫漾水精[20]。夜气清,酒力醒;宝篆销[21],玉漏鸣[22]。笑归来仿佛二更,煞强似踏雪寻梅灞桥冷[23]。

〔1〕 佛头青:天青色,佛家传说如来毛发为绀琉璃色,即天青色,故有绀顶之说。北宋林逋《西湖》:"春水净于僧眼碧,晚山浓似佛头青。"

〔2〕 生色:指色彩鲜明生动。围屏:比喻西湖四周的景致有如画屏一般。

〔3〕 嫣然:美好的样子。眉黛:黛为青黑色颜料,可做画眉之用。此处以眉喻山。王观〔卜算子〕词:"水是眼波横,山是眉峰聚。"

〔4〕 旖旎(yǐ nǐ 椅你):轻盈柔美,兼有风流之意。旖旎浓香,指代美女。

〔5〕 横斜瘦影:指梅树。典出林逋《山园小梅》诗"疏影横斜水清浅,暗香浮动月黄昏"。

〔6〕 留连:留恋不舍。锦英:指繁花似锦。

〔7〕 胡床:可折迭的坐椅。银瓶:酒器。

〔8〕 素娥:指嫦娥。谢庄《月赋》唐李周翰注:"常娥

窃药奔月,因以为名。月色白,故云素娥。"孤另:孤零,孤单。

〔9〕 小小:即苏小小,南齐钱塘名妓,墓在西湖岸边,今已毁弃。

〔10〕 卿卿:男女间昵称。

〔11〕 "东坡"三句:苏轼号东坡居士,其《饮湖上初晴后雨》诗,有"欲把西湖比西子,淡妆浓抹总相宜"之句。娉婷,形容姿态美好。

〔12〕 六一泉:欧阳修自号"六一居士",与西湖僧惠勤相好,苏轼为杭州太守时修与僧皆已死,为纪念欧阳修而称惠勤讲堂后面的泉水为六一泉。参见苏轼《六一泉铭》。

〔13〕 三五夜:即农历月十五的夜晚。

〔14〕 十四弦:一种弹拨乐器。

〔15〕 可憎:即可爱,爱极的反语。

〔16〕 红牙:檀木制做的用来调节乐器节拍的拍板。伊州令:曲调名,属商调大曲。

〔17〕 幽咽泉流水下声:化用白居易《琵琶行》诗中"幽咽泉流水下滩"句意。

〔18〕 鹤怨猿惊:用以形容乐声之动人心魄。典出孔稚圭《北山移文》。

〔19〕 岩阿:山窟边侧之地。禅窟:寺庙。岩阿禅窟,即指山中佛寺。金磬(qìng 庆):磬为可打击发声的响器的

通称,金磬即寺庙里金属制作的响器。

〔20〕 漾:水摇动状。水精:即水晶。

〔21〕 宝篆:香烟,因香炉之烟曲折上升状如篆字而得名。

〔22〕 玉漏:古代滴漏计时器的美称。见王伯成〔仙吕南春从天上来·闺怨〕注〔5〕。

〔23〕 煞强似:远胜过。煞,甚。踏雪寻梅:见薛昂夫〔双调蟾宫曲·雪〕注〔6〕。

任 昱

　　任昱,生卒年不详,字则明,四明(今浙江鄞县)人。与曲家张可久、曹明善同时且交好。少年狎游平康,以小乐章流布于裙衩间。后乃锐志读书,七言诗甚工,擅散曲。杨维桢《西湖竹枝集》收任昱竹枝词一首,并记其生平。散曲今存小令五十九首、套曲一套。

〔双调〕清江引

题 情

南山豆苗荒数亩[1],拂袖先归去。高官鼎内鱼[2],小吏罝中兔[3],争似闭门闲看书[4]?

　　[1] "南山"句:化用陶潜《归园田居》其三"种豆南山下,草盛豆苗稀"句意。联系下句,表明已弃官归隐。

　　[2] 鼎:见卢挚〔双调蟾宫曲·京口怀古〕注〔5〕。鼎内鱼,语出南朝梁人丘迟《与陈伯之书》:"将军鱼游于沸

鼎之中,燕巢于飞幕之上,不亦惑乎!"藉以比喻处境之危。

〔3〕 罝(jū居):捕兔子的网。

〔4〕 争:怎。争似,怎比得上。

〔南吕〕金字经

秋宵宴坐[1]

秋夜凉如水[2],天河白似银,风露清清湿簟纹[3]。论[4],半生名利奔。窥吟鬓[5],江清月近人[6]。

〔1〕 宴坐:闲坐。

〔2〕 秋夜凉如水:化用王维《秋夕》诗句"天阶夜色凉如水,卧看牵牛织女星"。

〔3〕 簟(diàn店)纹:竹席上的图案,代指竹席。

〔4〕 论:说起来,想来。

〔5〕 吟鬓:诗人的鬓发。

〔6〕 江清月近人:孟浩然《宿建德江》:"野旷天低树,江清月近人。"

〔双调〕清江引

钱塘怀古[1]

吴山越山山下水[2],总是凄凉意。江流今古愁,山雨兴亡泪。沙鸥笑人闲未得[3]。

〔1〕 钱塘:今浙江杭州。

〔2〕 吴山:见刘秉忠〔南吕干荷叶〕注〔6〕。山下水:指钱塘江水。

〔3〕 沙鸥:飞翔于江海之上的水鸟。诗人多将其视为飘泊无定,或自由自在的化身,此指后者。

钱 霖

钱霖,字子云,松江(今属上海)人。弃俗为道士,更名抱素,号素庵,晚年又号泰窝道人。著散曲集《醉边馀兴》及词集《渔樵谱》,皆不存。钟嗣成《录鬼簿》评其"词语极工巧",散曲今存小令四首、散套一套。

〔般涉调〕哨 遍

试把贤愚穷究。看钱奴自古呼铜臭[1],徇己苦贪求[2],待不教泉货周流[3],忍包羞[4]。油铛插手[5],血海舒拳[6],肯落他人后?晓夜寻思机縠[7],缘情鉤距[8],巧取旁搜。蝇头场上苦驱驰[9],马足尘中厮追逐[10],积儹下无厌就[11]。舍死忘生,出乖弄丑[12]。

〔耍孩儿〕安贫知足神明佑,好聚敛多招悔尤[13]。王戎遗下旧牙筹[14],夜连明计算无休。不思日月搬乌兔[15],只与儿孙作马牛。添消瘦。不调衵鼎[16],恣逞戈矛。

〔十煞〕渐消磨双脸春,已凋飕两鬓秋,终朝不乐眉长皱。恨不得柜头钱五分息招人借,架上袄一周年不放赎[17]。狠毒性如狼狗,把平人骨肉,做自己膏油。

〔九〕有心待拜五侯[18],教人唤甚半州[19]。忍饥寒儹得家私厚。待垒做钱山儿倩军士喝号提铃守[20],怕化做钱龙儿请法官行罡布气留[21]。半炊儿八遍把牙关叩[22],只愿得无支有管[23],少出多收。

〔八〕亏心事尽意为,不义财尽力掊[24],那里问亲弟兄亲姊妹亲姑舅?只待要春风金谷骄王恺[25],一任教夜雨新丰困马周[26]。无亲旧,只知敬明眸皓齿[27],不想共肥马轻裘[28]。

〔七〕资生利转多,贪婪意不休。为锱铢舍命寻争斗[29]。田连阡陌心犹窄,架插诗书眼不瞅。也学采东篱菊,子是个装呵元亮[30],豹子浮丘[31]。

〔六〕恨不得扬子江变做酒,枣穰金积到斗[32]。为几文赡背钱受了些旁人咒[33]。一斗粟与亲眷分了颜面,二斤麻把相知结下寇仇。真纰缪[34],一味的骄而且吝,甚的是乐以忘忧[35]。

〔五〕这财曾燃了董卓脐[36]，曾枭了元载头[37]。聚而不散遭殃咎。怕不是堆金积玉连城富，眨眼早野草闲花满地愁。干生受[38]。生财有道，受用无由。

〔四〕有一日大小运并在命宫[39]，死囚限缠在卯酉[40]。甚的散得疾子为你聚来得骤。恰待调和新曲歌金帐[41]，逼临得佳人坠玉楼[42]。难收救，一壁相投河奔井[43]，一壁相烂额焦头。

〔三〕窗隔每都飐飐的飞[44]，椅桌每都出出的走，金银钱米都消为尘垢。山魈木客相呼唤[45]，寡宿孤辰厮趁逐[46]，喧白昼，花月妖将家人狐媚，虚耗鬼把仓库潜偷。

〔二〕恼天公降下灾，犯官刑系在囚。他用钱时难参透。待买他上木驴钉子轻轻钉[47]，吊脊筋钩儿浅浅钩[48]。便用杀难宽宥[49]。魂飞荡荡，魄散悠悠。

〔尾〕出落他平生聚敛的情[50]，都写做临刑犯罪由。将他死骨头告示向通衢里氄[51]，任他日炙风吹慢慢朽。

〔1〕 看(kān刊)钱奴：守财奴，指富而悭吝者。看，

守护。铜臭:钱的臭气。以钱买官,为富不仁者谓之铜臭。典出《后汉书·崔寔传》。

〔2〕 徇(xùn 迅)己:即顺着自己,放纵自己。徇,曲从。

〔3〕 待:打算,想。泉:古代钱币的名称。泉货,即指货币。

〔4〕 忍包羞:忍气吞声,不顾羞耻。

〔5〕 油铛(chēng 撑)插手:犹言滚油锅中取物。铛,锅的一种。

〔6〕 血海舒拳:在血海中伸手捞钱。

〔7〕 机彀(gòu 够):机关,圈套。

〔8〕 缘情鉤距:任着性子设法掠取。鉤距,古代兵器名,亦作"钩拒"。鉤者取之,拒者自保。此谓捞取钱财只进不出。

〔9〕 蝇头:比喻利之小。见白朴〔双调乔木查·对景〕注〔23〕。

〔10〕 马足尘:言辛苦奔波。

〔11〕 儧(zǎn 攒):积聚。

〔12〕 出乖弄丑:即丢人现眼。

〔13〕 悔尤:怨恨。

〔14〕 王戎:西晋临沂人,官至太子太傅,尚书左仆射,领吏部,《晋书·王戎传》说他贪吝好货,广收八方园田,积钱无数,自持牙筹,昼夜计算,为时人所讥。牙筹:象

牙做的计算用筹码。

〔15〕 乌兔：即太阳和月亮。古代传说太阳里有三足乌，月亮中有白兔。日月搬乌兔，即时光流逝。见卢挚〔双调蟾宫曲·劝世〕注〔4〕。

〔16〕 裀鼎：指代衣食。裀，夹衣或褥垫。鼎，古代烹饪器具。

〔17〕 "恨不得"二句：柜头钱，置于柜子上头的零用钱，日常购物随手可取。袙，音义不详，疑为"袇"字形近而误。袇（rì 日），《说文》："日日所常衣也。"置于衣架，随时可穿。放赎，典当物品到期后，听凭物主备价取赎。将常用钱放贷求息、常用衣典当换钱，且周年不赎，足见其嗜钱如命。（用葛云波先生说）

〔18〕 五侯：汉成帝河平二年（前27）将王姓舅五人同日封侯，五侯遂指代权贵。

〔19〕 半州：指半州之田产，常作为广有田产的富户绰号。

〔20〕 倩（qìng 庆）：请，让，雇。此谓命令。

〔21〕 钱龙儿：据《南史·梁本纪·元帝》，帝曾见大蛇盘屈于前，群小蛇绕之。宫人谓之"钱龙"，帝遂命取钱数千万以镇之。行罡（gāng 刚）布气：指道士施法以留住钱财。行罡，踏星布斗，施展法术的行为。罡，北斗星。布气，即运气，道士施法行为。

〔22〕 半炊儿：半顿饭的工夫。牙关叩：迷信传说，许

愿时叩牙关可令其应验。

〔23〕 管:锁。

〔24〕 掊(póu抔):搜刮,聚敛。

〔25〕 金谷:指金谷园,在今河南洛阳市西北。晋太康年间巨富石崇所筑。王恺:西晋武帝司马炎之舅父,性豪侈,日用无度,以曾与石崇斗富著称,见《世说新语·汰侈》及《晋书·石崇传》。

〔26〕 一任教:任凭,任从。马周:唐太宗时官至中书令。见亢文苑〔南吕一枝花〕(琴声动鬼神)注〔8〕。新丰,县名,西汉高帝十年(前197)所建,唐时治所在今陕西临潼东北之新丰镇。

〔27〕 明眸皓齿:指代美女。

〔28〕 共肥马轻裘:共享财富。《论语·公冶长》:"子路曰:'愿车马衣轻裘与朋友共,敝之而无憾。'"

〔29〕 锱铢(zī zhū资朱):喻指微利。古代计量,一两分二十四铢,六铢为一锱。

〔30〕 子是:只是。装呵:装样子。元亮:陶渊明字元亮,其《饮酒》诗有"采菊东篱下,悠然见南山"的名句。

〔31〕 浮丘:仙人,见《列仙传》;汉有齐人浮丘伯,治《诗》授徒,见《汉书·儒林传》。豹子浮丘,即假浮丘。豹子以皮毛花纹美丽而闻名,故称。

〔32〕 枣穰金:黄金。枣穰为金黄色,故称。

〔33〕 㡣(dàn旦)背钱:即垫背钱,谓置入棺材内死

人背下的钱。

〔34〕 纰缪(pī miù 批谬)：错误，荒谬。

〔35〕 甚的是：不知何者是。乐以忘忧，语出《论语·述而》。

〔36〕 董卓脐：汉桓帝时权相董卓被杀后，暴尸于市，其体肥，守尸吏燃其脐，光明达旦，如是积日。见《后汉书·董卓传》。

〔37〕 枭(xiāo 消)：斩首并悬以示众。元载：唐代宗时权相，刻剖聚敛，富冠天下，后被杖杀禁中（见《新唐书·元载传》）。

〔38〕 干生受：白白承受。

〔39〕 大小运：旧时星命家的说法，每年行一运，主一年的吉凶，称小运；十年气运一改，称大运，也做好运用。大小运即好坏运，此处偏指恶运交汇。命宫：星相家术语。本人生时加太阳宫，顺数遇卯即命宫。命宫决定人的一生吉凶命运。

〔40〕 卯酉：十二时辰中之卯时与酉时，卯时为早晨五至七时，酉时为十七时至十九时。卯酉即早晚间。

〔41〕 金帐：即销金帐，用金或金线装饰的帐子。

〔42〕 逼临：逼迫，欺凌。佳人：指石崇宠爱之歌姬绿珠。绿珠美艳绝伦，权臣孙秀索要，石崇不与。孙秀乃劝赵王伦假借皇帝名义抓捕石崇。及甲士到门，绿珠跳楼自杀。见《晋书·石崇传》。

〔43〕 一壁相:即一壁厢,一边,一面。

〔44〕 飐(zhǎn展)飐:风吹摇动貌。

〔45〕 山魈(xiāo消):即山怪。木客:传说中山中怪兽。

〔46〕 寡宿(xiù秀):宿指星宿,星相术士认为星宿各有相应的星宿相配,否则命运不利。孤辰:辰指地支,地支要与天干相配,否则命运不利。厮趁逐:即相追赶。

〔47〕 木驴:一种刑具,一个装有轮轴的木桩,下有四腿,形略同驴。先将受剐刑犯人钉上木驴游街示众,然后行刑。

〔48〕 吊脊筋:一种酷刑,即用钩钩住犯人脊骨吊于柱上。

〔49〕 用杀:指狠用钱财行贿。宽宥:宽恕赦免。

〔50〕 出落:显现,此处有暴露、揭露义。情:指情节。

〔51〕 通衢:市井热闹处。甃(zhòu皱):本指砖砌的井壁,此处为堆放意。

曹 德

曹德,字明善,曾为山东宪吏、衢州路吏。曾因反对权相伯颜被缉捕而逃匿吴中。散曲之作造诣颇高,钟嗣成在《录鬼簿》中评其"华丽自然,不在小山(张可久)之下"。散曲今存小令十八首。

〔双调〕清江引

长门柳丝千万结[1],风起花如雪。离别复离别,攀折更攀折,苦无多旧时枝叶也。

长门柳丝千万缕,总是伤心树。行人折嫩条,燕子衔轻絮,都不由凤城春做主[2]。

〔1〕 长门:汉代宫殿长门宫,代指皇宫。
〔2〕 凤城:京城。凤城春,此代指皇帝——元顺帝。

[双调]折桂令

自 述

淡生涯却不多争[1],卖药修琴[2],负笈担簦[3]。雪岭樵柯[4],烟村牧笛,月渡渔罾[5]。究生死干忙煞老僧[6],学飞升空老了先生[7]。我腹膨脝[8],我貌狰狞,我发鬅鬙[9]。除了衔杯,百拙无能。

〔1〕 淡生涯:平淡的生活。

〔2〕 卖药修琴:都是隐于市井者从事的行业,代指隐居生活。

〔3〕 负笈(jí 及):背着书箱,指寻师求学。担簦(dēng 登):扛着伞。簦,有长柄的笠,犹今之伞。此句意为冒着风雨寻师求学,亦有摆脱世俗,以游学为乐之意。

〔4〕 樵柯:打柴。

〔5〕 渔罾(zēng 增):以网捕鱼。

〔6〕 干忙煞:白白忙坏。

〔7〕 飞升:道家修道者功行完满,得道成真,飞登天

界。先生：元人称道士为先生。

〔8〕 膨脝(hēng 亨)：大腹貌，饱食的样子。

〔9〕 髼鬙(péng sēng 朋僧)：头发散乱的样子。

贯 云 石

贯云石(1286—1324),本名小云石海涯,字浮岑,号酸斋,别号成斋、芦花道人等。因父名贯只哥,遂以贯为姓氏。祖籍西域北庭(今新疆吉木萨尔县),维吾尔族人。贯云石出身名门,祖、父皆显贵。初袭祖父之荫,任宣武将军两淮万户府达鲁花赤,不久便把官职让给弟弟。仁宗朝为翰林侍读学士、中奉大夫、知制诰、同修国史。因上疏条陈六事未被采纳,又见朝政险恶,于仁宗延祐元年(1314)称疾辞官,优游江南。贯云石受过骑射生活的良好训练,能腾身上马,运槊生风。稍长始折节读书,曾师从姚燧学习古文,诗、文、书法具有可观,又是散曲大家,与徐再思唱和,近人辑二家曲作为《酸甜乐府》。其曲内容比较广阔,以写男女恋情为主,离思闺怨、宦途风险、隐逸田园、河山景物等也都见诸笔端,风格清丽豪放,"如天马脱羁"(朱权《太和正音谱》),俊语如珠,美不胜收。散曲今存小令八十八首、套数十套。胥惠民等有《贯云石作品辑注》。

〔正宫〕塞鸿秋

代人作

战西风几点宾鸿至[1],感起我南朝千古伤心事[2]。展花笺欲写几句知心事,空教我停霜毫半晌无才思[3]。往常得兴时[4],一扫无瑕玼[5];今日个病厌厌刚写下两个相思字[6]。

〔1〕 战西风:战有较量、抗争义,此言在秋风中挣扎。宾鸿:即雁。雁秋至南翔春来北飞,栖无定所,故称宾,《礼记·月令》曰"鸿雁来宾"。

〔2〕 南朝伤心事:典出金朝吴激〔人月圆〕词:"南朝千古伤心事,犹唱后庭花。旧时王谢,堂前燕子,飞向谁家?恍然一梦,仙肌胜雪,宫鬓堆鸦。江州司马,青衫泪湿,同是天涯。"吴词寄托故国沦丧之感,曲则只取字面意义,不知堂前燕子飞向谁家。晋以后建都金陵的宋齐梁陈统称南朝,这里仅借指南方。主人公与南方女子曾有恋情。此为代人作,所代何人,已无可考。

〔3〕 霜毫:经霜后的兽毛制笔最佳,故称笔为霜毫。

才思:才情思路。

〔4〕 得兴时:有兴致之时。

〔5〕 一扫:犹言大笔一挥,一挥而就。瑕疵(xiá cī 匣疵):玉石上的斑点,引申为小毛病。

〔6〕 病厌(yān 烟)厌:委靡不振的样子。厌厌,同恹恹。刚:只。

〔正宫〕小梁州

朱颜绿鬓少年郎[1],都变做白发苍苍。尽教他花柳自芬芳[2],无心赏,不趁莺燕忙[3]。〔幺〕东家醉了东家唱,西家再醉何妨?醉的强,醒的强,百年浑是醉[4],三万六千场。

〔1〕 绿鬓:黑发。

〔2〕 尽(jǐn 仅)教:任凭,不管。

〔3〕 趁:追逐,追随。

〔4〕 浑是:全是,总是。

〔正宫〕小 梁 州

相偎相抱正情浓,争忍西东[1]?相逢争似不相逢!愁添重,我则怕画楼空[2]。〔幺〕垂杨渡口人相送,拜深深暗祝东风:"他去的高挂起帆,则愿休吹动。"刚留一宿[3],天意肯相容?

〔1〕 争:怎;争忍,怎么忍心。下句争似,犹言怎如,怎么比得上。

〔2〕 画楼:指闺房。句谓只怕独守空房。

〔3〕 刚:强,硬。

〔正宫〕小 梁 州

秋

芙蓉映水菊花黄[1],满目秋光。枯荷叶底鹭鸶藏[2],金风荡[3],飘动桂枝香。〔幺〕雷峰塔畔登高望[4],见钱塘一派长江[5]。湖水清,江潮漾,天边斜月,新雁两三行。

〔1〕 芙蓉:木芙蓉,中秋开花。

〔2〕 鹭鸶(lù sī 路丝):一种水鸟,也叫白鹭。

〔3〕 金风:秋风。

〔4〕 雷峰塔:位于杭州西湖南面夕照山之上,为五代吴越王钱俶妃黄氏所建,今已倒塌。

〔5〕 钱塘:钱塘江,为浙江的下游。秋季波涛汹涌,成为著名景观钱塘潮。

〔中吕〕红 绣 鞋

东村醉西村依旧,今日醒来日扶头[1],直吃得海枯石烂恁时休。将屠龙剑[2],钓鳌钩[3],遇知音都去做酒[4]。

〔1〕 扶头:一为酒名,此指醉后情状,头须扶方可。杜牧《醉题五绝》:"醉头扶不起,三丈日还高。"

〔2〕 屠龙剑:屠龙本指高超而不切实用、不为世人所重的技艺,见《庄子·列御寇》。后指高才大德,苏轼《次

韵张安道读杜诗》:"巨笔屠龙手,微官似马曹。"曲中屠龙剑喻指成就大事业、获取高禄位的资本手段。

〔3〕 钓鳌钩:典出《列子·汤问》:"龙伯之国有大人,举足不盈数步而暨五山之所,一钓而连六鳌……"喻指成就大事业、获取高禄位的资本手段。

〔4〕 做酒:制造酒,使……变成酒。这里即换酒之意。

〔中吕〕红 绣 鞋

挨着靠着云窗同坐,偎着抱着月枕双歌,听着数着愁着怕着早四更过[1]。四更过情未足,情未足夜如梭。天哪,更闰一更儿妨甚么[2]!

〔1〕 四更:更为古代夜间计时单位,一夜分为五个更次,四更相当于凌晨三至四时。

〔2〕 闰:这里是增添、延长的意思。

〔双调〕蟾宫曲

送 春

问东君何处天涯[1]？落日啼鹃[2]，流水桃花。淡淡遥山，萋萋芳草[3]，隐隐残霞[4]。随柳絮吹归那答[5]？趁游丝惹在谁家[6]？倦理琵琶[7]，人倚秋千，月照窗纱。

〔1〕 东君：春神，《尚书纬·刑德放》："春为东帝，又为青帝。"《宋史·五行志四》："东君去后花无主。"这里代指春天。

〔2〕 啼鹃：见曾瑞〔南吕骂玉郎过感皇恩采茶歌·闺中闻杜鹃〕注〔1〕。

〔3〕 萋萋：草茂盛的样子。

〔4〕 隐隐：状残霞高而隐约不明。

〔5〕 那答：哪里。指春随柳絮吹到何方。

〔6〕 趁：逐，跟随。游丝：昆虫吐出的线，飘荡于空中，多见于春天。惹：沾挂，羁绊。

〔7〕 理：抚弄，弹奏。

〔双调〕清 江 引

弃微名去来心快哉[1],一笑白云外。知音三五人[2],痛饮何妨碍? 醉袍袖舞嫌天地窄。

〔1〕 去来:即去,来为语助词,无义。见马致远〔南吕四块玉·恬退〕注〔4〕。

〔2〕 知音:本指懂音乐的人。见薛昂夫〔中吕朝天曲〕(伯牙)注〔1〕。

〔双调〕清 江 引

咏 梅

芳心对人娇欲说,不忍轻轻折。溪桥淡淡烟,茅舍澄澄月[1],包藏几多春意也。

〔1〕 澄澄月:状月光清澈如水。

〔双调〕清江引

惜 别

若还与他相见时,道个真传示[1]:不是不修书,不是无才思[2]——绕清江买不得天样纸[3]。

〔1〕 道:犹说。传示:本作动词,为传达以示人知、传流以示人知之意;作名词,意即口信、书信。真传示,即传达真实情况。

〔2〕 才思:本指才华思绪,此指才华思绪所表达的内容,即思念之情。

〔3〕 清江:清澈的江水,泛指江河。

〔双调〕清 江 引

立 春

限"金、木、水、火、土"五字贯于每句之首,句各用"春"字。

金钗影摇春燕斜[1],木杪生春叶[2]。水塘春始波,火候春初热[3],土牛儿载将春到也[4]。

〔1〕 "金钗"句:钗为妇女首饰,两股,形若燕尾。任昉《述异记》云:汉武帝元鼎元年,神女留一玉钗与帝,至昭帝元凤中,"宫人见此钗光莹甚异,共谋欲碎之。明视钗匣,唯见白燕直升天去。后宫人常作玉钗,因名玉燕钗。"

〔2〕 木杪(miǎo 秒):树梢。

〔3〕 火候:指气候。

〔4〕 土牛:见姚守中〔中吕粉蝶儿·牛诉冤〕注〔74〕。

〔双调〕寿阳曲

　　鱼吹浪,雁落沙[1],倚吴山翠屏高挂[2]。看江潮鼓声千万家[3],卷朱帘玉人如画[4]。

〔1〕 沙:沙滩,沙洲。

〔2〕 吴山:见刘秉忠〔干荷叶·有感〕注〔6〕。翠屏:吴山绿树浓密,如翠色屏风。

〔3〕 "看江潮"句:江潮指钱塘江秋季大潮,宋元间观潮胜地在杭州,今在浙江海宁。鼓声,江潮声如擂鼓,宋潘阆〔酒泉子〕词:"来疑沧海尽成空,万面鼓声中。"

〔4〕 玉人:美人,可指男也可指女,此指美女。

〔双调〕水仙子

田　家

绿阴茅屋两三间,院后溪流门外山,山桃野杏开无限[1]。怕春光虚过眼[2],得浮生半日清闲[3]。邀邻翁为伴,使家僮过盏[4],直吃的老瓦盆干[5]。

〔1〕开无限:言到处开遍。

〔2〕虚过眼:白白从眼前过去。

〔3〕浮生:人生。《庄子·刻意》:"其生若浮,其死若休。"

〔4〕家僮:家里的少年男仆。过盏:递酒,敬酒。

〔5〕老瓦盆:旧瓦盆,盛酒器。

〔双调〕殿前欢

畅幽哉[1],春风无处不楼台[2]!一时怀抱俱无奈[3],总对天开[4]:就渊明归去来[5],怕鹤怨山禽怪[6],问甚功名在。酸斋是我,我是酸斋。

〔1〕 畅:程度副词,甚、极、多么。幽:幽静。

〔2〕 "春风"句:倒装句,言无处楼台不春风。

〔3〕 一时:指居官之时。怀抱:心怀,心意。无奈:无可奈何,没有办法。句谓居官之时隐居的心意无法实现。

〔4〕 总对天开:上句言俱无奈,本句言总是面对苍天敞开心扉。

〔5〕 就:追随。渊明:东晋作家陶渊明,见白朴〔仙吕寄生草·饮〕注〔6〕。归去来:见马致远〔南吕四块玉·恬退〕注〔4〕。

〔6〕 鹤怨山禽怪:言禽鹤怪怨其归隐来迟。

〔双调〕殿前欢

楚怀王[1],忠臣跳入汨罗江[2]。《离骚》读罢空惆怅[3],日月同光[4]。伤心来笑一场:笑你个三闾强[5],为甚不身心放[6]?沧浪污你[7]?你污沧浪?

〔1〕 楚怀王:战国时楚国君熊槐,公元前328—前299年在位,入秦求和被执,死于秦国。

〔2〕 忠臣:指屈原,见白朴〔仙吕寄生草·饮〕注〔5〕。汨(mì 密)罗江:在今湖南省东北部,为湘江支流。

〔3〕 《离骚》:是屈原自叙性的抒情长诗,以诗人的经历、遭遇和思想矛盾为线索,抒发爱国爱民的深厚感情。

〔4〕 日月同光:语出《史记·屈原贾生列传》:"信而见疑,忠而被谤,能无怨乎？屈平之作《离骚》,盖自怨生也。……推此志也,虽与日月争光可也。"

〔5〕 三闾(lú 驴):三闾大夫,官名,战国时楚国设置,掌昭、屈、景三姓贵族(见《楚辞》王逸注)。屈原曾任此职。强(jiàng 匠):固执任性,不听劝导。

〔6〕 放:放纵,超脱,不受拘束,无有牵挂。

〔7〕 沧浪:青色,在竹曰苍筤,在水曰沧浪。见杨伯峻《孟子译注》。《孟子·离娄上》:"沧浪之水清兮,可以濯我缨;沧浪之水浊兮,可以濯我足。"

徐再思

徐再思,生卒年不详,字德可,因好食甘饴,自号甜斋。嘉兴(今属浙江)人,曾为嘉兴路吏。与贯云石(酸斋)、张可久同时,人称其与贯云石所作散曲为"酸甜乐府"(《尧山堂外纪》)。甜斋曲风格秀婉,有刻意求工的痕迹,论成就,甜不如酸。存世散曲一〇三首,皆为小令。

〔黄钟〕红锦袍

那老子爱清闲主意别[1],钓桐江江上雪[2],泛桐江江上月。君王想念者[3],宣到凤凰阙[4]。想着七里渔滩[5],将着一钩香饵,望着富春山归去也。

〔1〕 那老子:指严光,见马致远〔双调蟾宫曲·叹世〕(东篱半世蹉跎)注〔4〕。别:与众不同。

〔2〕 桐江:在浙江中部钱塘江中游自严州至桐庐的

一段,乃严光退隐处。

〔3〕 君王:即指东汉光武帝刘秀。

〔4〕 凤凰阙:指皇宫。阙,见白朴〔双调乔木查·对景〕注〔20〕。

〔5〕 七里渔滩:即七里滩,严光退隐处。见马致远〔双调蟾宫曲·叹世〕(东篱半世蹉跎)注〔4〕。

〔中吕〕朝 天 子

常山江行[1]

远山,近山,一片青无间。逆流泝上乱石滩[2],险似连云栈[3]。落日昏鸦,西风归雁,叹崎岖途路难。得闲,且闲,何处无鱼羹饭[4]?

〔1〕 常山:在浙江常山县东,又称湖山。

〔2〕 泝(sù 诉):溯,逆水而上。

〔3〕 连云栈:栈道名,在陕西汉中地区,为古时川陕之通道。筑于崇山峻岭的陡壁悬崖之上,称连云,以形容其高耸险阻。

〔4〕 鱼羹饭:家常饭菜。

〔中吕〕普天乐

吴江八景[1]

前村远帆

远村西,夕阳外,倒悬一片,瀑布飞来。万里程,三州界[2]。走羽流星迎风快[3],把湖光山色分开。飞鲸涌绿,樯乌点墨[4],江鸟逾白[5]。

〔1〕 吴江:在今江苏吴江市。"吴江八景"即写吴江境内的景色。

〔2〕 三州界:吴江位于苏州、湖州、秀州之间,故称。

〔3〕 走:疾趋。走羽,即飞箭。句谓船行快如飞箭。

〔4〕 樯乌:桅杆上的乌形风向仪。樯,船上的桅杆。

〔5〕 逾:更加。杜甫《绝句》:"江碧鸟逾白。"

〔双调〕蟾宫曲

姑苏台[1]

荒台谁唤姑苏？兵渡西兴[2]，祸起东吴。切齿仇冤，捧心钩饵[3]，尝胆权谋[4]。三千尺侵云粪土，十万家泣血膏腴[5]。日月居诸[6]，台殿丘墟。何似灵岩[7]，山色如初。

〔1〕 姑苏台：见李洞〔双调夜行船·送友归吴〕注〔3〕。

〔2〕 西兴：渡口名，在今浙江萧山市西，吴王夫差伐越时由此渡江。

〔3〕 捧心：代指西施。见卢挚〔双调湘妃怨·西湖〕注〔5〕。

〔4〕 尝胆：指越王勾践发愤图强以图灭吴。勾践被夫差放归越国后，置胆于坐，饮食尝之，苦身劳心，图报吴国之仇。见《史记·越王勾践世家》及《吴越春秋·勾践阴谋外传》。

〔5〕 "三千尺"二句：是说十万户民脂民膏建成的高

耸入云的姑苏台,已化成了粪土。

〔6〕 日月居诸:语出《诗·邶风·日月》:"日居月诸,照临下土。"居、诸,皆为语气词,无义。朱熹《诗集传》谓:"呼而诉之也。"即太阳啊,月亮啊。曲中用为日月长存或岁月流逝,均可。

〔7〕 灵岩:山名,在今江苏吴县木渎镇西北,上有夫差所建馆娃宫等居处西施之所。

〔双调〕蟾宫曲

春 情

平生不会相思,才会相思,便害相思。身似浮云,心如飞絮,气若游丝[1]。空一缕馀香在此,盼千金游子何之[2]。证候来时[3],正是何时?灯半昏时,月半明时。

〔1〕 游丝:春天空中飘动着的昆虫所吐的丝。

〔2〕 千金:表示贵重。游子:离乡远游的男子。何之:哪里去了。

〔3〕 证候:即症候,病情,症状。

〔双调〕沉醉东风

春 情

一自多才间阔[1],几时盼得成合?今日个猛见他,门前过,待唤着怕人瞧科[2]。我这里高唱当时水调歌[3],要识得声音是我。

〔1〕 多才:对意中人的昵称。间阔:指久别。

〔2〕 瞧科:即瞧见。科,本元杂剧的术语,作为人物表情动作的提示,此处无义。

〔3〕 水调歌:流行于宋元间的歌曲名。

〔双调〕水仙子

春 情

九分恩爱九分忧,两处相思两处愁,十年迤逗十年受[1]。几遍成几遍休[2],半点事半点惭羞。三秋恨三秋感旧[3],三春怨三春病酒[4],一世害一世风流[5]。

〔1〕 迤(tuó 驮)逗:勾引、撩拨,招惹。受:专指受折磨、受痛苦。

〔2〕 "几遍"句:指情人之间几回好几回坏的波折。

〔3〕 三秋:指秋季三个月,代指秋天。

〔4〕 三春:指春季三个月,代指春天。病酒:指借酒浇愁而沉醉。

〔5〕 害:专指害相思病。

〔双调〕蟾宫曲

江淹寺[1]

紫霜毫是是非非[2],万古虚名[3],一梦初回。失又何愁,得之何喜,闷也何为?落日外萧山翠微[4],小桥边古寺残碑。文藻珠玑[5],醉墨淋漓,何似班超[6],投却毛锥[7]。

〔1〕 江淹寺：寺在萧山（在今浙江萧山市西）。江淹（444—505），字文通。籍贯济阳考城（今河南民权县，见俞绍初、张亚新《江淹年谱》），曾历仕南朝宋、齐、梁三代，以文章见称于世，晚年才思衰退，钟嵘《诗品·中品·齐光禄江淹》载，淹尝梦郭璞索还五色笔，"淹探怀中，得五色笔以授之。尔后为诗，不复成语，故世传江淹才尽。"《南史·江淹传》又载，梦张景阳索还"一匹锦"，淹探怀中"得数尺与之"，自尔淹文章踬矣。

〔2〕 紫霜毫：秋天紫色的兔毛，制作毛笔的原料，代指笔。句谓诗文写作。

〔3〕 万古虚名：言文章所获只是虚名。

〔4〕 翠微：青翠缥缈的山色。

〔5〕 珠玑：以珠宝比喻诗文之美。

〔6〕 班超：字仲升，扶风平陵（今陕西咸阳）人。投笔从戎事见施惠〔南吕一枝花·咏剑〕注〔21〕。

〔7〕 毛锥：指毛笔。

〔越调〕天 净 沙

探 梅

昨朝深雪前村[1],今宵淡月黄昏[2],春到南枝几分[3]?水香冰晕[4],唤回逋老诗魂[5]。

〔1〕 昨朝深雪前村:化用唐人齐己《早梅》"前村深雪里,昨夜一枝开"诗意。

〔2〕 淡月黄昏:化用宋人林逋《山园小梅》"暗香浮动月黄昏"诗意。

〔3〕 南枝:指向阳的树枝,唐人韩偓《早玩雪梅有怀亲属》诗有"北陆候才变,南枝花已开"之句。

〔4〕 水香:在水上飘浮的梅花幽香。冰晕:形容雪中梅花的冰清玉洁。

〔5〕 逋老:指林逋。见乔吉〔双调水仙子·寻梅〕注〔1〕。

〔双调〕水仙子

夜 雨

一声梧叶一声秋,一点芭蕉一点愁,三更归梦三更后。落灯花棋未收[1],叹新丰逆旅淹留[2]。枕上十年事,江南二老忧[3],都到心头。

[1] 落灯花棋未收:化用宋人赵师秀《有约》"有约不来过夜半,闲敲棋子落灯花"诗意,表明孤身一人于羁旅。

[2] 新丰逆旅淹留:用马周故事。见亢文苑〔南吕一枝花〕(琴声动鬼神)注[8]。淹留,即滞留。

[3] 二老:指自己的父母。

〔黄钟〕人月圆

甘露怀古[1]

江皋楼观前朝寺[2],秋色入秦淮[3]。败垣芳草,空廊落叶,深砌苍苔[4]。　远人南去[5],夕阳西下,江水东来。木兰花在,山僧试问,知为谁开?

〔1〕 甘露:指甘露寺,在今江苏镇江北固山上,相传三国东吴甘露元年(265)建。

〔2〕 江皋:江边,江指长江。

〔3〕 秦淮:秦淮河,经南京入长江。

〔4〕 深砌:高高的台阶。深,高。

〔5〕 远人:远方的人,即思念中人,不知何指。

〔商调〕梧叶儿

春 思

芳草思南浦[1],行云梦楚阳[2],流水恨潇湘[3]。花底春莺燕,钗头金凤凰,被面绣鸳鸯。是几等儿眠思梦想[4]?

[1] 芳草:指王孙草,牵动离愁的景色。汉淮南小山《招隐士》:"王孙游兮不归,春草生兮萋萋。"南浦:指送别之地。见张可久〔中吕卖花声·客况〕注〔2〕。

[2] 楚阳:楚阳台。见郑光祖〔双调蟾宫曲·梦中作〕注〔2〕。

[3] 潇湘:水名,在今湖南境内。此句用娥皇、女英故事,见关汉卿〔南吕一枝花·赠朱帘秀〕注〔23〕。

[4] 几等儿:何等地、多么地。

〔越调〕凭阑人

春 愁

前日春从愁里得[1],今日春从愁里归[2]。避愁愁不离,问春春不知。

〔1〕 得:这里是"来"的意思。
〔2〕 归:这里是"去"的意思。

〔双调〕清江引

相 思

相思有如少债的[1],每日相催逼。常挑着一担愁,准不了三分利[2],这本钱见他时才算得[3]。

〔1〕 少债:即负债,欠债。

〔2〕 准:折兑。

〔3〕 得:了,完结。

景 元 启

景元启,生平不详。景或作"呆""栗",似误。散曲今存小令十五首、套曲一套。

〔双调〕殿 前 欢

梅 花

月如牙,早庭前疏影印窗纱[1]。逃禅老笔应难画[2],别样清佳。据胡床再看咱[3],山妻骂[4]:为甚情牵挂?大都来梅花是我[5],我是梅花。

〔1〕 早:已是。疏影:指梅花的影子。宋人林逋《山园小梅》诗:"疏影横斜水清浅,暗香浮动月黄昏。"

〔2〕 逃禅老笔:即画梅高手。宋杨无咎工画墨梅,有词集《逃禅集》,故称。

〔3〕 据:靠。胡床:即交椅,一种可折叠的轻便坐

具。咱:语助词,无义。

〔4〕 山妻:对自己妻子的谦称。

〔5〕 大都来:只不过。末二句用陆游《梅花绝句》"何方可化身千亿,一树梅花一放翁"诗意。

查 德 卿

查(zhā 扎)德卿,生平不详。散曲今存小令二十二首。

〔仙吕〕寄 生 草

间 别[1]

姻缘簿剪做鞋样[2],比翼鸟搏了翅翰[3]。火烧残连理枝成炭[4],针签瞎比目鱼儿眼[5],手揉碎并头莲花瓣[6]。掷金钗撷断凤凰头[7],绕池塘摔碎鸳鸯弹[8]。

〔1〕 间(jiàn 建)别:离别,分手。

〔2〕 姻缘簿:注定天下人姻缘的簿籍。唐人韦固遇一老人月下检书,乃是天下姻缘簿,有一囊,盛赤绳,以系男女之足,终成夫妇。见唐李复言《续玄怪录·定昏店》。

〔3〕 比翼鸟:据《尔雅·释地》及郭璞注,南方有比

翼鸟，似凫，青赤色，一目一翼，不比不飞，名为鹣鹣。搏：攫取。此言被取去，去掉。翅翰：即翅膀。翰，鸟羽。

〔4〕 连理枝：两棵树的枝干交生在一起，比喻男女相爱。班固《白虎通·封禅》："德至草木，朱草生，木连理。"

〔5〕 签：扎。比目鱼：只有一目，需两两相并始能游行，其名为鲽，见《尔雅·释地》。

〔6〕 并头莲：陈淏子《花镜》卷五《莲花辨名·并头莲》："并头莲，红白俱有，一干两花。"

〔7〕 金钗：指饰有双凤的金制头饰。撷（xié 协）：本采摘意，此处作折字解。

〔8〕 捽（zuó 昨）碎：即摔碎。弹：蛋。

〔双调〕蟾宫曲

怀 古

问从来谁是英雄？一个农夫[1]，一个渔翁[2]。晦迹南阳[3]，栖身东海[4]，一举成功。八阵图名成卧龙[5]，六韬书功在非熊[6]。霸业成空，遗恨无穷。蜀道寒云[7]，渭水秋风[8]。

〔1〕 农夫:指诸葛亮。见冯子振〔正宫鹦鹉曲·赤壁怀古〕注〔2〕、〔3〕。

〔2〕 渔翁:指吕尚,即姜子牙。见王和卿〔双调拨不断·大鱼〕注〔5〕。

〔3〕 晦迹:即隐居。

〔4〕 东海:《史记·齐太公世家》记吕尚是"东海上人"。东海之地,其说甚多,今依杨伯峻《孟子译注·离娄上》,为今山东莒县。

〔5〕 八阵图:古代作战依天、地、风、云、龙、虎、鸟、蛇八种队形所作的兵力部署。《三国志·蜀书·诸葛亮传》载其"推演兵法,作八阵图,咸得其要"。卧龙:诸葛亮人称卧龙。见冯子振〔正宫鹦鹉曲·赤壁怀古〕注〔2〕。

〔6〕 六韬:分文、武、龙、虎、豹、犬六个部分的古代兵书,记周文王、武王问吕尚兵战之事,传为吕尚所作。非熊:指吕尚。据《史记·齐太公世家》,西伯(周文王)狩猎前得卜辞曰"所获非龙非彲,非虎非罴,所获霸王之辅"。果遇姜尚于渭水之阳。非罴,《后汉书·崔骃传》李贤注引《史记》《宋书·符瑞志上》均作非熊。非熊,亦作"飞熊"。

〔7〕 蜀道:诸葛亮辅佐刘备建立蜀汉政权,蜀道犹言蜀地。

〔8〕 渭水:指姜尚隐居垂钓,得遇文王之处。

〔双调〕蟾宫曲

层楼有感[1]

倚西风百尺层楼,一道秦淮[2],九点齐州[3]。塞雁南来,夕阳西下,江水东流。愁极处消除是酒[4],酒醒时依旧多愁。山岳糟丘[5],湖海杯瓯[6]。醉了方休,醒后从头。

〔1〕 层楼:高楼。层,高。

〔2〕 秦淮:即秦淮河,自方山之西,西经金陵(今南京)城中,北入长江。

〔3〕 齐州:指中原大地,概指全中国。化用李贺《梦天》诗"遥望齐州九点烟"句。古代在全国设立九个州(详见《书·禹贡》《周礼·夏官·职方氏》《尔雅·释地》),故以九点名之。

〔4〕 处:之时,之际。

〔5〕 糟丘:酿酒剩下的酒糟堆积如山。化用李白《襄阳歌》"此江若变作春酒,垒曲便筑糟丘台"意。

〔6〕 杯瓯(ōu 欧):酒杯。湖海杯瓯,即以湖海为酒杯。

〔仙吕〕寄生草

感 叹

姜太公贱卖了磻溪岸[1],韩元帅命博得拜将坛[2]。羡傅说守定岩前版[3],叹灵辄吃了桑间饭[4],劝豫让吐出喉中炭[5]。如今凌烟阁一层一个鬼门关[6],长安道一步一个连云栈[7]。

[1] 磻溪:位于今陕西宝鸡东南,渭水的支流,相传为姜太公隐居垂钓之地。后遇周文王而出山,见《史记·齐太公世家》。此句意为姜太公不该轻易地放弃隐居去辅佐周文王。见王和卿〔双调拨不断·大鱼〕注[5]。

[2] 韩元帅:指韩信。见马致远〔双调蟾宫曲·叹世〕(咸阳百二山河)注[6]。命博得:性命换来。

[3] 傅说(yuè悦):殷代高宗时贤相。相传他曾隐居于傅岩(今山西平陆),以版筑(夹板中夯土,犹今之干打垒)疏通了涧水,因而得到高宗的赏识,举以为相。事见《史记·殷本纪》。此句意为傅说若坚守傅岩的版筑不出为相,那才令人称羡。

〔4〕 灵辄:春秋时代晋人。曾饥困于桑阴之下,为晋大夫赵宣子所救,济以饭和肉,灵辄食其半,半以济母。后来灵辄当上晋灵公的甲士。灵公设伏兵欲杀赵宣子,有甲士倒戈以救。宣子问其故,答"翳桑之饿人也"。事见《左传·宣公二年》。此句意为灵辄舍命救人就因为受了人家的一饭之恩,这是令人悲叹的。

〔5〕 豫让:战国时代晋人。投晋国智伯门下,智伯以国士待之。赵襄子灭智伯,豫让漆身为癞,灭须去眉以变容,吞炭为哑以变音,谋刺襄子以为智伯报仇,事败自杀。事见《史记·刺客列传》。此句意为豫让变容变音去为智伯复仇,那是毫无意义的。

〔6〕 凌烟阁:唐太宗为表彰功臣而于宫中建筑的高阁,绘功臣图像于其中。见《新唐书·太宗纪》。鬼门关:泛指凶险之地。

〔7〕 长安道:通往京城之路,泛指仕途。连云栈:见徐再思〔中吕朝天子·常山江行〕注〔3〕。

吴西逸

吴西逸,生平不详。散曲今存小令四十七首。

〔双调〕蟾宫曲

山间书事

系门前柳影兰舟[1],烟满吟蓑[2],风漾闲钩[3]。石上云生,山间树老,桥外霞收。玩青史低头袖手[4],问红尘缄口回头。醉月悠悠[5],漱石休休[6]。水可陶情,花可融愁。

〔1〕 兰舟:木兰舟,船的美称。此指小船。

〔2〕 吟蓑:诗人所披之蓑衣。

〔3〕 闲钩:即钓鱼钩,因钓罢归来故云闲钩。

〔4〕 玩:玩味,琢磨。青史:历史。

〔5〕 醉月:对月酌酒。李白《赠孟浩然》诗:"醉月频

中圣,迷花不事君。"

〔6〕 漱石:代指隐居。《世说新语·排调》:"孙子荆年少时欲隐,语王武子:'当枕石漱流。'误曰'漱石枕流'。王曰:'流可枕、石可漱乎?'孙曰:'所以枕流,欲洗其耳;所以漱石,欲砺其齿。'"休休:安闲的样子。

〔双调〕蟾宫曲

寄 情

半缄书好寄平安[1],几句别离,一段艰难。泪湿乌丝[2],愁随锦字[3],望断雕鞍。恨鱼雁因循寄简[4],对鸳鸯展转忘餐[5]。楼外云山,烟水重重,成病看看[6]。

〔1〕 缄(jiān 兼):信封,代指信。半缄书,即一封短信。

〔2〕 乌丝:乌丝栏,有墨线格的笺纸,泛指信笺。

〔3〕 锦字:即锦字回文,指妻写与夫的书信。典出武则天《苏氏织锦回文记》,言前秦苏蕙织锦为回文,以寄夫婿窦滔。这里即指字。

〔4〕 鱼雁:代指传书人。鱼传书,晋葛洪《神仙传》卷七:"(葛)玄以丹书纸置鱼腹,掷鱼水中。俄顷,鱼还跃上岸,吐墨书,青色如大叶而飞去。"雁传书事见《汉书·苏武传》,汉使谓匈奴单于,"言天子射上林中,得雁,足有系帛书,言武等在某泽中"。因循:拖延,怠惰。

〔5〕 展转:盘桓徘徊。

〔6〕 看看:即堪堪,逐渐的意思。成病看看,看看成病的倒装。

赵显宏

赵显宏,生平不详。号学村。散曲今存小令二十一首、套数二套。

〔黄钟〕昼夜乐

冬

风送梅花过小桥,飘飘,飘飘地乱舞琼瑶[1]。水面上流将去了,觑绝时落英无消耗[2],似才郎水远山遥。怎不焦?今日明朝,今日明朝,又不见他来到。 〔幺〕佳人,佳人多命薄。今遭,难逃,难逃他粉悴烟憔[3]。直恁般鱼沉雁杳[4],谁承望拆散了鸾凤交,空教人梦断魂劳。心痒难揉,心痒难揉,盼不得鸡儿叫。

〔1〕 琼瑶:美玉,此处喻指梅花。

〔2〕 觑绝:即望断,极目远视。消耗:消息。

〔3〕 粉悴烟憔:即胭粉憔悴。胭粉,指代女子。烟,胭的借代字。

〔4〕 直恁般:竟这般。鱼沉雁杳:指音信断绝。

唐毅夫

唐毅夫,生平不详。散曲今存小令一首、套曲一套。

〔南吕〕一枝花

怨 雪

不呈六出祥[1],岂应三白瑞[2]?易添身上冷,能使腹中饥,有甚稀奇?无主向沿街坠,不着人到处飞。暗敲窗有影无形,偷入户潜踪蹑迹。

〔梁州〕才苦上茅庵草舍,又钻入破壁疏篱,似杨花滚滚轻狂势。你几曾见贵公子锦裯绣褥?你多曾伴老渔翁箬笠蓑衣[3]。为飘风胡做胡为,怕腾云相趁相随[4]。只着你冻的个孟浩然挣挣痴痴[5],只着你逼的个林和靖钦钦历历[6],只着你阻的个韩退之哭哭啼啼[7]。更长,漏迟,被窝中无半点儿阳和气[8]。恼人眠,搅人睡,你那冷燥皮肤似铁石,着我怎敢相偎?

〔尾〕一冬酒债因他累,千里关山被你迷。似这等浪蕊闲花也不是久长计[9],尽飘零数日,扫除做一堆,我将你温不热薄情化做了水。

〔1〕 六出:指雪花,雪花六角形,似六瓣之花,故称。出,花瓣。

〔2〕 三白:指三次下雪。《全唐诗》卷八八《占年》:"正月三白,田公笑赫。"

〔3〕 箬(ruò若)笠:用箬竹皮或叶编结的宽边帽。

〔4〕 趁:追逐。

〔5〕 孟浩然:唐代诗人,踏雪寻梅事见薛昂夫〔双调蟾宫曲·雪〕注〔6〕。挣挣痴痴:即冻得痴怔的形态。

〔6〕 林和靖:北宋诗人林逋,字君复,卒谥和靖先生,以爱梅著称。此句是说让林于雪中赏梅,也会被冻得抖抖索索。钦钦历历:发抖的样子。

〔7〕 韩退之:唐代文学家韩愈,字退之,因谏阻唐宪宗迎佛骨,被贬为潮州刺史,赴潮途中遇雪,作《左迁至蓝关示侄孙湘》诗,有"云横秦岭家何在?雪拥蓝关马不前"之句。

〔8〕 阳和:暖和气。

〔9〕 浪蕊闲花:指不结果实的花朵,此指雪花。

朱庭玉

朱庭玉,生平不详。曲中多言晋地风物,疑为山西人。善写套曲。今存散曲小令四首、套曲二十六套。

〔大石调〕青杏子

送 别

游宦又驱驰[1],意徘徊执手临岐[2],欲留难恋应无计。昨宵好梦,今朝幽怨,何日归期?
〔归塞北〕肠断处[3],取次作别离[4]。五里短亭人上马[5],一声长叹泪沾衣,回首各东西。
〔初问口〕万叠云山,千重烟水,音书纵有凭谁寄?恨萦牵,愁堆积,天、天不管人憔悴。
〔怨别离〕感情风物正凄凄[6],晋山青[7],汾水碧[8]。谁返扁舟芦花外?归棹急,惊散鸳鸯相背飞。

〔擂鼓体〕一鞭行色苦相催,皆因些子[9],浮名薄利,萍梗飘流无定迹[10],好在阳关图画里[11]。

〔催拍子带赚煞〕未饮离杯心如醉,须信道送君千里[12]。怨怨哀哀,凄凄苦苦啼啼。唱道分破鸾钗[13],丁宁嘱付好将息[14]。不枉了男儿堕志气[15],消得英雄眼中泪[16]。

〔1〕 游宦:出游求官,或出外做官。此指求官。

〔2〕 临岐:分别,赠别。岐,或作歧,岔路分别之处。

〔3〕 处:之时,之际。

〔4〕 取次:轻易,随便。

〔5〕 五里短亭:亭为古代路旁供人停宿、休息的房舍,常用为送别饯行之处。《白孔六帖》卷九:"十里一长亭,五里一短亭。"

〔6〕 感情:触动情怀。

〔7〕 晋山:指今山西一带的山峦。

〔8〕 汾水:在今山西境内,又称汾河。

〔9〕 些子:少许,一点点。

〔10〕 萍梗:浮萍和断梗,皆水中漂浮物。

〔11〕 阳关图画:唐王维《送元二使安西》诗有"劝君更尽一杯酒,西出阳关无故人"句,后据此改为送别曲《阳关三叠》。阳关图画,即指送别景象。

〔12〕 送君千里：歇后语式，取"终须一别"之意。

〔13〕 唱道：正是。鸾钗：用作首饰的鸾凤形发簪。钗皆两股，夫妻或情侣分别时则各执一股为纪念。

〔14〕 将息：将养休息。

〔15〕 不枉了：不辜负。

〔16〕 消得：值得。

李 德 载

李德载,生平不详。散曲今存小令十首。

〔中吕〕阳 春 曲

赠 茶 肆[1]

茶烟一缕轻轻扬[2],搅动兰膏四座香[3]。烹煎妙手赛维扬[4]。非是谎,下马试来尝。

蒙山顶上春光早[5],扬子江心水味高[6]。陶家学士更风骚[7]。应笑倒,销金帐饮羊羔[8]。

一瓯佳味侵诗梦[9],七碗清香胜碧筒[10]。竹炉汤沸火初红。两腋风[11],人在广寒宫[12]。

金芽嫩采枝头露,雪乳香浮塞上酥[13]。我家奇品世间无。君听取〔14〕,声价彻皇都。

〔1〕 茶肆:茶馆。

〔2〕 扬:飘动,浮动。

〔3〕 兰膏:元人饮茶的一个品种。元胡思慧《饮膳正要》第二卷:"玉磨末茶三匙,头曲酥油同搅,沸汤点之。"即兰膏。点茶即泡茶。玉磨茶是紫笋、炒米拌和后玉磨内磨成的茶。

〔4〕 维扬:即扬州。

〔5〕 蒙山:在今四川名山县北,峰顶产茶,名蒙顶茶,香气芳烈,唐宋以来即享盛名,唐黎阳王咏《蒙山白云岩茶》诗称之为"天下第一茶"。此句指采自蒙顶的早春茶。

〔6〕 "扬子江"句:指沏茶的水取自长江江心。唐人张又新《煎茶水记》载,品水专家刘伯刍把扬子江南零水列为宜煎茶水之第一,陆羽把扬州扬子江中泠水列为第七。素有"扬子江心水,蒙山顶上茶"之美誉。

〔7〕 陶家学士:指五代后周的陶穀。见薛昂夫〔双调蟾宫曲·雪〕注〔5〕。

〔8〕 羊羔酒:又称羔儿酒,名酒,用糯米、肥羊肉等与面同酿,十日熟,极甘滑。

〔9〕 侵诗梦:激发诗兴。与唐人齐己《尝茶》诗"味击诗魔乱"意同。

〔10〕 七碗:唐人卢仝《走笔谢孟谏议寄新茶》诗中写道:"一碗喉吻润,两碗破孤闷,三碗搜枯肠,唯有文字五千卷,四碗发清汗,平生不平事,尽向毛孔散。五碗肌骨清,六碗通仙灵,七碗吃不得也,唯觉两腋习习清风生。"极赞茶的益处。七碗茶也就成了佳茗之代词。碧筩:即碧筩杯,盛夏以荷叶制成的酒器,大致是以叶盛酒,下面的叶柄弯做吸管。见《酉阳杂俎·酒食》。

〔11〕 两腋风:两腋生风,指七碗茶后的感受。

〔12〕 广寒宫:传说中月之仙宫名,见旧题柳宗元撰《龙城录·明皇梦游广寒宫》。

〔13〕 塞上酥:元人饮茶多加入酥油,此言茶之口感甘润香浓如塞上的乳制品。

〔14〕 听取:即听着。取,语助词,进行式。

李致远

李致远,生平不详。一说江右人。著有杂剧《还牢末》(据《元曲选》,但一般认为非其所作),今存。孙楷第《元曲家考略》据元仇远《金渊集》卷二《和李致远君深秀才》诗,认为李致远江苏溧阳人,一生不得意。散曲今存小令二十六首、套曲四套。

〔越调〕小桃红

新柳

柔条不奈晓风梳[1],乱织新丝绿。瘦倚春寒灞陵路[2]。影扶疏[3],梨花未肯飘香玉[4]。黄金半吐[5],翠烟微妒[6],相伴月儿孤。

〔1〕 不奈:即不耐,禁不住。

〔2〕 瘦:言枝叶尚未茂密。灞陵路:通往灞陵之路,

当指灞桥。灞桥在今陕西长安县东、灞河之上。在汉代，有送客至此，折柳赠别的习俗，见《三辅黄图》。

〔3〕 扶疏：舞动的姿态，犹婆娑。

〔4〕 "梨花"句：此以梨花喻柳絮，言新柳初绿，柳絮未飞。

〔5〕 黄金：喻指新柳金黄色叶芽。

〔6〕 翠烟：青绿色的烟云，用以形容柳芽初生时柳树给人的总体意象。妒：《玉篇·女部》释为"争色也"，此处有自矜颜色意。

张鸣善

张鸣善(或作明善),生卒年不详,名择,号顽老子。平阳(今山西临汾)人。迁居湖南,流寓扬州。官宣慰司令史,至正初任江浙提学,又为宪郎。元亡,隐居吴江。著有《英华集》及杂剧三种,俱失传。事见曹楝亭本《录鬼簿》《录鬼簿续编》及孙楷第《元曲家考略》。《太和正音谱》评其曲"如彩凤刷羽","藻思富赡,烂若春葩,郁郁焰焰,光彩万丈,可以为羽仪词林者也。诚一代之作手,宜为前列"。散曲今存小令十三首、套曲二套。

〔中吕〕普天乐

嘲西席[1]

讲诗书,习功课。爷娘行孝顺[2],兄弟行谦和。为臣要尽忠,与朋友休言过[3]。养性终朝端然坐[4],免教人笑俺风魔。先生道"学生琢磨"[5],学生道"先生絮聒"[6],馆东道"不识字由他"[7]。

〔1〕 西席:家塾中对教书先生的尊称。是从主客相见以西席为尊而延伸下来的。

〔2〕 行(háng杭):方位词,犹这里、那边。

〔3〕 过:过错。此句意为与朋友相处不要说朋友的过错。

〔4〕 终朝:整天。端然:庄重严肃的样子。

〔5〕 琢磨:不断加工,细心体会。

〔6〕 絮聒(guō郭):啰嗦,絮叨。

〔7〕 馆东:即东家。

〔双调〕水仙子

讥 时

铺眉苦眼早三公[1],裸袖揎拳享万钟[2],胡言乱语成时用[3],大纲来都是烘[4]。说英雄谁是英雄?五眼鸡岐山鸣凤[5],两头蛇南阳卧龙[6],三脚猫渭水非熊[7]。

〔1〕 铺眉苦眼:挤眉弄眼,装模作样。三公:执掌军

政大权的高官,西汉以大司马、大司徒、大司空为三公,曲中泛指高官。

〔2〕 裸袖揎拳:裸,即捋。揎,捋袖露拳。捋胳膊挽袖子伸出拳头,形容行为粗野。享万钟:享受万钟粟的俸禄。钟为量器,每钟六十四斗,故万钟禄泛指高官。

〔3〕 时用:为当世所重,在当时行得通。"时",谐音"十"。

〔4〕 大纲来:总之,概言之。烘:即"哄",起哄,欺骗。

〔5〕 五眼鸡:即乌眼鸡,指好斗的公鸡。岐山鸣凤:喻兴世贤才。《国语·周语上》:"周之兴也,鸑鷟鸣于岐山。"韦昭注:"鸑鷟,凤之别名也。"岐山(今属陕西),周发祥地,凤集岐山预示贤才出以辅周。

〔6〕 两头蛇:两个头的蛇。唐刘恂《岭表录异》:"两头蛇,岭外多此类。时有如小指大者,长尺馀,腹下鳞红,皆锦文。一头有口眼,一头似头而无口眼。"相传为不祥之物,人见之即死。见贾谊《新书·春秋》所记楚孙叔敖事。南阳卧龙:见冯子振〔正宫鹦鹉曲·赤壁怀古〕注〔2〕。

〔7〕 三脚猫:猫本四足,三足者则无所用。宋《百宝总珍集·解卖》:"物不中谓之三脚猫。"渭水非熊:指姜太公,见查德卿〔双调蟾宫曲·怀古〕注〔6〕。

周 文 质

周文质(？—1334)，字仲彬，其先建德(今属浙江)人，后居杭州。体貌清癯，学问该博，资性工巧，文笔新奇。家世业儒，俯就路吏。善丹青，能歌舞，明曲调，谐音律。性尚豪侠，好事敬客。与《录鬼簿》作者钟嗣成相交二十年，寸步不离，年辈晚于钟嗣成。作杂剧四种，今不传。今存散曲小令四十三首、套数五套(其中〔越调斗鹌鹑·自悟〕套尚有疑问)。

〔正宫〕叨叨令

自 叹

筑墙的曾入高宗梦[1]，钓鱼的也应飞熊梦[2]，受贫的是个凄凉梦，做官的是个荣华梦。笑煞人也末哥[3]，笑煞人也末哥，梦中又说人间梦[4]。

〔1〕"筑墙"句：殷高宗武丁梦得贤臣傅说事，见查

德卿〔仙吕寄生草·感叹〕注〔3〕。

〔2〕 钓鱼的:指姜太公遇周文王事。见王和卿〔双调拨不断·大鱼〕注〔5〕。

〔3〕 也末哥:宋元口语,语尾助词,表音无义。此处叠用"也末哥"句为〔叨叨令〕定格。

〔4〕 "梦中"句:暗用《庄子·齐物论》"不知周之梦为蝴蝶与？蝴蝶之梦为周与？周与蝴蝶,则必有分矣"意,见王和卿〔仙吕醉中天·咏大胡蝶〕注〔1〕。

〔越调〕寨 儿 令

挑短檠[1],倚云屏[2],伤心伴人清瘦影。薄酒初醒,好梦难成,斜月为谁明[3]？闷恹恹听彻残更[4],意迟迟盼杀多情[5]。西风穿户冷,檐马隔帘鸣[6]。叮,疑是佩环声[7]。

〔1〕 短檠:一种贫寒读书人使用的灯架短的看书用灯。韩愈《短檠灯歌》:"长檠八尺空自长,短檠二尺便宜光。……夜书细字缀语言,两目眵昏头雪白。此时提携当案前,看书到晓那能眠？一朝富贵还自恣,长檠高张照珠翠。吁嗟世事无不然,墙角君看短檠弃。"檠,灯架。

〔2〕 云屏:饰有云母的屏风。

〔3〕 为谁:为何。

〔4〕 恹(yān 烟)恹:委靡不振的样子。残更:更为古代夜间计时单位,一夜分为五个更次,残更谓夜将尽天欲明。

〔5〕 迟迟:眷念,依恋的样子。

〔6〕 檐马:见商衢〔双调新水令〕(彩云声断紫鸾箫)注〔18〕。

〔7〕 佩环:见曾瑞〔商调集贤宾·宫词〕注〔6〕。

鲜于必仁

鲜于必仁,生卒年不详,据赵义山《斜出斋曲论前集·鲜于必仁考略》,当生于大德二年(1298)左右,卒于元末明初,字去矜,号苦斋,渔阳(今北京市西密云西南)人,太常典簿鲜于枢之子,工诗好客,擅乐府,对戏曲四大声腔之一海盐腔的形成,做出过贡献。散曲今存小令二十九首。

〔越调〕寨儿令

汉子陵[1],晋渊明[2],二人到今香汗青[3]。钓叟谁称?农父谁名?去就一般轻[4]。五柳庄月朗风清[5],七里滩浪稳潮平[6]。折腰时心已愧[7],伸脚处梦先惊[8]。听,千万古圣贤评。

〔1〕 汉子陵:东汉人严光字子陵,见马致远〔双调蟾宫曲·叹世〕(东篱半世蹉跎)注〔4〕。

〔2〕 晋渊明:东晋人陶渊明,见白朴〔仙吕寄生草·

饮]注〔6〕。

〔3〕 香汗青:青史留芳,历史上留下美名。汗青,亦称汗简、杀青。《后汉书·吴祐传》:"恢欲杀青简以写经书。"李贤注:"杀青者,以火炙简令汗,取其青易书,复不蠹,谓之杀青,亦谓汗简。"即以火烤炙刻写用的竹简,使水分蒸发,便于书写且不为虫蛀,故称著作、史册为汗青。

〔4〕 去:指辞官归隐。就:指做官。

〔5〕 五柳庄:指陶渊明的隐居之地。见马致远〔南吕四块玉·恬退〕注〔3〕。

〔6〕 七里滩:见马致远〔双调蟾宫曲·叹世〕(东篱半世蹉跎)注〔4〕。

〔7〕 折腰时:指陶渊明做官时。典出萧统《陶渊明传》,陶为彭泽令时,"会郡遣督邮至,县吏请曰:'应束带见之。'渊明叹曰:'我岂能为五斗米,折腰向乡里小儿!'即日解绶去职"。

〔8〕 伸脚:指严光见光武帝刘秀事。见乔吉〔中吕满庭芳·渔父词〕注〔11〕。

〔双调〕折桂令

卢沟晓月[1]

出都门鞭影摇红[2]。山色空濛[3],林景玲珑。桥俯危波[4],车通远塞[5],栏倚长空[6]。起宿霭千寻卧龙[7],掣流云万丈垂虹[8]。路杳疏钟[9],似蚁行人,如步蟾宫[10]。

〔1〕 卢沟晓月:为燕山八景之一。卢沟即卢沟桥,始建于金大定二十九年(1189),在今北京广安门西,跨永定河上。

〔2〕 都门:京城城门,指元大都(今北京市)城门。摇红:在晨曦中挥动。

〔3〕 空濛:迷茫不清的样子。苏轼《饮湖上初晴后雨》:"水光潋滟晴方好,山色空濛雨亦奇。"

〔4〕 桥俯危波:卢沟桥俯卧于汹涌的波涛之上。

〔5〕 远塞:遥远的边塞。

〔6〕 栏:桥栏。卢沟桥由十一孔石拱组成,桥上石栏雕刻石狮四八五个。倚长空:言栏之长直达天际。

〔7〕 寻:长度单位,一般为八尺。千寻,极言其长。

〔8〕 掣(chè彻):扯动,拽动。

〔9〕 路杳疏钟:远处传来稀疏的钟声。

〔10〕 蟾宫:《全上古三代秦汉三国六朝文》辑《灵宪》:"嫦娥遂托身于月,是为蟾蜍。"故称月宫为蟾宫。

〔双调〕折桂令

棋

烂樵柯石室忘归[1]。足智神谋,妙理仙机[2]。险似隋唐[3],胜如楚汉[4],败若梁齐[5]。消日月闲中是非[6],傲乾坤忙里轻肥[7]。不曳旌旗[8],寸纸关河,万里安危[9]。

〔1〕 "烂樵柯"句:南朝梁任昉《述异记》卷上:"信安郡石室山,晋时王质伐木至,见童子数人棋而歌,质因听之。童子以一物与质,如枣核,质含之,不觉饥。俄顷,童子谓曰:'何不去?'质起,视斧柯烂尽。既归,无复时人。"柯,斧柄;樵柯,砍柴之斧的柄。石室山,亦名烂柯山,相传为樵夫遇仙处,许多地方都有烂柯山,据任昉所记,当在今

广东省高要县。

〔2〕 妙理仙机:形容仙人棋道之妙,非凡人可比。

〔3〕 险似隋唐:棋局始开,胜负未卜,拼杀激烈如隋末唐初征战,烟尘四起,险象环生。

〔4〕 胜如楚汉:棋局胜负已定,如秦末刘项争雄,刘邦于垓下围困项羽,成功在望。

〔5〕 败若梁齐:梁齐为南北朝时期建都于金陵(今江苏南京)的两个王朝,齐立国二十三年,梁立国五十五年。言棋至结局,败者迅速完结。

〔6〕 "消日月"句:意谓下棋只是神仙们闲来无事消磨时间的游戏。是非,犹胜败。

〔7〕 "傲乾坤"句:世间人忙忙碌碌争名夺利,悠闲自在的神仙自然要傲视他们了。乾坤,天地间,指人间。轻肥,轻裘肥马,代指富贵生活。

〔8〕 曳(yè页):拉,扯,这里作"飘"解。

〔9〕 "寸纸"二句:寸纸指棋盘;关河,关塞山河。言棋盘虽小却关系着万里河山的安危。

邓玉宾

邓玉宾,生平、籍里不详,《录鬼簿》列之于"前辈已死名公有乐府行于世者"类中,称其为"同知"。朱权《太和正音谱》称其词"如幽谷芳兰"。散曲今存小令四首、套数四套。

〔正宫〕叨叨令

道　情[1]

天堂地狱由人造[2],古人不肯分明道。到头来善恶终须报,只争个早到和迟到[3]。您省的也么哥[4]？您省的也么哥？休向轮回路上随他闹[5]。

〔1〕道情:见张可久〔中吕齐天乐过红衫儿·道情〕(人生底事辛苦)注〔1〕。

〔2〕"天堂"句:意谓上天堂还是下地狱,都是由人

行善还是做恶决定的。

〔3〕 只争个：只差个，差别在于。善恶果报之说，佛道二教均有。《璎珞本业经》下云："是故善果从善因生，是故恶果从恶因生。"南朝梁武帝萧衍《断酒肉文》："行十恶者，受于恶报；行十善者，受于善报。"

〔4〕 省（xǐng醒）的：懂得，明白。也么哥：见周文质〔正宫叨叨令·自叹〕注〔3〕。

〔5〕 轮回：佛道均有轮回之说。意谓众生莫不辗转生死于三界六道之中，如车轮旋转循环不已。今生有善德，下世即可升天界；今世有恶行，下世即能入地狱。

刘 致

刘致,生平事迹不详。字时中,号逋斋,山西石州宁乡(今山西离石市)人,父彦文。刘致随父流寓长沙,大德二年(1298)得姚燧赏识,被荐入仕。尝任永新州判、太常博士、翰林待制等职,后流寓杭州,贫病而死,靠友人道士王眉叟周济以葬。今存散曲小令七十四首。

参见后文刘时中生平介绍。

〔仙吕〕醉中天

花木相思树[1],禽鸟折枝图[2]。水底双双比目鱼[3],岸上鸳鸯户。一步步金厢翠铺[4]。世间好处,休没寻思,典卖了西湖[5]。

〔1〕 相思树:晋干宝《搜神记》卷十一:韩凭夫妇恩爱,被宋康王夺美,夫妻遂殉情。死后二冢宿昔间生大梓木,旬日而大盈抱,屈体相就,根交于下,枝错于上。又有鸳鸯,雌雄各一,恒栖树,晨夕不去,交颈悲鸣,音声感人。

宋人哀之,遂号其木曰"相思树"。相思之名,起于此也。

〔2〕 折枝图:折枝为花卉画法之一种,即不画全株,只画连枝折下来的部分。折枝图,犹言美如画。

〔3〕 比目鱼:见查德卿〔仙吕寄生草·间别〕注〔5〕。

〔4〕 厢:同"镶"。

〔5〕 "世间"三句:是说西湖乃人间好地方,不要没有考虑,把西湖典卖掉。寻思,考虑,主意。典,抵押、典当。《乐府群玉》有作者自注:"宋谚有'典卖西湖'之语:台谏谓之'卖了西湖',既卖则不可复;省院谓之'典了西湖',典犹可赎也。无官守言责,则无往不可,此古人所以轻视轩冕者欤?"

〔双调〕清江引

春光荏苒如梦蝶[1],春去繁华歇。风雨两无情,庭院三更夜[2],明日落红多去也[3]。

〔1〕 荏苒(rěn rǎn 忍染):时光流逝。梦蝶:见王和卿〔仙吕醉中天·咏大胡蝶〕注〔1〕。如梦蝶,如同一梦。

〔2〕 三更:夜十一时至次日晨一时。见王伯成〔仙吕南春从天上来·闺怨〕注〔5〕。

〔3〕 落红:落花。

刘 时 中

刘时中,生平事迹不详。古洪(今江西南昌)人。今存散曲套数四套。

元曲家中有两个刘时中,一见于《录鬼簿》,列于"前辈名公"类中,称"刘时中待制";一见于《录鬼簿续编》,仅列其名。学术界对两位刘时中的生平及曲作归属尚难有统一意见,有待详考。

〔正宫〕端 正 好

上高监司[1]

众生灵遭磨障[2],正值着时岁饥荒。谢恩光拯济皆无恙[3],编做本词儿唱。

〔滚绣球〕去年时正插秧,天反常,那里取若时雨降[4]?旱魃生四野灾伤[5]。谷不登[6],麦不长,因此万民失望,一日日物价高涨。十分料钞加三倒[7]，一斗粗粮折四量[8]，煞是凄凉。

〔倘秀才〕殷实户欺心不良[9]，停塌户瞒天不当[10]。吞象心肠歹伎俩[11]，谷中添粃屑，米内插粗糠，怎指望他儿孙久长？

〔滚绣球〕甑生尘老弱饥[12]，米如珠少壮荒。有金银那里每典当[13]？尽枵腹高卧斜阳[14]。剥榆树餐，挑野菜尝。吃黄不老胜如熊掌[15]，蕨根粉以代餱粮[16]。鹅肠苦菜连根煮[17]，荻笋芦萵带叶咙[18]，则留下杞柳株樟[19]。

〔倘秀才〕或是搥麻柘稠调豆浆，或是煮麦麸稀和细糠[20]，他每早合掌擎拳谢上苍[21]。一个个黄如经纸[22]，一个个瘦似豺狼，填街卧巷。

〔滚绣球〕偷宰了些阔角牛[23]，盗斫了些大叶桑。遭时疫无棺活葬，贱卖了些家业田庄。嫡亲儿共女，等闲参与商[24]。痛分离是何情况！乳哺儿没人要撇入长江，那里取厨中剩饭杯中酒，看了些河里孩儿岸上娘，不由我不哽咽悲伤。

〔倘秀才〕私牙子船湾外港[25]，行过河中宵月朗。则发迹了些无徒米麦行[26]。牙钱加倍解[27]，卖面处两般装[28]，昏钞早先除了四两[29]。

〔滚绣球〕江乡相[30]，有义仓[31]，积年系税户掌[32]。借贷数补答得十分停当[33],都侵用过将官府行唐[34]。那近日劝粜到江乡[35],按户口给月粮。富户都用钱买放[36],无实惠尽是虚桩[37]。充饥画饼诚堪笑[38],印信凭由却是谎[39],快活了些社长知房[40]。

〔伴读书〕磨灭尽诸豪壮,断送了些闲浮浪[41]。抱子携男扶筇杖[42],尫羸伛偻如虾样[43]。一丝好气沿途创[44],阁泪汪汪[45]。

〔货郎〕见饿莩成行街上,乞出拦门斗抢[46]。便财主每也怀金鹄立待其亡[47]。感谢这监司主张,似汲黯开仓[48]。披星带月热中肠[49],济与粜亲临发放。见孤孀疾病无皈向[50],差医煮粥分厢巷[51]。更把赃输钱分例米多般儿区处的最优长[52]。众饥民共仰,似枯木逢春,萌芽再长。

〔叨叨令〕有钱的贩米谷置田庄添生放[53],无钱的少过活分骨肉无承望;有钱的纳宠妾买人口偏兴旺,无钱的受饥馁填沟壑遭灾障[54]。小民好苦也么哥[55],小民好苦也么哥,便秋收鬻妻卖子家私丧[56]。

〔三煞〕这相公爱民忧国无偏党[57],发政施仁有激昂[58]。恤老怜贫,视民如子,起死回生,扶弱摧强。万万人感恩知德,刻骨铭心,恨不得展草垂缰[59]。覆盆之下[60],同受太阳光。

〔二〕天生社稷真卿相,才称朝廷作栋梁[61]。这相公主见宏深[62],秉心仁恕,治政公平,莅事慈祥。可与萧曹比并[63],伊傅齐肩[64],周召班行[65]。紫泥宣诏[66],花衬马蹄忙[67]。

〔一〕愿得早居玉笋朝班上[68],伫看金瓯姓字香[69]。入阙朝京[70],攀龙附凤[71],和鼎调羹[72],论道兴邦[73]。受用取貂蝉济楚[74],衮绣峥嵘[75],珂佩丁当[76]。普天下万民乐业,都知是前任绣衣郎[77]。

〔尾声〕相门出相前人奖[78],官上加官后代昌。活被生灵恩不忘[79],粒我烝民德怎偿[80]？父老儿童细较量,樵叟渔夫曹论讲。共说东湖柳岸旁[81],那里清幽更舒畅。靠着云卿苏囿场[82],与徐孺子流芳挹清况[83]。盖一座祠堂人供养,立一统碑碣字数行[84],将德政因由都载上,使万万代官民见时节想。

〔1〕 上:上报,呈送。监司:有监察州县之权的长官,元之提刑按察司(后改肃政廉访使)、行御史台的官员

均称监司。高监司,名不详。一说指高纳麟,《新元史》卷一五〇《高纳麟传》:"天历元年(1328)除杭州路总管,明年改江西道廉访使。岁饥,议发粟赈民,行省难之。纳麟曰:'朝廷如不允,我愿以家赀偿之。'议始决。全活无算。又劾罢贪吏平章政事八失忽都,民尤颂之。至顺元年(1330)除湖广行省参知政事。"

〔2〕 磨障:魔障,磨难、灾难。

〔3〕 恩光:恩德。无恙(yàng样):无忧。恙,忧虑,祸患,病痛。

〔4〕 那里取:何处得。取,动词,得也。若:同"偌",这,那。时雨:及时雨。

〔5〕 旱魃(bá拔):造成旱灾的鬼怪。《神异经》:"魃所见(现)之国大旱,赤地千里。"

〔6〕 谷不登:犹五谷不熟。登,成熟。

〔7〕 料钞:元初发行的一种新币,用丝料制成,故称料钞。加三倒:购物须加三成,即物价上涨三成。

〔8〕 折四量(liáng良):给你的粮食要折去四升,即今言六折。

〔9〕 殷实户:富裕户。

〔10〕 停塌户:囤积粮食的人家。元代设有"塌仓"以供寄存货物之用,停塌即囤积。

〔11〕 吞象心肠:比喻贪心特大。《山海经·海内南经》:"巴蛇食象,三岁而吐其骨。"

〔12〕 甑(zèng 赠)生尘：甑为古代做饭用的瓦器。甑生尘，表示断炊已久。《后汉书·独行·范冉传》："(冉)乃结草室而居焉。所止单陋，有时粮粒尽，……闾里歌之曰：'甑中生尘范史云，釜中生鱼范莱芜。'"

〔13〕 那里每：哪里。每，助词无义。

〔14〕 枵(xiāo 消)腹：饿肚子。枵，空虚。

〔15〕 黄不老：野菜名，所指不详。

〔16〕 蕨(jué 决)：一种多年生蕨类草本植物，嫩叶可食，根茎可制淀粉。糇(hóu 侯)粮：干粮。

〔17〕 鹅肠、苦菜：两种野菜名。

〔18〕 荻笋、芦莴(wō 窝)：均野菜名。䒷(zhuāng 妆)：同"噇(chuáng 床)"，吞咽，狂吃。

〔19〕 杞(qǐ 起)柳：柳树的一种。株樟：樟树的一种。均不可食。

〔20〕 麻柘(zhè 这)：柘树的一种，果实形如桑椹，可捣碎与豆浆调和在一起食用。和(huò 或)细糠：搀合细糠。

〔21〕 每：们。擎拳：双手合抱高举。上苍：上天。

〔22〕 经纸：书写佛经用的黄纸。

〔23〕 阔角牛：水牛。当时禁宰耕牛，故云"偷宰"。

〔24〕 等闲：随便，轻易。参(shēn 申)与商：参商亦称参辰，即参星与辰星，二星此出彼落，不能同时出现，喻不睦或不能相见，此指分离。商为辰星相应的地名，故辰可以商代。

〔25〕 牙子:在买卖双方之间说合,以获取佣金的人。今称经纪人。湾:泊船。

〔26〕 发迹:人由困穷失意到富贵发达的变化。曲中指暴富。无徒:无赖之徒。句谓:只有那些无赖粮贩子们成了暴发户。

〔27〕 牙钱:牙子抽取的佣金。解(jiè 介):送,给予。

〔28〕 两般装:指卖面的商人捣鬼,明为足斤,实则少两。

〔29〕 昏钞:污损的钱钞。按规定(见《元史·食货志·钞法》),稍破损的钞一样通用。曲中说如用昏钞购面,一斤则少给四两。除:扣除。

〔30〕 相(xiàng 像):助也。是地方上本有救助之措施。

〔31〕 义仓:地方设置的备荒用粮仓,丰年贮粮,荒年则开仓济民。

〔32〕 积年系税户掌:义仓多年以来都是由税户掌管。税户,替官府管理征粮纳税的人家。

〔33〕 "借贷"句:是说仓粮本已借贷出去,账、粮不合,但管仓人把账面补救得十分妥当。

〔34〕 "都侵"句:是说义仓的粮食都被侵占盗用过,而对官府进行搪塞。行(xíng 形)唐,搪塞,支吾,敷衍。

〔35〕 劝:鼓励。粜(tiào 跳):卖粮。

〔36〕 买放:指富户有钱,可买通官吏发放粮食给他们。

〔37〕 虚桩:虚的,空话。

〔38〕充饥画饼:有名无实的安慰。《三国志·魏书·卢毓传》:"选举莫取有名,名如画地作饼,不可啖也。"

〔39〕印信:印章,指盖有官府大印。凭由:凭据。

〔40〕社长:见睢景臣〔般涉调哨遍·高祖还乡〕注〔2〕。知房:元代州县政府设司功、司仓、司户、司兵、司法、司士等六案,亦称六房。各房吏员即知房。(用吕薇芬说)

〔41〕闲浮浪:浮华浪荡游手好闲之人。

〔42〕筇(qióng琼)杖:竹做的手杖。

〔43〕尫羸(wāng léi汪雷):瘦弱。伛偻(yǔ lǚ雨吕):驼背,指老人。

〔44〕"一丝"句:只要有一丝活气就沿途闯荡乞讨。好气,活气。剑,义同"闯"。

〔45〕阁泪:含泪。阁,同"搁"。

〔46〕"见饿莩"二句:饿莩(piǎo瞟),饿死的人。上句言街上饿死者成行;下句言出外乞食者为争食物而争斗抢夺。

〔47〕便:即使。怀金:抱持金银财宝。鹄(hú胡)立:像天鹅一样伸长脖子而立。

〔48〕汲黯(àn岸)开仓:汲黯字长孺,濮阳(今属河南)人,汉武帝时名臣。《汉书·汲黯传》:"河内失火,烧千馀家,上使黯往视之。还报曰:'家人失火,屋比延烧,不足忧。臣过河内,河内贫人伤水旱万馀家,或父子相食。臣仅以便宜,持节发河内仓粟,以振贫民。……'上贤而

释之。"

〔49〕披星带月:早出晚归之意。

〔50〕皈(guī归)向:归宿依靠。

〔51〕厢巷:街巷。厢,靠近城的地区。

〔52〕赃输钱:因贪赃而输官的钱,即对贪赃者的罚金。分例米:例米为按规定应发给灾民的粮米;分例米,例米被私分的部分。多般儿:多种,样样。区处:处理,处置。优长:妥善,好。

〔53〕生放:放债生息。

〔54〕饥馁(něi内上声):饥饿。填沟壑(hè贺):死而弃尸沟坑。壑,坑谷,深沟。灾障:灾难。

〔55〕也么哥:见周文质〔正宫叨叨令·自叹〕注〔3〕。

〔56〕鬻(yù玉):卖。家私:家庭财产。

〔57〕相公:古代对上层社会男子的尊称,此指高监司。偏党:偏私。《国语·晋语五》:"比而不党",韦昭注:"阿私曰党。"

〔58〕发政施仁:即施行仁政。《孟子·梁惠王下》:"文王发政施仁,必先斯四者。"四者,指鳏、寡、孤、独四类人。激昂:奋发昂扬,有热情有魄力。

〔59〕展草垂缰:见姚守中〔中吕粉蝶儿·牛诉冤〕注〔71〕。

〔60〕覆盆:倒扣着的盆,喻暗无天日。

〔61〕 社稷卿相：国家栋梁，朝廷重臣。卿相，古代高官之代称。称（chèn衬）：适合，相当。

〔62〕 主见宏深：远见卓识，深谋远虑。

〔63〕 萧曹：萧何、曹参（shēn申）均为沛县（今属江苏）人，是辅佐刘邦建汉的功臣，二人均封侯拜相。

〔64〕 伊傅：伊尹、傅说（yuè月）都是殷商时的贤相。见亢文苑〔南吕一枝花〕（琴声动鬼神）注〔22〕及查德卿〔仙吕寄生草·感叹〕注〔3〕。齐肩：一般高，犹相当，才能声望相同。

〔65〕 周召：周公旦和召公奭，都是周初名相。班行（háng杭）：同类的，同等的。

〔66〕 紫泥宣诏：古以泥封固书信、文件，印盖在泥上。泥指印泥。皇帝的诏书以紫泥封固，故称。此指宣召高监司回朝任职的诏书。

〔67〕 花衬马蹄忙：春风得意之意。孟郊《登科后》："春风得意马蹄疾，一日看尽长安花。"

〔68〕 玉笋朝班：笋为竹类的嫩茎和芽，比喻杰出人才。此言朝廷上人才众多，如笋并立。《新唐书·李宗闵传》："俄复为中书舍人，典贡举，所取多知名士，若唐冲、薛庠、袁都等，世谓之'玉笋'。"朝班，朝臣见皇帝时按官职排列的位次。

〔69〕 "伫看"句：言其不久即可拜相。伫，久立；伫看，犹立等可见。金瓯姓字，拜相的美称。《新唐书·崔琳

传》:"玄宗每命相,皆先书其名。一日,书琳等名,覆以金瓯。会太子入,帝谓曰:'此宰相名,若自意之,谁乎?即中,且赐酒。'太子曰:'非崔琳、卢从愿乎?'帝曰:'然。'"

〔70〕 入阙(què确):入朝。阙,见白朴〔双调乔木查·对景〕注〔20〕。

〔71〕 攀龙附凤:辅佐天子治理国家,建功立业。《后汉书·光武帝纪》:"(士大夫)从大王于矢石之间者,其计固望其攀龙鳞、附凤翼,以成其所志耳。"

〔72〕 和鼎调羹:鼎为古代烹煮器具,羹为羹汤。《书·说命下》:"若作和羹,尔维盐梅。"意为臣子的作用就如作和羹时调味的盐和梅(梅调酸味)。和鼎调羹喻大臣辅佐君王治理国家。

〔73〕 论道兴邦:考虑兴国大事。

〔74〕 受用:享受,享用。取:表建议、希望的意思。是表示祈使语气的助词(用吴慧颖说)。貂蝉:貂尾与附蝉,高官冠上饰物,代指高官官帽。济楚:整齐,端丽。

〔75〕 衮(gǔn滚)绣:衮衣绣裳,显宦的礼服,代指高官。衮,卷龙。峥嵘:原指山势高峻,此指气势非凡。

〔76〕 珂佩:古人所带玉佩。

〔77〕 绣衣郎:指高监司。汉有"绣衣直指",亦称"绣衣御史",职责与监司相类。

〔78〕 相门出相:高纳麟之祖父高智耀、父亲高睿都是元之名臣,故云。《史记·孟尝君列传》:"文(孟尝君田

文)闻将门必有将,相门必有相。"

〔79〕 活被生灵:使百姓活下来。

〔80〕 粒我烝(zhēng 征)民:使我众百姓有饭吃。粒,动词,给粮食吃。烝民,众多百姓。《书·益稷》有"烝民乃粒"句。

〔81〕 东湖:湖名,在豫章(今江西南昌)东南,为苏云卿隐居之地。

〔82〕 云卿苏圃场:宋隐士苏云卿隐居种菜处。《宋史·隐逸传下·苏云卿》:"苏云卿,广汉人。绍兴间来豫章东湖,结庐独居,……披荆畚砾为圃,艺植耘芟,灌溉培壅,皆有法度。虽隆暑极寒,土焦草冻,圃不绝蔬,滋郁畅茂,四时之品无阙者。"

〔83〕 徐孺子:见亢文苑〔南吕一枝花〕(琴声动鬼神)注〔13〕。这句是说高监司与徐稚一样流芳后世,清高的品格受人敬仰。挹(yì 易):通"揖",拜揖,有敬仰推崇义。

〔84〕 统:量词,又可写作"通",一统即一座。碣碑:石碑。

〔双调〕新水令

代马诉冤

世无伯乐怨他谁[1]？干送了挽盐车骐骥[2]。空怀伏枥心[3]，徒负化龙威[4]。索甚伤悲[5]？用之行舍之弃[6]。

〔驻马听〕玉鬣银蹄，再谁想三月襄阳绿草齐[7]。雕鞍金辔，再谁收一鞭行色夕阳低？花间不听紫骝嘶，帐前空叹乌骓逝[8]。命乖我自知[9]，眼见的千金骏骨无人贵[10]。

〔雁儿落〕谁知我汗血功[11]？谁想我垂缰义[12]？谁怜我千里才？谁识我千钧力？

〔得胜令〕谁念我当日跳檀溪，救先主出重围？谁念我单刀会随着关羽[13]？谁念我美良川扶持敬德[14]？若论着今日，索输与这驴群队。果必有征敌，这驴每怎用的？

〔甜水令〕为这等乍富儿曹，无知小辈，一概地把人欺。一地里快蹄轻踮，乱走胡奔，紧先行不识尊卑。

〔折桂令〕致令得官府闻知,验数目存留,分官品高低。准备着竹杖芒鞋,免不得奔走驱驰。再不敢鞭骏骑向街头闹起,则索扭蛮腰将足下殃及。为此辈无知,将我连累,把我埋没在蓬蒿,失陷污泥[15]。

〔尾〕有一等逞雄心屠户贪微利,咽馋涎豪客思佳味。一地把性命亏图[16],百般地将刑法陵迟[17]。唱道任意欺公[18],全无道理。从今去谁买谁骑?眼见得无客贩无人喂。便休说站驿难为[19],则怕你东讨西征那时节悔。

〔1〕伯乐:古代善相马、驯马的人。《庄子·马蹄》:"及至伯乐,曰:'我善治马。'"陆德明《释文》:"伯乐姓孙,名阳,善驭马。"后用以代指善于发现和选拔人才的人。

〔2〕干送:白白葬送。挽:拉。骐骥:千里马。《战国策·楚策四》:"夫骥之齿至矣,服盐车而上太行。蹄申膝折,尾湛胕溃,漉汁洒地,白汗交流,中阪迁延,负辕不能上。伯乐遭之,下车,攀而哭之,解纻衣以幂之。骥于是俯而喷,仰而鸣,声达于天,若出金石之声者,何也?彼见伯乐之知己也。"

〔3〕伏枥(lì 力)心:雄心壮志。曹操《步出夏门

行》:"老骥伏枥,志在千里。"枥,马槽。

〔4〕 化龙:《述异记》曰:"东海岛龙川,穆天子养八骏处也。岛中有草名龙刍,马食之一日千里。古语曰:'一秣龙刍,化为龙驹。'"(《渊鉴类函》卷四三三引)化龙威,一日千里之威,才华得以施展。

〔5〕 索甚:犹为何,何必。

〔6〕 "用之"句:用我呢,便干起来;不用我,便舍而弃之。语出《论语·述而》:"用之则行,舍之则藏。"

〔7〕 三月襄阳:刘备当年三月三日跃马檀溪(古溪名,在今湖北襄樊市西南)故事。《三国志·蜀书·先主传》裴松之注引《世语》:"(刘)备屯樊城,刘表礼焉,惮其为人,不甚信用。曾请备宴会,蒯越、蔡瑁欲因会取备。备觉之,伪如厕,潜遁出。所乘马名的卢,骑的卢走,堕襄阳城西檀溪水中,溺不得出。备急曰:'的卢,今日厄矣,可努力!'的卢一踊三丈,遂得过。乘桴渡河,中流而追者至,以表意谢之,曰:'何去之速乎!'"语本唐胡曾《咏史·檀溪》:"三月襄阳绿草齐,王孙相引到檀溪。"

〔8〕 "帐前"句:项羽帐下别姬故事。《史记·项羽本纪》载,项羽被汉军所败,围困垓下(今安徽灵璧县东南),与所幸美人虞姬夜饮帐中,慷慨悲歌曰:"力拔山兮气盖世,时不利兮骓不逝。骓不逝兮可奈何,虞兮虞兮奈若何!"乌骓,项羽所骑骏马名。逝,前进,奔跑。

〔9〕 命乖:命运不好。

〔10〕 千金骏骨：价值千金的千里马骨。燕昭王求贤故事。《战国策·燕策一》："臣闻古之君人（人君），有以千金求千里马者，三年不能得。涓人言于君曰：'请求之。'君遣之。三月得千里马，马已死，买其首五百金，反以报君。君大怒曰：'所求者生马，安事死马？而捐五百金！'涓人对曰：'死马且买之五百金，况生马乎？天下必以王为能市马，马今至矣。'于是不能期年，千里之马至者三。"

〔11〕 汗血：汗血马，古大宛所出良马，汗水为红色。见《史记·乐书》。良马所立大功为汗血功。

〔12〕 垂缰义：见姚守中〔中吕粉蝶儿·牛诉冤〕注〔71〕。

〔13〕 单刀会随着关羽：单刀会事，据陈寿《三国志·吴书·鲁肃传》、韦昭《吴书》，均未言马。《三国志平话》卷下有关羽"善马熟人携剑"赴会及"上马归荆州"字样。盖关羽骑赤兔马，故有"随关羽"之说。

〔14〕 美良川扶持敬德：美良川，地名，在今山西夏县北。唐尉迟恭字敬德。敬德投唐前是刘武周部下，曾在美良川与唐将秦琼大战，两《唐书》秦琼传有载。

〔15〕 〔甜水令〕〔折桂令〕二曲：是解释为何今日马不如驴：暴发户们无知，骑马横行，不识尊卑抢道先行，致令官府闻知，禁止这种现象，验马之数目，论官品高低分配。暴发户不能骑马乱闯，殃及双脚奔走街头。但此辈无知却连累了马。一般人不得骑马而骑驴，马却遭埋没，故

云"输与驴"。一地里,一味的,到处。

〔16〕 一地:即一地里。亏图:图谋害之。

〔17〕 陵迟:即凌迟,先断肢体然后处死的一种酷刑。

〔18〕 唱道:正是,真是。亦可写作"畅道"。此处用"唱道"二字,为本曲定格。

〔19〕 站驿:即驿站,古代供传送公文的差役及出差官员中途暂住、换马的地方。

阿鲁威

阿鲁威,生卒年不详,字叔重(一作叔仲),号东泉,亦称鲁东泉。蒙古族人,其名末字或译作威、灰、犟。延祐、至治间曾任延平路总管、泉州路总管,泰定年间入为翰林侍讲学士,后挂冠去国寓居杭州。孙楷第《元曲家考略》考订较详。散曲今存小令十九首。

〔双调〕蟾宫曲

问人间谁是英雄?有酾酒临江,横槊曹公[1]。紫盖黄旗[2],多应借得,赤壁东风[3]。更惊起南阳卧龙[4],便成名八阵图中[5]。鼎足三分[6],一分西蜀,一分江东。

〔1〕"有酾(shāi 筛)酒"二句:写赤壁之战前夕曹操踌躇满志的形象。苏轼《前赤壁赋》:"方其破荆州、下江陵,顺流而东也,舳舻千里,旌旗蔽空,酾酒临江,横槊赋

诗,固一世之雄也,……"酾酒,斟酒;江,长江;槊(shuò硕),长矛。横槊赋诗,横执长矛,吟咏诗歌。

〔2〕 紫盖、黄旗:均为象征帝王符瑞的云气。《三国志·吴书·孙皓传》建衡"三年春正月"裴松之注引《江表传》曰:"初,丹阳刁玄使蜀,得司马徽与刘廙论运命历数事,玄诈增其文,以诳国人曰:'黄旗紫盖见于东南,终有天下者,荆、扬之君乎?'"

〔3〕 "多应"二句:承上句言,是说江东之所以能立国称帝,多半是靠赤壁之战中借助东风大破曹操,因而造成了三足鼎立局面。多应,推测之词,多半是,大概是。赤壁之战借助东风火烧曹操战船事,见《三国志·吴书·周瑜传》。赤壁,见薛昂夫〔双调殿前欢·秋〕注〔2〕。

〔4〕 南阳卧龙:指诸葛亮,见冯子振〔正宫鹦鹉曲·赤壁怀古〕注〔2〕。

〔5〕 八阵图:诸葛亮推演设置的作战阵势。见查德卿〔双调蟾宫曲·怀古〕注〔5〕。

〔6〕 鼎:见卢挚〔双调蟾宫曲·京口怀古〕注〔5〕。

〔双调〕寿阳曲

千年调[1],一旦空,惟有纸钱灰晚风吹送。尽蜀鹃血啼烟树中[2],唤不回一场春梦[3]。

〔1〕 千年调:长久之计。调,计算,打算。王梵志诗云:"世无百年人,拟作千年调。打铁作门限,鬼见拍手笑。"(范摅《云溪友议》卷十一)

〔2〕 尽(jǐn仅):一任,听凭。蜀鹃:即杜鹃,传说为蜀王杜宇魂魄所化,故称蜀鹃。鸣声悲切,叫后口角流血,似云"不如归去"。参见曾瑞〔南吕骂玉郎过感皇恩采茶歌·闺中闻杜鹃〕注〔1〕。

〔3〕 回:转,醒。一场春梦:指人生如梦。

王举之

王举之,生平不详,活动于杭州一带,曾北上大都。散曲今存小令二十三首。

〔双调〕折桂令

赠胡存善[1]

问蛤蜊风致何如[2]?秀出乾坤[3],功在诗书。云叶轻盈,灵华纤腻[4],人物清癯。采燕赵天然丽语[5],拾姚卢肘后明珠[6]。绝妙功夫,家住西湖,名播东都[7]。

〔1〕 胡存善:杭州人,胡正臣之子。曹楝亭本《录鬼簿》记胡正臣云:"董解元《西厢记》自'吾皇德化'至于终篇,悉能歌之。至于古之乐府、慢词、李霜涯赚令,无不周知。……其子存善能继其志。小山《乐府》、仁卿《金缕新

声》、瑞卿《诗酒馀音》,至于《群玉》、《丛珠》,裒集诸公所作,编次有伦,……亦士林之翘楚也。余尝言之:'人孰无死?死而有子。人孰无子?如胡公之嗣,若敖氏之鬼不馁矣。'"

〔2〕 蛤蜊风致:指散曲的独特风格品味。钟嗣成《录鬼簿序》:"吾党且啖蛤蜊,别与知味者道。"这里指胡存善所作散曲风格。

〔3〕 秀出乾坤:其灵秀风格出自于乾坤,其灵秀之气得自天地之间。

〔4〕 "云叶"二句:言其曲作文笔细腻富有文采。云叶,有云样花纹的纸,代指纸上文字。灵华纤腻,文笔光辉细腻。

〔5〕 燕(yān 烟)赵:战国时燕赵二国所在地,即今河北省北部及山西省西部一带地区。关汉卿、王实甫、马致远、白朴等大家都活动于这一地区。

〔6〕 姚卢:姚燧、卢挚,均散曲名家,本书有传。肘后明珠:指姚、卢散曲的精华。

〔7〕 东都:本指洛阳,借指元京大都(今北京)。

苏彦文

苏彦文,生平不详,《录鬼簿》谓其有《地冷天寒》越调及诸乐府。孙楷第《元曲家考略》据李祁《云阳集》卷二《送苏彦文归金华序》,谓其金华(今属浙江)人,以才学掾江西行省,声誉翕然。进入中书,擢引进之职,既而以母忧去。为掾时廉洁平恕,未尝以一毫势力施于人,而又本之以诗书,缘之以词翰,崇论闳议,倾动一时。散曲今存套数一套。

〔越调〕斗鹌鹑

冬 景

地冷天寒,阴风乱刮。岁久冬深,严霜遍撒。夜永更长[1],寒浸卧榻。梦不成,愁转加。杳杳冥冥[2],潇潇洒洒[3]。

〔紫花儿序〕早是我衣服破碎[4],铺盖单薄,冻的我手脚酸麻,冷弯做一块,听鼓打三挝[5]。天那!

几时挨的鸡儿叫更儿尽点儿煞[6]。晓钟打罢,巴到天明[7],划地波查[8]。

〔秃厮儿〕这天晴不得一时半霎,寒凛冽走石飞沙,阴云黯淡闭日华。布四野,满长空,天涯。

〔圣药王〕脚又滑,手又麻,乱纷纷瑞雪舞梨花。情绪杂,囊箧乏[9]。若老天全不可怜咱,冻钦钦怎行踏[10]?

〔紫花儿序〕这雪袁安难卧[11],蒙正回窑[12],买臣还家[13]。退之不爱[14],浩然休夸[15]。真佳,江上渔翁罢了钓槎[16],便休题晚来堪画[17]。休强呵映雪读书[18],且免了这扫雪烹茶[19]。

〔尾声〕最怕的是檐前头倒把冰锥挂[20],喜端午愁逢腊八[21]。巧手匠雪狮儿一千般成[22],我盼的是泥牛儿四九里打[23]。

〔1〕 夜永:夜长。更:古代夜间计时单位,一夜分为五个更次。更长,即夜长。

〔2〕 杳杳、冥冥:都是昏暗的意思,二词连用,犹黑黑沉沉。

〔3〕 潇潇洒洒:凄凄凉凉,冷冷落落。

〔4〕 早是:已是。

〔5〕 三挝(zhuā抓):挝,鼓槌,作动词用即击鼓。三挝,三鼓,三更,半夜十一时至次日晨一时。

〔6〕 点煞:更点结束,即天明。古人一更分为五点。

〔7〕 巴:盼望,等待。

〔8〕 划(chǎn产)地:宋元口语,依旧,照样,还是。波查:艰辛,磨折。

〔9〕 囊箧(qiè妾)乏:没有钱财。囊箧,口袋与小箱子。

〔10〕 冻钦钦:冻得发抖。行踏:行走。

〔11〕 袁安:见乔吉〔双调水仙子·咏雪〕注〔4〕。

〔12〕 蒙正回窑:吕蒙正,字圣功,北宋河南人,太宗、真宗时三任宰相。叶梦得《避暑录话》载,蒙正幼年时父母不睦,蒙正与母刘氏曾被赶出家门,生活困苦,寺僧凿山岩,蒙正居岩穴九年后中状元。蒙正有诗:"十谒朱门九不开,满头风雪却归来。还家羞对妻儿面,拨尽寒炉一夜灰。"后附会为蒙正与妻刘氏居住破窑故事。元南戏、王实甫杂剧均有《吕蒙正风雪破窑记》,王作今存。

〔13〕 买臣还家:朱买臣,字翁子,西汉吴人,曾任会稽太守。《汉书》有传。尝贫困,负薪而歌市中,妻不能忍,求去。未见遇雪事。元无名氏杂剧《朱太守风雪渔樵记》有贫时遇雪事。

〔14〕 退之不爱:见唐毅夫〔南吕一枝花·怨雪〕注〔7〕。雪增前程艰危,故云"不爱"。

〔15〕 浩然休夸:孟浩然曾踏雪赏梅,见薛昂夫〔双调蟾宫曲·雪〕注〔6〕。

〔16〕 江上渔翁:见白朴〔双调乔木查·对景〕注〔18〕。曲言雪之大使渔翁也只得罢钓。钓槎(chá 查):钓船。

〔17〕 晚来堪画:唐郑谷《雪中偶题》有"江上晚来堪画处,渔人披得一蓑归"句。

〔18〕 映雪读书:晋人孙康家贫,常映雪读书,见《文选》收任昉《为萧扬州荐士表》李善注引《孙氏世录》。

〔19〕 扫雪烹茶:陶榖事,见薛昂夫〔双调蟾宫曲·雪〕注〔5〕。

〔20〕 倒挂冰锥:雪化后在房檐下形成的冰柱。

〔21〕 端午:农历五月初五,正是夏季。腊八:农历十二月初八。谚云:腊七腊八,出门冻杀。

〔22〕 雪狮儿:以雪堆成的狮子。

〔23〕 泥牛:即春牛,见姚守中〔中吕粉蝶儿·牛诉冤〕注〔74〕。四九:冬至以后,每九天为一九,共为九九,谓之数九,九尽则寒尽。四九在立春前十数天。

杨朝英

杨朝英,生卒年不详。字英甫,号澹斋,青城(今四川都江堰市东南)人,家于龙兴(今江西南昌)。曾任郡守,迁郎中,中年后隐居。详见孙楷第《元曲家考略》。与贯云石交好,贯号酸斋,曾对他说:"我酸则子当澹(通'淡')矣。"因自号澹斋。先后编成《乐府新编阳春白雪》和《朝野新声太平乐府》两部散曲总集,有贯云石及巴西邓子晋为之序,元人散曲多赖以流传。杨维桢赏其曲云:"士大夫以今乐府成鸣者,奇巧莫如关汉卿、庾吉甫、杨澹斋、卢疏斋。"(《东维子集》卷十一《周月湖今乐府序》)散曲今存小令二十七首。

〔商调〕梧叶儿

客中闻雨

檐头溜[1],窗外声,直响到天明。滴得人心碎,聒得人梦怎成[2]?夜雨好无情,不道我愁人怕听[3]。

〔1〕 溜(liù 遛):指房檐滴下的水流。

〔2〕 聒(guō 郭):吵。

〔3〕 不道:不管,不顾。

〔双调〕水仙子

自 足

杏花村里旧生涯[1],瘦竹疏梅处士家[2],深耕浅种收成罢。酒新篘鱼旋打[3],有鸡豚竹笋藤花[4]。客到家常饭,僧来谷雨茶[5],闲时节自炼丹砂[6]。

〔1〕 杏花村:杜牧《清明》诗有"借问酒家何处有,牧童遥指杏花村"之句,代指隐居之地。

〔2〕 处士:指不做官的士人,即隐者。

〔3〕 篘(chōu 抽):用篾编成的滤酒工具,作动词用,即滤酒。旋(xuàn 炫)打:即现打。现别读旋。

〔4〕 豚(tún 屯):小猪。

〔5〕 谷雨茶:谷雨节前采摘的茶叶。

〔6〕 丹砂:即朱砂。葛洪《抱朴子·金丹》:"丹砂烧之成水银,积变又还成丹砂。"可入药,道家认为久服可以不老。

王元鼎

王元鼎,生卒年不详,约与阿鲁威同时,曾官翰林学士。孙楷第《元曲家考略》疑其人姓玉,名阿鲁丁,字符鼎,西域人而家于金陵。散曲今存小令七首、套数二套。

〔越调〕凭阑人

闺 怨

垂柳依依惹暮烟[1],素魄娟娟当绣轩[2]。妾身独自眠[3],月圆人未圆。

啼得花残声更悲[4],叫得春归郎未知[5]。杜鹃奴倩伊[6]:问郎何日归?

〔1〕 依依:轻柔飘拂的样子。暮烟:暮霭,傍晚的云气。

〔2〕 素魄:月亮。魄,通"霸",月初生或将没时的微光,代指月。娟娟:秀美的样子。绣轩:绣房,闺房。

〔3〕 妾:古代女子的自称。

〔4〕 "啼得"句:指杜鹃啼叫,见曾瑞〔南吕骂玉郎过感皇恩采茶歌·闺中闻杜鹃〕注〔1〕。

〔5〕 春归:春归去,即春尽夏来。

〔6〕 倩(qìng 庆):请人代自己做事。

〔商调〕河西后庭花

走将来涎涎瞪瞪冷眼儿睒[1],杓杓答答热句儿浸[2]。舍不的缠头锦[3],心疼的买笑金。要你消任[4]:鸳帏珊枕,凤凰杯翡翠衾,低低唱浅浅斟,休逞波李翰林[5]!

〔幺篇〕支楞弦断了绿绮琴[6],珰玎掂折了碧玉簪[7]。嗨,堕落了题桥志[8];吁,阑珊了解佩心[9]。走将来笑吟吟,妆呆妆婪[10]。硬厮挣软厮禁[11],泥中刺绵里针,黑头虫黄口鹣[12]。

〔凤鸾吟〕自古到今,恩多须怨深[13]。你说的牙疼誓,不害碜[14]。有酒时唵[15],有饭时啃,你来我跟前委实图甚[16]？小的每声价儿佐[17]，身材儿婪[18]，请先生别觅个知音。

〔柳叶儿〕走将来乜斜头撒唚[19]，不熨贴性儿希林[20]。软处捏硬处挡甜处渗[21]。休忒恁[22]，莫沉吟[23]，休辜负了柳影花阴。

〔1〕 涎涎瞪瞪：贪婪地看，死皮赖脸。睒（cēn 岑 阴平）：看。

〔2〕 抅抅答答：不着边际。俗写作韶韶叨叨、抅抅叨叨。热句儿：好话，甜言蜜语。浸：义同"侵"，近，套近乎。

〔3〕 缠头锦：古代歌舞艺人表演完毕，看客往往以罗锦相赠，后以缠头锦代指买笑寻欢的费用。

〔4〕 消任：意谓你舍不得花钱还能这般享受？故列种种享乐后以"休逞"结之。消，消受；任，同恁，如此，这般。

〔5〕 翰林：是居宫中备皇帝召见的非正式官职，掌起草诏旨文词等事。李翰林，本指李白，此为对不懂嘲风咏月者的讽刺称呼。

〔6〕 支楞：象声词。绿绮琴：一种名琴，传为司马相如之琴，见晋人傅玄《琴赋·序》。

〔7〕 琤玎：象声词。掂：跌落，折断。

〔8〕 题桥志：成名显贵的大志。见马致远〔双调拨不断〕（叹寒儒）注〔2〕。

〔9〕 阑珊：冷落，消减。解佩心：指男女情爱之心。刘向《列仙传·江妃二女》言郑交甫游江汉，遇江妃二女而生爱悦之心，女遂解佩玉相赠。数十步后玉不见，女亦不见。所遇乃神女。

〔10〕 妆呆妆婪(lín 林)：装傻。婪，同"啉"，笨，傻。

〔11〕 硬廝挣：硬挣，硬来。软廝禁：不硬挣，软缠。

〔12〕 黑头虫：一种吃父母的虫，喻忘恩负义的人。黄口鸧(chén 臣)：一种吃父母的鸟，比喻忘恩负义的人。

〔13〕 须：必。

〔14〕 害磣(chěn 抻上声)：不知羞，不嫌难看。磣，丑，不大方，食物中有砂子。

〔15〕 唫(jìn 近)：吸，喝。

〔16〕 委实：确实，真的。

〔17〕 小的：自称的谦词。些：音义并同"些"，小。

〔18〕 婪：同"啉"，见本曲前注。此为粗蠢之义，为苗条之反。

〔19〕 乜(miē 咩)斜头：眉来眼去。撒嗳：开心奚落。嗳，猫狗吐食曰嗳，指人为胡说义。

〔20〕 熨贴：服贴，犹安稳，老实。希林：不详。义当与熨贴相反，不安分，爱惹事。

〔21〕 挡(chōu 抽)：迎合，拍马，看风使舵。明顾起

元《客座赘语·诠俗》:"善迎人之意而助长之,曰'挡'。"甜处渗:趋利,有好处就沾。

〔22〕 忒(tè特)恁:太纠缠。过甚曰忒。恁,如此,这样,指前述纠缠行为。

〔23〕 沉吟:迟疑,犹豫不决。

杨 维 桢

杨维桢(1296—1370),字廉夫,号铁崖、东维子,一号铁笛道人,绍兴诸暨(今属浙江)人。元泰定四年(1327)中进士,曾任天台县尹、钱清盐场司令、江浙行省四务提举、建德路总管府推官、江西儒学提举等。晚年居松江,放荡不羁,尤嗜声色。以诗名家,著有《东维子集》《铁笛先生古乐府》等。散曲今存小令近三十首、套数一套。

〔双调〕夜 行 船

吊 古

霸业艰危,叹吴王端为,苎罗西子[1]。倾城处[2],妆出捧心娇媚[3]。奢侈,玉燕金莺[4],宝凤雕龙[5],银鱼丝鲙[6]。游戏,沉溺在翠红乡[7],那管卧薪滋味[8]。
〔前腔〕乘机,勾践雄图,聚干戈要雪,会稽羞耻[9]。怀奸计,越赂私通伯嚭[10]。谁知,忠谏不听[11],剑赐属镂,灵胥空死[12]。狼狈,不想道请行成[13],北面称臣不许[14]。

〔斗蛤蟆〕堪悲,身国俱亡,把烟花山水,等闲无主。叹高台百尺[15],顿遭烈炬。休觑,珠翠总劫灰,繁华只废基。恼人意,时耐范蠡扁舟[16],一片太湖烟水。

〔前腔〕听启,檇李亭荒[17],更夫椒树老[18],浣花池废[19]。问铜沟明月[20],美人何处?春去,杨柳水殿欹[21],芙蓉池馆摧[22]。动情的,只见绿树黄鹂,寂寂怨谁无语。

〔锦衣香〕馆娃宫[23],荆榛蔽;响屧廊[24],莓苔翳[25]。可惜剩水残山,断崖高寺,百花深处一僧归[26]。空遗旧迹,走狗斗鸡。想当年僭祭[27],望郊台凄凉云树[28],香水鸳鸯去[29]。酒城倾坠[30],茫茫练渎[31],无边秋水。

〔浆水令〕采莲泾红芳尽死[32],越来溪吴歌惨凄[33]。宫中鹿走草萋萋,黍离故墟,过客伤悲[34]。离宫废[35],谁避暑?琼姬墓冷苍烟蔽[36]。空原滴,空原滴,梧桐秋雨。台城上,台城上,夜乌啼[37]。

〔尾声〕越王百计吞吴地,归去层台高起,只今亦是鹧鸪飞处[38]。

〔1〕"霸业"三句:是说吴王夫差的霸业之所以艰危,全都是因为贪恋西施的美色。端为,全都因为,正是因为。西子,参见卢挚〔双调湘妃怨·西湖〕注〔5〕。

〔2〕倾城:言美女可倾覆国家。倾,倾败;城,犹国也。《诗·大雅·瞻卬》:"哲夫成城,哲妇倾城。……乱匪降自天,生自妇人。"处:时,之际。

〔3〕捧心娇媚:见卢挚〔双调湘妃怨·西湖〕注〔5〕。

〔4〕玉燕金莺:喻宫中美女。

〔5〕宝凤雕龙:指宫中器物华美。

〔6〕银鱼丝鲙:指食物之精美。鲙,细切的鱼丝。

〔7〕翠红乡:妇人群,代指奢侈糜烂的生活。

〔8〕卧薪滋味:发愤图强的滋味。卧薪,出处不详,北宋苏轼以来即与"尝胆"连用为成语。见徐再思〔双调蟾宫曲·姑苏台〕注〔4〕。或云,夫差忘了勾践卧薪尝胆正图谋复仇,亦通。

〔9〕会(kuài快)稽羞耻:指越王兵败,被吴兵围于会稽山(在今浙江绍兴东南),亡国称臣。

〔10〕"越赂"句:越用贿赂吴太宰伯嚭(pǐ痞)之计,使吴王放越君臣还国。《史记·越王勾践世家》:"勾践乃

以美女、宝器令种间献吴太宰嚭。嚭受,……嚭因说吴王曰:'越以服为臣,若将赦之,此国之利也。'……卒赦越,罢兵而归。"

〔11〕 忠谏不听:指吴王夫差不听忠臣伍子胥之谏。据《史记·越王勾践世家》,子胥曾谏吴王不许越求和、不放越君臣返国、勿伐齐国、勿贷粟与越等事,吴王皆不听,终至身亡国灭。

〔12〕 "剑赐"二句:子胥屡谏,吴王不听,吴王反听信伯嚭谗言,赐子胥属(zhǔ 主)镂剑以自杀。属镂,亦称属卢、属娄,古剑名。灵胥,伍子胥死后立祠受祀为神,见《史记·伍子胥列传》《论衡·书虚篇》,故称灵胥。空死,白白死掉。

〔13〕 行成:求和。指吴向越求和。

〔14〕 称臣不许:勾践在越国强大后伐吴,困吴王夫差于姑苏山。夫差遣使求和称臣,勾践听从范蠡之谏,不允和,夫差自杀。

〔15〕 高台:指姑苏台,见李洞〔双调夜行船·送友归吴〕注〔3〕。

〔16〕 叵(pǒ 巨)耐:怎奈,无奈。范蠡(lǐ 理)扁(piān 偏)舟:范蠡为越国大夫,帮助勾践灭吴复国之后,认为"蜚鸟尽,良弓藏;狡兔死,走狗烹。越王为人长颈鸟喙,可与共患难,不可与共安乐。"(《史记·越王勾践世家》)于是"乘扁舟浮于江湖,变名易姓,适齐号鸱夷子皮,之陶为朱

公"。富至巨万,故言富者皆称陶朱公(《史记·货殖列传》)。

〔17〕 檇(zuì 醉)李亭:地名,在今浙江嘉兴西南,为越王勾践大败吴王阖闾之处。

〔18〕 夫椒:山名,在今江苏吴县西南太湖中,为阖闾之子吴王夫差大败越王勾践处。

〔19〕 浣花池:吴宫池名,旧址在今江苏吴县木渎镇西北灵岩山上。明沈德符《万历野获编》卷二四《外郡·灵岩山》:"灵岩山有夫差馆娃宫、响屧廊、浣花池、采香径等胜。固吴中丽瞩也。"

〔20〕 铜沟:铜制沟渠,即铜沟御槛,见李洞〔双调夜行船·送友归吴〕注〔3〕。

〔21〕 杨柳水殿:吴宫中杨柳掩映的水边宫殿。攲(qī 七):倾斜。

〔22〕 摧:毁坏。

〔23〕 馆娃宫:见李洞〔双调夜行船·送友归吴〕注〔16〕。

〔24〕 响屧(xiè 泄)廊:吴宫廊名。屧为木鞋,西施行走有声。宋范成大《吴郡志·古迹》:"响屧廊,在灵岩山寺。相传吴王令西施辈步屧,廊虚而响,故名。"

〔25〕 莓(méi 梅)苔:苔藓类植物。翳(yì 亿):遮盖。

〔26〕 "可惜"三句:言旧日吴宫已成寺庙。范成大《吴郡志》卷八:"吴有馆娃宫,今灵岩寺即其地也。"

〔27〕 僭(jiàn见)祭：超越本分，冒用高于自己地位的规格进行祭祀。指吴王夫差用天子礼祭祀天地。

〔28〕 郊台：吴王祭祀天地之处。

〔29〕 香水：水溪名。范成大《吴郡志·古迹》："香水溪，在吴故宫中。俗云西施浴处，人呼为脂粉塘。吴王宫人濯妆于此溪，上源至今馨香。"鸳鸯：喻西施宫女。

〔30〕 酒城：吴国地名。范成大《吴郡志·古迹》："酒城在坛城边，夫差祭子胥处。临祭劝酒，因名焉。"

〔31〕 练渎：水名，在今江苏苏州西南，旧传为吴国为练兵而开。

〔32〕 采莲泾：疑即采香径（亦作采香泾），在灵岩山前。范成大《吴郡志·古迹》："采香径，在香山之傍小溪也。吴王种香于香山，使美人泛舟于溪以采香。今自灵山望之，一水直如矢，故俗又名箭泾。"

〔33〕 越来溪：水名，在江苏吴县西南。范成大《吴郡志》："溪在越城东南，与石湖通。越兵自此溪来入吴，故名。"吴歌：吴地的歌曲。

〔34〕 "宫中"三句：言吴宫旧墟一派荒凉，使人见而伤悲。黍离，见马致远〔双调拨不断〕（布衣中）注〔3〕。这里以周喻吴，悲叹历史的兴废。

〔35〕 离宫：皇帝在都城以外临时居住的宫殿。

〔36〕 琼姬墓：琼姬为吴王夫差之女，其墓在今江苏吴县西。

〔37〕"台城"二句:用李白《乌栖曲》"姑苏台上乌栖时,吴王宫里醉西施"句意。台城,朝廷禁省为台,禁城为台城,这里即指吴王宫城。

〔38〕"越王"三句:用李白《越中览古》"越王勾践破吴归,义士还家尽锦衣。宫女如花满春殿,只今惟有鹧鸪飞"诗意。层台高起,指兴建越王台等亭台楼阁。层台,高台。鹧鸪,鸟名,俗谓其鸣若曰"行不得也哥哥",意含悲凉。

刘庭信

　　刘庭信(约1300—约1370),名一作廷信,原名廷玉,彭城(今江苏省徐州市)人,居于武昌(今属湖北),是南台御史刘廷幹之族弟。行五,身长而黑,人称"黑刘五""黑刘五舍"。落魄不羁,工于谈笑,天性聪慧,至于词章,信口成句,而街市俚近之谈,变用新奇,能道人所不能道者。事见《录鬼簿续编》《青楼集·般般丑》。曲作几乎全咏男女风情。散曲今存小令三十九首、套数七套。

〔中吕〕朝天子

赴　约

夜深深静悄,明朗朗月高,小书院无人到。书生今夜且休睡着,有句话低低道:"半扇儿窗棂,不须轻敲[1],我来时将花树儿摇。你可便记着,便休要忘了——影儿动咱来到。"

〔1〕 不须轻敲:言女子去时不再敲窗。

〔双调〕水 仙 子

相 思

恨重叠重叠恨恨绵绵恨满晚妆楼,愁积聚积聚愁愁切切愁斟碧玉瓯[1]。懒梳妆梳妆懒懒爇爇懒爇黄金兽[2],泪珠弹弹珠泪泪汪汪汪不住流。病身躯身躯病病恹恹病在我心头[3]。花见我我见花花应憔瘦,月对咱咱对月月更害羞,与天说说与天天也还愁。

〔1〕 愁斟碧玉瓯:谓以酒浇愁。碧玉瓯,酒杯的美称。

〔2〕 爇(ruò 若):焚烧。黄金兽:兽形铜香炉。

〔3〕 恹(yān 淹)恹:委靡不振的样子。

〔南吕〕一枝花

春日送别

丝丝杨柳风,点点梨花雨。雨随花瓣落,风趁柳条疏[1]。春事成虚,无奈春归去。春归何太速?试问东君[2]:谁肯与莺花做主?

〔梁州〕锦机摇残红扑簌[3],翠屏开嫩绿模糊。茸茸芳草长亭路。乱纷纷花飞园圃,冷清清春老郊墟[4]。恨绵绵伤春感叹,泪涟涟对景踌躇,不由人不感叹嗟吁。三般儿巧笔难图:你看那蜂与蝶趁趁逐逐[5],花共柳攒攒簇簇[6],燕和莺唤唤呼呼。鹧鸪[7],杜宇[8],替离人细把柔肠诉:"行不得,归不去!"鸟语由来岂是虚[9]?感叹嗟吁。

〔骂玉郎〕叫一声才郎身去心休去,不由我愁似织[10],泪如珠。樽前无计留君住[11],魂飞在离恨天[12],身落在寂寞所,情递在相思铺[13]。

〔感皇恩〕呀,则愁你途路崎岖,鞍马劳碌。柳呵都做了断肠枝,酒呵难道是忘忧物[14]?人呵怎做的护身符[15]！早知你抛撒奴应举,我不合惯纵你读书[16]。伤情处[17],我命薄,你心毒。

〔采茶歌〕觑不的献勤的仆[18],世情的奴[19],声声催道误了程途。一个大厮把的忙牵金勒马[20],一个悄声儿回转画轮车[21]。

〔隔尾〕江湖中须要寻一个新船儿渡,宿卧处多将些厚褥儿铺。起时节迟些儿起,住时节早些儿住。茶饭上无人将你顾觑[22],睡卧处无人将你盖覆[23],你是必早寻一个着实店儿宿[24]。

〔1〕 趁:追逐。

〔2〕 东君:司春之神。见贯云石〔双调蟾宫曲·送春〕注〔1〕。

〔3〕 锦机:织锦的织机,此喻花枝。扑簌(sù 素):物体纷纷下落的样子。

〔4〕 春老:春暮,春残。郊墟:效外,荒郊野外。

〔5〕 趁趁逐逐:追追赶赶。

〔6〕 攒(cuán 篡阳平)攒簇簇:堆聚,簇拥。

〔7〕 鹧鸪:鸟名,俗谓其鸣若曰:"行不得也哥哥。"

〔8〕 杜宇:见曾瑞〔南吕骂玉郎过感皇恩采茶歌·闺中闻杜鹃〕注〔1〕。

〔9〕 由来:从来,历来。

〔10〕 愁似织:愁思纠结,愁思烦乱。

〔11〕 樽(zūn 尊):同"尊",古代的酒器。无计:没有办法。留君住:即留住君。

〔12〕 离恨天:佛教经典所载三十三天中,无离恨天,曲中多用为男女相思烦恼的境地。石子章《竹坞听琴》第二折:"三十三天离恨天最高,四百四病相思病最苦。"

〔13〕 递:押送,送。铺:指驿站。顾炎武《日知录·驿传》:"今时十里一铺,设卒以递公文。"

〔14〕 忘忧物:晋陶渊明《饮酒》之七:"泛此忘忧物,远我遗世情。"言酒能忘忧。

〔15〕 护身符:指以朱笔或墨笔所画佛菩萨鬼神像,或书有咒语符箓的纸牒,带在身边可获保佑,辟邪除灾,谓之护身符。佛、道、巫师均用之。句谓所爱离去,不能做她的保护人。

〔16〕 合:该。

〔17〕 处:之时、之际。

〔18〕 觑(qù 去):看。献勤:献殷勤。

〔19〕 世情:世俗之情。只知赶路应举而不重爱情,故云世情。

〔20〕 大厮把:大模大样。金勒:勒为带嚼子的马络头。金指铜制或饰金。金勒马,此即马的美称。

〔21〕 画轮车:车的美称。

〔22〕 顾觑:照料,管顾。

〔23〕"睡卧"句：言睡觉时无人给你盖被子。

〔24〕是必：务必，一定。着实店儿：可靠的店铺。

阿里西瑛

阿里西瑛,生平不详,西域回回,阿里耀卿学士之子,又省称里西瑛。陶宗仪《南村辍耕录》卷十一载:"木八剌,字西瑛,西域人。其躯干魁伟,故人咸曰长西瑛。"("金锒剌肉"条)孙楷第《元曲家考略》以为木八剌即曲家阿里西瑛。元顺帝至正间隐居苏州,与贯云石、乔吉等交游。散曲今存小令四首。

〔双调〕殿前欢

懒云窝[1]

西瑛有居号懒云窝,以〔殿前欢〕调歌此以自述。

懒云窝,醒时诗酒醉时歌。瑶琴不理抛书卧[2],无梦南柯[3]。得清闲尽快活[4],日月似撺梭过,富贵比花开落。青春去也,不乐如何?

懒云窝,醒时诗酒醉时歌。瑶琴不理抛书卧,尽自磨陀[5]。想人生待则么[6]?富贵比花开落,日月似撺梭过。呵呵笑我,我笑呵呵[7]。

懒云窝,客至待如何?懒云窝里和衣卧,尽自婆娑[8]。想人生待则么?贵比我高些个,富比我愡些个[9]。呵呵笑我,我笑呵呵。

〔1〕 懒云窝:阿里西瑛住所名,在苏州城东北角。

〔2〕 理:抚弄,弹奏。

〔3〕 无梦南柯:不做富贵梦。南柯,见马致远〔双调蟾宫曲·叹世〕(咸阳百二山河)注〔5〕。

〔4〕 尽(jǐn仅):尽可能,最大限度。

〔5〕 磨陀(mó tuó 魔驮):自在逍遥,悠然自得。

〔6〕 待:要,欲,打算。则么:做什么之省文。这句是说人生还要怎么样呢?

〔7〕 "呵呵"二句:世人呵呵地笑话我、耻笑我,我用呵呵一笑对之。

〔8〕 婆娑:逍遥自得。

〔9〕 愡(sōng松):松,宽松,此指富裕。

孙周卿

孙周卿,生平不详,古汴(今河南开封)人。曾客游湘南、巴丘。其女婿为傅若金。详见孙楷第《元曲家考略》。《太和正音谱》列之于"词林英杰"一五〇人之中。散曲今存小令二十三首。

〔双调〕蟾宫曲

自 乐

想天公自有安排,展放愁眉,开着吟怀[1]。款击红牙[2],低歌玉树[3],烂醉金钗[4]。花谢了逢春又开,燕归时到社重来[5]。兰芷庭阶[6],花月楼台。许大乾坤[7],由我诙谐[8]。

〔1〕 开着吟怀:即开怀吟唱。

〔2〕 款:缓,慢。红牙:用檀木制做的用以调节乐曲

节奏的拍板。

〔3〕 玉树:指乐府吴声歌曲〔玉树后庭花〕。这里泛指歌曲。

〔4〕 金钗:代指美女。

〔5〕 社:指春社日,古时在立春后第五个戊日举行祭祀土神的活动称春社。

〔6〕 兰芷:兰草和白芷,皆香草。

〔7〕 许大:如此大。许,如此,这样。

〔8〕 诙谐:有戏谑调侃意。

夏庭芝

夏庭芝(约1300—约1375),字伯和(一作百和),号雪蓑、雪蓑钓隐,松江华亭(今上海松江区)人。出生富家,能周急赡乏。遍交士大夫之贤者,又一生黄金买笑,风流蕴藉,终日高会开宴,诸伶毕至。《录鬼簿续编》、孙楷第《元曲家考略》有传。著有《青楼集》,记女艺人事迹,保存了珍贵的元代戏剧演出资料。散曲今存小令二首。

〔双调〕水仙子

赠李奴婢[1]

丽春园先使棘针屯[2],烟月牌荒将烈焰焚[3],实心儿辞却莺花阵[4]。谁想香车不甚稳[5],柳花亭进退无门[6]。夫人是夫人分,奴婢是奴婢身,怎做夫人?

〔1〕 李奴婢:生平里籍不详。元代女艺人,演艺活动主要在江南。《说集》本《青楼集》载:"李奴婢,妆旦色,貌艺为最,仗义施仁。嫁与杰里哥儿金事,伯家间监司动言章,休还。名公士夫,多与乐府长篇歌曲词章。"

〔2〕 丽春园:相传为宋代名妓苏小卿的住处,后用为妓院的代称。这句是说以荆棘堵塞住丽春园,表示不再接客。屯,堵塞。

〔3〕 烟月牌:妓院里书写妓女姓名以供嫖客挑选的招牌。荒:同"慌",忙,急。

〔4〕 莺花阵:妓女群,代指妓院。

〔5〕 香车:《清平山堂话本·洛阳三怪记》:"坐的轿谓之'香车'。"

〔6〕 柳花亭:代指妓院。

宋方壶

宋方壶,生卒年不详,生活年代在元末明初。名子正,华亭(今上海松江)人。筑室于莺湖,四壁方窗,昼夜长明,如洞天状,因称"方壶",并以为号。家境颇饶,"甲第连云,膏腴接壤,所欲既足而无求于外。"(贝琼《清江贝先生集》卷五《方壶记》)事见孙楷第《元曲家考略》。散曲今存小令十三首、套数五套。

〔中吕〕红绣鞋

阅 世

短命的偏逢薄幸[1],老成的偏遇真成[2],无情的休想遇多情。懵懂的怜瞌睡[3],鹘伶的惜惺惺[4],若要轻别人还自轻。

〔1〕 薄幸:薄情,负心、无情的人。

〔2〕 真成:即真诚。

〔3〕 懵懂:糊涂,迷迷糊糊。

〔4〕 鹘(hú 胡)伶:犹云机灵。惺惺:犹云聪明。

〔中吕〕山坡羊

道 情[1]

青山相待[2],白云相爱,梦不到紫罗袍共黄金带[3]。一茅斋,野花开,管甚谁家兴废谁成败?陋巷箪瓢亦乐哉[4]!贫,气不改[5];达[6],志不改。

〔1〕 道情:见张可久〔中吕齐天乐过红衫儿·道情〕(人生底事辛苦)注〔1〕。

〔2〕 相待:招待我,接待我。

〔3〕 紫罗袍共黄金带:皆为高官的服饰。

〔4〕 陋巷箪(dān 丹)瓢:指简朴的生活。《论语·雍也》:"一箪食,一瓢饮,在陋巷,人不堪其忧,回也不改其乐。贤哉,回也。"箪,古时盛饭用的圆形竹器。

〔5〕 气:指气节。

〔6〕 达:指显贵。

兰 楚 芳

兰楚芳,生平不详。《录鬼簿续编》有传:"西域人。江西元帅,功绩多著,丰神秀英,才思敏捷。刘廷信在武昌,赓和乐章,人多以元、白拟之。"据孙楷第《元曲家考略》,刘廷信之兄廷幹至正二十一年(1361)卒,年七十三,兰楚芳与廷信唱和,则其生活年代大体与廷幹相当。散曲今存小令九首、套数三套。

〔南吕〕四 块 玉

风 情

我事事村[1],他般般丑[2]。丑则丑村则村意相投。则为他丑心儿真博得我村情儿厚。似这般丑眷属,村配偶,只除天上有[3]。

意思儿真[4],心肠儿顺,只争个口角头不圆囵[5]。怕人知羞人说嗔人问[6]。不见后又嗔[7]，得见后又忖[8]，多敢死后肯[9]。

〔1〕 村：粗俗，无知，"雅"的反义词。清翟灏《通俗编》卷十《品目》："世之鄙陋者，人因以'村'目之。"

〔2〕 般般：样样，件件。

〔3〕 只除：只应是，除非。

〔4〕 意思真：心意志诚。

〔5〕 只争：只差。口角头不囫囵（hú lún 胡伦）：兔唇，豁嘴。

〔6〕 嗔（chēn 琛）：生气，是说人一问便生气。

〔7〕 后：语气词，犹呵、啊。嗔：此处作责怪、埋怨解。

〔8〕 忖（cǔn 村上声）：仔细考虑，犹豫不决。

〔9〕 多敢：揣测之词，多半，大概。

倪 瓒

倪瓒(1301—1374),幼名明七,初名珽,字元镇,号云林子、风月主人等;又尝变姓名为奚元朗,字玄瑛。自称懒瓒、倪迂。无锡(今属江苏)人。清秀美髯,吴人称为神仙。家本素封,藏书颇富。诗词曲兼擅而以画名家。淡泊名利,不乐仕进。元顺帝至正初,散其家财,往来江湖,张士诚招之不出。《新元史》《明史》《录鬼簿续编》有传。著有《清閟阁集》。散曲今存小令十二首。

〔黄钟〕人月圆

惊回一枕当年梦,渔唱起南津[1]。画屏云障[2],池塘春草[3],无限销魂[4]。　旧家应在,梧桐覆井,杨柳藏门。闲身空老[5],孤篷听雨[6],灯火江村。

[1] 渔唱:打鱼人的歌声。南津:南面的渡口。
[2] 画屏云障:像屏风一样的山峦优美如画,被云

遮雾绕。

〔3〕 池塘春草:池塘边生长出春天的小草。句本谢灵运《登池上楼》:"池塘生春草,园柳变鸣禽。"

〔4〕 销魂:极度开心,惬意得如同魂灵离开了身体。又解为极度哀愁,失魂落魄的样子。以前解为是。

〔5〕 空老:白白地老了,无所事事地老了。

〔6〕 孤篷:孤舟。篷,船上的篷盖,代指船。

〔双调〕折 桂 令

拟张鸣善[1]

草茫茫秦汉陵阙[2],世代兴亡,却便似月影圆缺。山人家堆案图书[3],当窗松桂,满地薇蕨[4]。侯门深何须刺谒[5]?白云自可怡悦。到如今世事难说,天地间不见一个英雄,不见一个豪杰。

〔1〕 拟:仿,此指摹仿张鸣善风格或作品所作。张鸣善,本书有传。

〔2〕 陵阙(què 却):皇家的墓地。阙,见白朴〔双调乔木查·对景〕注〔20〕。

〔3〕 山人:山中之人,指隐士。

〔4〕 薇蕨:薇与蕨均山菜名,可食。

〔5〕 侯门:权贵之家。刺谒:求见,拜见。刺,拜客的名片。

〔双调〕水仙子

东风花外小红楼,南浦山横眉黛愁[1]。春寒不管花枝瘦,无情水自流。檐间燕语娇柔,惊回幽梦,难寻旧游,落日帘钩。

〔1〕 南浦:南面的水边,《楚辞·九歌·河伯》:"子交手兮东行,送美人兮南浦。"后遂以南浦为送别之地的代称。山:可指送别之处的山,也可以山喻眉。

汪元亨

汪元亨,生卒年不详,字协贞,号云林,别号临川佚老。散曲创作活动,主要在至正(1341—1369)时期。《录鬼簿续编》云:"汪元亨,饶州人,浙江省掾,后徙常熟。至正间,与余交于吴门,有《归田录》一百篇行于世,见重于人。"因厌恶名争利斗,忧虑国家分裂江山易主而退隐。散曲多叹世归隐之作,今存小令一百首(隋树森先生疑即为《归田录》百篇)、套数一套。

〔正宫〕醉太平

警世

憎苍蝇竞血,恶黑蚁争穴。急流中勇退是豪杰,不因循苟且。叹乌衣一旦非王谢[1],怕青山两岸分吴越[2],厌红尘万丈混龙蛇[3]。老先生去也[4]。

〔1〕 乌衣:指乌衣巷,故址在今南京市东南。东晋、南朝时王、谢两大世族居住于此,见《世说新语·雅量》及刘孝标注引《丹阳记》、《宋书·谢弘微传》。

〔2〕 吴越:春秋时吴、越两国为敌国。

〔3〕 混龙蛇:龙蛇不分,喻圣贤豪杰与凡夫俗子不能分辨,功过是非不清。

〔4〕 老先生:作者自称。去:指离开官场隐居。

〔双调〕沉醉东风

归 田

二十载江湖落魄[1],三千程途路奔波。虎狼丛辨是非,风波海分人我,到如今做哑妆矬[2]。着意来寻安乐窝,摆脱了名缰利锁。

〔1〕 落魄(tuò 唾):穷困失意。

〔2〕 妆矬(cuó 痤):装矮,装做不如人。

杨 讷

　　杨讷,生卒年不详,字景贤,一字景言。原名暹,后更名讷,号汝斋,蒙古族人,因姊夫姓而姓杨,后家于钱塘(今浙江杭州)。善琵琶,好戏谑。入明后以善谜语受明成祖赏识。作杂剧十八种,今存全本《马丹阳三度刘行首》一种。散曲今存小令二首、套数一套。

〔中吕〕红绣鞋

咏虼蚤[1]

小则小偏能走跳[2],咬一口一似针挑,领儿上走到裤儿腰。眼睁睁拿不住,身材儿怎生捞[3]?翻个筋斗不见了。

〔1〕　虼(gè个)蚤:即跳蚤。
〔2〕　走跳:跑跳。

〔3〕"身材"句：言捉不到跳蚤。捞(lāo 劳阴平)，捉，拿住。

汤 式

汤式,生卒年不详,字舜民,号菊庄,象山(今属浙江)人。元代曾补本县吏,非其志,后落魄江湖间。好滑稽,与贾仲明交久而不衰。明成祖在燕邸时,宠遇甚厚。永乐年间与杨景贤一起遇宠。《录鬼簿续编》有传。作散曲语皆工巧,江湖盛传之。作杂剧二种,均佚。散曲今存小令一百七十首、套数六十八套及一残套,收于《笔花集》中。

〔双调〕天香引

西湖感旧

问西湖昔日如何?朝也笙歌,暮也笙歌。问西湖今日如何?朝也干戈,暮也干戈。昔日也二十里沽酒楼香风绮罗,今日个两三个打鱼船落日沧波。光景蹉跎[1],人物消磨[2],昔日西湖,今日南柯[3]。

〔1〕 光景蹉跎:时光流逝。

〔2〕 人物消磨:指昔日英华人物消耗磨灭。

〔3〕 南柯:梦的代称,见马致远〔双调蟾宫曲·叹世〕(咸阳百二山河)注〔5〕。

〔中吕〕谒 金 门

落花二令

落花,落花,红雨似纷纷下[1]。东风吹傍小窗纱,撒满秋千架。忙唤梅香[2],休教践踏,步苍苔选瓣儿拿。爱他,爱他,擎托在鲛绡帕[3]。

落红,落红,点点胭脂重。不因啼鸟不因风,自是春搬弄[4]。乱撒楼台,低扑帘栊[5],一片西一片东。雨雨,风风,怎发付孤栖凤[6]?

〔1〕 红雨:喻落花。李贺《将进酒》:"况是青春日将暮,桃花乱落如红雨。"

〔2〕 梅香:古代对侍女的通称。

〔3〕 擎托：捧举。鲛绡（jiāo xiāo 交宵）：传说为居住在水底的鲛人所织之绡，一名龙纱。事见《太平御览》引《博物志》、任昉《述异记》。用以代指薄的纱绢或手帕。

〔4〕 搬弄：戏弄，拨弄，今言鼓捣。

〔5〕 帘栊：门帘和窗帘。

〔6〕 发付：安排，处置，打发。孤栖凤：女主人公自指。

〔中吕〕醉高歌带红绣鞋

客中题壁

落花天红雨纷纷，芳草坠苍烟衮衮[1]。杜鹃啼血清明近[2]，单注着离人断魂[3]。　深巷静凄凉成阵[4]，小楼空寂寞为邻，吟对青灯几黄昏。无家常在客，有酒不论文，更想甚江东日暮云[5]。

〔1〕 衮（gǔn 滚）衮：尘雾蒸腾的样子。

〔2〕 杜鹃啼血：见曾瑞〔南吕骂玉郎过感皇恩采茶歌·闺中闻杜鹃〕注〔1〕。

〔3〕 注：投，碰，触及。这句是说鹃声偏偏触动了断魂的离人。

〔4〕 凄凉成阵:阵阵凄凉,言凄凉之多,凄凉之深。

〔5〕 "有酒"二句:杜甫《春日忆李白》云:"渭北春天树,江东日暮云。何时一尊酒,重与细论文。"言杜甫在渭北长安一带,李白在江浙一带,彼此思念,企盼朋友重聚,把酒论文。曲中反用其意,言客中愁多,即使有酒也只好用以浇愁,哪里还谈得上朋友聚会把酒论文!

王大学士

王大学士,生平不详。散曲今存套数二套。

〔仙吕〕点 绛 唇

丰稔年华,酒旗斜插[1],茅檐下。小桥流水人一家,一带山如画。

〔混江龙〕桔槔闲挂[2],呼童汲水旋烹茶[3]。柔桑荏苒[4],古柏槎牙[5]。雾锁草桥三四横,烟笼茅舍数十家。岗盘曲[6],畎兜答[7]。莺迁乔木丘冢[8],一个鸥鹭水面,雁落平沙。喧檐宿雀,啼树栖鸦。柴扉吠犬,鼓吹鸣蛙。侬家鹦鹉洲,不入麒麟画[9]。百姓每讴歌鼓腹[10],一弄儿笑语喧哗[11]。

〔油葫芦〕刚见一百个儿童刁刁厥厥的耍[12],更那堪景物佳[13]。一个将《尧民歌》乱唱的令儿差[14],一个是飚扑冬冬擂鼓无高下[15],一个支周知挣羌管吹难收煞[16]。一个水盆里击着料瓜[17],一个拖床上拍着布瓦[18]。一个一张掀舞得了千斤乍[19],一个学舞《斗虾蟆》。

〔天下乐〕一个道一阵黄风一阵沙,一个天生丑势煞[20],一个无店三碌轴上闲坐衙[21]。一个将斤斗翻,一个将背抛打,一个响扑儿学咯牙。

〔那咤令〕一个向瓜田里坐树乱扯,一个向枣树上胡飑乱打[22],一个向古墓上翻砖弄瓦。一个扯着衣衫,一个揪住棍把,一个播土扬沙。

〔鹊踏枝〕一个眼麻花[23],一个手支沙[24],一个浅水涡里摸鳖捞虾,一个见麒麟打煞,一个舞着唱着匾着担禾叉。

〔寄生草〕一个擎着山鹧,一个架老鸦。一个向柳阴中笑把人头画,一个向桑园里学揭龟儿卦[25]。一个向墙匡里引的芒郎骂[26]。一个跳灰驴大闹麦场头,一个踏竹马偃卧在葫芦架[27]。

〔金盏儿〕一个叫丫丫,一个笑呷呷。一个棘斜混倒上树千般耍,一个山声野调学唱《搅筝琶》。一个斗巨子抢了嘴问[28],一个竖直立的磕了门牙。一个无人处寻豆角,一个背地里咽生瓜[29]。

〔村里迓古〕一个放顽撒泼,一个唱歌厮骂。一个村村捧捧牛撒橛乔画[30],一个狗打肝腌臜相欠欠答答[31]。一个弹的捭[32],一个舞的虾[33]。一个唱的哑,一个水底浑如纳瓜[34]。

〔元和令〕一个舞《乔捉蛇》呆木答[35],一个舞《尿里蛆》的法刀把,一个跳百索撅背儿仰刺叉[36]。一个一个儿窝的眼又瞎,一个将纸鸦儿放起盼的人眼睛花[37],一个递撒牛的没乱杀[38]。

〔上马娇〕一个村[39],一个又沙[40],一个丑嘴脸特胡沙。一个将花桑树纽捏搬调话[41],一个打和的差[42],一个不刺着簌箕拨琵琶[43]。

〔胜葫芦〕一个恐惊林外野人家,一个道休厮闹,一个道嗟牙[44]。一个赛牛王香纸方烧罢[45]。一个将磁瓯瓦钵,一个不门清光滑辣[46],一个没鼻子喃浑酢[47]。

〔后庭花〕一个掬蝙蝠踏破瓦,一个竖牵牛扯了尾巴。一个摸鹁鸽掀翻盖,一个打斑鸠的击碎砟。一个岸边打滑擦[48],一个头尖眼大,一个莎岗上扑马扎[49],一个游泥蚌蛤蟆。一个柳堤边钓水扎,一个沙湍上烧黄鳝,一个膊项上瘿疙疸[50]。一个唇缺丑势煞,一个唇磨瞘的特刺查。一个做生活的不颗恰[51],一个觅虱子头上掐。一个编蒲笠特抹答[52],一个鞭牛叱咤。

〔青歌儿〕一个牛斤[53],一个谎诈。一个光答答又无头发,一个濛松雨里种芝麻。一个兜答[54],一个奸滑。一个交加[55],一个皱查[56]。这一坐乔民闹交加[57],定害的爷娘骂[58]。

〔尾〕一个潜立在晚风前[59],一个暗约在斜阳下。一个见厮抵拽着棒打[60],一个恋汀洲蓼岸芦花[61]。一个映着蒹葭[62],一个收拾罢钓鱼艖[63],一个笑指疏篱噪晚鸦,一个绿蓑斜挂,一个倒骑牛背入烟霞。

〔1〕 酒旗:酒铺的招牌,俗称酒望子。

〔2〕 桔槔(jié gāo 洁高):井上以杠杆汲水的工具。

〔3〕 旋(xuàn 炫):临时。同今"现"字。

〔4〕 荏苒:柔弱。

〔5〕 槎(chá 察)牙:树木枝杈横斜错乱的样子。

〔6〕 盘曲:曲折环绕。

〔7〕 畎(quǎn 犬):田间小沟。兜答:曲折。

〔8〕 丘冢:坟丘。乔木丘冢,犹丘冢之乔木。

〔9〕 "侬家"二句:意谓我是不求官职的隐士。白贲〔正宫·鹦鹉曲〕:"侬家鹦鹉洲边住,是个不识字渔父。"麒

麟画,指建功业做高官,流传后世。《汉书·苏武传》:"甘露三年,单于始入朝。上(汉宣帝)思股肱之美,乃图画其人于麒麟阁,法其形貌,署其官爵姓名。"

〔10〕 讴歌鼓腹:拍腹而歌。鼓,敲,拍。鼓腹指拍击腹部以应节拍。

〔11〕 一弄儿:一派,一片。

〔12〕 刚见:只见。刁刁厥厥:凶悍,怪模怪样,顽皮。

〔13〕 更那堪:再加上,更兼。

〔14〕 令儿差:调儿不准。令,本指词曲乐调短、字数少的一类,这里即指腔调。

〔15〕 飑(diū 丢)扑冬冬:敲鼓声。

〔16〕 支周知挣:象声词,犹吱吱啦啦。羌管:羌笛,一种少数民族管乐器。难收煞(shā 杀):收不住尾,没完没了。收煞,收尾,结束。

〔17〕 击:同"激",刺激,将瓜果置于冷水中使凉。料瓜:一种瓜果。

〔18〕 拖床:可拖拉而行的木板床。

〔19〕 "一张掀"句:一个儿童把掀舞得得心应手,好像舞动千斤也能如此漂亮。掀,一种形似铁锹而略大的木制农具,今作"杴"。乍,漂亮,得体。

〔20〕 丑势煞:丑架势,丑样子。

〔21〕 无店三:本指欠考虑,糊涂,这里是无忧无虑、傻里傻气的意思。碌(liù 六)轴:即碌碡(zhóu 轴),一种石

制圆柱形农具,用以碾轧谷物脱粒或轧平场院。闲坐衙:坐衙为官员升堂审案。闲坐衙,即乔坐衙,假做官长升堂问案。这里有装腔作势的意思。

〔22〕 飑:抛,掷。

〔23〕 眼麻花:眯缝着眼。

〔24〕 手支沙:扎煞着手。

〔25〕 学揭龟儿卦:学着用乌龟壳算卦。

〔26〕 墙匡里:围墙里。芒郎:农民、牧童的泛称。

〔27〕 踏竹马:儿童以竹当马骑。偃(yǎn 掩)卧:仰卧,指骑竹马跌倒偃卧。

〔28〕 抢(qiǎng 襁):磕碰。今写作"戗"。

〔29〕 咽(yàn 雁):吞食。

〔30〕 村村棒棒:粗鲁顽劣,毛手毛脚。牛撒橛乔画:不受拘束、没有规矩地乱画。

〔31〕 腌臜(ā zā 阿匝):肮脏。欠欠答答:歪歪斜斜。

〔32〕 捹(bēn 锛):弯腰前倾,状弹奏动作拙笨的样子。

〔33〕 虾:形容弯腰曲背之状。

〔34〕 水底浑如纳瓜:完全像将瓜按入水底,随即便浮出水面。浑如,完全像,简直像。

〔35〕 呆木答:呆头呆脑的样子。

〔36〕 "跳百索"句:表演绳技的儿童撅了个仰面朝天。

〔37〕 纸鸦:一种风筝。

〔38〕 没乱杀:手足无措,手忙脚乱。

〔39〕 村:见兰楚芳〔南吕四块玉·风情〕注〔1〕。

〔40〕 沙:义同"村"。

〔41〕 "将花桑"句:扭捏着身子,拿腔作势地将桑树故事演唱。搬调,搬弄,搬演。话,故事。

〔42〕 打和(hè 贺):和唱,帮唱。

〔43〕 不剌:即拨剌,拨动乐弦。

〔44〕 嗟牙:即嗟呀,叹息。

〔45〕 赛牛王:牛王即牛神,宋何薳《春渚纪闻》:"陶安世云,张觐铃辖家人,尝梦为人追至一所。仰视榜额,金书大字云:'牛王之宫'。"(卷三"牛王宫饦饭")赛即赛社,农事毕,陈设供礼、饮酒娱乐祭祀神灵。赛牛王即为祭祀牛王举行的赛社活动。

〔46〕 不门清:不清楚,不了解。门清,清楚明白的意思,门字儿化。滑辣:即划拉,摸索。

〔47〕 喃(nǎn 腩):吃,连舔带吸地吃。正字作"馂"。醢:字书无此字,当是汤饮之属。

〔48〕 打滑擦:抛掷小瓦片,使之在水面上滑擦远去。

〔49〕 莎(suō 梭)岗:草坡。马扎:即蚂蚱。

〔50〕 瘿(yǐng 影)疙疸(dā 答):长有疙疸。

〔51〕 做生活:干活。颗恰:稳重。不颗恰,毛毛草草。

〔52〕 蒲笠:蒲草编的草帽。抹答:精神不集中。

〔53〕 牛斤:牛勋,元代多用为好事少年或一般少年

之名,这里取执拗顽劣之意。

〔54〕 兜答:这里是黏着固执,黏黏糊糊的意思。

〔55〕 交加:厉害。

〔56〕 皴查:顽劣。

〔57〕 乔民:无赖,坏家伙。闹交加:乱闹一气,胡闹。交加,此为交集、纷乱之意。

〔58〕 定害:搅扰,扰乱。

〔59〕 潜立:暗暗立在。

〔60〕 厮抵拽着:死死地拉着。

〔61〕 汀洲:水中的小洲。蓼:水草名。

〔62〕 蒹葭(jiān jiā 坚家):荻和芦苇,均水草名。

〔63〕 鱼艖(chā 插):鱼舟。艖,小船。

无名氏

〔正宫〕塞鸿秋

爱他时似爱初生月,喜他时似喜看梅梢月,想他时道几首西江月[1],盼他时似盼辰钩月[2]。当初意儿别[3],今日相抛撇,要相逢似水底捞明月。

[1] 西江月:本唐代教坊曲名,后用为词牌,又名〔步虚词〕、〔江月令〕。名据李白《苏台览古》诗"只今惟有西江月,曾照吴王宫里人"而来。

[2] 辰钩月:星名,即水星,亦称辰星、勾星,其出虽有常度,然见之甚难,亦有终岁不一见者,见王伯良《新校注古本西厢记》。盼辰钩月,即今盼星星盼月亮之意。

[3] 别:特别,与众不同。

〔正宫〕塞鸿秋

丹客行[1]

朝烧炼暮烧炼朝暮学烧炼,这里串那里串到处都串遍,东家骗西家骗南北都诓骗,惹的妻埋怨子埋怨父母都埋怨。我问你金丹何日成[2]?铅汞何时见[3]?只落的披一片挂一片拖一片[4]。

〔1〕 丹客:指道教外丹的炼丹士。行:本指古代配乐可歌诗体的一种,这里用为"歌""曲"的意思。

〔2〕 金丹:外丹以丹砂(亦称朱砂)为主要原料,与铅、汞、硫黄等一起冶炼,从中可取出貌似黄金的药金来,其成品为金丹,道教认为可作不死之药。故炼丹又称炼金术。

〔3〕 铅汞:外丹炼丹的药物,这里代指金丹。见,同"现"。

〔4〕 "只落的"句:言丹客因烧炼而倾家荡产,体无完衣。

〔正宫〕醉太平

堂堂大元,奸佞专权。开河变钞祸根源[1],惹红巾万千[2]。官法滥刑法重黎民怨,人吃人钞买钞何曾见[3],贼做官官做贼混愚贤,哀哉可怜!

〔1〕 开河:至正四年(1344)黄河暴溢,流入会通运河,也危及两漕盐场。漕运是运送粮米的主要管道,盐税则占政府总收入的十分之八(《元史·郝彬传》)。为避免河溢对经济的破坏,至正十一年(1351)夏四月,"诏开黄河故道,命贾鲁以工部尚书为总治河防使,发汴梁、大名十三路民十五万,庐州等戍十八翼军两万,自黄陵冈南达白茅,放于黄固哈只等口;又自黄陵西至阳青,合于故道,凡二百八十里有奇。"(《元史》卷四十二《顺帝本纪》)治河期间河工的伙食和工资受到官吏克扣,半饥半饱,怨愤填膺。变钞:为摆脱财政危机,右丞相脱脱行变钞法。至正十年十一月,顺帝下诏:"以中统交钞一贯文省权铜钱一千文,准至元宝钞二贯,仍铸至正通宝钱与历代铜钱并用,以实钞法。至元宝钞,通行如故。子母相权,新旧相济,上副世祖立法之初意。"(《元史》卷九十七《食货志五》)一是发行至

正交钞,使它与至元宝钞并行通用,但至正交钞的价值比至元宝钞价值提高一倍,加上至正交钞纸质低劣,用不久即腐烂不堪倒换,形成"钞买钞"局面,即政府通过滥发新币来搜括民间的至元宝钞。铜钱与纸钞通用,民舍钞而取钱,也形成"钞买钞"局面。结果造成物价腾贵,怨声载道。

〔2〕 惹红巾万千:贾鲁开河后,河工多怨,韩山童、刘福通利用这一机会,雕一独眼石人,背刻"莫道石人一只眼,此物一出天下反",预埋于当开河道。石人掘出后,"遂相为惊诧而谋乱"(叶子奇《草木子》卷三上《克谨篇》),起义时头裹红巾,故称红巾军。

〔3〕 何曾见:什么时候见过这么坏的世道!

〔正宫〕醉太平

讥贪小利者

夺泥燕口,削铁针头,刮金佛面细搜求,无中觅有。鹌鹑嗉里寻豌豆,鹭鸶腿上劈精肉[1],蚊子腹内刳脂油[2],亏老先生下手[3]!

〔1〕 鹭鸶(lù sī 路丝):水禽类鸟,腿细长,常于水田

中觅食小鱼。精肉:瘦肉。

〔2〕 刳(kū枯):剖开后再挖空。

〔3〕 老先生:元代为官场中称呼,但细玩全曲,以通用敬称更具讽刺意味。

〔正宫〕醉太平

叹子弟[1]

寻葫芦锯瓢[2],拾砖瓦攒窑[3],暖堂院翻做乞儿学,做一个莲花落训道[4]。戴一顶十花九裂遮尘帽,穿一领千补百衲藏形袄[5],系一条七断八续勒身绦[6]。这的是子弟每下梢[7]。

〔1〕 子弟:在元代特指嫖客。

〔2〕 瓢:乞丐讨饭的用具。葫芦锯半为之,故云。

〔3〕 攒(cuán篡阳平):聚集,拼凑。

〔4〕 "暖堂院"二句:昔日的饱暖之家,变作了今日的叫化子学校,做了个教唱《莲花落》的师傅。莲花落,曲名,常为乞丐所唱。训道(dǎo导),指导,教导。

〔5〕 百衲(nà纳)袄:补丁摞补丁的衣服。衲,补

缀,缝补。

〔6〕 勒(lēi 雷阴平)身绦(tāo 涛):束身绳。

〔7〕 的(dí 敌)是:确是。每:们。下梢:下场,结果。

〔仙吕〕三番玉楼人

闺　情

风摆动檐间马[1],雨打响碧窗纱,枕剩衾馀没乱煞[2]。怎不着我题名儿骂。暗想他,忒情杂[3]。等来家,好生的歹斗咱[4]:我将他脸儿上不抓[5],耳轮儿揪罢,我问你昨夜宿谁家?

〔1〕 檐间马:见商衢〔双调新水令〕(彩云声断紫鸾箫)注〔18〕。

〔2〕 枕剩衾馀:形容独守空房闺阁寂寞。没乱:心烦意乱六神无主的样子。煞:程度副词。没乱煞,犹心情烦乱得很。

〔3〕 忒(tè 特):太,过于。情杂:爱情不专一。

〔4〕 好生的歹斗:好好地闹一场。歹斗,争闹,惹气。咱:语助词,无义。

〔5〕 不抓：即抓，"不"字加强语气，无义。

〔南吕〕骂玉郎过感皇恩采茶歌

四时唯有春无价，尊日月富年华[1]。垂杨影里人如画，锦一攒[2]，绣一堆，在秋千下。　　语笑忻恰[3]，炒闹喧哗，软红乡[4]，簇定个[5]，小宫娃[6]。彩绳款拈，画板轻蹉[7]，微着力，身慢举，拽裙纱[8]。　　众矜夸[9]，是交加[10]，彩云飞上日边霞。体态轻盈那闲雅，精神羞落树头花。

〔1〕 尊日月：犹重视生活。句谓要珍视青春年华。

〔2〕 攒（cuán 篡阳平）：聚。锦一攒，锦一簇，锦一堆。本句及下句状一群美如锦绣的少女。

〔3〕 忻（xīn 欣）恰：欢喜融洽。

〔4〕 软红乡：繁华热闹之所，温柔富贵之地。

〔5〕 簇：拥，围。定：语助词，犹"着"。

〔6〕 宫娃：宫女，此指宫女般美丽的少女。

〔7〕 画板：华美的秋千踏板。蹉（chǎ 镲）：踩，踏。

〔8〕 拽（yè 业）裙纱：言秋千荡起，裙纱飘荡。拽，拖。

〔9〕 矜夸：夸耀，夸奖。

〔10〕 交加:交错,纷至沓来。是说众人纷纷称赞。

〔中吕〕朝 天 子

嘲妓家匾食[1]

白生生面皮,软溶溶肚皮,抄手儿得人意[2]。当初只说假虚皮[3],就里多葱脍[4]。水面上鸳鸯,行行来对对,空团圆不到底[5]。生时节手儿上捏你,熟时节口儿里嚼你,美甘甘肚儿内知滋味[6]。

〔1〕 嘲:挑逗,戏谑。匾食:方言,馄饨,三国张楫《广雅》:"今之馄饨,形同偃月,天下之通食也。"今谓之饺子。

〔2〕 抄手:方言,馄饨,双关双手交叉。

〔3〕 假虚皮:亦作假虚脾,虚情假意。双关只有两层皮。

〔4〕 就里:内里。葱脍:葱和肉。脍,细切的肉。双关聪狯。

〔5〕 "水面"三句:状饺子煮熟后漂浮水面的情状。团圆,在水面上圆转。双关嫖客妓女之关系只是表面成双

作对,却不能团圆到底。

〔6〕"生时节"三句:写包饺子、吃饺子和吃后感觉三阶段,双关嫖妓三阶段。

〔中吕〕朝 天 子

志 感

不读书有权,不识字有钱,不晓事倒有人夸荐[1]。老天只恁忒心偏[2],贤和愚无分辨。折挫英雄,消磨良善,越聪明越运蹇[3]。志高如鲁连[4],德过如闵骞[5],依本分只落的人轻贱。

不读书最高,不识字最好,不晓事倒有人夸俏[6]。老天不肯辨清浊,好和歹没条道[7]。善的人欺,贫的人笑,读书人都累倒。立身则《小学》[8],修身则《大学》[9],智和能都不及鸭青钞[10]。

〔1〕 夸荐:夸奖推荐。

〔2〕 恁(rèn 认):如此,这样。忒(tè 特):太,过分。

〔3〕 运蹇(jiǎn 剪)：背时，命运不好。蹇，不顺利。

〔4〕 鲁连：鲁仲连，战国时齐国人，曾义不帝秦，并解了秦对赵之围，平原君赠以千金而不受。有解纷难之能而不出仕。事见《史记》卷八十三《鲁仲连列传》、《战国策·赵策三》。

〔5〕 闵骞：闵子骞，春秋时鲁国人，孔子的学生，以孝著称。事见《史记》卷六十七《仲尼弟子列传》。

〔6〕 夸俏：夸其聪明。俏，心性聪明，《西厢记》三本四折"俊的是庞儿俏的是心"。

〔7〕 "老天"二句：言由于老天不辨清浊，无论如何都无路可走。好和歹，不管怎样，无论如何，《西厢记》二本四折"好共歹不着你落空"。

〔8〕 《小学》：朱熹等编的儿童教育课本，共六卷。

〔9〕 《大学》：原为《礼记》之一篇，宋以后与《论语》《孟子》《中庸》合称"四书"，是重要的儒家经典。

〔10〕 鸭青钞：本为元代的一种纸币，因钞纸为鸭蛋青色，故称。这里作为钱的代称。

〔中吕〕满 庭 芳

枉乖柳青[1]，贪食饿鬼，劫镘妖精[2]。为几文口含钱做死的和人竞[3],动不动舍命亡生。向鸣珂巷里幽囚杀小卿[4],丽春园里迭配了双生[5],莺花寨埋伏的硬[6]。但开旗决赢[7],谁敢共俺娘争?

〔1〕 柱乖:奸猾邪恶,不正直,不通情理。《后汉书·李固传》"政有乖柱"、谢灵运《陇西行》"胡为乖柱",皆乖背柱曲之意。柳青:曲牌有〔柳青娘〕,故以"柳青"歇后为"娘"。妓女呼鸨母为娘。

〔2〕 劼镘(jié màn 杰慢):抢钱。劼,当作"劫"。钱的背面为镘,代指钱。

〔3〕 口含钱:死人口中所放置的铜钱。做死的:不要命的。竞:争。

〔4〕 鸣珂巷:唐白行简《李娃传》中妓女李娃所居之处,后用为妓院的代称。幽囚:囚禁。小卿:苏小卿、双渐恋爱故事,宋元时代极为流行,南戏、杂剧多演其事。明梅禹金《青泥莲花记》载其梗概云:"苏小卿,庐州娼也,与书生双渐交昵,情好甚笃。渐出外久之不还,小卿守志待之,不与他人狎。其母私与江右茶商冯魁定计,卖与之。小卿在茶船,月夜弹琵琶甚怨。过金山寺,题诗于壁以示渐,云:'忆昔当年折凤凰,至今消息两茫茫。盖棺不做横金妇,入地当寻折桂郎。彭泽晓烟迷宿梦,潇湘夜雨断愁肠。

新诗写寄金山寺,高挂云帆上豫章。'渐后成名,经官论之,复还为夫妇。"故事传说中还有双渐见诗追舟至豫章的情节。

〔5〕 丽春园:亦作丽春院,相传为宋代名妓苏小卿的住处,用为妓院的代称。迭配:递配,这里指赶跑。双生:双渐。

〔6〕 莺花寨:妓女聚居之所,指妓院。莺花,喻妓女。

〔7〕 但开旗决赢:犹言旗开得胜。决,准定。

〔中吕〕红 绣 鞋

离 愁

窗外雨声声不住,枕边泪点点长吁。雨声泪点急相逐[1],雨声儿添凄惨,泪点儿助长吁。枕边泪倒多如窗外雨。

〔1〕 "雨声"句:言雨与泪接连不断。

〔中吕〕红绣鞋

一两句别人闲话,三四日不把门踏,五六日不来呵在谁家？七八遍买龟儿卦[1]:"久已后见他么？"十分的憔悴煞。

〔1〕 龟儿卦:古人以烧灼龟甲,观其纹裂,占卜吉凶,称龟卦、龟卜。这里泛指占卜。买龟卦,即请人占卜。

〔中吕〕快活三过朝天子四换头

忆 别

人去后敛翠颦[1],春归也掩朱门[2]。日长庭静怕黄昏,又是愁时分。　　新痕,旧痕,泪滴尽愁难尽。今宵鸳帐睡怎稳？口儿念心儿印。独上妆楼,无人存问[3]。见花梢月半轮,望频,断魂,正人远天涯近[4]。　　长空成阵,雁字行行点暮云[5]。早是多离多恨[6],多愁多闷。叮咛的嘱君[7]:"若见俺那人,早寄取个平安信[8]。"

〔1〕 敛翠颦:蹙眉。

〔2〕 春归:春回,春去。掩:闭。

〔3〕 存问:问候。

〔4〕 人远天涯近:所思念的人比天涯更远。语出欧阳修〔千秋岁·春恨〕词:"夜长春梦短,人远天涯近。"

〔5〕 雁字:雁飞成行,或作一字人字形,故称雁字、雁行。

〔6〕 早是:本是,已是。

〔7〕 君:指雁。

〔8〕 寄取:寄来。取,助词无义。

〔大石调〕初生月儿

初生月儿一半弯,那一半团圆直恁难[1]。雕鞍去后何日还?捱更阑[2],淹泪眼[3],虚檐外凭损阑干[4]。

〔1〕 直恁难:竟然这么难。

〔2〕 捱(ái 癌)：熬，拖延时间。更阑：更为古代夜间计时单位，一夜分为五个更次。更阑即夜深。阑，晚，残尽。

〔3〕 淹泪眼：眼里噙着泪水。

〔4〕 凭：靠，倚。阑干：栏干。

〔小石调〕归 来 乐

你看那秦代长城替别人打，汉朝陵寝被偷儿挖[1]，魏时铜雀台[2]，到如今无片瓦。哈哈，名利场最兜搭[3]。班定远玉门关[4]，枉白了青丝发；马新息铜柱标[5]，抵不得明珠价。哈哈，却更有几般堪讶。

〔1〕 陵寝：帝王陵墓。

〔2〕 铜雀台：三国时魏武帝曹操建于建安十五年(211)，故址在今河北临漳县西南。

〔3〕 兜搭：难缠，难对付。

〔4〕 班定远：见张可久〔中吕卖花声·怀古〕注〔3〕。

〔5〕 马新息：东汉伏波将军马援因功封新息侯。征服交趾后曾树两铜柱为汉西南边界标志(《后汉书·马援

传》李贤注引顾微《广州记》)。据《水经·温水注》,柱立于象林南界(今越南广南省维川县南茶桥)。

〔商调〕梧叶儿

嘲谎人

东村里鸡生凤,南庄上马变牛,六月里裹皮裘。瓦垄上宜栽树[1],阳沟里好驾舟[2]。瓮来大肉馒头[3],俺家的茄子大如斗。

〔1〕 瓦垄:屋顶的瓦脊。

〔2〕 阳沟:露出地面的排水沟为阳沟,与潜行地下的排水沟为阴沟相对。

〔3〕 馒头:宋元时所称之馒头即今之包子。宋高承《事物纪原·酒醴饮食·馒头》:"杂用羊豕之肉,而包之以面,象人之头……后人由此为馒头。"

〔越调〕小桃红

情

断肠人寄断肠词,词写心间事。事到头来不由自[1],自寻思,思量往日真诚志。志诚是有,有情谁似,似俺那人儿。

〔1〕 不由自:由不得自己,指控制不住地思念和爱恋。

〔越调〕天净沙

上官有似花开[1],下官浑似花衰[2]。花谢花开小哉,常存根在,明年依旧春来。

〔1〕 上官:官员受命上任。
〔2〕 下官:官员离任,去官。浑似:完全像,真像。

〔越调〕天 净 沙

平沙细草斑斑,曲溪流水潺潺。塞上清秋早寒[1],一声新雁,黄云红叶青山。

[1] 塞上:塞指边疆险要可守之地,塞上特指北方边疆地区。

〔双调〕水 仙 子

退毛鸾凤不如鸡,虎离岩前被兔欺,龙居浅水虾蟆戏[1]。一时间遭困危。有一日起一阵风雷,虎一扑十硕力[2],凤凰展翅飞,那期间别辨高低。

[1] 戏:戏弄,欺侮。

[2] 十硕(shí 拾)力:言力极大。硕为重量单位,一百二十四斤为一硕。

〔双调〕水仙子

转寻思转恨负心贼[1],虚意虚名歹见识[2],只被他沙糖口啜赚了鸳鸯会[3]。到人前讲是非。咒的你不满三十[4],再休想我过从的意[5]。我今日悔懊迟,先输了花朵般身己[6]。

[1] 转(zhuǎn 砖上声):越。

[2] 见识:心计,计谋。

[3] 沙糖口:犹言甜嘴。啜赚(chuò zuàn 辍攥):哄骗。鸳鸯会:喻男女欢会。

[4] 不满三十:活不到三十岁。

[5] 过从:来往,交往。

[6] 身己:身体。这句是说她被男子哄骗失身。

〔双调〕水 仙 子

喻 纸 鸢[1]

丝纶长线寄天涯[2],纵放由咱手内把。纸糊披就里没牵挂[3]。被狂风一任刮[4],线断在海角天涯。收又收不下,见又不见他,知他流落在谁家?

〔1〕 纸鸢(yuān 鸳):鸢为鸟名,即鹞鹰。纸鸢为鸟形风筝,这里泛指风筝。

〔2〕 丝纶:丝线,牵风筝的线。

〔3〕 纸糊披:风筝以纸披糊而成,代指风筝。就里:内里,心中。句谓风筝由丝线拴牢,不担心它跑掉。

〔4〕 一任:任凭、随便地,有肆意、肆虐之意。

〔双调〕山 丹 花

昨朝满树花正开,胡蝶来,胡蝶来。今朝花落委苍苔[1]，不见胡蝶来，胡蝶来。

〔1〕 委：丢弃。

再 版 后 记

　　这本书是十几年前的旧作,蒙绚隆周兄、云波葛兄惦记,又有了修订再版的机会,而且是繁体字线装和简体字平装两种版本,于是复操旧业,重新作了一番审读。从作者生平到注释、题解,都作了一些改动,应当说改动并不算小。本来作家排序也拟作比较大的调整,终因版面改动过大而作罢。

　　我曾经试图再一次回到编选这本书时的情境,却又谈何容易,老天爷又减去了我们十三个年头。东坡《浣溪沙》词谓"谁道人生无再少,门前流水尚能西",也只是一种豪情宣泄,历史是不允许开倒车的,对社会、对个人都是一样。修订期间黄克先生偶染微恙,仍然坚持把全书的散曲原文进行了核校,我很感谢他。

　　不过,通过审读全书,还真使我重又走进元曲家生活的时代,与先贤进行了一次精神对话,那种真情真性、诚挚坦荡人格尽去伪饰的展露，真堪称"今人中少有，古人中难得"。神游散曲故国，当今人与古人在书里相遇的时候，是洗礼，是镜鉴，也是享受。

绚隆兄、云波兄平时联系很少，有时一个问候的电话，就会给我送来春天。我也想起了弥君松颐先生，他是这本书初版的责编，现在同我一样也退休了，不由人生桓温之叹：人何以堪！本次责编是徐文凯女士。我欣慰的是，徐君审稿竟是如此认真，如此细致，使本书避免了不少失误，确保了文字质量，她的敬业精神令人感佩。他们都是好人，我感谢他们，祝福他们。

张燕瑾
2015年端午识于京华煮字斋中